ponto final

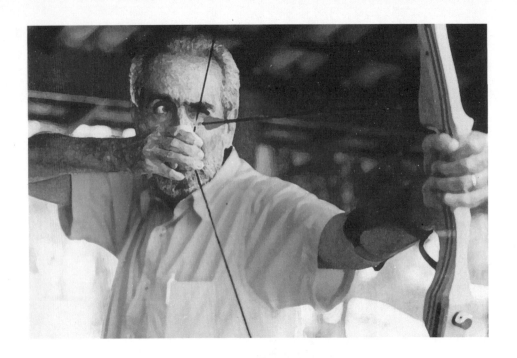

O Arqueiro

GERALDO JORDÃO PEREIRA (1938-2008) começou sua carreira aos 17 anos, quando foi trabalhar com seu pai, o célebre editor José Olympio, publicando obras marcantes como *O menino do dedo verde*, de Maurice Druon, e *Minha vida*, de Charles Chaplin.

Em 1976, fundou a Editora Salamandra com o propósito de formar uma nova geração de leitores e acabou criando um dos catálogos infantis mais premiados do Brasil. Em 1992, fugindo de sua linha editorial, lançou *Muitas vidas, muitos mestres*, de Brian Weiss, livro que deu origem à Editora Sextante.

Fã de histórias de suspense, Geraldo descobriu *O Código Da Vinci* antes mesmo de ele ser lançado nos Estados Unidos. A aposta em ficção, que não era o foco da Sextante, foi certeira: o título se transformou em um dos maiores fenômenos editoriais de todos os tempos.

Mas não foi só aos livros que se dedicou. Com seu desejo de ajudar o próximo, Geraldo desenvolveu diversos projetos sociais que se tornaram sua grande paixão.

Com a missão de publicar histórias empolgantes, tornar os livros cada vez mais acessíveis e despertar o amor pela leitura, a Editora Arqueiro é uma homenagem a esta figura extraordinária, capaz de enxergar mais além, mirar nas coisas verdadeiramente importantes e não perder o idealismo e a esperança diante dos desafios e contratempos da vida.

ponto final

A. J. Finn

ARQUEIRO

Título original: *End of Story*

Copyright © 2024 por A.J. Finn, Inc.
Copyright da tradução © 2024 por Editora Arqueiro Ltda.

Todos os direitos reservados. Nenhuma parte deste livro pode ser
utilizada ou reproduzida sob quaisquer meios existentes
sem autorização por escrito dos editores.

coordenação editorial: Taís Monteiro
produção editorial: Guilherme Bernardo
tradução: Fernanda Abreu
preparo de originais: Karen Alvares
revisão: Pedro Staite e Rafaella Lemos
diagramação: Guilherme Lima e Natali Nabekura
capa: Elsie Lyons
imagens de capa: © Getty Images; © Shutterstock; © 123RF
adaptação de capa: Gustavo Cardozo
impressão e acabamento: Associação Religiosa Imprensa da Fé

CIP-BRASIL. CATALOGAÇÃO NA PUBLICAÇÃO
SINDICATO NACIONAL DOS EDITORES DE LIVROS, RJ

F536p

Finn, A. J., 1979-
Ponto final / A. J. Finn ; tradução Fernanda Abreu. - 1. ed. - São Paulo :
Arqueiro, 2024.
480 p. ; 23 cm.

Tradução de: End of story
ISBN 978-65-5565-629-9

1. Ficção americana. 2. Suspense. I. Abreu, Fernanda. II. Título.

	CDD: 813	
24-88326	CDU: 82-3(73)	

Gabriela Faray Ferreira Lopes - Bibliotecária - CRB-7/6643

Todos os direitos reservados, no Brasil, por
Editora Arqueiro Ltda.
Rua Artur de Azevedo, 1.767 – Conj. 177 – Pinheiros
05404-014 – São Paulo – SP
Tel.: (11) 2894-4987
E-mail: atendimento@editoraarqueiro.com.br
www.editoraarqueiro.com.br

para
Jennifer Joel
e
Felicity Blunt

Sim, e até nas famílias refinadas,
nas famílias ricas, nas grandes famílias...
você não faz ideia... das coisas que acontecem!

<u>A casa soturna</u>

Terça-feira, 23 de junho

EM INSTANTES ELA SERÁ ENCONTRADA.

Encontrada onde está boiando, os dedos bem abertos na água que, por conta do movimento, tem um aspecto marmorizado, os cabelos espalhados como um leque japonês. Peixes deslizam por baixo dos fios e os atravessam; patinam pelo contorno do corpo dela.

O filtro zumbe. O lago cintila e tremeluz. Ela estremece na superfície.

De manhã mais cedo, a neblina cobria o chão, uma neblina em espiral, típica de São Francisco, grossa como veludo e fria, mas agora seus últimos resquícios estão se dissipando e o pátio está banhado de luz: o pavimento de pedras, o relógio de sol, os narcisos enfileirados. E o lago, aquele círculo perfeito afundado junto ao muro da casa, com seus peixes reluzentes e as folhas de lótus que parecem estrelas.

Em instantes, um grito vai cortar o ar.

Até lá, tudo permanece imóvel e em silêncio, a não ser pelo leve ondular da água, pelo tráfego lento das carpas e pelas ondas provocadas pelo cadáver dela.

Do outro lado do terraço, as portas envidraçadas se abrem, fazendo o sol refletir na vidraça. Um arquejo. Então o grito.

Ela foi encontrada.

Seis dias antes
Quarta-feira, 17 de junho

1.

– A senhora gosta de mistérios?

Nicky olha de relance pelo espelho retrovisor. O taxista a encara com olhos semicerrados através de lentes redondas e grossas como o fundo de um copo de tequila.

– É que a senhora parece estar lendo um livro de mistério – diz ele com a voz rouca.

O carro passa por um buraco e estremece.

Ela brande o livro de capa mole.

– Agatha Christie. *Morte na Mesopotâmia*.

O cara gosta de conversar, e Nicky sempre tenta agradar. Ser taxista deve ser um trabalho solitário.

– A senhora fuma?

– Não.

– Que bom. – Ele enfia um cigarro entre os dentes. – É bonita demais pra morrer jovem.

Ele acende o cigarro com um isqueiro surrado, e Nicky aciona o controle de abrir a janela. O ar branco, frio e úmido invade o carro e toma conta do banco de trás. Ela torna a acionar o controle até deixar apenas um centímetro da janela aberta e inclina a cabeça em direção ao vidro, onde consegue distinguir o próprio reflexo: cílios pontudos de rímel, a boca lustrosa de brilho labial. Ela não é tão bonita assim; sabe disso e não liga muito.

O táxi sacoleja. Sua bolsa cai no chão.

– Acho que o senhor encostou no meio-fio.

– Ah, é, paciência. – O taxista encara o retrovisor com uma cara feia. – Me espanta os aviões estarem pousando. Foi um milagre a senhora ter conseguido aterrissar.

Para Nicky, que não anda muito de avião, aterrissar é sempre um milagre. Ela olha para além do motorista em direção à maré estagnada da neblina do final do dia. Parece perolada à luz dos faróis.

– Que tempo horrível para junho. Aposto que lá no leste o tempo não é assim.

– Não.

Lá no leste... Falando assim parece um lugar mítico, a uma distância impossível.

O taxista grunhe, satisfeito, em seguida aciona a seta ao mesmo tempo que o carro faz uma curva fechada e começa a subir uma ladeira. Nicky se segura no cinto de segurança.

– Mas eu estava falando de mistérios. – A fumaça sai da boca do taxista, rodopiando no ar frio. – São Francisco tem muitos mistérios. Já ouviu falar no Assassino do Zodíaco?

– Ele nunca foi pego.

– Pois é... nunca foi. – Ele faz uma careta no retrovisor. Nicky fica quieta: a cidade é dele, a história é dele. – Ele é o nosso Jack, o Estripador. Aí a gente teve também o *Romance dos céus*. Foi um avião comercial que desapareceu nos anos 1950. Estava indo para o Havaí, e do nada... – Um trago no cigarro. – Desapareceu. – Uma baforada.

– O que aconteceu com... o avião?

– Vai saber... A mesma coisa o dirigível fantasma. Foi durante a guerra: uma dupla de soldados zarpou flutuando num Goodyear e, quando ele se espatifou em Daly City, não tinha ninguém a bordo. É um mistério, como eu di... olha ali! – Ele acena com a mão à direita. – A casa mais antiga aqui de Pacific Heights.

Nicky consegue ver uma casa branca em estilo vitoriano com janelas que parecem dois olhos arregalados, recuada em relação à rua como se tivesse levado um susto.

– Construída cinquenta anos *antes* do terremoto – narra o taxista, contando vantagem. – Já era uma casa de meia-idade, e *sobreviveu*.

– A casa parece surpresa – observa Nicky. – Como se não conseguisse acreditar que continua de pé.

O homem torna a grunhir.

– Nem eu acredito que esteja.

Eles seguem avançando. De ambos os lados, placas de sinalização brancas reluzem em meio à neblina como dedos fantasmagóricos apontando para a frente: *Por aqui, siga em frente.*

– A senhora disse que era de Nova York?

– Disse.

– Bom, este *aqui* é o bairro mais caro do país.

As casas assomam dos dois lados da rua, espectrais em meio à névoa: senhoras oitocentistas, esbeltas e empertigadas, todas vestidas em tons pastel; um casarão em estilo espanhol coberto de hera; uma casa imitando o estilo Tudor, com vigas e gesso por cima de tijolos dispostos em padrão espinha de peixe; duas em estilo rainha Ana, cujo acabamento de madeira parece uma toalhinha de bandeja rendada.

– Algumas são do pessoal da tecnologia – informa o taxista. – Google, Uber. Aliás, a Uber, vou te contar… – Ele fecha a cara, mas não fala nada. – Mas ainda tem muitos herdeiros por aqui. Gente rica desde sempre.

O vapor assombra as ruas adiante. Eles vão avançando por protuberâncias no asfalto em ondas que ora sobem, ora descem. Nicky recupera o fôlego.

– Aqui em São Francisco também tem autores de mistério. Dashiell Hammett… ele morava ali atrás. Na Post Street.

Mais uma placa surge em meio à bruma, instando-os a seguir em frente. *Continuem. Por aqui.*

– Ah, vamos ver se a senhora conhece essa. – Ele masca o cigarro. – Um autor de mistério que morava em… onde era mesmo, Pac Heights? Algum lugar bacana. Aí numa noite a mulher e o filho do cara sumiram.

Nicky estremece.

– Do nada. Que nem o tal avião. Deve fazer uns 25… não, uns vinte anos. Foi na véspera do ano-novo de 1999.

As palavras flutuam numa nuvem de fumaça e ficam balançando ali feito boias.

– O que houve com eles?

– Ninguém sabe! Teve gente que desconfiou do irmão, digo, do irmão do escritor, da mulher dele e até dos dois. Teve gente que jurou que tinha sido o filho. O filho do irmão, digo. Tinha uns funcionários também, um cara e uma garota. Mas a maioria… – Eles dobram uma esquina. – *A maioria* acha que foi o próprio escritor. Pronto, aqui estamos – anuncia ele ao mesmo tempo que o táxi freia junto ao meio-fio com um cantar de pneus, fazendo Nicky ser projetada para a frente e o livro escorregar de seu colo.

Ela observa o taxista deixar o banco do motorista e dar a volta até o porta-malas; a brasa de seu Marlboro cintila em meio à neblina, brilhante como um fogo-fátuo.

Nicky enfia o livro de volta dentro da bolsa. Inspira fundo, dá uma tossida – o interior do carro tem o mesmo cheiro de um cinzeiro –, então empurra a porta e sai para o meio da névoa. Parece uma rua fantasma; os vultos das casas mal passam de sombras e as fachadas parecem caveiras encarando-se de um lado a outro da rua. Ela torna a estremecer.

– A senhora veio precavida com esse suéter – comenta o taxista enquanto a porta se fecha atrás dela com um baque.

Nicky olha para si mesma. É sua peça de roupa mais cara: um suéter de caxemira simples, cinza-escuro com gola em V, recém-lavado a seco. Em algum ponto sobrevoando Nebrasca, ela tinha derrubado cerveja na parte da frente dele. A calça jeans, pelo visto, continua coberta de pelos de cachorro, mesmo ela tendo passado um fuso horário inteiro tentando limpá-la com a ajuda de uma pinça.

Quando torna a erguer os olhos, o taxista está encarando boquiaberto a subida íngreme do acesso de carros da casa. Ele se vira para ela.

– É essa a tal casa – diz ele. – A do mistério. A senhora sabia?

– Me pegou no flagra.

E é como ela está se sentindo mesmo.

– Então pode me explicar por que me deixou ficar falando...?

– Eu não quis interromper – explica ela com delicadeza.

Não teve a intenção de enganá-lo. Mas ela já leu tudo sobre a esposa e o filho desaparecidos; a essa altura, sabe tanto quanto qualquer um pode saber. Ou quase qualquer um.

O taxista dá um trago no cigarro e o joga na rua, fazendo-o traçar uma cauda de cometa atrás de si.

– Quem diria. Está só de visita?

Ele olha para sua bagagem: uma mala de rodinhas compacta e uma pequena mala vintage estilo baú, com fechos de couro e tachinhas, toda coberta por etiquetas de viagem.

– Vou ficar pouco tempo.

Ela enfia a mão dentro da bolsa e saca três notas de vinte e uma de cinco. Ele acaricia as notas.

– Quase não vejo mais dinheiro vivo.

– Sou das antigas.

– E a senhora não está com medo? Não acha que ele matou os dois?

Ele fala em voz baixa, como se estivesse perguntando se ela não acha que bebeu demais.

– Tomara que não – responde Nicky com a voz animada.

– Bem. Aproveite seu mistério, então.

Ele passa na sua frente numa lufada de nicotina; Nicky se pergunta se ele está se referindo à morte na Mesopotâmia ou ao desaparecimento em São Francisco. Quando ele se senta de novo no banco do motorista, o carro emite um chiado, assim como o próprio taxista.

– Aproveite a cidade também – diz ele. – São 130 quilômetros quadrados cercados de realidade.

A porta bate com força.

Nicky continua encarando a própria bagagem, de costas para o táxi. O motor pigarreia; o escapamento cospe fumaça na sua perna; ela fica ouvindo o carro se afastar.

Quando ela se vira, a neblina se adensou e congelou, e agora está lisa e imóvel feito um espelho, como se o táxi e o motorista nunca tivessem estado ali.

2.

ELA FICA PARADA EM MEIO À NÉVOA, os braços cruzados e as mãos envolvendo os próprios ombros: um abraço em si mesma, como costuma fazer quando está animada ou apreensiva – ou ambos. Atrás de si, sente a casa prendendo a respiração. Faz o mesmo.

Nicky geralmente não é muito chegada num drama – entre as amigas, é conhecida por ser a mais gentil e a mais racional –, mas esperou cinco anos para se apresentar. Sua mente volta no tempo: cinco verões, um borrão azul-elétrico; cinco invernos, Manhattan debaixo de neve; cinco anos exatos, naquele mesmo mês, desde que havia escrito aquela primeira carta.

Prezado Sr. Trapp: O senhor não me conhece...

Nicky já tinha mandado cartas de fã para autores de mistério quando adolescente, implorando por explicações e autógrafos. Mais tarde, na pós-graduação, houvera mais cartas atenciosas e mais perguntas inquisitivas. Ela ainda segue se correspondendo com os poucos dispostos a sair da frente da tela e colocar cartas no correio. Nicky, uma sentimental, valoriza a caneta e o papel. A tinta se entranha nas fibras para se tornar indelével feito uma cicatriz; já um e-mail não passa de um hálito quente numa vidraça, e no mesmo instante se desfaz.

Então, num final de mês de julho, chegou um envelope azul-claro com seu nome escrito, gravado fundo no papel: *Sr. ou Sra. Nicky Hunter.*

Ela inspecionou o verso, viu o endereço de São Francisco. Abriu um leve sorriso.

Passou três semanas preparando uma resposta antes de enviá-la. (*Prezado Sr. Trapp: Na verdade, eu sou mulher.*) Outro mês, outro envelope azul. E assim continuou pelo outono e inverno adentro até o ano-novo, até quatro outras cartas – talvez um ou dois parágrafos escritos por ela, e umas poucas frases por ele – e a correspondência mais recente, datilografada naquela mesma tinta falhada, com as letras todas amontoadas e se esbarrando como passageiros de um navio. **Estamos ansiosos para recebê-la em nossa casa.**

Ela esfrega os braços. Vira-se devagar. A névoa se adensa e se abre como uma cortina, desvendando a casa acima dela em uma imensa onda congelada.

O estilo é château revival, de um bege bem claro, construída por Bliss e Faville em 1905, um ano antes do terremoto; desde então, ali viveram apenas quatro famílias, contando os ocupantes atuais. "Uma das mansões mais elegantes e de bom gosto de Pacific Heights, com uma vista espetacular para a ponte Golden Gate", declarava a revista *Architectural Digest* em matéria intitulada A CASA MISTERIOSA. "Grandiosa nas proporções, graciosa na decoração e protegida por seu possessivo proprietário." O tom do texto era tão arquejante que parecia uma crise de asma.

E ainda: mais de 1.200 metros quadrados espalhados por quatro andares (acima do chão). Sete quartos. Oito banheiros. Uma biblioteca toda revestida de nogueira contendo cerca de 6 mil volumes; um terraço com um jardim ornamental e um lago de carpas rebaixado. Todos os pisos em tábua corrida de carvalho-branco. Lucernas espiando do alto do telhado íngreme de ardósia. Uma cúpula no teto do hall de entrada. Uma profusão de acabamentos exóticos.

Nicky encara a porta da frente, que mantém represada toda essa elegância, toda essa grandiosidade. E, em algum lugar lá dentro, encontra-se o autor que mais a intriga. Ela fica animada feito criança.

Treze degraus se erguem numa superfície lisa de mármore. Nicky os examina e endireita os ombros. Tem um corpo leve porém musculoso e definido: começou a praticar boxe há cinco anos. Nicky Hunter, uma pessoa feliz, a manteiga derretida que abraçava todo mundo, descobriu um talento para bater.

Ela empunha a mala de couro, encaixa a de rodinhas debaixo do outro braço e galga os íngremes degraus da frente.

No patamar da escada, deixa as duas bagagens no chão. Uma aldraba de bronze escuro se destaca na porta: um ponto de interrogação rebuscado com extravagância e mais largo na parte de cima, como uma cobra naja. Nicky acompanha sua curvatura com a mão, em seguida mira um dedo na campainha.

O toque ecoa e se cala.

Prezado Sr. Trapp: O senhor não me conhece, mas encontrei o que talvez seja um erro no seu romance...

O clique rápido de uma fechadura. Nicky recua um passo.

A porta se abre.

E ali, na sua frente, contra uma luz de fundo cor de âmbar, está parada a mulher mais linda que ela já viu.

3.

ENQUANTO ELA LHE SERVE CHÁ PRETO, Nicky a observa.

Ela parece iluminada por dentro, uma mulher-lanterna. Tem 40 e poucos anos, cílios compridíssimos e lábios bem desenhados. O cabelo solto cascateia por cima de um ombro. Um vestido azul-claro discreto; uma mulher discreta, apesar de toda a beleza: um sorriso tímido, uma perna cruzada de maneira recatada por cima da outra. A voz é baixa ("Leite ou açúcar?"), como se estivesse empoeirada pela falta de uso.

Diana ergue os olhos, e os de Nicky correm abruptamente pela sala: o papel de parede estampado com borboletas, as luminárias de pé ladeando os sofás, o lustre em miniatura. Através de duas portas envidraçadas consegue ver o pátio, mortiço à luz que começa a diminuir. Apoiada numa das paredes, há uma estante estreita; sob seus pés, um tapete persa puído com estilo. *Somos ricos desde sempre.*

Ou pelo menos há bastante tempo.

– E a viagem...?

A pergunta não se conclui. O sotaque de Diana é como a neblina: inglês e suave nas bordas.

– Turbulenta.

– Desde Nova York?

– Desde o aeroporto. Não dava pra ver um palmo à frente do nariz. Tive a sensação de estar sendo levada para algum lugar misterioso. Como em "O polegar do engenheiro".

Diana assente com educação.

– De Sherlock Holmes – acrescenta Nicky.

– Ah.

– É sobre um engenheiro... não, obrigada; só leite. Um engenheiro que viaja da estação de trem até uma casa misteriosa a vinte quilômetros de distância. As janelas da carruagem estão tapadas, e a viagem parece não acabar nunca. Então seus clientes na casa tentam matá-lo. Com uma prensa hidráulica. *Aí* Sherlock deduz que a casa na verdade ficava ao lado da estação. A viagem de carruagem tinha sido de mentira: o engenheiro tinha sido levado por 10 quilômetros e trazido de volta.

Diana franze os lábios.

– Confesso que não sou tão fanática por livros de mistério quanto você.
– Seu tom soa mesmo como uma confissão. – Quanto vocês. – Ela então
franze o cenho. – Não digo *fanática* no mau sentido.

– Não levei no mau sentido. O que você gosta de ler?

Diana cita um ganhador do Nobel e dois autores franceses.

– A gente não tem nada em comum – diz Nicky.

– Bom, eu lecionei francês por anos. Latim também. Mas já li alguns
dos seus trabalhos… o ensaio sobre Edgar Allan Poe, lembro, e sobre
Ngaio Marsh. Você tem um toque bem humano. Acho que a nossa tendência é achar que os autores de livros de mistério são todos assassinos,
não é? Assassinos frustrados? Mas o seu texto me fez querer conhecê-los.
E ler os livros deles também. – Ela toma um gole. – E você orienta escritores de mistério?

– Eu dou um seminário sobre literatura policial no semestre da primavera. Tirando isso, os alunos podem escrever o que quiserem. Em geral,
ficção literária. Eu os lembro de que muitos dos grandes romances americanos são histórias policiais. *Lolita. O sol é para todos. Filho nativo. O
grande Gatsby*… é um romance de detetive. Ele não usa distintivo nem
chapéu fedora, mas mesmo assim está tentando solucionar um mistério.

Diana bebe um golinho do chá. Nicky encara o próprio colo e remove um pelo de cachorro de um joelho. Promete a si mesma que vai falar
menos.

– Ah… eu trouxe um presente – diz ela, falando mais ainda e abrindo o
zíper da bolsa. – Não consegui embrulhar muito bem…

Apesar de ter passado quarenta minutos tentando, esticando a língua
para fora entre os dentes como se fosse uma criança tentando colorir dentro das linhas.

É bem óbvio que se trata de uma lupa, mas Diana tem a elegância de
comentar “o que será?” antes de abrir o embrulho.

– Ah, que bonita… que cabo lindo. É de cobre? De quando é?

– Do começo dos anos 1920.

– Ele vai adorar.

– Era o mínimo que eu podia fazer, mesmo. – Nicky fica olhando o vapor brincar na superfície do seu chá. – Sou muito grata a vocês – ela se ouve

dizer, e ergue os olhos para Diana. – Isso está sendo um... um privilégio realmente extraordinário.

Um sorriso, um levíssimo movimento dos lábios.

– Você já trabalhou em algum projeto assim antes? – pergunta Diana. – Uma... biografia particular? Só para os mais próximos? – Ela faz um gesto em direção a si mesma, um tanto hesitante, como se não tivesse certeza de ser de fato "próxima". – Existe alguma expressão adequada?

– Nunca. E não que eu saiba.

– Essa mudança de última hora é a cara do Sebastian. Eu sugeri... espero que você não leve a mal... mas sugeri que ele mesmo escrevesse, só que... – Ela deu de ombros. – Ele está preocupado de não ter tempo para escrever direito. Além do mais, só tem o próprio ponto de vista. Quer um registro com... – Mais uma vez a frase se apaga feito um fósforo.

– Com múltiplos narradores – sugere Nicky.

– Exato.

– Como ele está?

O pires tilinta quando Diana o deixa em cima da mesa.

– Pelo visto, a falência renal não mata até... até matar. A pessoa não cai propriamente dura, mas as coisas seguem praticamente normais até o fim. Com mais sonecas. Então alguns meses. Mais ou menos.

Nicky assente.

– Embora eu tenha aprendido a nunca subestimá-lo – diz Diana, alisando uma das canelas com as duas mãos. – Além do mais, ele está muito ansioso pra te conhecer.

– Ah, não tanto quanto eu.

– Isso vocês dois podem discutir. Ele adora um parceiro de debate.

O gongo de um relógio soa em algum lugar fora da sala. Diana olha seu relógio de pulso.

– Você já comeu?

– Eu bem que aceitaria um sanduíche – admite Nicky. – Ou um ovo frito.

– Que tal os dois? Posso preparar um croque madame pra você – diz ela com o sotaque de uma nativa, alisando o vestido ao se levantar – Um sanduíche pretensioso de presunto e quei...

E então uma onda se abate sobre a sala.

Ela preenche, inunda o ambiente. Nicky imagina que a mobília vá começar a flutuar, carregada por uma maré de som. Fica esperando as janelas estourarem, o barulho jorrar, o lustre balançar e fazer chover cristais.

– *Traga a menina aqui!*

4.

O CORAÇÃO DELA PARA DE BATER.

O eco pinga do teto e brota do chão: sombrio, portentoso e trovejante.

– Ele não parece um homem à beira da morte, né? – indaga Diana, e Nicky nota um rubor muito leve em suas faces: uma mulher que gosta do marido. – Cuidado com esta casa – acrescenta ela. – O som se propaga. Nada fica em segredo.

Nicky se põe de pé, pendura a bolsa no ombro, enxuga as mãos nas coxas (*por que* a palma das mãos sua?) e segue a anfitriã até a imensa cúpula do hall, onde os sapatos baixos de Diana – simples, claro – estalam no chão. Uma escadaria imponente, com a base mais larga, sobe até o primeiro andar e lá se bifurca. Ela vai atrás de Diana em silêncio até o patamar.

Há um quadro pendurado na parede entre duas janelas altas. Uma pintura a óleo, mas tão nítida e bem-feita que o efeito parece o de uma fotografia. Nicky se detém diante das pessoas retratadas.

É um casal sentado num banco comprido: o homem esbelto como uma espada trajando um terno da cor de osso, uma gravata plastrão embolada no pescoço, uma das sobrancelhas arqueada com petulância; a mulher, sorridente, de calça vermelha e camisa polo azul-marinho aberta no pescoço. Em pé ao lado do homem se encontra uma menina rechonchuda de seus 13 anos, usando um vestido branco sem mangas e de braço dado com ele. Empoleirado no colo da mulher está um menininho loiro com uma camisa e um short de cor idêntica aos dela. Ele também sorri, deixando à mostra o que o tio de Nicky costumava chamar de dentes de valsa ("dois pra lá, dois pra cá"). Está segurando nas duas mãos uma borboleta de papel branca.

Aí numa noite a mulher e o filho do cara sumiram, tinha dito o taxista. *Na véspera do ano-novo de 1999*. Data em que Hope e Cole Trapp, esposa e filho do aclamado autor de romances de detetive, desapareceram de dois lugares distintos em São Francisco… para nunca mais serem vistos.

Palavras que, para Nicky, ribombam como uma trovoada cenográfica. Só que o mistério dos Trapps se revelou de fato sensacional – uma das revistas chegou a chamar o desaparecimento de "o sumiço literário mais intrigante desde os onze dias que Agatha Christie passou não se sabe onde em 1926" – e até hoje, duas décadas depois, continua a assombrar a internet, a cabeça dos taxistas e inclusive Nicky Hunter.

Diana vira à direita, passa por um lance de escada, em seguida dobra à esquerda e conduz Nicky por um corredor; seus passos não fazem barulho nenhum no carpete vermelho. Arandelas margeiam uma das paredes; a luz do crepúsculo entra por uma sequência de janelas altas. Nicky constata que a casa tem o formato de uma ferradura e que as duas alas dão a volta no terraço, onde uma sebe na altura dos joelhos forma um labirinto fechado. Dá para ver o lago de carpas num canto mais afastado, na emenda de dois muros, e os peixes cor de laranja parecendo brasas sob a superfície.

Os peixes *dele*. O labirinto *dele*. A *casa* dele! "O mestre da enganação", era como os críticos costumavam chamá-lo; o criador de Simon St. John, nobre e detetive inglês (e do buldogue francês Watson, seu escudeiro); correspondente dela nos cinco anos anteriores. E agora ela está percorrendo aqueles corredores.

Nicky sente as próprias veias acesas como tubos de neon.

As duas chegam a uma porta de carvalho que está levemente entreaberta. Incrustado nela há um crânio de marfim do tamanho de um punho fechado mordendo um aro de metal, com dois ossos cruzados por trás. *O cara gosta de uma aldraba*, pensa Nicky, e fica encarando as órbitas oculares da coisa enquanto Diana bate três vezes. E aguarda.

– *Avante.*

A porta chega quase a retinir. Elas avançam.

E adentram o que para ela só pode ser descrito como uma *câmara*: profunda, larga e alta, com piso de madeira maciça e teto revestido de nogueira. Uma série de janelas encara Nicky, as vidraças muito limpas e a Golden Gate brotando da baía escura do outro lado; mas o recinto cavernoso e voraz suga toda a luz do crepúsculo, devorando-a viva.

Prateleiras cobrem as paredes do chão até o teto e protestam sob o peso dos tais 6 mil livros, todos imprensados uns contra os outros como dentes numa boca. Ali, perto do chão, uma sequência de obras completas encadernadas em couro, com o nome JOHN DICKSON CARR gravado em letras douradas; acima dela, fileiras de edições de bolso azuis-bebê (*Crimes do século XIX, Detetives mulheres vitorianas, Crimes em salas trancadas*), com as encadernações lascadas e marcadas por vincos; junto à sua mão, um romance de Ellen Raskin em laminado lustroso e o que parece ser uma primeira edição de *A pedra da lua*, três volumes encadernados em tecido roxo. Andares e mais andares de lombadas, rachadas, amareladas pelo tempo e tatuadas com diminutas letras douradas que cintilam feito ouro em pó numa mina.

Espetacular, pensa Nicky. *Absolutamente espetacular.*

Numa das paredes está apoiada uma escada de madeira com rodinhas nos pés; a parte superior é presa por ganchos num varão de bronze, que se curva em frente à última prateleira de cima. Ela segue o varão até o canto mais profundo e afastado do recinto.

Há uma lareira na parede dos fundos, onde as labaredas acenam como num convite para ela ir se ajoelhar junto ao fogo. Ela iria pegar fogo, pensa; sente-se como um feixe de gravetos secos.

E, em frente à lareira, há uma escrivaninha, antiga, de madeira.

E, em cima da escrivaninha, uma máquina de escrever, antiga, de metal.

E, diante da máquina de escrever, um homem, antigo, porém mais velho do que aparenta, Nicky sabe. Bem devagar, ele se levanta, desdobrando como um canivete cada centímetro do corpo inacreditavelmente comprido. Inclina a cabeça.

– Olá, Sr. ou Sra. Hunter – diz. – Sou Sebastian Trapp.

5.

– Desculpe se a fiz esperar. Um péssimo jeito de começar uma história. Não é bom se demorar muito. – Ele se dirige a Nicky com uma voz de barítono que parece veludo amassado, densa, grave e rascante; o som se propaga sem dificuldade por todo o recinto.

Para sua surpresa, ela está tremendo.

De repente, a voz dele desce uma oitava.

– "Eu já vi esses sintomas antes" – continua ele, como quem interpreta um papel. – "Podemos concluir que a donzela está perplexa…"

E então ela situa a frase: Holmes. "Um caso de identidade", quando o detetive observa sua nova cliente andando para lá e para cá na Baker Street. Um sorriso repuxa o canto de seus lábios.

– "Mas lá vem ela em pessoa para solucionar nossas dúvidas" – incentiva ele.

Atrás dela, Diana murmura:

– Vá na frente.

Nicky avança devagar, enquanto, atrás da escrivaninha, Sebastian continua a recitar:

– "Seu rosto exibe sempre um ar amedrontado" – diz ele. – "Seria melhor para ela confiar em mim. Descobriria que fui seu melhor amigo." – Ele inclina a cabeça. – "Porém, até ela falar, nada posso dizer."

Nicky então vê a cadeira fina diante da escrivaninha; em seguida nota os instrumentos dispostos sobre o mata-borrão ao lado da máquina de escrever: uma forca em miniatura feita de ferro forjado; um candelabro de bronze sem vela; um frasco de veneno verde-vivo sem rolha, vazio; uma adaga, esguia e prateada; um revólver automático Webley-Fosbery, a arma preferida de Simon St. John.

A escrivaninha é de carvalho escuro, e o tampo em si é uma vitrine de vidro com alguns centímetros de profundidade repleta de insetos: uma profusão de borboletas vermelhas, azul-celeste e cor-de-rosa tropical, cada qual presa por um alfinete numa placa de cortiça, as asas bem abertas em rendição.

Mais três passos e Nicky está na frente dele. Ela resiste ao impulso de abraçar o próprio corpo. *Ele é só um homem,* recorda. Um homem que, conforme comentou um crítico, escreveu "as melhores histórias de detetive da Era de Ouro desde a Era de Ouro". Um homem cujos livros a impressionam há anos.

Como ele é *alto.*

E aristocrático também, com o nariz afilado como um sabre e o queixo quadrado com uma covinha no meio, malares bem marcados sob as bochechas, uma cabeleira de fios prateados. Veste um terno de três peças cinza, com uma gravata escarlate amarrada no pescoço. "A sensação que se tem é que ele compartilha o guarda-roupa do herói de sua série, inclusive o relógio de bolso", escreveu alguém, e ali está ela: uma fina corrente a pender do colete até o botão abaixo do peito.

– "Por que motivo vem me consultar?"

Nicky não diz nada.

Os olhos dele se estreitam.

– *¿Habla inglés?*

– Ela é bastante tagarela – comenta Diana, surgindo ao lado de Nicky. – Só está nervosa por conhecer você. – Ela lhe estende a lupa. – E lhe trouxe um belo presente.

– Cuidado com gregos que trazem presentes – rebate ele. – Você não é grega, é?

Nicky faz que não com a cabeça.

– Tem razão, esposa, ela não se cala nunca.

– Se você parasse de citar Agatha Christie…

– Conan Doyle – corrigem Sebastian e Nicky em uníssono.

Diana ergue as mãos no ar.

– Volto daqui a uns minutos. Você hoje vai dormir cedo, mocinho.

Os dois ficam se encarando enquanto ela se retira. Chamas baixas e suaves fofocam na lareira.

– E *Assassinato no Expresso do Oriente*? – pergunta Nicky por fim.

– Ela está viva! – Ele se senta e indica uma cadeira com um gesto. – Sente-se. O que tem *Assassinato no Expresso do Oriente*?

Ela agarra a bolsa que está segurando no colo.

– O senhor disse que não deveria haver muita demora numa história. Mas essa basicamente não passa de uma série de entrevistas.

– Não no começo. O começo é uma confusão e um empurra-empurra para todos embarcarem. É preciso subir logo a cortina. Pôr as coisas em movimento. – Ele dá um peteleco numa caneta-tinteiro sobre o mata-borrão; Nicky observa a caneta deslizar pelo couro. – Então, vamos apressar o passo, sim?

Ele abre uma gaveta na escrivaninha, pega um envelope, retira a única folha de papel lá de dentro.

E começa a recitar a primeira carta de Nicky.

Prezado Sr. Trapp,

O senhor não me conhece, mas encontrei o que talvez seja um erro no seu romance O menino triste. *O simples fato de sugerir isso parece um sacrilégio!*

Ele encara Nicky, sério.

Na página 222 da minha edição, St. John diz que "A aventura do soldado descorado" e "A aventura da juba do leão" são as únicas histórias de Sherlock Holmes narradas por Holmes e não pelo Dr. Watson. Se não me engano, "O ritual Musgrave" tecnicamente também é narrada por Holmes.

Atenciosamente,
Nicky Hunter

– Agora olhe esta sua carta. Não; primeiro, observe o envelope. – Ele empurra o envelope pela escrivaninha.

Nicky o observa: o papel vincado, o endereço da editora escrito na letra certinha dela. As ondulações desbotadas do carimbo do correio. O selo de borboleta, ainda vívido.

– Gostei da *Limenitis archippus* – acrescenta Sebastian. – Um detalhe atencioso. Assim como isto… – Ele acena com a lupa; através da lente, inspeciona o selo.

– Acho que é uma borboleta-monarca, não? – diz ela. O inseto preferido de Simon St. John.

– Um erro comum. É uma vice-rei. Uma imitação. Ela evoluiu para ficar *parecida* com a monarca, que é venenosa. Embora os lepidopterologistas tenham descoberto um tempinho atrás que na verdade *ambas* as espécies são venenosas.

Nicky mexe o maxilar de um lado para o outro. É um hábito de infância; *você vai deslocar a mandíbula*, costumavam alertar os pais dela.

– Por que imitar outra espécie venenosa?

– Talvez ela não se dê conta de que é venenosa – responde Sebastian num tom jovial. – Talvez a vice-rei no fim das contas não seja tão *inocente* assim. Onde eu estava? Ah, sim: consultei um grafologista para meu quinto livro. Um especialista em caligrafia.

Nicky sabe o que é um grafologista.

Ele batuca o dedo no papel de carta.

– As suas letras foram atingidas por um vento do leste. São inclinadas para a esquerda. Uma personalidade rebelde.

Nicky aguarda.

– Aqui, no envelope: "Sebastian" e "Francisco". – A caneta se move entre as duas palavras. – Você faz seus pingos nos is à esquerda da haste. Isso sugere que é dada à procrastinação.

Ela sorri com educação.

– E… – Mas algo atravessa a expressão dele, como uma chama por trás de um biombo. Ele se recosta na cadeira. – Onde foi que eu errei?

– Em tudo. Eu sou canhota.

Ele dá um tapa na própria testa.

– Claro. Claro.

– Então a inclinação das minhas letras na verdade significa…

– … que você respeita as regras.

– E os pingos nos meus is…

– Metódica. Ah, o agressor canhoto, nem sequer pensei nessa hipótese. O que Simon diria?

– O senhor não controla o que Simon diz?

– Não estamos mais nos falando. Está com calor? É um fogo a gás, mas mesmo assim irradia algum calor.

– Estou bem – assegura Nicky, com a testa suada.

– Que bom. Aqui sempre faz calor. Gosto muito de uma lareira. – Os olhos de Sebastian se movem depressa para o envelope. Ele sorri e bate com a caneta no carimbo do correio. – Já faz mesmo cinco anos?

Praticamente a relação mais longa da vida dela.

– Eu trouxe comigo a sua última carta – diz ela, tirando da bolsa um envelope azul. – Posso?

– Por favor.

```
Cara Srta. Hunter,
    A Morte já veio buscar homens melhores. Já veio bus-
car homens piores. Agora, a Morte veio me buscar.
    Cinco semanas atrás, fiquei sabendo que
```

– Já sabemos o que fiquei sabendo – diz ele.

Nicky pula para o parágrafo seguinte.

```
    ... sou um contador de histórias. Um ofício muito anti-
go, para o qual contribuí com apenas dezessete romances
que, assim espero, resistirão durante toda a vigência do
seu direito autoral.
```

Ambos abrem um sorriso. O dele se apaga primeiro.

```
    No entanto, vivi uma vida antes de Simon St. John.
Junto dele também, e depois. Há trechos dessa vida, dessa
história, que eu gostaria de compartilhar, na esperança
de que possam entreter (algo que costumo fazer natural-
mente), ou até – ousarei afirmar? – esclarecer.
```

Ela faz uma pausa.

– Pelo que me lembro, havia mais – comenta Sebastian.

Há mesmo, mas elogios deixam Nicky pouco à vontade, pelo menos quando é ela que está sendo elogiada.

```
    Sua obra publicada é profunda e humana, qualidades
raras para uma crítica literária. Você conhece bem Si-
mon, e certamente sou uma parte dele tanto quanto ele é
uma parte minha. Em você, Srta. Hunter, vejo o público
```

da última história que contarei. Vejo alguém capaz de contá-la da maneira certa para qualquer um que se interesse em saber.

Daqui a três meses estarei morto. Venha contar minha história.

– E no final o senhor recomendou que eu trouxesse…

– Um vestido e uma máscara de baile, isso. O que minha caligrafia revela?

– Ela revela que o senhor usou uma máquina de escrever.

– Não para assinar, com certeza.

– A assinatura tem só duas letras.

Ele dá uma risadinha.

– É de propósito.

Nicky dobra o papel. Em algum lugar fora da biblioteca, a casa geme como um velho que se levanta.

– Esse elevador ainda vai acabar comigo – comenta Sebastian com um suspiro. – Ele vai ter que se apressar, é claro. – Ele percorre com dois dedos ossudos a corrente do relógio de bolso, descendo pela frente do corpo e se equilibrando na corda bamba até o botão do colete. – Não estamos falando de uma *biografia* propriamente dita… nada tão banal assim. É mais um…

– Livro de memórias?

Os dedos se detêm no meio de um movimento.

– Você está se saindo maravilhosamente bem, meu caro Watson. Um livro de *memórias*. – Um leve puxão na corrente, e o relógio sai do bolso do colete. – Era do meu pai – conta ele. – Um dos raros presentes que ele me deu. Este relógio e minha postura militar. – Ele estende a mão por cima da escrivaninha.

Com todo o cuidado, Nicky pega o relógio da mão dele. O metal está frio; na gravação está escrito O TEMPO É O MELHOR DOS ASSASSINOS.

Ela encaixa o polegar sob a borda da tampa e pondera se deveria abri-la. Olha para ele. O homem ostenta um leve sorriso satisfeito, e seus olhos cintilam feito navalhas. Nicky quase estremece.

Ela pressiona o relógio de volta na palma da mão dele. Quando sente a ponta do dedo roçar na pele de Sebastian, prende a respiração.

– Já conheceu minha filha? – indaga ele. – Não? Uma bela surra, é disso que essa menina precisa. Bom, fale com Maddy; fale com o palerma do meu sobrinho. Ele detesta ficar de fora. Fale com Simone, minha... a mãe dele. Ela *se recusa* a ficar de fora. Com Diana, claro. Com alguns convidados da nossa festa semana que vem, talvez; as pessoas ficam generosas quando se está à beira da morte. Depois que morrem também... *nil nisi bonum*, sabe como é. Mas eu gostaria de escutar primeiro.

Nicky assente.

– Fiquei pensando se deveria conversar com seu antigo assistente... Isaac...

– Isaac Murray. – Sebastian adota um ar malicioso. – Faz vinte anos que não vejo esse rapaz. Mas eu gostava dele. E mais importante: ele gostava de mim. Então é claro que Isaac deve ser bastante citado. Vou pedir a Diana para telefonar para ele.

– E quanto tempo eu tenho até...

– Minha morte prematura? Três meses.

Sebastian pousa a mão no Webley e afaga seu focinho de tamanduá.

– Não, eu... eu queria saber quanto tempo o senhor quer que eu fique.

– Não *mais* de três meses, certamente. Aliás, quem sabe que você está aqui em São Francisco?

– Ah... uns amigos. Todos os meus amigos. Não *todos* todos, mas...

– O suficiente. – Ele sorri.

– Ele se comportou?

Nicky gira na cadeira e dá com Diana na soleira da porta, parecendo um fantasma à meia-luz.

– A maior parte do tempo – responde ela.

– A maior parte do tempo – concorda Sebastian. – Era você arriscando a vida no Otis?

– Era Freddy subindo com as malas de Nicky para o sótão. Fred é o sobrinho de Sebastian – acrescenta Diana.

– Seu também, meu bem.

– Bom. Durante o ano letivo, ele é técnico de beisebol e futebol numa escola.

– Futebol de verdade.

– Conhecido em todos os outros lugares do mundo como apenas futebol, uma vez que envolve tanto o pé, *foot*, quanto uma bola, *ball*, ao contrário de outros esportes. Fred tira férias no verão e teve a bondade de vir ajudar o tio com a diálise, os remédios e as tarefas na rua. Ele é muito dedicado.

– Ele é um babaca.

– Pare com isso. Você vai dormir cedo hoje… amanhã vai ter muita conversa. Vou esperar aqui.

Nicky fica de pé ao mesmo tempo que Sebastian e se prepara para dizer boa noite.

Mas ele já está ao seu lado, ombro a ombro, ela de frente para a lareira e ele para a porta.

– Obrigado por ter vindo até aqui – diz ele. – Você consegue encontrar o lado bom de metade dos autores sobre os quais escreveu… Tomara que consiga encontrar o meu também. – Um sorriso. – E tomara que não precise procurar muito.

Ele recende muito de leve a água salgada e sabonete. Ela inspira fundo; ele inclina a cabeça como se fosse lhe dar um beijo no rosto. O coração dela dispara.

E então, numa voz tão baixa que ela quase duvida que ele tenha dito qualquer coisa, Sebastian Trapp sussurra:

– *Quem sabe você e eu podemos aproveitar para solucionar um mistério antigo, ou dois.*

6.

Só quando ela sente que ele saiu do recinto é que um pequeno calafrio a percorre.

Você e eu podemos aproveitar para solucionar um mistério antigo, ou dois.

Por alguns instantes de loucura, Nicky se imagina como uma detetive nas páginas de um livro, uma criatura feita de papel barato e tinta preta. *Um personagem.*

Olha para a máquina de escrever: as teclas reluzindo à luz da lareira, o corpo tensionado feito músculos, como se estivesse prestes a atacar; é uma Remington, ela sabe, e nela foram escritas todas as páginas que Sebastian Trapp publicou.

O homem, em carne e osso.

Mesmo tendo só três meses de vida, ele consegue ser um dínamo: mesmo apenas sentado na frente dela, parecia irradiar energia, como uma estrela no processo de morrer. O olhar dele quando ela observou o relógio de bolso; a voz dele derretendo em seus ouvidos. Ela está fascinada. Amedrontada.

Curiosa.

Rodeia a escrivaninha devagar enquanto as chamas sussurram à sua volta.

– Ah! – Ela arqueja ao sentir o celular vibrar no bolso de trás.

– Já foi assassinada? – pergunta ele com aquela voz maltratada que ainda agrada Nicky.

Ela abre um sorriso e resiste ao impulso de sentar na cadeira de Sebastian.

– Quem me dera ter a sorte de ser assassinada nesta casa.

– Está sussurrando por quê?

– Você tá ligando *por quê*, Irwin?

Irwin é o nome do meio dele. Ao longo dos dois anos de namoro, Nicky adquiriu o hábito de implicar com ele por causa desse nome; quando ele terminou com ela, as primeiras palavras que Nicky disse foram: "É porque eu te chamava de Irwin?" (Não: foi porque ela era "boa demais para ele".

Tão boa que os dois continuaram amigos. Tão boa que nem sequer uma vez em seis meses Nicky comentou o fato de ele telefonar ou mandar mensagens quase todos os dias.)

– Por que estou ligando? Deixa eu te lembrar da minha primeira pergunta relacionada a assassinato.

– Estou na biblioteca dele.

– Aposto que deve ter armas por toda parte.

Ela corre os olhos pela escrivaninha: forca, adaga, frasco de veneno. Revólver. Fica se perguntando se poderia tocar na arma.

– Sério, amor. – Ele se corrige. Velhos hábitos. – Mas, sério mesmo: você não acha que o cara é um assassino?

– Eu estaria aqui se achasse que o cara é um assassino? Ele escreveu livros que eu adoro, viveu uma vida *interessante*... eu tive sorte de ter sido convidada. E o Batata, como está?

– Falei pra ele que você nunca mais vai voltar.

– Vou te esganar.

– Credo. E pensar que acham você gentil.

– Gentil demais, é o que dizem por aí. – Ela faz uma pausa. – Mas como vai o meu cachorro?

– Quer falar com ele?

O mundo do outro lado da janela fica mais escuro de repente; as chamas da lareira diminuem e a vitrine da escrivaninha é preenchida pela escuridão; a biblioteca está se apagando. A noite cai depressa ali.

– Não quero deixar ele confuso. Mas obrigada por cuidar dele.

– Parecem os velhos tempos. Imagino que eu tenha sido a sua terceira escolha.

Havia sido a quarta.

– Foi a primeira. Debaixo do travesseiro tem um presentinho para agradecer. Preciso desligar.

Era um pacote de biscoitos Oreo. Não fazia sentido ser simpática demais.

A lareira emite um estalo que parece um chicote sendo brandido, e Nicky corre para pegar a bolsa, passa depressa pelas fileiras de livros, pela escada e pelas janelas até chegar à luz mortiça do corredor. À sua direita, nos fundos, uma escada estreita e espiralada sobe em direção a um espaço escuro, como se estivesse aprontando alguma coisa, de modo que Nicky retorna pelo mesmo caminho por onde veio, o corredor. Vai esperar Diana na sala.

No patamar da escada, diminui o passo. Um homem está parado em frente ao retrato, encarando a família com uma expressão hostil.

Mais de um 1,80 metro de pura robustez, com músculos que retesam as mangas da roupa: uma camisa de linho enfiada numa calça jeans. Cabelos pretos retintos, quase azuis de tão pretos; uma barba áspera por fazer cobrindo o rosto e o queixo.

– Mesmo depois de tantos anos ainda fico esperando os olhos deles me seguirem – diz ele enquanto observa o retrato.

A voz é grave. Sotaque da Califórnia.

Nicky aguarda. Nicky é boa em aguardar.

Ele a encara com olhos castanhos, pupilas grandes, pestanas grossas.

– Freddy.

– Nicky.

O aperto de mão dele é forte, mas o dela também é. Ela sorri; é empolgante conhecer outro Trapp, afinal. Ele sorri de volta.

– Freddy – repete ele como se fosse a primeira vez. – Sebastian é meu tio. Sou o faz-tudo da casa. Não, brincadeira: três vezes por semana eu ligo o tal… o tal aparelho de diálise, só isso. E hoje levei suas malas lá pra cima. Sou seu herói, ou não?

– Obrigada.

– Não tinha muita coisa pra subir. Tá perdida? – Ele estica um dedo para um ponto atrás dela, em direção ao corredor da biblioteca. – Ali é o território do Sebastian. E por ali… – Ele move o polegar por cima do ombro. – Ali ficam o escritório da Hope e o *solário*, tô falando sério. Tá meio abandonado agora. – Os olhos se afastam dos dela, e de repente ele sorri com a potência de um refletor de um megawatt, o mesmo sorriso de um garçom iniciante ou de um ator-mirim. – Tudo bem?

Nicky se vira e vê a dona da casa descendo a escadaria principal. Ela está com uma chave pendurada nos dedos.

– Freddy, desculpe ter feito você voltar. Nem era tanta coisa assim.

– Disponha sempre. – Ele volta o sorriso para Nicky. – Quer que eu te mostre onde fica o seu quarto?

– Pode ir na frente.

– Eu vou na frente – diz Diana, então leva a mão à boca. – Seu sanduíche. O croque madame. Que burra que eu sou. Não entendo por que ando tão distraída.

Nicky não comenta que o marido dela está a meses de passar desta para melhor.

– Não faz mal – responde Nicky, com a barriga roncando. – Eu queria mesmo dar uma saída. Tem anos que não venho a São Francisco.

– Posso ficar mais uns minutinhos – oferece Freddy. – Se precisar de uma carona. Está incluído no pacote.

– Com certeza vou precisar.

Diana continua com o cenho franzido.

– Obrigada, Fred. E, mais uma vez… bom.

Ela se vira e começa a subir a escada. Nicky vai atrás.

Os degraus se curvam até chegar a um corredor comprido com um papel de parede azul-piscina.

– Os quartos – explica Diana enquanto elas ainda estão subindo. – A maioria está abarrotada de *curiosidades*, como ele costuma dizer. Armaduras, rocas, uma quantidade preocupante de animais empalhados e…

Quando elas chegam ao quarto andar e os degraus terminam, Nicky mal consegue distinguir as próprias malas no alto da escada, em frente a uma porta. Diana diminui o passo; os nós de seus dedos estão marcados na mão em que segura a chave com força.

– Sebastian achou que você poderia gostar de um pouco de espaço só seu. Sendo assim… eis aqui o sótão. – Uma pausa. – E tome isto.

Ela pressiona a chave na mão de Nicky, que a ergue; a chave é pesada e tem dentes irregulares. Com um ruído de metal arranhando metal, ela a insere na fechadura.

Gira a chave.

A porta se abre.

E o cômodo exala uma lufada de poeira, quase como se estivesse tossindo. Diana também tosse.

– Pensei que tivéssemos arejado direito – resmunga ela, pegando a mala de Nicky do chão e entrando no quarto.

Parada junto à mala de rodinhas, Nicky espia o sótão banhado em luz cinzenta. Uma larga extensão de piso, ocupada num dos cantos por móveis em desuso: um divã adamascado, um espelho de chão coberto de teias de aranha, uma harpa do tamanho do maxilar de uma baleia. E, dispostos no outro canto, uma cama de casal, uma cômoda e uma escrivaninha com tampo de correr; encostada na parede há uma longa fileira de livros infantis com as lombadas rachadas coloridas feito balas. Ela reconhece as mesmas edições de bolso de Agatha Christie que leu quando menina.

Lucernas dominam o sótão, seis de cada lado, e entre elas galáxias de poeira se reorganizam no lusco-fusco.

Diana vai até a cama, coloca a mala de couro em cima dela e acende a luminária de chão. As profundezas do cômodo devoram a luz de uma vez só.

– Tem um clima meio Srta. Havisham. Você não toca harpa, toca?

– Estou meio enferrujada.

Nicky permanece junto à porta. Aquele é o quarto de uma criança ausente.

Diana vai até a escrivaninha; a cúpula do abajur se tinge de verde.

– O banheiro fica ali. – Uma porta aberta num canto distante, com revestimento de pastilhas redondas e banheira com pés. – Aqui era um quartinho de serviço, quando a casa tinha empregados.

– Entendi. – Nicky fica pensando se deveria estar ali, afinal.

– A chave da casa. – Diana a coloca em cima da escrivaninha, ao lado de uma folha de papel. – Anotei aqui meu celular, o de Madeleine e também o de Freddy, caso você queira que ele a leve de carro a algum lugar. Sebastian não gosta de telefone. A senha do wi-fi é "Watson7". W maiúsculo, sete em algarismo. Entre, entre!

Nicky entra no sótão e avança devagar, atravessando feixes de luz de contorno suave, um depois do outro, três, quatro, cinco. A área junto à cama reluz feito uma fogueira de acampamento enquanto se aproxima, com a mala de rodinhas batendo no chão atrás de si.

– Nossa faxineira vem amanhã à tarde – diz a anfitriã. – Se quiser que ela dê um jeito aqui. Adelina é uma santa e um furacão.

– Obrigada.

Diana volta para junto da porta.

– Considere que são seu quarto e sua casa. E...

Nicky aguarda.

Diana sorri e vai embora. Os passos dela morrem nas profundezas da escada.

Nicky se vira. Ao lado do espelho há um busto de gesso, uma cabeça bem-feita coroada de louros, e ao lado dela um punhado de tacos de croqué apoiados contra uma mesinha auxiliar. Um lustre transborda de uma caixa de papelão e filamentos de cristal se derramam até o chão; um cavalinho de balanço decapitado; quatro ou cinco mapas antigos em molduras douradas descascadas; e, bem rente ao chão, um par de olhos cintilantes.

Nicky se encolhe. Os olhos a encaram.

Ela vê outro par ao lado do primeiro. E outro. E mais outro. Onze olhos no total no rosto de seis buldogues franceses com a cabeça erguida e orelhas de pé. Uma linha de frente de caninos mortos-vivos.

Nicky por pouco não ri alto. Ela se agacha diante do cão mais próximo, preto e com as bochechas murchas, e lê a plaquinha em sua coleira: WATSON VI. O vizinho é um rajado rechonchudo: WATSON V. Em seguida, um caramelo pequeno, e assim por diante, até ela se ver cara a cara com um ciclope malhado: WATSON.

Ela vai até a escrivaninha e guarda a chave da casa no bolso. Abre a gaveta: uma tesoura de ponta arredondada, uma lupa de plástico, canetinhas coloridas. Imagina as mãos que seguraram aquelas coisas e observa as próprias mãos tremerem.

Baixa os olhos ao observar através de uma lucerna. Um poste de rua solitário. Nuvens se adensam ao redor da lua crescente.

Seu dedão do pé dá uma topada numa Bola Mágica coberta por uma camada de poeira, com o número oito escrito. Ela pega a bola, sacode e fica olhando a pirâmide azul surgir flutuando, carregada por uma onda de bolhas: IMPOSSÍVEL PREVER AGORA.

Algo cintila lá no alto. Acima da cama, além da luz da luminária de chão, o teto está coalhado de estrelinhas brancas, daquelas que brilham no escuro, destacando-se de maneira sutil contra a tinta. Nicky estreita os olhos, e o pequeno cosmos se revela:

Ela se senta na beirada da cama; o colchão é surpreendentemente firme, com lençóis de linho limpos. E, enquanto a luz se esvai daquele sótão, as janelas ficando escuras e os móveis sumindo, dá um suspiro.

O quarto de Cole Trapp. Imagine só uma coisa dessas.

7.

O Nissan bem básico de Freddy está equipado com um CD player de seis discos.

– Foi meio por isso que eu comprei esta belezoca – explica ele.

– O que tem pra tocar hoje? – Nicky torce para que ele não faça nenhum comentário cafajeste.

– Basicamente Maroon 5. E um audiolivro do tio Sebastian. *A queda de Jack.* – A saber, a nêmesis de Simon St. John, um personagem à la Moriarty conhecido apenas como Jack. – Achei que poderia render um assunto pra gente conversar. Eu e ele. Antes de ele bater as botas.

– E funcionou?

– Não. Pra onde vamos, falando nisso?

Eles saem de Pacific Heights; quando Freddy gira o volante, feixes de músculos se movem em seu braço. Nicky estuda o rosto dele. *O palerma do meu sobrinho*, tinham sido as palavras de Sebastian. Ela bem que gostaria de puxar conversa: está ali por causa dos Trapps, até mesmo os palermas da espécie; no entanto, depois de falar com o taxista, com a senhora e o senhor do castelo, ela se pega sem nada para dizer. Em vez disso, fica olhando para Freddy e o compara ao menino que ele era nas fotos de vinte anos antes, quando o noticiário o pintou como o primo adolescente perfeito no mistério familiar da família Trapp. Ele continua bonito, no estilo de um jogador de beisebol, mas além disso é também simpático, dono de um sorriso inconsequente e daquela voz ligeiramente travessa; isso as imagens não tinham captado.

Freddy freia num sinal e solta um grunhido de protesto ao mesmo tempo que franze a testa à claridade avermelhada do painel.

– Tive uma lesão labral ano passado – explica ele. – De vez em quando, meu ombro reclama sem motivo.

– Feito uma criança malcriada. Aqui, talvez?

Chegam a um pequeno restaurante de esquina que parece saído direto de 1955.

Freddy aponta, o que faz a manga da camisa subir, e ela entrevê uma linha fina de texto tatuada na pele acima do cotovelo. Ele vira o carro para um dos lados e freia.

– Quer vir comigo? – pergunta ela, educada.

Ele morde o lábio inferior.

– Eu gostaria, mas… combinei de jogar um torneio. – Cita o nome de um videogame. Nicky, que parou de se interessar por jogos logo depois de zerar o citado por ele, se livra do cinto de segurança. – Mas você tem meu número, né? Se precisar de mim. Pra uma carona.

Nicky o encara e nota que o rosto dele está corado. Talvez seja a luz do painel.

O cinto desliza pela frente do seu corpo.

– Diana me passou. Obrigada pela carona.

Ela salta, a bolsa do laptop pendurada num dos ombros.

– Bem-vinda a São Francisco. Não fale com estranhos – acrescenta ele, e o Nissan se afasta, deixando um rastro de gemidos do Maroon 5.

O restaurante: um jukebox, cardápios plastificados com imagens das entradas. Nicky se acomoda a uma mesa colada à parede e observa o próprio reflexo distorcido num porta-guardanapos de metal. Abre o laptop.

E o fecha em seguida. Reclina-se na cadeira…

– Quer fazer seu pedido?

Ela se empertiga.

– Uma Corona, por favor. Com limão. – Torna a se recostar.

Um mistério ou dois…

Cole e Hope Trapp sumiram na véspera do ano-novo de 1999, ou tecnicamente no dia seguinte, quando seu desaparecimento foi comunicado, uma vez que ambos tinham sido vistos depois da meia-noite, embora em locais distintos: Cole no beliche do primo Frederick à 00h15, quando o próprio Freddy foi se deitar; e Hope fora de casa, numa loja de bebidas em Presidio, onde o irmão e a cunhada de Sebastian a deixaram à 1h30 da manhã para ela poder reabastecer a lendária festa de ano-novo da família Trapp ("Cintilante!" "Luxuosa!" "Puro glamour!", entoavam em coro os jornais) com um mezcal particularmente exótico. Ela disse ao casal que de lá chamaria um táxi e voltaria para Pacific Heights levando um drinque para a saideira dos últimos convidados.

Dez minutos depois disso, Dominic e Simone foram dar uma espiada no quarto do filho. Viram Freddy aconchegado na cama de baixo do beliche; acharam que Cole estivesse na de cima, mas depois admitiram não ter olhado com muita atenção. ("Misterioso!" "Chocante!" "Inconcebível!")

A caminho de Pacific Heights, Madeleine Trapp, a filha, saiu de seu apartamento fora do campus em Berkeley poucos minutos antes das nove da manhã do primeiro dia do ano (o namorado de sua colega de apartamento confirmou ter topado com ela saindo do banheiro logo depois das três), por volta do mesmo horário em que Sebastian ligou para a casa do irmão atrás de notícias de Hope, que não voltara para casa até a hora em que ele fora para a cama; concluíra que ela tinha ido dormir na casa dos cunhados.

Mas não tinha, como lhe informou Dominic. E, segundo Freddy, que fora acordado pelo telefonema e havia acabado de informar naquele mesmo instante, Cole também não.

A investigação começou poucas horas depois. Imagens de câmeras de segurança foram examinadas: aeroporto, estação de trem, pontos de táxi, rodovias. Vizinhos foram interrogados; colegas de turma, questionados; os convidados da festa (cintilantes, luxuosos e cheios de glamour) se prestaram de bom grado a dar depoimento. Mas…

– Uma Corona com limão.

Nicky sorri e bebe um gole da cerveja, que se derrama por entre os gomos do limão.

A garçonete se abana com um cardápio.

– Alguma coisa pra comer?

– Um hambúrguer, por favor. Malpassado.

– Aqui é vegano, linda. Por isso o nome do restaurante é Grão da Paz.

Que saco, São Francisco. Nicky reprime um suspiro e pede cenouras com uma tigela de homus. Torna a fechar os olhos.

Por fim, os investigadores principais – um veterano encarquilhado prestes a se aposentar e sua dupla, uma mulher de olhar aguçado e cabelos verdes com apenas dois anos de casa – pararam de dedicar tanta atenção ao caso. Fazia seis meses que Hope e Cole tinham sumido.

Será que tinham fugido por vontade própria? Teria sido um duplo sequestro? Com certeza não poderia ter sido mera coincidência. Na internet – na época, a internet estava, para não dizer engatinhando, dando seus primeiros passos –, teóricos da conspiração teceram suas teias, revistas sedentas por cliques publicaram legendas sensacionalistas junto de imagens de Hope e Cole: SEITA! PROGRAMA DE PROTEÇÃO A TESTE-MUNHAS! ABDUZIDOS POR ETS!

Em fevereiro a polícia inocentou Sebastian publicamente de qualquer suspeita e agradeceu por sua colaboração. Nesse mesmo dia, ele partiu para a Inglaterra. Anos antes ele e Hope haviam comprado uma casa de campo em Dorset, onde ela nasceu e foi criada, e lá ficou enquanto Madeleine retomava os estudos e Dominic, Simone e Freddy seguiam a vida.

Sem uma carniça para atacar, a mídia acabou voando para longe.

Ao reaparecer em São Francisco, um ano depois, Sebastian tornou a sumir sem deixar vestígios do mesmo jeito que o protegido do vigário em *As pontes de Londres* e a urna surrupiada em *Cinzas, cinzas*. Do mesmo jeito que a própria esposa e seu filho.

Ele levaria dez anos para escrever outro livro. Demoraria quinze para voltar a se casar, embora sua escolha de esposa não tenha passado despercebida.

Porque, caso alguém tenha se esquecido, havia também os ajudantes. O casal tinha cada qual um assistente; o dele para ajudar nas pesquisas, a dela para administrar sua agenda do comitê. O assistente de Sebastian era um aluno de pós-graduação chamado Isaac.

A de Hope era uma jovem inglesa chamada Diana.

8.

Nicky fica quase duas horas no café. Meia dúzia de amigos lhe mandaram mensagens de texto nesse dia, todos fazendo a mesma piada: "E aí, já morreu?" Ela manda provas de vida a eles e garante que vai contratar seguranças, ou pelo menos uma dublê. Do lado de fora da janela, a neblina volta a borrar o ar, e carros passam deslizando por ela; aquilo não lembra em nada a maré de lava formada pelas luzes traseiras dos carros em Nova York. Ela conta nove Teslas antes de pagar a conta e chamar um carro.

Mais uma vez, sobe os degraus; mais uma vez, alisa com um dedo esguio a aldraba em formato de ponto de interrogação. Só que dessa vez Nicky insere a chave da casa na fechadura, gira e abre a porta com um empurrão. A entrada cavernosa está pouco iluminada e quentinha; lá longe, a escadaria sobe rumo à escuridão, e o retrato no alto dela não passa de uma caixa de sombras. As janelas dos dois lados estão puro breu.

No silêncio, ela se sente uma adolescente voltando de uma noitada depois do horário combinado.

– E *você*, por onde andou?

Nicky leva um susto e olha para a direita.

É um cômodo no qual ainda não tinha reparado. Pelo vão da porta, vê as costas de uma mulher curvada sobre uma mesa de carteado. Conta cinco outras mesas conforme chega mais perto, todas cobertas por peças de quebra-cabeça: no canto, há uma nuvem de peixes-palhaço laranja e brancos; ali por perto, a *Madame X,* de Sargent, dois braços desnudos, uma cintura fina e nenhuma cabeça.

Ela atravessa a soleira e adentra o século XIX de além-mar. Um mural extravagante recobre as quatro paredes: Londres iluminada por lampiões a gás, as ruas de paralelepípedos reluzentes, becos borrados pela névoa, cavalos e carruagens lustrosos e negros... e, cambaleando pelas pedras da calçada, andando em meio à neblina, dando a volta correndo na cabine da carruagem: meninos de rua, bêbados, comerciantes, ratos, gatos e uma dupla de cavalheiros empunhando bengalas com pomo de prata. A fachada de uma taberna ocupa uma das paredes; as janelas embaçadas e sujas de fuligem, com pedintes erguendo canecos do outro lado da vidraça, parecem cortinas de blecaute fechadas diante da casa.

Nicky observa a mulher por trás. Ela tem os cabelos despenteados e loiros, os ombros arredondados. Uma nuvem de fumaça flutua acima da cabeça dela. Numa das mãos, segura uma taça de vinho contendo um líquido vermelho. Nicky quer muito ver seu rosto.

A mulher pega um cigarro no cinzeiro.

– Alguém muito perigoso está parado bem atrás de você.

Nicky se vira e vê na mesma hora, bem ao lado da porta aberta: uma silhueta à distância, além do arco de um viaduto, parada na luz amarelada de um solitário poste de rua, de cartola na cabeça, com a capa ondulando para longe dos ombros e a neblina rodopiando a seus pés. Jack, o Estripador. Ela tenta não se afastar dele.

– Vem cá, quero dar uma olhada em você.

Enquanto avança, Nicky avalia o trabalho da mulher: um gato tigrado empinado nas patas traseiras, tentando atacar um canário dentro de uma gaiola.

– Esse quebra-cabeça aqui engana – explica ela, retirando com cuidado uma peça após a outra até o gato se desarticular e virar apenas bigodes e pelos espalhados. – Ele pode se encaixar de várias maneiras. Mas só existe uma solução verdadeira.

Ela então se vira, e Nicky enfim consegue ver seu rosto franco e agradável. Ela parece saída da proa de um navio viking, mas aparenta estar achando graça de alguma coisa, como se soubesse um segredo bem picante.

Nicky tenta não deixar o queixo cair; aquela pessoa de suéter e cabelos mal-ajambrados mal se parece com a atleta universitária retratada na imprensa vinte anos antes.

Debaixo da mesa, um animal se mexe e ronca: é um buldogue francês atarracado cujo focinho é uma verdadeira máscara preta amassada, com duas orelhas de morcego despontando da cabeça.

– Essa aqui é a Watson. – A cachorra espia Nicky com olhos esbugalhados e suspira, como se estivesse decepcionada. – E eu sou a Madeleine.

O aperto de mão dela é um único movimento rápido, do jeito que Nicky foi ensinada.

– Nicky.

– Ah, tô sabendo. – Madeleine indica as paredes com um braço. – Meu pai adora o final da era vitoriana. Lampiões a gás e histórias de terror. Ele bem que teria ambientado as histórias dele nessa época, se Conan Doyle não tivesse chegado primeiro. Aliás, eu sou uma prostituta.

Nicky franze a testa.

– Tá vendo ali?

Ela aponta para uma prostituta num beco, com a barra da saia suja de lama e os peitos enormes. Seu rosto é o de Madeleine.

– Meu pai perguntou se eu queria ser a dama da carruagem, e eu falei: "Mas nem pensar: quero me divertir. Já aproveita e me deixa bem peituda." – Um gole de vinho. – Sinto muito pelo seu quarto. – Ela ergue o cigarro. – É onde o meu irmão dormia. – Dá um bom trago, solta a fumaça para um lado e esmaga a guimba no cinzeiro. – Que hábito horroroso. – E arremata com um gole de vinho.

Madeleine se levanta até ficar com mais de 1,80 metro de altura, o corpo macio e carnudo, e se vira para outra mesa: um filhote de gato pendurado num galho de árvore acima das palavras AI, DROGA. No chão, Watson a segue se balançando de leve, como um espírito de estimação.

– Aí, há menos de uma semana, meu pai anuncia que quer… – Um dar de ombros. – Que quer *recordações* por escrito. Tá, claro… 80 milhões de livros, é lógico que ele tem histórias pra contar. Lugares que visitou, gente que conheceu. – Ela enfia a mão no bolso do suéter, tira de lá um maço amassado de cigarros e um isqueiro e acende um. Vai até a *Madame X* decapitada. – Ele conhece todo mundo. Bom… *conhecia*. Até vinte anos atrás.

Nicky ouve o leve embargo na voz dela e sente um impulso de consolá-la.

Madeleine olha para a imagem sem cabeça e, com dois dedos, traça o contorno de um ombro.

– Mas não acho que ele devesse gastar o tempo que ainda tem desenterrando o passado – diz ela por fim. – Ele *nunca* fala *deles*, sabe. Você deve estar sabendo de… de tudo que aconteceu.

– Sei, sim.

– Então, se for disso que estiver atrás…

Madeleine volta para junto de sua taça de vinho e constata que está vazia.

– Não estou atrás de nada – responde Nicky para aquela versão inesperada de Madeleine Trapp.

– É melhor você não ser uma trappmaníaca.

Nicky quase faz uma careta. Enxeridos, paranoicos e metidos a Sherlock, ávidos por histórias de assassinato, em geral preocupados com os dramas dentro de seus próprios grupos, e seguem obcecados pelo sumiço de Hope e Cole. Ficam alardeando supostos avistamentos; reencenam – pelo menos por escrito – o duplo assassinato; debatem métodos elaborados para se livrar dos cadáveres (banho de ácido como em *Ovelha negra*; esquartejar, cozinhar e dar de comer para um cachorro de estimação, como em *Por onde Mary fosse*); fazem fofocas sobre Diana, que nenhum deles parece ter de fato conhecido. Nicky já acessou essas salas de bate-papo ao longo dos anos, já percorreu os esgotos das redes sociais – é uma história intrigante, afinal –, mas só como observadora.

– Imagino que a resposta seja não. – O cigarro chia quando ela o apaga no resto de vinho. – Não tenho nada contra *você*, por sinal. Tenho certeza de que é superlegal. Meu pai diz que é. – Um sorriso; o sorriso dela é perfeito: a quantidade exata de dentes, de malícia. – Tenho certeza também de que vai agir com muita discrição.

– Discrição é meu nome do meio.

– Pouca gente usa o nome do meio. – Madeleine se agacha e o buldogue avança para o colo dela. – Bom... uff... então eu já vi você. Acho que tá bom por hoje.

Elas se despedem dos malfeitores e dos crimes e saem para a serenidade do hall de entrada.

– Ali fica o meu esconderijo. – Madeleine meneia a cabeça para uma porta na parede mais afastada. – Perto do relógio de chão. Meus doces aposentos. Watson mora comigo.

Os passos dela não fazem barulho no mármore.

– Há quanto tempo você mora aqui? – pergunta Nicky.

– Depois de adulta? Me mudei de volta no terceiro período da faculdade de direito e nunca mais fui embora. Também nunca me formei. Na verdade, nunca fiz uma porção de coisas.

– E o que você faz da vida?

Madeleine ajeita Watson no colo.

– Nossa, como ela tá ficando pesada. Meu pai dá patê pra ela comer. Você tem cachorro? Não dê patê pra ele. Vejamos: escrevi um livro horrível. Não vou perguntar se você leu. Você ficaria constrangida se a resposta fosse não. Eu ficaria constrangida se a resposta fosse sim. Uma jogada editorial. O editor do meu pai me perguntou se eu conseguiria escrever um romance de mistério decente. – A cachorra bufa. – Pois é, Watson. Não consegui.

O livro horrível tinha como protagonista uma detetive que perseguia um incendiário na São Francisco dos anos 1950, "uma história sem pé nem cabeça", como desdenhou um crítico. Nicky cogita mudar de assunto, reconfortar Madeleine, sugerir um almoço ou quem sabe um daqueles passeios turísticos da GoCar pela cidade (não *agora*, não à noite, depois de as duas terem bebido), ou então…

– Eu ajudei meu pai com alguns livros do Simon quando estava no ensino médio – continua Madeleine. – Quer dizer, com a pesquisa. Também fui ruim nisso. Mas sou boa em cuidar dele. Já te avisaram sobre o Otis?

Elas chegam à porta do quarto de Madeleine.

Nicky olha para a direita e vê a porta pantográfica de um elevador. Antes de conseguir responder à pergunta, Madeleine apoia Watson num dos lados do quadril e abre o outro braço como se fosse uma asa. Nicky avança para dentro do abraço: um abraço de Madeleine Trapp! Pode sentir a cachorra farejando a lateral do seu corpo.

– Boa noite. – Ela cheira a cigarro e a um xampu surpreendentemente floral.

– Boa noite – responde Nicky.

Um aperto.

– Eu queria muito que você não estivesse aqui.

Nicky decide retribuir o aperto mesmo assim, só por educação, mas Madeleine a solta e sorri. Em seguida desaparece dentro do quarto.

Uma bela surra, é disso que essa menina precisa, tinha dito Sebastian sobre a filha. Nicky não consegue imaginar alguém menos digna de uma surra.

Fica parada sozinha ali na entrada, com sombras negras empoçadas nos cantos e os degraus brancos estendidos à sua frente. À sua volta, tudo é silêncio. As paredes nada dizem umas às outras; os pisos não rangem. Nem mesmo o encanamento sussurra. Uma casa sem voz. Nicky pisa com força no mármore do chão. Um mísero baque; nenhuma reverberação, nenhuma revoada de ecos.

O som por acaso não se propaga naquela casa? Ou será que só as vozes humanas se propagam?

Seu olhar sobe pela escada até o retrato pendurado no escuro, a família fantasma.

Segundos depois, chega ao patamar. Na parede à sua frente, Madeleine está em pé ao lado do pai, de vestido branco, encarando o hall de entrada. A postura dela é perfeita, o rosto rechonchudo, grave e sombrio. A mulher lá embaixo tinha as costas curvadas e avaliou Nicky através de uma nuvem de fumaça.

Ela faz a si mesma a seguinte pergunta: por que um homem que nunca fala sobre a primeira esposa e o filho penduraria o retrato deles ali?

9.

MADELEINE SE ACOMODA DIANTE de sua mesa de trabalho, uma delicada escrivaninha que machuca suas coxas, e tira seu laptop do modo espera. Repara que deixou duas luminárias acesas o dia inteiro. Vai ganhar o troféu de moradora do ano da cidade.

Tinha dado um *abraço* nela.

Por que tinha dado um *abraço* nela?

Por pena, só se for. Por pena e por causa do vinho vagabundo. A garota parecia nervosa; nervosa e calada, e Madeleine desconfia de gente calada. Por que cargas d'água seu pai contratou aquele projeto de gente? Por que contratou quem quer que seja? Será que a garota vai poder circular livremente pela casa? Será que espera algum guia turístico? Será que vai querer visitar o quarto de Madeleine?

Ela gira na cadeira.

E aqui, anuncia algum pesquisador de museu, *podemos ver um quarto do final do século XX intacto.*

O sofá surrado e as duas poltronas idênticas aguardando em vão um grupo de cinco pessoas; a cama, lá no canto dela, aguardando em vão um grupo de duas pessoas; cortinas que pendem em grossas tranças escarlate diante de três janelas altas que dão para a rua; a cômoda baixa, o espelho e assim por diante, tudo igualzinho a vinte anos antes.

Observem o cartaz de um show da Cyndi Lauper, prossegue o guia, *e a reprodução ampliada de um postal alemão do século XIX. Podemos concluir que o morador ou moradora deste quarto gostava de música pop antiga, possivelmente de um jeito irônico, e que essa pessoa também foi, em algum momento da vida, pretensiosa.*

E, na parede dos fundos, a mesma estrutura larga de prateleiras abarrotadas com troféus de tênis, romances de capa mole, caixas de CD e fotografias emolduradas (Watsons variados em poses variadas), além de um abajur de lava (apagado), de um aquário (seco) e de uma avenca.

Watson reclama no seu colo.

– Concordo – diz Madeleine. – Nada de visitas.

Ela torna a se virar para o laptop.

O arquivo, guardado numa pasta escondida, tem o nome imagens papanicolau, o que lhe parece um provável fator para desencorajar qualquer interesse. Madeleine clica nele.

SEGUNDO SIMON

Roteiro de Madeleine Trapp

Baseado no romance de Sebastian Trapp

Ela percorre 25 páginas, dois assassinatos e muitas, muitas aparições do cachorro de Simon. O roteiro com certeza é ruim de todas as formas que ela temia, mas também de formas que ela parece ter inventado. Fica aliviada com o fato de o pai desconhecer a existência dele.

Três dos mistérios de St. John já foram adaptados para o cinema, todos com produções caprichadas, cada um deles muito bem recebido, e todos feitos muito tempo atrás, ponto ressaltado pelo produtor que entrou em contato com ela em fevereiro desse ano. O currículo de Madeleine é breve: quatro anos de faculdade, três períodos de especialização em Direito, cargos diversos de voluntariado, detalhes esses todos revisados pela última vez na internet em 2008; mas o produtor não estava trás de um arremedo de advogada desempregada: ele queria reviver a franquia Simon St. John, refilmá-la desde o início, e será que Madeleine poderia colocá-lo em contato com o autor?

Ela poderia, mas não fez isso nem vai fazer. Ainda não. Se Simon vai ser ressuscitado na telona, quem poderia fazer isso melhor do que Madeleine Trapp? Que reviravolta. Ela imagina o pai folheando com orgulho cem páginas de diálogos inteligentes e violência moderada; pode ouvi-lo elogiando suas ideias criativas, tão criativas que até agora ela ainda não as teve.

Você se apropriou de Simon, minha passarinha, dirá ele com uma risadinha. *Fala pra esse produtor que se ele mudar uma palavra sequer eu vou lá assombrar o banheiro dele.*

Madeleine se remexe na cadeira. Aquilo representa sua primeira oportunidade profissional interessante em mais de uma década. E o tempo é curto.

São 22h13. Seus dedos dançam pelo teclado. Vai escrever até meia-noite. Duas horas na Londres dos anos 1920, perseguindo um assassino armado com um guarda-chuva de ponta envenenada.

Às 22h16, vai até a cozinha e encontra o primo em frente ao fogão.

– Pensei que você já tivesse batido o ponto por hoje – diz ela.

– Esqueci meu celular. – Freddy cutuca um ovo que espuma na frigideira. – Aí me deu fome.

Ele vive com fome.

– Cadê a filhote de Boswell? – pergunta Madeleine, debruçando-se para dentro da geladeira.

– Quem?

– O fã-clube do papai. Quer um vinho bem ruinzinho?

– Não. E você, quer um sanduíche bem bonzinho?

– Quero.

Ela se serve, bebe, se acomoda diante da ilha e corre os olhos pela cozinha. Espartana ao estilo escandinavo, piso de ardósia, um banco abaixo da janela com vista para o pátio. No canto, uma porta externa e ao lado dela a passagem para a escada escura dos fundos. Tudo reformado quatro anos antes, o presente de casamento do pai para Diana. Diana, que praticamente nunca cozinha.

A mãe dela nunca havia pisado naquela cozinha.

– Ninguém diria que seu pai está condenado – comenta Freddy. – Lembra da semana do voluntariado naquele asilo? No ensino médio? E daquela senhora que ficava pra lá e pra cá prevendo as mortes? Ela ficou falando: "Henry vai partir amanhã. Ele tá se apagando. Quase consigo ver através dele."

– Ela era a maior atração.

– Mas a taxa de acertos dela era meio perturbadora. Comecei a imaginar se aquela mulher na verdade estaria *matando* as pessoas que dizia que estavam para morrer.

– Você conversou com ela?

– Mas é claro. Ela era hilária.

– Foi mal… eu quis dizer se conversou com aquela criatura lá de cima. Nicky. – O nome foi pronunciado com um leve tom de desagrado.

– Ela me pediu carona. Simpática. Não fala muito.

Ele deposita diante de Madeleine um sanduíche tostado.

– Que delícia é essa?

– *Era* um misto-quente na chapa – responde Freddy enquanto retira o ovo da frigideira com a espátula. – *Era* um croque monsieur. Mas com um chapeuzinho de gema mole o seu croque monsieur vira... – Ele deposita o ovo por cima do sanduíche. – Um croque madame.

Madeleine olha para ele, surpresa.

– A Diana falou isso mais cedo. Eu olhei na internet.

Se Diana tivesse dito arsênico, Freddy teria gargarejado com a substância. Será que um crush podia durar vinte anos sem azedar? Será que um homem não deveria tocar a vida?

– O que ela falou?

– Diana?

– *Não*. A tal da Nicky. A gente tá falando sobre a tal da Nicky.

– Ah, é? Sei lá... ela gosta de livros, talvez? É simpática. Tem um astral legal. Não perguntou sobre nenhum drama *familiar*, se é isso que você quer saber.

Você acha que ele matou os dois? É isso que Madeleine deveria ter perguntado. Deveria ter apontado para os elefantes bem grandes e bem mortos no meio da sala e feito a pergunta de uma vez.

– Bom, o nosso drama familiar é mais dramático do que a maioria.

– Madeleine. – Freddy balança a espátula para ela de um jeito bem solene. – Eles se correspondem há três anos. Se ela tivesse uma motivação dessas, tipo, sensacionalista, acho que a gente já saberia. E se ela pensasse que ele... você sabe...

– Matou eles.

– ... que ele fez isso, provavelmente não teria vindo aqui, concorda?

Madeleine reflete sobre o assunto.

– Cinco anos – corrige ela de má vontade.

– Então. – Ele mira a espátula em direção à pia uma vez, depois outra. – Acha que eu consigo acertar a pia?

– A mais de um metro de distância?

– Isso é um sim?

– Na verdade é um não.

A espátula faz barulho ao cair dentro da pia.

– Chupa.

Madeleine leva o prato de volta para a cama e divide o sanduíche com Watson. O roteiro pode esperar. Seu pai pode esperar... Embora não por muito tempo.

Ela se deixa afundar nos travesseiros. Ele já tentou duas vezes falar com ela sobre o futuro, e nas duas vezes Madeleine se recusou. O que a preocupa não é a herança – ela sabe que ele vai deixar dinheiro de sobra para ela, e para Diana, e provavelmente também para Freddy e a mãe dele –, mas a vida (dela) depois da morte (dele): como vai ser? Que *som* vai ter? Quem vai chamá-la de Maddy? A mãe a chamava de Mad; o irmão, de Magdala, embora só bem às vezes e em particular; esse era o codinome que ele tinha para ela, e o dela para ele também, inspirado num romance de Agatha Christie com dois primos batizados desse jeito. Madeleine já esqueceu como aquilo começou, mas se lembra de Cole murmurando *Feliz Natal, Magdala* enquanto empurrava um presente nas mãos dela ao pé da árvore, antes de os seus pais descerem a escada; lembra-se dos bilhetinhos que ele enfiava por baixo da porta dela nas noites em que tinham assistido a um filme nem tão assustador assim.

Para: Magdala
Posso dormir com você hoje, por favor?
Atenciosamente: Magdala

Ele batia na porta, e ela saía do meio dos lençóis, lia o pedido, abria a porta e dizia: "Entra, Magdala", e de manhã ele sussurrava: "Obrigado, Magdala", e o nome era aposentado até a próxima vez.

Magdala, Mad, Maddy. Em breve, apenas Madeleine.

Sobre a escrivaninha do outro lado do quarto, o monitor do laptop se apaga. Ela também deveria apagar, decide, e estende a mão para o abajur da cabeceira.

Após alguns segundos no escuro, ouve a própria voz indagar:

– Qual você acha que é o meu nome, Watson?

A cachorra bufa.

– Imaginei – diz Madeleine com um suspiro.

10.

Uma mulher inglesa lindíssima; uma filha que já viu dias melhores. Uma casa imensa. Um lago de carpas e uma escadaria imponente. Um emaranhado de corredores, um relógio de chão. Uma biblioteca. Um sótão… um sótão *assustador*. A casa é Styles, onde Poirot investigou aquele primeiro caso misterioso; é o número 221B da Baker Street, com as paredes crivadas de buracos de bala e as janelas fechadas para não deixar entrar a espessa névoa londrina. É Manderley. É o apartamento em Piccadilly onde Lorde Peter Wimsey virou detetive amador.

É tudo perfeito.

Nicky pega um livro da mala de couro e o leva até a cama, andando na ponta dos pés. Aninhada em lençóis de linho, com a pele esfregada e limpa e os cabelos ainda molhados, examina a capa: *O homem torto – O novo mistério de Simon St. John*. Não era mais tão novo, lógico, e o mesmo se pode dizer do exemplar dela. Nicky o folheia até a página quatro, onde as obras completas de Sebastian Trapp se equilibram numa coluna.

OS MISTÉRIOS DE SIMON ST. JOHN

Segundo Simon (1983)

Por onde Mary fosse (1984)

O homem das sete esposas (1985)

O menino triste (1987)

Pense rápido, Jack (1988)

Era uma vez uma velha (1989)

Corra rápido, Jack (1990)

A pequena aranha (1991)

Rosas são vermelhas (1992)

A queda de Jack (1993)

Ovelha negra (1994)

Cinzas, cinzas (1995)

As pontes de Londres (1996)

Quando ela era boa (1997)

O segredo dos sete (1998)

Para quem não tem filhas (1999)
O homem torto (2010)

NÃO FICÇÃO
Ousadia e conhecimento:
Opiniões de um escritor sobre romances de detetives (2000)

O homem torto agora já tem mais de uma década, e demorou dez anos para ser escrito. Nicky dobra a capa para trás.

E escuta uma saraivada de estalos nítidos, como uma chuva forte fustigando vidro.

Ela se senta na cama e se vira para a lucerna. O céu está limpo.

Mais alguns segundos de silêncio. Nicky torna a afundar no travesseiro.

Os mesmos estalos outra vez, um estouro como o de um plástico-bolha: rá-tá-tá-tá. Em seguida, uma leve badalada de uma sineta.

O som se propaga *mesmo* naquela casa.

Os olhos dela estão arregalados agora. Com certeza deve ser a Remington, dois andares abaixo.

… Mais cartas? Para quem? Ou será só alguma papelada burocrática, do tipo "eu, em pleno gozo de minhas faculdades mentais e físicas, venho por meio desta informar"? Mesmo assim, é divertido imaginar que ele está trabalhando outra vez, mergulhando nos becos de Spitalfields, peneirando as areias de Bermondsey. Uma última noite no SoHo.

Ela estica o braço para o abajur e o apaga.

Quando, em 2010, a editora lançou um novo romance de Simon St. John, o primeiro desde o século anterior, os livreiros comemoraram: Sebastian Trapp, invisível por tantos anos! Sebastian Trapp, cuja triste fama perdurava desde então! Mas será que os leitores se lembrariam de Simon, jovial aristocrata da Inglaterra dos anos 1920, atormentado por suas experiências nas trincheiras da França? Será que se lembrariam, quem sabe com mais carinho ainda, de seu companheiro canino Watson, um dos animais menos astutos da literatura? ("Watson nunca farejou uma pista sequer, nunca perseguiu um único suspeito", explica St. John para um cliente numa de suas primeiras aventuras. "Ele é só um amigo, e eu não poderia querer amigo melhor.") De sua irmã Laureline, cantora de ópera, morta em

O segredo dos sete, para grande pesar do público, mas vista com frequência em flashbacks; de seus amigos e inimigos na Scotland Yard, em especial o ambicioso investigador Trott; do Sr. Myers, o belíssimo farmacêutico de Essex ("o melhor homem da Inglaterra") e parceiro amoroso de St. John em incontáveis histórias escritas por fãs na internet, que sempre ministra habilmente os remédios do nosso herói e identifica venenos diversos como um expert; será que os leitores iriam acolhê-los outra vez?

E será que se atreveriam a restabelecer contato com o arqui-inimigo de St. John, o seu Moriarty, o engenhoso assassino em série conhecido apenas como...

Rá. T-tá-tá-trac. Tlim.

... Jack! Uma silhueta esbelta com uma máscara aterrorizante: pele de um branco ofuscante, olhinhos afundados diminutos e nariz imenso, dois chifres demoníacos e um sorriso parecendo um talho. "Igualzinho ao Jack Pés-de-Mola", como diz o investigador Trott, "aquele bicho-papão vitoriano que vive saltando por cima de telhados e batendo nas janelas das crianças".

Nicky encolhe os pés para junto do corpo.

Sim, os leitores se lembrariam; sim, eles se atreveriam. *O homem torto* alcançou as listas dos mais vendidos mundo afora. Críticos elogiaram o livro, alguns de modo extravagante. Sebastian Trapp estava finalmente de volta depois de um bom tempo.

E nunca mais escreveu nem uma palavra.

Rá-t-tá t-trac!

... Até agora, pelo visto. Aquelas explosões em staccato e o tilintar alegre da sineta eram estranhamente reconfortantes; Nicky fica pensando se a lareira estará acesa, as chamas lambendo a lenha, a lombada dos livros de Sebastian coruscando à luz do fogo.

Ela rola para um dos lados. As cordas da harpa parecem seda prateada; o cavalo decapitado cintila; os olhos de vidro dos cachorros mumificados brilham.

Ela se enterra nos lençóis até a cabeça.

Nos anos desde a sua segunda aposentadoria, Sebastian Trapp apareceu de vez em quando para jantar no Baron Club, para participar do evento beneficente de alguma biblioteca ou então para passear pela baía em seu iate. As histórias a seu respeito relegaram Hope e Cole a papéis coadjuvantes num drama muito antigo; o seu legado parece ser cada vez mais o de um escritor de muito sucesso. Um escritor de muito sucesso que sofreu um revés devastador, quem sabe. Ou um escritor de muito sucesso que cometeu o crime perfeito.

Nicky diz a si mesma para manter a calma. As entrevistas vão ser informais, amigáveis. Na verdade, nem entrevistas vão ser, e sim conversas.

Conversas são sempre um perigo para quem tem algo a esconder. Quem disse isso?

Seu telefone desperta sobre o travesseiro…

Ligação Nicky

… e então toca. Tia Julia não entende muito de tecnologia.

– Mandei o telefone te ligar – explica ela quando Nicky atende. – Ainda tá viva?

– Não é a primeira vez que ouço essa piada hoje.

– Não é piada. Não estou acordada depois da meia-noite pra contar piada.

– Desculpe – diz Nicky, falando sério agora e se sentando na cama. – Tô viva, sim, e animada. É emocionante!

– Viver com um assassino não é emocionante. Pare de cutucar as unhas.

– Não tô cutucando. – Está, sim. – Tudo bem aí em Savannah, tia Ju?

– Ah, *odeio* pensar que você tá aí.

– Não *odeia*, não – rebate Nicky, que tenta não odiar nada. – Você não se sente à vontade comigo aqui. *Eu* meio que não me sinto à vontade estando aqui. Mas é de um jeito interessante. Conviver com…

– Com alguém que matou…

– Não foi isso que eu… eu vim aqui contar a história dele, lembra?

– Isso é o que você diz.

– E quem sabe descobrir algo que ninguém mais sabe. – Ela não consegue deixar de torcer para que isso aconteça. – Mas não tô com medo.

– Não tá com medo *o bastante*, com certeza.

Nicky ouve o gorgolejar de um canudo e imagina Julia no balanço da varanda de casa, bebericando um julep e espantando mosquitos. É essa a vida de viúva que ela leva.

– Nicky, você é boa demais. Sempre pensa *o melhor* das pessoas. Elas se aproveitam, sabe? – Silêncio. – Já esteve com ele?

– Já estive com a família inteira, menos a esposa do irmão.

– E como eles são?

Nicky pensa em Madeleine, com seus cigarros e o vinho, em Freddy tagarelando enquanto dirigia. Em Diana também, educada porém distante.

– Um pouco... um pouco tristes, talvez. Como se não estivessem onde deveriam estar. Meio perdidos. Meio que sinto vontade de dar um abraço neles.

– Você meio que sente vontade de abraçar gatos selvagens, mocinha. Mas e o... – Um suspiro profundo. – E o Sebastian Trapp?

– Sebastian Trapp é uma força da natureza – responde Nicky.

– Isso você já esperava.

– Ele parece uma fogueira. Dá vontade de chegar mais perto e aquecer as mãos.

– Por que não disse isso antes? Não tem nada mais seguro do que uma fogueira.

– Bom, foi ele quem me convidou, então vou tirar o máximo de proveito da situação. Ah, quer saber qual foi a palavra de hoje? Digo, qual é ainda?

No Natal do ano anterior, Julia tinha dado de presente para Nicky um calendário absolutamente desnecessário com uma palavra por dia, agora com metade do volume original. Nicky o havia colocado na mala naquela manhã só para agradar a tia.

Ela o tira do fundo da mala de couro, remove a folha da véspera e examina a daquele dia.

– Então?

Após alguns segundos, Nicky responde:

– Agourento.

Um grunhido.

– Meio certeiro demais. Lembra que tem que usar a palavra numa frase antes de o dia acabar.

– Nada nesta casa é agourento.

Depois de desligar, Nicky pensa que isso não é de todo verdade. Ele parece *mesmo* uma fogueira, e o fato de estar ali, na Casa Misteriosa, a uma escadaria de distância de onde ele se encontra, é mesmo como botar a mão no fogo. A emoção de entrar em contato com uma substância perigosa.

Ela está pasma por ele a ter escolhido, aquele autor cujos livros ela ama; pasma por ele ter escolhido qualquer um. Abraça o próprio corpo, animada e nervosa.

O taxista havia perguntado: *A senhora não está com medo?*

Não com medo o bastante, sussurra Julia em seu ouvido.

Nicky avança de joelhos até o pé da cama e abre a mala de couro apoiada no móvel. Tira lá de dentro um embrulho fino de papel, volta a se sentar e faz deslizar no próprio colo uma pilha de nove cartões-postais. A imagem do primeiro é uma borboleta azul-índigo cujas asas parecem pétalas explodidas.

No verso, numa letra desajeitada:

Querida Nicky,

Meu nome é Cole, acho que somos correspodentes agora! Eu gosto de ler, de beber leite com acocholatado, de animais (cachorro) e de Beach Boys. Me fala da sua vida, o que você fais?? Que música você gosta de ouvir? Que roupa você uza? Tomara que a gente se escreva mais!

Seu amigo, Cole

A data é *abril de 1999*.

Nicky examina o postal seguinte, *Maio de 1999*, com um golden retriever sorridente nadando.

Querida Nicky,

Fui na loja de cartões no cais mais não tinha buldogue francês. O nome do nosso buldogue francês é Watson 4, ele é legal. Meu amigo Isaac me deu uma camizeta nova mais ficou grande, tá escrito: LOIRINHA. Quer ficar pra você? Se quiser ler um livro muito bom lê os do papai, são legais.

Seu amigo, Cole

Um professor a tinha inscrito num "programa de correspondência para jovens adolescentes interessados em ecologia e preservação da vida selvagem", pelo que ela se lembra. "Vamos achar uns amigos pra vocês", explicara ele, cheio de boas intenções, mas depois de o seu correspondente designado não responder, ela se viu em contato com Cole Trapp. Todos os meses recebia um novo postal: a borboleta, o cachorro, o panda-vermelho, o bicho-preguiça, um depois do outro – o cavalo-marinho, o morcego-da-fruta – até o último cartão em dezembro de 1999.

Não era sempre que os correspondentes viravam notícia no país inteiro por terem desaparecido. E ainda por cima com a mãe.

Mais uma vez, Nicky se acomoda nos travesseiros e fica examinando as imagens à luz do luar. A abelha, a água-viva...

Não vai contar nada ao seu anfitrião; ele com certeza não precisa saber sobre algumas mensagens que o filho dele mandou vinte anos atrás para outra amante dos animais. Não é por isso que ela está ali. Mesmo que tenha pensado nisso desde então.

Sua respiração vai ficando mais e mais pesada. A boca se entreabre. O último postal escorrega dos seus dedos. O escorpião.

Ela fica encarando a constelação de quatro letras no teto. Brilhando... bem fraquinha, mas brilhando no escuro.

E quando suas pálpebras estremecem e se fecham, o nome de Cole parece brilhar um pouco mais.

Quinta-feira, 18 de junho

11.

– ARANHAS TECEDEIRAS, NÃO ENTREM AQUI. – Sebastian saboreia cada palavra enquanto segura uma cerveja cintilante. – É o lema do clube. Mesmo assim, você veio.

Nicky sorri e tenta se endireitar numa poltrona baixa de couro tão macia que ela afundou quase até o chão. Do outro lado da mesa, seu anfitrião se empertiga numa poltrona de veludo de encosto alto, já meio gasta. Ela segura com força o braço da poltrona e abre mais o sorriso.

Dormiu profundamente na noite anterior – um sono de princesa de conto de fadas, de maçã envenenada – e acordou num sótão caiado de luz; enquanto andava descalça até o banheiro, feixes luminosos incendiaram seus cabelos e fizeram sua pele brilhar. Ela se sentiu renascida.

Uma mensagem de texto e uma foto a aguardavam: Irwin e Batata debaixo das cobertas, o focinho do cachorro enterrado na axila do homem, uma das patas por cima da boca dele. Um nude pra você.

Irwin não dormia na cama dela desde fevereiro. Será que ela está com inveja do próprio cachorro? Será que está tão carente assim?

... Na verdade, não. Espero que você esteja com as vacinas em dia, responde ela depois de se vestir. De sair do quarto. De tornar a entrar no quarto. De encontrar o calendário da tia no meio dos lençóis. Palavra do dia: *escafeder-se,* "ir embora ou deixar de súbito uma reunião social". Abaixo: *Use essa palavra divertida numa frase hoje!*

– Sem chance – respondeu Nicky.

Em seguida, o trajeto de carro até o Baron Club no Jaguar verde de Sebastian, as ruas se desdobrando à sua frente, os alto-falantes tocando música clássica ("Não que eu *goste,* mas sinto que *esperam* isso de mim"). Em frente a um imponente prédio de tijolos vermelhos em Lower Nob Hill, um manobrista trocou de lugar com Sebastian ("Bom dia, Sr. Trapp"), um porteiro os recebeu ("Há quanto tempo, Sr. Trapp"), um recepcionista os acompanhou até uma mesa baixa abrigada num canto ("O de sempre, Sr. Trapp?"), um garçom trouxe um copo de cerveja ("E para a moça, Sr. Trapp?").

– Um suco de abacaxi, por favor – responde Nicky.

O garçom nem olha para ela, apenas acende um abajur cuja cúpula negra fica salpicada de luz.

O salão do clube é bem arejado para uma velha construção de alvenaria. Garçons deslizam de um lado para o outro, todos do sexo masculino, assim como os sócios, enquanto cubos de gelo tilintam dentro dos copos. Há quadros nas paredes, a maioria representando cavalos e homens brancos, mas um ou outro de corujas também, e até mesmo alguns espécimes empalhados que a encaram com olhos que parecem faróis.

– Aranhas tecedeiras... a ideia é não falarmos de trabalho entre estas paredes – diz Sebastian, admirando sua cerveja.

O terno do dia, com colete, é um *pied de poule* marrom com uma gravata verde-esmeralda. A não ser quando está em turnês – ela se lembra de ver fotos dele em trajes de safári, triunfante, montado num elefante, todo encasacado numa parca na tundra siberiana –, Sebastian Trapp sempre foi conhecido pela formalidade no vestir. Ela se remexe, incomodada com a calça jeans e a blusa que está usando; sente uma revoada de olhares pousarem nela como se fossem pássaros num fio.

– Estou malvestida – murmura ela.

– Você está vestida como uma mulher. O clube não aceita mulheres. – Sebastian fica de pé e se dirige ao salão. – Já chega, cavalheiros, o espetáculo acabou. É só uma mulher humana. Não tem problema – garante ele à convidada. – O que eles vão fazer, me expulsar? Vou ter morrido antes de o pedido ser aprovado!

O garçom volta com um suco de maçã. Nicky não reclama.

– Ao senhor – diz ela a Sebastian enquanto ele se senta.

– À morte – diz ele.

E ambos bebem. *Olha eu aqui, brindando com Sebastian Trapp*, pensa ela.

– Nossa, fica mais gostoso antes do meio-dia – comenta ele com um suspiro. – Você está bem instalada naquele museu lá em cima?

– Muito. O senhor tem uma casa linda.

Ele toma outro gole e suga a espuma por entre os dentes.

– É, acho que tenho mesmo. Não vejo mais grande parte da casa. A sala de jantar, quando estou me sentindo civilizado. Minha biblioteca.

– Ouvi o senhor à máquina ontem à noite.

– É mesmo? Tem um quarto de hóspedes logo abaixo do seu. Ele deve conduzir o som.

– Posso perguntar no que está trabalhando?

– Eu estou trabalhando… você é direta e reta, não é? Estou trabalhando nas minhas providências. Quem vai herdar o quê. Quanto deixar para o cachorro. Então na biblioteca é isso. Que outros lugares eu frequento? Meu quarto, onde durmo, sonho e onde meu sangue é limpo trissemanalmente. Que satisfação essa palavra. *Trissemanalmente.* – Ele franze o rosto de prazer. – Repita comigo.

– Trissemanalmente.

– Saiu horrível. Saboreie.

– *Trissemanalmente* – entoa ela, e sente o rosto se franzir também. *Olha eu aqui, fazendo graça com Sebastian Trapp.*

– Ah! – vocifera ele.

Um tremor percorre o recinto, e meia dúzia de homens entretidos com o próprio almoço quase se levantam da cadeira e olham para ele de cara feia.

– Então, Diana tem o próprio quarto. Minha primeira esposa também tinha. Na verdade, é o mesmo quarto. Já falei da minha primeira esposa?

Nicky tem um sobressalto. Ele já falou dela, em linhas gerais, em três ou quatro cartas.

– Já.

– Bom, quando nos mudamos para a casa, cada um de nós reivindicou seu território. Foi logo antes de o meu filho nascer. Já falei do meu filho?

– Já. – Em linhas gerais, em duas ou três cartas. Nicky aproveita a deixa.

– Quer começar por eles?

Ela apoia um bloquinho no colo, desliza o dedo pela tela do celular para fazer o aparelho ganhar vida e o coloca em cima da mesa, sob o halo da luminária. Lembra a si mesma que deve se concentrar: aquela é uma oportunidade de fazer um bom trabalho. Clica em gravar.

– Estamos ao vivo? Ah, por onde começar… "minha mente parece um depósito abarrotado onde estão guardados pacotes de todos os tamanhos, tantos que eu poderia muito bem ter apenas uma vaga ideia do que eles contêm." – Ele a encara.

– Sherlock. "A aventura da juba do leão." Mas o senhor ia dizendo…

– Você entende de santos?

Nicky faz que não com a cabeça.

– Não fazem meu estilo.

– Meu pai entendia. Ele era militar. Sobreviveu ao desembarque da Praia de Omaha. Levou um tiro aqui... – Ele toca o quadril. – ... e outro aqui. – A barriga. – De modo que tinha poucas expectativas em relação à própria linhagem. Então, São Sebastião é o santo padroeiro dos soldados e dos atletas. Pintores amam São Sebastião. Um herege de uma beleza que chegava a ser obscena, com flechas cravadas no corpo como se fosse uma daquelas almofadas de alfinetes. Em geral com uma expressão atormentada.

Sebastian, esse Sebastião do século XXI, acena para um transeunte sem parecer nem um pouco atormentado.

– A cena: uma base militar em Berlim Ocidental. Um novo Sebastião entra em cena, Sebastian, um menino parrudo. O único bebê que já dormiu em cima de uma maca. – Ele beberica um gole de cerveja; seu lábio superior fica cremoso de espuma. – Depois de um tempo, eu ganhei um irmão, batizado de Dominic em homenagem ao padroeiro dos astrônomos, de modo que nessa rodada eu saí vencedor. Tive pai e mãe. Depois, só pai. Depois, nem pai nem mãe. Depois, nenhum irmão. – Ele percorreu cinco décadas no mesmo número de frases. – Eu tinha... 10 anos, 20 e 60, nessa ordem. Belos números redondos. Primeiro minha mãe morreu, de lúpus; foi bem rápido. Depois meu pai morreu com um revólver na boca, o que foi mais rápido ainda. Me recorde uma coisa: seus pais ainda são vivos?

Nicky olha para ele, espantada.

– Não. – Ele aguarda. – Minha mãe morreu quando eu estava na faculdade – explica ela – e meu pai infartou cinco anos atrás.

– Acontece. Foi Dominic quem encontrou o corpo à mesa da cozinha. – Ele cruza as pernas intermináveis e balança um pé calçado com sapato social. – O Sargento... era assim que chamávamos nosso pai; ele àquela altura já era sargento-mor, mas *Sargento-Mor* é meio comprido. O Sargento tinha tomado café. Que desperdício de cafeína. – O pé fica imóvel; bem devagar, ele corre os dedos pelo vinco da calça como se formassem um zíper. – Eu estava cantando no chuveiro para espantar um pesadelo quando Dominic puxou a cortina do boxe.

Ela se pega prendendo a respiração. O sujeito sabe mesmo contar uma história.

– Ele morreu às 7h58 da manhã. – Sem saber ao certo como reagir, Nicky anota isso no bloquinho, depois risca. – A bala tinha atravessado direto o crânio e se alojado no relógio que ficava em cima do fogão, entende? Igualzinho a um livro de mistério… um relógio de pulso espatifado confirmando o horário da morte. Até hoje, quando o Detetive Fulano aponta para um relógio parado, eu lembro a mim mesmo que isso pode acontecer. Não que algum dia eu tenha chegado tão no fundo do poço, claro. Um relógio parado… sério.

Ele bebe mais um gole de cerveja.

– Àquela altura, eu já tinha passado um tempo morando em São Francisco. Só tinha voltado a Berlim para despachar meu irmão para Berkeley. Nós adiamos a partida. Mas não por muito tempo. – Ele arqueia as sobrancelhas. – E aí só sobraram dois.

Nicky fica em silêncio por um instante.

– Deve ter sido duro – comenta ela com sinceridade.

– A vida é dura. Ela mata todos nós, afinal. – Ele alisa a gravata. – A morte veio buscar Dominic numa estrada escura. E o deixou lá. Um atropelamento à meia-noite na Pacific Coast Highway; o motorista não prestou socorro. E por falar em fundo do poço… Foi uma reviravolta cruel; ele tinha me ajudado a sobreviver depois de Hope e Cole sumirem.

Nicky se remexe como se tivesse levado um choque de eletricidade estática. *Ele nunca fala deles.*

– Dominic cozinhava… era dono de vários restaurantes, e o palerma do Frederick cuidava de Watson IV. Ele e Cole tinham sido criados juntos. Freddy, digo. Tinham quase a mesma idade. Chegaram a estudar na mesma escola. – Ele segura a cerveja com as duas mãos e acaricia o copo com os dedos. – Era o único amigo do Cole.

Todos os jornais tinham publicado a mesma imagem: Freddy, olhos e cabelos escuros, em pé ao lado do primo baixinho e branco, ambos empunhando uma raquete de tênis. Para Nicky, os dois meninos pareciam pertencer a espécies diferentes.

– E Simone ficava falando – conclui Sebastian.

– Falando?

– Isso. Simone é aquela faladora perfeita, que não se importa nem um pouco se você está escutando ou não. Eu escrevi alguns dos meus melhores textos com ela recitando um monólogo em algum lugar por perto. Ela é um ruído branco de primeira categoria. Acho relaxante.

– Entendi. – Nicky fica curiosa para falar com Simone.

– A família nos visitava quase todo dia, sozinhos ou em grupo. Embora Dominic tenha parado de aparecer depois que morreu.

– E o senhor, fazia o quê?

Sebastian franze a testa.

– Quando?

– Durante todo esse tempo. Até *O homem torto*.

– Acabei de dizer. Eu ficava em casa, quicando feito uma bola de squash entre quatro paredes. O que você acha que eu fiquei fazendo?

– Não sei. – Ela se sente acanhada de repente. – Ninguém sabe.

Ele termina o copo e faz sinal para pedir outro.

– Minha jovem, só existe um objetivo, um único objetivo possível para um homem que perdeu a esposa e o filho numa única noite, a saber: resistir ao impulso esmagador de estourar os próprios miolos.

12.

Nicky fica encarando o homem.

Ele está ajeitando o lenço no bolso da frente enquanto um pé se balança para cima e para baixo com a mesma regularidade de uma pulsação, ao mesmo tempo que seu desejo de morte paira no ar.

Sebastian Trapp nunca fez nenhum comentário público sobre Hope e Cole, nem mesmo nos dias seguintes ao desaparecimento, quando a polícia implorava por informações em entrevistas coletivas e apresentadores de rádio e tevê pediam à audiência muito disposta que enviasse dicas inúteis.

Na mesma hora, Sebastian ofereceu uma recompensa de 1 milhão de dólares para quem tivesse alguma informação que conduzisse ao paradeiro da esposa ou do filho. Na semana seguinte, ele dobrou a recompensa. Os telefones tocaram; os céticos caçoaram.

Mas, como ele tinha se sentido, como havia passado pelo luto (se é que isso tinha acontecido), permanecia um mistério.

– Passei um bom tempo obcecado pela morte – revela ele enquanto bebe um gole de mais uma cerveja e se acomoda na poltrona, como alguém acostumado a ter plateia. – Desde a morte da nossa mãe.

Nicky quer se demorar naqueles anos perdidos mais recentes, prendê-lo ali como uma borboleta a um pedaço de cortiça; mas ele já voou para longe.

– Ela trabalhava como bibliotecária na base – continua ele –, e eu sempre ia pra lá depois da escola e ficava lendo. Minha mãe era quem escolhia os livros. Por um tempo, foram histórias de aventura. Tintin, claro, muito divertido e muito racista... e *Os Robinsons suíços*. Ah, viver numa casa na árvore! – Ele dá um tapa de alegria no próprio joelho, e Nicky se pega sorrindo. – Ou *O conde de Monte Cristo*. Imagine só, arquitetar uma vingança implacável!

Ele entrelaça os dedos e os leva à covinha do queixo.

– Nossa mãe era... ela demonstrava uma ternura *especial* a qualquer um que pudesse ser visto ou que se visse como inferior. Os mal-amados. Os azarados. Os desalentados. Os indefesos. – A cada palavra, a voz dele vai ficando mais grave e baixa, como se lastreada por um peso.

Ele então empunha o copo de cerveja.

– Há anos eu não pensava nisso.

– Há anos não pensava em quê?

– Você vai ter que parar de repetir tudo que eu digo. Pode ser que fique irritante.

– Estávamos falando sobre sua esposa e seu filho.

– Minha esposa e meu filho. – Ele bebe, estala os lábios. – Cole teve problemas pra ler, sabe? Herdou isso de mim. Ah, sim – acrescenta ele quando Nicky arqueia as sobrancelhas. – Na época, os pais não consultavam nenhum especialista, claro. Só torciam para o filho se virar.

Ele tornou a escapulir do controle dela e a recuar para dentro da bruma do passado. Nicky suspira baixinho; com certeza está interessada no passado dele, mas aquele desaparecimento na virada do século é como uma cicatriz: mesmo querendo, ela não consegue desviar os olhos.

– Eu transformei a leitura num jogo – explica Sebastian. – Cada palavra era um mistério em miniatura. Linha após linha. Eu avançava a duras penas porque sabia que devia haver uma solução. Que todo aquele caos na verdade era apenas uma cena que se poderia colocar em ordem.

– Como uma história de detetive.

– Elementar, minha cara. E minha mãe, que Deus a tenha, adorava uma história de detetive. Juntos, nós viramos, bem devagar, cada página de *O signo dos quatro*. Ela então largou meia dúzia de romances da Agatha Christie na minha escrivaninha. Quando completei 13 anos, escrevi uma carta para dama Agatha pedindo um autógrafo… ela ainda estava vivinha, vale lembrar. E algumas semanas depois pude segurar nas mãos um retrato autografado em papel fosco de 20 x 25 de uma senhora de 75 anos usando um vestido preto simples. Quase chorei. Quem visse pensaria que era uma foto da Jayne Mansfield.

Nicky abre um sorriso educado; já ouviu essa história nas entrevistas. Ele está falando em espirais, voltando aos primeiros capítulos da mesma forma que Simon revisita testemunhas para expor a camada seguinte da história, o segredo por baixo da pele.

– O Sargento lia com o senhor?

– O Sargento fazia bem pouca coisa comigo – responde Sebastian.

Ele abre a tampa do relógio de bolso com um clique e torna a fechá-la sem consultar as horas. *Inquieto feito um colegial guardando um segredo,* escreveu alguém certa vez.

– Quando lia aqueles livros, eu imaginava finais diferentes, inventava outra forma de sair do labirinto. A motivação era mais complicada, mas, enfim, sempre é. Principalmente quando se é criança. Depois que minha mãe morreu... – Ele engole a cerveja. – Fiquei... obcecado com aquilo.

– Obcecado com a morte *dela*?

– Com a morte em geral. – Ele estreita os olhos. – Pensando se ela viria me buscar. *Quando* viria. Já que eu não iria pôr um fim na morte, será que ela teria a bondade de pôr um fim em mim?

E lá estava aquilo outra vez! Aquela energia sombria no olhar, na voz. Os dentes à mostra. A potência também. Ele é uma substância perigosa.

Sebastian pousa o copo sobre a mesa.

– Depois de me mudar para Boston em 1968, segundo consta, virei mecânico de automóveis. Eletricista também. Labirintos debaixo de capôs! Um mistério em cada volt! Gostava de motores, de fios e de quebra-cabeças. Tinha um pouquinho de massa cinzenta... – Ele batuca a têmpora com um dedo esguio. – ... e era jeitoso. É sério, essas pessoas fazem mágica. São profissões nobres.

Ele olha feio para o recinto, para todo o grupo de homens brancos trajando ternos escuros; então faz uma careta, descartando-os com um aceno como se fossem fumaça. Nicky quase espera ouvi-lo fazer *pfff*.

– No ano seguinte, me mudei para a Califórnia e fui ser aprendiz de relojoeiro. Foi no verão do Assassino do Zodíaco. E dos seus enigmas. – Ele balança a cabeça. – Ele mandou quatro pra imprensa: um no início de agosto, o resto um pouco mais tarde, no mesmo ano e na primavera seguinte. O primeiro, se é que você se lembra...

Nicky não se lembra; não era nascida, tampouco tinha pensado muito sobre o Assassino do Zodíaco antes da viagem de táxi da véspera.

– O primeiro foi dividido em três partes e entregue a três jornais diferentes de São Francisco. Cada um publicou a respectiva parte, conforme as instruções. E um dia depois veio a solução.

– Quem resolveu?

– A maioria das pessoas diria que foi um casal de Salinas. Eles levaram vinte horas.

– A maioria das pessoas se enganou?

– Eu levei pouco mais de doze. – Ele corre um dedo pela borda do copo. – Liguei para o jornal antes de sair para o trabalho e deixei o telefone da relojoaria. Mas quando o jornal ligou de volta, o relojoeiro não quis me passar a ligação. Eu sempre batia o ponto atrasado, ironia essa que não me passa desapercebida, e nesse dia fiz isso, e ele se irritou. Passei a tarde inteira mergulhado nas entranhas de relógios pensando no código que tinha conseguido decifrar, pensando no assassino. E, no final do dia, quando finalmente consegui falar com um dos editores… St. John era o nome dele, Michael St. John, bem católico… o casal de Salinas já tinha entrado em contato com o *Chronicle*. – Ele dá de ombros. – "O homem é o mais perigoso dos animais", tinha escrito o Zodíaco. Meu Deus, que monstro. – Sebastian termina a cerveja, e filetes de espuma descem rastejando pela parte interna do copo. – E também era péssimo em ortografia.

– Eu não sou muito boa em ortografia – admite Nicky.

– Então você agora é o Zodíaco.

– E aí, o que aconteceu?

– "E aí, o que aconteceu? E aí, o que aconteceu?" Você parece meus filhos quando eu contava uma história pra eles antes de dormir. – Nicky toma um gole do suco. – Aí o que aconteceu foi que Michael St. John explicou que o editor de palavras cruzadas do jornal estava ficando senil, que pelo visto eles tinham publicado várias palavras cruzadas com erros de ortografia curiosos, e perguntou se eu não queria apresentar algumas amostras. E voilà… – Ele abre os braços como se estivesse se apresentando, como se fosse um prêmio num jogo de perguntas. – Editor de palavras cruzadas aos 20 anos de idade. Nada mau pra um moleque que não conseguia nem ler, não é? Mas eu gostava do trabalho. Não tirei nenhum dia de férias em quatro anos, só quando chegou a hora de ajudar Dom a ir para a faculdade. E sabemos o que aconteceu quando voltei a Berlim.

Ele encara a bebida que sobrou no fundo do copo, em seguida desliza os olhos na direção do celular de Nicky.

Ela sente um arrepio na pele: ele está prestes a dizer algo que nunca disse.

Quando torna a falar, ele o faz devagar.

– Eu liguei para Michael St. John e expliquei que tinha pegado uma pneumonia. Pedi mais três folgas por causa do enterro. Não contei pra ninguém que tinha enterrado meu pai.

– Por que não?

Sebastian dá um suspiro.

– As pessoas da sua idade… os jovens… vocês tratam a vida como se fosse uma galeria, uma exposição pública aberta a todos. A minha vida não é uma galeria. Ela é uma cripta, uma caixa-preta, e desculpe se não sei dizer isso de um jeito mais elegante, mas não é da conta de ninguém.

Nicky faz uma pausa.

– Não acho que a minha vida seja uma galeria.

– Que bom. Não é mesmo. E, além disso, eu fiquei com vergonha – continua ele, dando tapinhas nos bolsos, a voz acanhada. – Sei que racionalmente não faz o menor sentido. Mas não é com a cabeça que se sente, e tive vergonha. Fiquei pensando se alguém poderia pressupor que eu também quisesse tirar minha própria vida.

Ele tira um cachimbo no bolso do paletó.

– Cerejeira legítima – sussurra. – Comecei no mês passado. Uma boa hora pra adquirir maus hábitos, não é? Será que devo acender?

Mais uma vez ele sorri, aquele seu sorriso contagioso; parece uma criança provocando um amigo a desafiá-la.

– Fumar em lugares fechados é crime na Califórnia, não? – responde Nicky. – Melhor esperar, talvez?

– Acho que sim. – Sebastian esconde o cachimbo no bolso. – Onde eu estava? Ah, sim: em 1975 conheci minha esposa…

– Numa festa de Réveillon.

– Você estudou *mesmo*. Nós nos casamos, saímos em lua de mel, economizamos, juntamos dinheiro. E por anos eu inventei palavras cruzadas. Não ganhava grande coisa, mas era mais do que Hope recebia como assistente social. Aquilo me tranquilizava, o fato de sempre saber a resposta.

Ele passa alguns segundos calado. Então leva um dedo à testa e com ele traça um círculo, como quem dá corda num relógio.

– O ano era 1984. Já fazia algum tempo que eu vivia de bolar quebra-cabeças. Um dia… mas isso você já sabe, claro… um dia pensei com meus botões: "Sebastian, seu pedaço de mau caminho, que tal um ex-soldado que virou detetive?" A Primeira Guerra Mundial termina, o veterano aristocrata busca uma distração. Decido que ele tem uma fortuna independente, porque todos têm. Ninguém quer um detetive com orçamento apertado. Pelo menos eu não. Àquela altura, eu já tinha conhecido algumas pessoas em São Francisco que eram muito bem de vida, e achei aquilo inspirador. Ah, assim vou ficar mal-acostumado.

Outra cerveja tinha sido posta na frente dele, coroada por um colarinho de espuma. O copo de Nicky está sem suco nenhum, mas o garçom já sumiu.

– Eram as mesmas características de Dorothy Sayers, claro. Mas como eu não tinha lido Dorothy Sayers, meu herói não tropeçou em Peter Wimsey ao adentrar minha mente. Eu o batizei de St. John em homenagem a Mike e escolhi Simon por causa do meu pai. Um raro momento de sentimentalismo. – Ele toma um gole. – A morte iria obcecá-lo como obcecava a mim. Logo antes do final, inventei um bordão pra ele: "Eu já deveria ter colocado um ponto final nesse caso faz tempo." Achei que soava autodepreciativo. Tem um monte de detetive por aí que é sabe-tudo, mas leva um tempão pra solucionar o caso.

Nicky concorda com um meneio de cabeça. Ela nunca leu aquilo em lugar nenhum.

– Um conhecido meu, também escritor, me indicou para a editora dele, e... bem, os detalhes são lamentáveis, mas no final minha última editora me aceitou. Por uma miséria. E me colocou para *trabalhar*. Ela imaginou que a história se tornaria não apenas um livro impresso, mas um best-seller. Tem gente que acha que isso é um palavrão. Essas pessoas não escrevem best-sellers.

Ele sorve um grande gole, engole, expira... e Nicky fica pensando se o sujeito não parece um tiquinho nervoso.

– O resto é história. Um sucesso estrondoso. Não sei por quê. Quando os direitos autorais começaram a chegar, nós nos mudamos para a nossa casa... o imóvel tinha sido confiscado por falta de pagamento, foi uma pechincha... e eu subi a escadaria até o segundo andar com Hope no colo. Cole nasceu umas semanas depois, prematuro de alguns meses. – Ele aquiesce. – Dia 16 de outubro de 1985.

Nicky anota a data no bloquinho, abaixo da data de morte do Sargento.

Sebastian observa a mão esquerda dela se mover sobre o papel.

– Eu fui bom com St. John. Ele foi bom comigo. Por muito tempo, ele foi bom *para* mim. Até que começou a não ser mais.

Ele gira o copo, e a bebida se agita lá dentro.

– Por anos, não conseguia entender os escritores que se ressentiam dos seus personagens. Esses personagens eram o ganha-pão dessa gente! As galinhas dos ovos de ouro! Conan Doyle matou Holmes, como você bem sabe. Jogou-o das Cataratas de Reichenbach. Ele passou quase dez anos morto. Agatha Christie detestava Poirot, dizia que ele era "esquisitinho". Eu achava isso um sinal de ingratidão. – Ele pousa o copo e fica na beirada da poltrona. – Mas um dia comecei a sentir de repente a mesma coisa por Simon. Sempre disfarçado, sempre fantasiado de alguma coisa. Não conseguia mais suportar aqueles pequenos anglicismos dele: aquela mania de beber Pimm's e de jogar críquete, aquele jeito de falar "*Poppycock!*", e o chá da manhã, e o da tarde…

– Eu adoro o Simon – diz Nicky antes de conseguir se conter. – E adoro os seus livros. Devem ser meus romances de detetive preferidos.

Ele ergue uma das sobrancelhas.

– Devem ser?

– Devem ser.

Mas o coração dela está batendo cheio de orgulho, os dentes cerrados: Nicky é capaz de defender um livro amado como se fosse um filho. Mesmo do próprio autor.

Sebastian torna a se recostar na poltrona com um ar radiante.

– Então eu coloquei um ponto final no Simon. Nada de começar um parágrafo novo. Resolvi deixá-lo num canto da estante por um tempo. E a verdade é que… – Ele estende a mão para o copo. – … é que ele não me fez falta.

Nicky hesita. O risco vale a pena.

– Quando o senhor decidiu desistir dele? Foi logo depois… – Ela abranda a voz. – … logo depois daquela noite?

Sebastian a encara com uma expressão neutra. Ela se prepara, prendendo a respiração.

O olhar dele se move para um lado.

– Acho que por hoje chega. Estou ficando cansado. – Um último gole e ele se levanta, bate com as mãos espalmadas nas coxas, alisa as mangas do paletó. – Nossa carruagem nos aguarda.

Mas quando Nicky vai pegar o celular em cima da mesa, ele ainda não se afastou. Ela ergue o rosto e o pega olhando para baixo.

– Sabe, por muito tempo… eu vivi quase morrendo – diz ele.

A testa dele está franzida, o olhar perturbado; ela se pergunta se ele está surpreso consigo mesmo. E então Sebastian sai do salão.

13.

Nicky continua sentada por alguns instantes, remexendo o maxilar, refletindo.

Então uma sombra a envolve. Ela olha para cima.

Para cima e para os lados. O homem é imenso, um verdadeiro eclipse de sobretudo e gravata, com a camisa de linho rosa esticada por cima da barriga como a casca de uma fruta nociva. Olhos pretos à espreita por baixo de sobrancelhas em zigue-zague. O rosto da mesma cor de um bife malpassado. O couro cabeludo está cheio de caspa.

– Lionel Lightfoot – diz ele, estendendo-lhe a mão que parece um presunto. – Sim. Ah. Eu entreouvi... *que aperto* de mão... não tive *como* não entreouvir a conversa de vocês agora há pouco.

Nicky duvida. Mesmo assim, pede desculpas.

– Ah. Não. Sim. Bem. Ah... A senhora deve ser alguém que coleciona *histórias*. Como um irmão *Grimm!*

– Sou assim mesmo.

Ele abre um sorriso radiante, exibindo um jardim de brotos verdes entre os dentes em mau estado.

– Muito *inteligente*, o nosso Sebastian. Eu costumava dizer à minha finada esposa, costumava falar "Numa sala com *dez homens*, Trapp é mais inteligente que..."

O corpo dele é tomado por um acesso de tosse; ele estremece, engasga.

– Mais inteligente que nove deles – sugere Nicky.

Lionel Lightfoot leva um lenço à boca.

– Mais inteligente que os outros nove *juntos* – finaliza ele ao mesmo tempo que lhe estende um cartão de visitas grosso. – Eu conheço a *família* desde a era *Jurássica*. Venha me encontrar em Sea Cliff. Eu *insisto* que vá. Na verdade, *exijo*.

Ela pega o cartão, recolhe a bolsa e o casaco.

– Se o senhor insiste e exige...

– Ah! Sim. Lionel Lightfoot – lembra ele.

– Nicky Hunter.

– Encantado. Ah. Sim. Ah. Até lá.

Ele recua como um zepelim liberado das amarras.

Se ele não tivesse se apresentado, ela não teria reconhecido Lionel Lightfoot: membro de uma família muito antiga de São Francisco, autor de vários romances sobre membros de famílias muito antigas de São Francisco, e o homem que, um ano depois de a esposa e o filho de Sebastian sumirem, publicou um *roman à clef* no qual a esposa e o filho de um escritor de romances de mistério desaparecem.

Talvez ela não comente com Sebastian que ele foi cumprimentá-la.

– Lightfoot foi cumprimentar você? – pergunta Sebastian quando ela sai do clube.

Ela semicerra os olhos por causa da claridade do sol e o distingue recostado na parede de tijolos.

– Isso nem é nome de gente, não é? – acrescenta ele, com o cachimbo balançando entre os lábios. – Mais parece o nome de um hobbit.

– Ele tem muita cara de… fortuna antiga.

– Tão antiga que já morreu. – Ele traga o cachimbo. – Que sujeito besta, esse tal de Lionel. E o Baron, que lugar mais besta. Um bando de esnobes.

– Conversa mole – concorda Nicky. A expressão é uma das marcas registradas de Simon St. John, evocada sempre que um suspeito apresenta um álibi dúbio.

Sebastian faz uma careta.

– Está aí uma expressão que eu me arrependo de ter desenterrado. "Conversa mole"… sinceramente.

Mais uma vez Nicky sente a pele ficar toda arrepiada. Ele pode zombar do próprio trabalho quanto quiser, mas deveria pensar que também está zombando dos seus leitores.

– Desculpe.

Ele dá um passo à frente, chegando mais perto, e agora está entre Nicky e o sol prateado, fazendo sua sombra comprida cair em cima dela.

– Não tive a intenção de soar ingrato. Nem com St. John nem com os leitores. A maior alegria da carreira de qualquer escritor é a atenção do público. E os leitores de mistério são o público mais atencioso que existe. Então me ignore quando eu reclamar – pede ele, virando-se para a rua e fazendo a sombra se afastar de Nicky. – É só conversa mole.

O Jaguar abafa a resposta dela ("Vou ignorar").

– Alguém já ensinou você a dirigir? – indaga Sebastian.

Ela o encara, aturdida.

– Na verdade, não. Ninguém precisa dirigir em Nova York.

– Então esse dia chegou. – A fumaça se derrama da boca dele quando tosse. – A jovem aqui vai assumir o volante – anuncia ele, abrindo a porta do carona. – Não tem nada mais fácil que dirigir. Já brincou de carrinho de bate-bate quando era criança?

Só uma vez, recorda ela, num parque de diversões, no aniversário de 10 anos de alguma outra criança: luzes de neon, música pop no talo, carros em formato de abelha vindo na sua direção e picando-a até fazer seus dentes chacoalharem. *Menina não sabe dirigir!*, gritavam os meninos. *Menina não sabe dirigir!*

– Não sei dirigir – diz ela.

Sebastian se acomoda dentro do carro e abre um sorriso.

– E eu tomei três cervejas, estou me sentindo bastante cansado de repente e não gosto dessa combinação. Vou mostrando o caminho.

Ela para junto ao banco do motorista, as mãos trêmulas; aperta depressa as mãos uma na outra, então entra no carro. A porta se fecha. Sebastian pigarreia.

– Pé no freio. – Ela obedece. – Coloque a marcha na posição drive e pise no acelerador. De leve. Sem atropelar o Theo.

Nicky segura o câmbio com força, o faz deslizar na sua direção e sente o Jaguar relaxar. Encosta um pé no pedal.

– Pisa nele.

O carro dá um tranco. Seu pé passa depressa para a esquerda e pisa fundo no freio.

– Tente outra vez.

Dessa vez, o carro desliza para a frente. Nicky gira o volante com cuidado e eles se afastam do meio-fio. Ela torna a frear.

– Desculpe.

– Desculpas não vão nos fazer chegar em casa. – Ele se reclina.

Nicky expira. Pisa no acelerador.

Devagar, eles avançam; devagar, embora um pouco mais depressa, ela vira com o carro numa rua lateral; devagar, porém ainda mais depressa, Sebastian a guia por uma rede de ruas que lembram palavras cruzadas.

– Então: quem é Nicky Hunter?

Uma placa de parada obrigatória. Ela olha para um lado e para o outro feito um suricato.

– Perdão?

– Pare de se desculpar. Eu falei tanto que quase desloquei o maxilar. E você? Descreva-se.

– Pensei que o senhor já tivesse entendido tudo sobre mim. Pela minha letra.

– Cinco palavras.

Ela tenta dar seta, mas, em vez disso, liga o limpador de para-brisa.

– Porcaria. *Curiosa*.

– Vamos contar uma palavra só. Curiosa. Como assim?

Os limpadores param com um chiado.

– Eu gosto de saber. De entender.

– Ah… gosta de bancar a detetive. O que mais?

– Sensível. – Ela atravessa um cruzamento. – Ou empática, talvez. Se isso não soar muita falta de modéstia.

– Não soa. Que tipo de empatia?

Como ele virou o jogo sem ela perceber! Ela tenta recuar.

– Ah, eu… de um jeito bobo. De um jeito que não ajuda ninguém.

Mas no banco do carona há apenas silêncio.

Nicky dá um suspiro, vê uma placa de ALUGA-SE numa fachada cheia de poeira de uma loja com as palavras LAVANDERIA DA AMY impressas no vidro.

– Quando vejo uma placa dessas, eu penso: cara, essa Amy deve ter ficado *tão empolgada* vendo gravarem isso na vitrine – diz ela. – E depois, quando mandou imprimir os cartões de visita, e no dia da grande inauguração… A família dela deve ter ficado orgulhosa. – Eles passam por um sinal verde. – E depois deve ter trabalhado, provavelmente bastante, pra chegar aonde quisesse chegar e pra aguentar o que tivesse que aguentar, tudo pra terminar desse jeito.

A lavanderia que agora não era mais da Amy começa a sumir de vista.

– Abrir um negócio deve ser como um casamento – conclui Nicky. – Ninguém entra imaginando que vai dar errado. Mas deu errado pra ela. Pra Amy da lavanderia. Então sinto muita pena dela. Porque ela teve um sonho e esse sonho morreu, e isso é muito triste. Eu sei o que é fracassar; quase todo mundo sabe, em algum grau. É uma coisa humilhante! E injusta! E acho que a maioria das pessoas, não todas, mas a maioria, merece mais.

Um silêncio respeitoso. Depois de alguns segundos, Sebastian abre os olhos e diz:

– A Lavanderia da Amy era uma fachada para o tráfico.

Nicky franze a testa.

– Como é que é?

– Lavagem de dinheiro. Atividade criminosa barra-pesada. Nos fundos, tinha um laboratório de metanfetamina, lá mesmo onde a Amy teria guardado as caixas com os cartões de visita dela.

– Tá de brincadeira.

– Não, assim como não estavam as pessoas que executaram dois traficantes no estacionamento atrás da loja no mês passado, bem no lugar onde a família de Amy teria comemorado a grande inauguração.

Nicky fica em silêncio por um instante.

– Amy, sua vaca.

Ele ri.

– A culpa foi sua! Não existe armadilha mais mortal que a que você armou para si mesma. Além disso, sua direção está ficando melhor.

Ela ri também. Não consegue evitar.

– Sua terceira palavra, por favor. Vire à esquerda depois do parque.

– *Ama ler*. Total de duas palavras – observa ela, triunfante.

– Duas palavras importantes, mas não posso permitir. Contente-se com *bibliófila*. Quarta palavra?

– Pensei que a ideia fosse eu descobrir coisas sobre o senhor.

Ele acena com quatro dedos ossudos.

Nicky gira o volante.

– *Aventureira*. Não tão aventureira quanto *o senhor*, mas sou capaz de ir a qualquer lugar, de comer qualquer coisa. Estou aprendendo mandarim com uns amigos.

– E como está se saindo?

– Ainda não sei dizer "muito mal". Também gosto de lutar boxe…

Ele se vira para ela.

– É mesmo? – indaga, admirado.

– Contra um saco de pancadas, digo. Por favor, não me ponha num ringue.

– Uma boxeadora. Que coisa mais inesperada. E a sua última palavra?

Ela pensa nos amigos, nos familiares, no cachorro dela; pensa nas aulas de sexta-feira à tarde e no mar da Nova Inglaterra no verão; pensa em lasanha, em musicais, na sua mala de couro.

– Feliz.

Um carro no retrovisor pisca o farol. Sebastian aciona o botão para abrir a janela; o ar agita os cabelos dele.

– Sei que não falei muito da Hope nem do Cole – diz ele.

Nicky, de tão surpresa, tira o pé do acelerador. O motorista atrás deles os ultrapassa pisando fundo e grita alguma coisa.

– O que foi que ele falou? – pergunta ela.

– Eu ficaria envergonhado de repetir. Mais dois quarteirões e estamos em casa.

Eles seguem avançando.

– Sua esposa e seu filho – diz Nicky, tentando dar a deixa, mas ele continua só olhando pela janela.

Por fim, o carro diminui a velocidade e quase para três casas antes da certa ("Isso aqui não é um ônibus turístico, Hunter") até estacionar de vez na entrada da casa. Nicky gira a chave na ignição. O Jaguar dá seu último suspiro.

– Foi sua primeira aula de direção?

– Quase isso.

– Você leva jeito.

– Levo? – Ela fica satisfeita.

– Não, na verdade, não. Mas sobrevivemos.

Uma pontada de decepção.

– Obrigada por me levar ao seu clube.

– Você daria uma psicanalista e tanto. Ou, no mínimo, um padre. Tem um jeito um pouco confessional. – Os olhos de Sebastian estão semicerrados, como se ele estivesse tentando encontrar as palavras exatas. – A pessoa se pega falando o que não tinha intenção de dizer. Isso é um dom. E uma arma.

Ele olha para a entrada da casa. Nicky observa a parte de trás do couro cabeludo dele, as ondas prateadas descendo em cascata pela nuca.

– Você é mesmo feliz? – pergunta ele.

– Sou – responde ela, com sinceridade.

No silêncio repentino, ela o ouve respirar, uma respiração profunda e regular.

– Eu estava pensando, enquanto a gente conversava, que o passado é um lugar estranho – diz ele, ainda se dirigindo à própria casa. – O meu, pelo menos. E o seu?

Ela olha por cima do ombro dele na direção dos degraus de mármore que vão até a porta da frente, onde a aldraba em formato de ponto de interrogação jaz enrolada feito uma cobra sob o sol.

– Talvez. Não é assim com todo mundo?

– Como diz Simon St. John: o passado é um veneno. Só é tolerável em doses homeopáticas.

– Eu lembro. Mas o passado ficou para trás.

– Ah, não. – Ele então se vira para ela, e seu sorriso é tão triste que ela seria capaz de chorar. – O passado não ficou para trás. Está só à espera.

14.

DEPOIS DE SEBASTIAN IR PARA O QUARTO DELE, Nicky cruza o hall com o laptop dentro da bolsa batendo no quadril e o celular no bolso, cheio da voz dele. O pátio vai ser seu escritório hoje.

Na sala, um corpo de mulher está deitado todo encolhido no sofá.

Os olhos estão fechados, os cabelos, espalhados pela almofada. O vestido dela é cinza. Os pés estreitos estão descalços. Uma das mãos segura um álbum de fotos.

– Ah – diz Nicky.

Uma pálpebra estremece. Diana vê sua hóspede, dá um suspiro; então os olhos dela se arregalam. O álbum cai no chão quando se senta.

– Não tinha visto você – diz ela com uma voz rouca. – É... é claro que não. Aceita um chá? – Ela encosta dois dedos no bule. – Ainda está morno. Não? Então sou só eu.

Nicky se senta no sofá oposto enquanto Diana serve o chá com uma mão e ajeita os cabelos com a outra.

– O que achou do Baron Club?

– Muitos enxeridos – responde Nicky. – Conheci Lionel Lightfoot.

Diana passa alguns segundos calada. Até sua testa enrugada é bela; ela deve ficar bem bonita emburrada.

– Sebastian já tinha saído – acrescenta Nicky.

Diana toma um golinho. Pega o álbum de fotos e o põe em cima da mesa.

– Isso sim é uma saga. A família de Lionel... bom, eles são o tipo que se poderia chamar de "gente importante". Cheios da grana. Os romances dele eram... ah, na verdade eram uns dramalhões da alta sociedade. *O não tão grande assim Gatsby*, segundo Sebastian.

Watson aparece junto aos tornozelos de Nicky.

– Ela quer que você a pegue no colo – traduz Diana.

Nicky faz isso.

– Depois de *Segundo Simon*, Lionel e a esposa... Cassandra é o nome dela, que mulher pavorosa... pode-se dizer que eles *apresentaram* Sebastian e Hope. A São Francisco. Sebastian ficou sócio do Baron. Hope passou a fazer parte de comitês: o da biblioteca, do centro de reabilitação, um trabalho *de verdade*, não só do tipo "vamos salvar nosso parque". E os Lightfoots viraram padrinhos de Cole. Mas, quando ele foi embora...

Foi embora. Como se Cole tivesse pedido licença para se levantar da mesa do jantar. Nicky acaricia a cabeça da cachorra, semelhante a uma bola de bilhar, as protuberâncias pontudas das orelhas, e aguarda.

Diana torna a suspirar.

– Lionel escreveu aquele romance. *Tinha uma mulher...*

– *... e não soube segurar* – murmura Nicky.

– Imagino que ele precisasse de dinheiro, no fim das contas. Ou de atenção. – Ela estende a mão para o bule. – Isso foi bem antes de mim, claro.

Nicky percorre as microfichas dentro da própria cabeça até encontrar uma fotografia de jornal com a data de 2 de janeiro de 2000: *Diana Gibson, assistente da mulher desaparecida, sai da delegacia após prestar depoimento acompanhada por Lionel Lightfoot, amigo da família.* A boca dele junto à orelha dela; os olhos dela pregados no chão, uma cortina de cabelos escondendo parte do rosto. Parecem dois conspiradores improváveis.

– Mas você conhecia Lionel antes disso, não?

As folhas de chá escorrem pelo bico do bule. Bem devagar, Diana torna a pousá-lo sobre a mesa.

– Acho que sim. Quer dizer, sim, conhecia. Na verdade, não penso muito nessa parte da minha vida. – Ela faz um gesto na direção de Nicky. – Pelo menos, não nos últimos tempos.

– Que parte?

– Na verdade, uma parte bem grande. – Ela encara a xícara que tem nas mãos. – Uma parte bem grande da minha vida. E agora sinto que ela vai mudar outra vez. – Ela entrelaça os dedos. – Mas do que a gente estava falan... ah, Lionel! Ele quer fazer as pazes, depois desses anos todos. Aquele livro foi cruel de verdade, mas não acho que *ele* seja cruel.

– Bom, ele *foi*, sim – diz Madeleine.

15.

Já faz alguns minutos que ela as estava escutando, parada logo do outro lado da porta da sala. Então "Lionel quer fazer as pazes", diz Diana, e Madeleine quase dá risada, porque Lionel não consegue nem fazer um sanduíche… mas, enfim, por que ela está escutando atrás da porta na própria casa?

– … não acho que *ele* seja cruel.

– Bom, ele *foi*, sim – diz Madeleine, entrando no campo de visão das outras duas.

Ela está com os pés descalços, sapatos enganchados em dois dedos, uma jaqueta pendurada num braço. A madrasta dela se vira no assento; Nicky se equilibra na pontinha do sofá, o colo transbordando de tanto buldogue francês.

– Oi – diz Diana. – Já conheceu Nicky Hunter?

Madeleine abre um sorriso.

– Ainda por aqui, né?

O projeto de gente aquiesce.

Ao atravessar a sala, Madeleine sente o cheiro do perfume de Diana, aquele discreto acorde de flores e água; nunca perguntou qual era o nome da fragrância. Ela se deixa cair no sofá ao lado de Nicky e apoia um dos calcanhares na borda da mesa.

– Ai, que dor nas pernas.

– Madeleine trabalha na biblioteca – explica Diana.

– Trabalho como *voluntária*. Na seção de livros infantis. Minha remuneração é a magia do sorriso de uma criança. – Ela coça as costas de Watson. – Hoje foi dia de Dr. Seuss.

– E as crianças, como estavam? – pergunta a madrasta.

– Dentro de uma sala, eu até que gosto de criança. Só não quero uma no meu útero. Fui embora de fininho na hora da pintura a dedo.

– Você se escafedeu – diz Nicky.

Madeleine a encara.

– Desculpe – acrescenta Nicky.

Diana mexe o chá.

– Nicky conheceu Lionel Lightfoot no clube hoje de manhã.

– Adoro que meu pai leva mulheres ao Baron como convidadas dele – diz Madeleine, cujo pai nunca a levou ao Baron como convidada. – Da próxima vez, ele vai aparecer lá com um grupo de líderes de torcida.

Nicky dá uma risadinha, uma melodiazinha encantadora, bem irresistível; Madeleine decide odiar aquela risada.

– Ele perguntou sobre o livro de memórias do seu pai…

– As notícias voam. Nem se dê ao trabalho de falar com Lionel. Meu pai levou a história toda pro lado pessoal, sabe.

– Provavelmente era a única reação possível – sugere Nicky.

– É claro que, quando *ele mesmo* perdeu a esposa em circunstâncias que algumas pessoas poderiam descrever como "suspeitas" – diz Madeleine, levantando a mão –, ninguém escreveu romance nenhum sobre o assunto. Você chegou a perguntar a ele sobre *isso*?

– Na verdade, não é da minha conta – murmura o projeto de gente.

– Bom, nada disso é da sua conta, mas aqui estamos nós.

– Cassandra caiu da escada. Na casa deles, em Sea Cliff – explica Diana com a mesma seriedade de um oficial do Exército notificando o parente mais próximo.

– Um infarto no alto, um cadáver no pé da escada. É essa a história oficial. – Madeleine espera Nicky perguntar qual é a história extraoficial. Como ela não faz isso, retoma o assunto. – Sandy era muito elegante. Eu a imagino dando cambalhotas na escada feito uma ginasta. Com uma roupa branca esvoaçante, não sei por quê. Sou muito dramática – murmura ela, enxugando os olhos e inclinando a cabeça para trás. – *Enfim.* Sandy adorava minha mãe. Todo mundo gostava da minha mãe. *Você* gostava dela.

Diana assente. De toda forma, não é uma pergunta.

– Até Isaac gostava dela… lembra? E ele detestava *todo mundo*. Fazia pós-graduação, então dá pra entender – informa Madeleine a Nicky.

Um acesso de tosse sacode os pulmões dela, que parecem um cinzeiro.

– Isaac estava ajudando Sebastian com os livros dele na época em que trabalhei pra Hope – diz Diana. – Idas à biblioteca. Pesquisas na Idade da Pedra da internet.

– Isaac Murray – entoa Madeleine devagar enquanto um calor difuso aquece sua pele. – Eu era tão apaixonada por ele… – Ela se dirige a Diana. – Vocês dois não…

– Não.

– Engano meu, então. Ele estudava filosofia – diz Madeleine a Nicky. – O que, pra uma universitária do segundo ano, o tornava profundo com P maiúsculo. E tinha também aquela barba por fazer perfeita. – Ela torna a olhar para Diana. – Você não saiu com ele…

– Na noite de ano-novo, foi. Mas só essa vez. Depois nunca mais o vi. Mas liguei pra ele hoje de manhã e perguntei se ele teria um tempinho pra conversar com Nicky. Foi o que você pediu, não? – Nicky aquiesce. – Ele disse que está trabalhando como ghost-writer no livro de memórias de uma jovem influencer mais burra do que uma porta… palavras dele… e que uma distração cairia bem.

Um silêncio repentino, como se a energia tivesse sido cortada. Madeleine encara o véu de luz que escorre das prateleiras.

Ao seu lado, Nicky se remexe.

– Imagino que muita coisa tenha mudado depois dessa noite – diz ela baixinho, só para puxar papo. Será? Ou estará xeretando?

– Teve gente que já me perguntou… – começa Madeleine. – Bom, não *pra* mim; teve gente que ficou se perguntando *sobre* mim: como eu podia morar na mesma casa que meu pai. – Ela encara Nicky, que, afinal de contas, também está morando na mesma casa. – A resposta é: onde quer que ele esteja, não existe lugar mais seguro.

Diana se vira para Madeleine.

– Eu queria perguntar se você topa ir jogar tênis amanhã de manhã. Você também pode vir, Nicky. Só toma cuidado, a Madeleine jogou na universidade.

Nicky arqueia as sobrancelhas.

– Pra minha sorte, marquei com seus primos às dez.

– Primo, no singular – corrige Madeleine. – E obrigada, mas amanhã marquei de ficar acima do peso e fora de forma o dia inteiro, então sou obrigada a recusar.

Diana meneia a cabeça para o álbum de fotos.

– Eu ia mostrar pra Nicky algumas fotos de família.

Madeleine a encara.

– Meu pai sabe disso?

– Ele mesmo escolheu as fotos.

Aquilo é um corte na sua garganta. Uma faca nas suas costas. Qual foi a última vez que ela sequer ouviu o pai pronunciar o nome deles? Reconhecer um aniversário, fazer um brinde em homenagem aos dois? Qual foi a última vez que ele olhou para o quadro ainda a postos no alto da escada? Mas só um dia depois de aquela desconhecida chegar...

– Quer olhar com a gente?

Madeleine reprime um grito. Em vez disso, diz:

– É melhor eu ir fumar, sabe?

Ela fica de pé, pega a jaqueta e os sapatos, e sai da sala bufando com Watson se balançando em seu encalço.

No hall, sente um aperto na garganta. Foi mal-educada.

Volta para a porta da sala, vendo tudo borrado.

– Eu sei que papai quer isso – diz para as duas mulheres que não consegue ver. – Sei que vocês estão só ajudando ele.

Mais uma vez, vai embora e tropeça na porcaria da cachorra. E sobe a escada até o quarto de Diana.

Lá, fica parada do lado de fora da porta. A roupa de cama marfim, as cortinas da mesma cor; as paredes pintadas de roxo... roxo era a cor favorita da mãe. Aquele era o quarto dela.

Os móveis também são os da mãe: a cama, a escrivaninha cinza-pérola com armários de portas de vidro sobrepostos subindo pelas paredes. Os armários costumavam abrigar porta-retratos, pedaços de coral, uma coleção de rolhas de champanhe; agora estão vazios. Com exceção do frasco âmbar de comprimidos sobre a mesa de cabeceira, nada sugere que aquele quarto esteja de algum modo ocupado.

Madeleine nunca se aventura a entrar, embora dali do corredor possa imaginar a mãe por pouco fora do seu campo de visão. Ela então toca a porta, com toda a delicadeza, e o restante do quarto surge: o pequeno baú que antes continha uma porção de jogos de tabuleiro. O vaso de chão de vidro jateado que costumava ostentar galhos de bétula colhidos em Dorset. O closet onde vinte anos antes Hope pendurava suas camisas e calças, seus vestidos e trajes de gala. Madeleine quis manter tudo ali quando Diana se mudou: "Você não se incomoda, né? É que não tem espaço em mais lugar nenhum." Havia espaço em todos os outros lugares, claro, mas isso coube à sua madrasta assinalar.

"Tudo bem", respondeu ela. E Diana guardou as próprias roupas no closet menor. Depois de um tempo, Sebastian acabou mandando Madeleine esvaziar o armário maior, mas mesmo anos depois ele continua vazio, sem um lenço sequer pendurado num gancho, sem um sapato sequer no chão.

Tirando isso, o quarto permanece idêntico, uma peça de museu. Por que sua madrasta havia passado tanto tempo fazendo sua vontade? Ou será que aquilo poderia ser apenas alguma espécie de jogo mental? Madeleine enruga a testa; pode imaginar Diana jogando cartas ou golfe, mas não jogos mentais.

De volta ao seu quarto, de volta à mesa de trabalho, ela adentra o Bellona Clube do SoHo, onde uma cabeça decapitada foi encontrada na caixa acoplada de um vaso sanitário.

SIMON ST. JOHN
Céus, mas o que é isso? Os olhos… as pupilas!
Totalmente dilatadas. Essa infeliz borrifou
beladona nos olhos nas últimas quatro horas.

INVESTIGADOR TROTT
O bastante para matá-la, St. John?

SIMON ST. JOHN
Não, investigador. Acho que o que a
matou foi ter sido decapitada.

Madeleine encara a tela do computador.

INVESTIGADOR TROTT
No livro, essa cena era bem menos ridícula.

SIMON ST. JOHN
É porque Madeleine Trapp não consegue nem escrever
uma lista de mercado, que dirá um roteiro.

INVESTIGADOR TROTT
Hahaha! Que burra.

SIMON ST. JOHN
Ela poderia emagrecer uns quilinhos também.

MADELEINE
eu odeio vocês dois

Ela arranca seu exemplar de *Segundo Simon* da escrivaninha e estuda a cena escrita pelo pai. Ele fez aquilo parecer tão fácil.

Madeleine trinca os dentes, rosna e bate com o livro na mesa tantas vezes que as páginas se desprendem da lombada e descem rodopiando até o chão como se fossem as folhas de uma árvore.

16.

– Fotografias de verdade, por incrível que pareça – afirma Diana. – Impressas em papel de verdade.

Ela se acomoda ao lado de Nicky e abre o álbum cujas folhas laminadas gemem.

– Sebastian selecionou uma pequena amostra pra você. Como estão lustrosas, não acha? – Ela observa maravilhada a primeira página. – Olha só, 1995. – A marca da data reluz no canto da imagem.

Mas os olhos de Nicky estão pregados no menino.

Ele está de pé em alguma praia desconhecida, com a areia lisa cor de cobre e um mar de ondas preguiçosas mais atrás. É um menino pequeno; a camiseta pende do corpo como se estivesse pendurada num cabide. Um tanto feioso também: nariz arrebitado, cabelos e sobrancelhas brancas, olhos de um azul excepcional. Dentes irregulares, tortos e cheios de falhas.

– Ele está com 9 anos aqui – diz Diana. – Ele é de outubro.

– Você se lembra do aniversário do Cole.

Diana morde o lábio.

– É, me lembro sim. A mãe dele o adorava, e eu meio que adorava a mãe dele. Mama, era como ele a chamava. Olhe aqui... o origami dele. – Ela bate com o dedo na lasca vermelha na mão de Cole: uma borboleta de papel com 5 centímetros de diâmetro nas asas, reta e colorida como uma pipa. – Sabia fazer cisnes e peixes se alguém pedisse, mas principalmente borboletas. Sebastian gostava de lepidopterologia... – Nicky gosta do fato de Diana não explicar a definição da palavra para ela. – ... e meninos querem ser iguais aos pais, não?

Nicky observa a borboleta, as asas com as bordas verdes, dois minúsculos espetos coroando a cabeça. Então vira a página e vê Mama em pessoa, ao vivo e em cores, ombros largos, um enorme sorriso; ao seu lado, Cole também sorri, agora um pouco mais velho, os dentes envoltos num aparelho. Mãe e filho estão segurando uma folha de cartolina com as palavras cherchez la femme escritas em caneta pilot numa letra cursiva muito feia.

– É um termo usado em livros de detetive, acho.

– Procure a mulher – explica Nicky para Diana, professora de francês.

– *Oui.*

– Desculpe. Em qualquer mistério clássico, a dama é sempre o motivo de toda a confusão.

– É bem possível que isso tenha sido escrito por um homem. Acho que Cole ouviu em algum lugar… talvez num dos livros de Sebastian… e imaginou que quisesse dizer que, sempre que tivesse alguma dúvida, deveria encontrar uma mulher para ajudá-lo. Em especial, a mãe. Era meio que uma piada entre eles. *Une petite blague.* – Diana sorri para a fotografia enquanto acaricia distraidamente a própria panturrilha. – Ele gostava de francês. Ou pelo menos gostava da sonoridade. Não passei muito tempo com ele. Espero ter sido gentil. Watson tem soltado tanto pelo ultimamente. – Ela passa as mãos pelas coxas e se levanta. – Leve o tempo que precisar. Ah!

Até o estalar de dedos da mulher era perfeito.

– Vamos dar uma festa segunda que vem pra comemorar o auge do verão – diz ela. – É a noite do solstício. Uma tradição anual. Sua Alteza gosta de se misturar com a plebe uma vez por ano. Você não trouxe nenhuma máscara de baile, imagino?

Nicky a observa encaixar os sapatos nos pés.

– O Sr. Trapp…

– Sebastian.

– Ele me disse para trazer um traje formal. Incluindo a máscara.

– Pode usar o que quiser. *Comme tu veux.*

Diana se retira da sala, deslizando.

Nicky ouve os saltos dela estalarem no chão do hall, nítidos e regulares, e então um rápido sapateado.

– Me desculpe – diz Diana.

– A culpa foi minha. – Freddy.

Uma pausa.

– Ele está…

– Está.

Os passos de Diana somem hall adentro. Os de Freddy devem ser silenciosos. A menos que ele esteja espreitando.

Nicky belisca o canto da página seguinte e a vira devagar. Sebastian jovem, debruçado debaixo do capô de um Pontiac Firebird, inspecionando suas entranhas. Ele e Hope, olhares cruzados por cima de um tabuleiro de

Scrabble, sorrisos se insinuando nos lábios, a mão dele pousada na protuberância da barriga dela. Uma mulher de vestido sem mangas, costas e ombros à mostra, com as duas mãos seguradas por um menino pequeno. Uma menina loira rechonchuda sentada em frente a uma lareira com um bebê no colo. O bebê é muito pequeno, e as dobras da sua manta azul se agitam ao redor dele como ondas; um minúsculo punho fechado está erguido, como quem pede socorro. Nicky, que ama bebês, fica emocionada.

E Madeleine, segurando aquela mão. Ela devia ter 5 ou 6 anos ali, uma vida inteira pela frente. Nicky olha na direção da porta para o caso de ela reaparecer, para o caso de poder reconfortá-la.

Mas Madeleine não reaparece, nem Nicky pode reconfortá-la.

Ela passa uma hora folheando o passado dos Trapps, dezenas de fotos ao longo de dezenas de anos, vendo as espinhas marcarem a pele de Madeleine, vendo Sebastian e Hope andando de camelo, vendo Cole e Freddy darem banho num cachorro de olhar apavorado...

Ela remexe o queixo.

Sebastian não fala muito sobre a esposa e o filho. Madeleine lhe contou isso; *ele mesmo* lhe contou. Mas ali, no seu colo, a pedido dele, Nicky tem agora uma galeria de retratos de família organizada pelo próprio. *Um verdadeiro enigma de três cachimbos*, concorda Sherlock Holmes.

– Como assim, tipo um bong? – pergunta Irwin mais tarde enquanto Nicky veste o pijama. – Sherlock curtia umas drogas, não?

– Cocaína. Mas não foi isso que eu quis dizer. O álbum: por que alguém que...

– Matou a família e se safou se meteria depois a ser o diretor de arte de um álbum desses? Sei lá. Ei, que tal a gente perguntar pra um criminologista de verdade? Batata, vem cá.

Depois de dar boa noite e desligar o abajur, Nicky conta seis faixas de luar entrando enviesadas pela janela, tênue, mais tênue, a mais tênue de todas, atravessando toda a extensão do sótão. Em seguida, fica observando a galáxia desenhada no teto. C O L E.

Seu olhar desliza pelo C, dá a volta na borda do buraco negro do O, desce pela perna comprida do L...

Rr-tá. Trapp. Teclas batem a cabeça no chão. Ela dobra um dos braços sobre o peito e sente o coração bater contra as costelas.

A febre tomou conta do seu corpo.

Está sentindo uma quentura desconfortável na boca do estômago? E umas batidas horríveis no alto da cabeça? É o que chamo de febre detetivesca. Ela vai tomar conta de você. Wilkie Collins, *A pedra da lua*: o primeiro mistério de assassinato numa casa de campo. A luz surge por trás dos olhos dela, a maré ganha força em suas veias: febre detetivesca.

Rrtratratrapp-tá-trap.

Talvez ela devesse dobrar a roupa de cama, pôr os pés no chão, ir até a porta, descer dois andares e atravessar o corredor até chegar ao escritório dele. *Você e eu podemos aproveitar para solucionar um mistério antigo, ou dois,* lembraria a ele.

E ele sorriria para ela e diria: *Entre... entre; vamos nos sentar diante do fogo e conspirar.*

Sexta-feira, 19 de junho

17.

ANOS ANTES, UM TERAPEUTA IDENTIFICOU o medo do abandono de Madeleine, "possivelmente por causa do desaparecimento de sua mãe e de seu irmão", sugeriu ele. Ela agradeceu por aquela sacada genial. Mas as palavras seguintes dele a pegaram de surpresa: "É por isso que você abandona primeiro."

E, de fato, ela havia feito isso e tornaria a fazê-lo: os estudos de direito, seu segundo romance, namorados variados que ficariam melhor sem ela. Mas nunca havia abandonado o pai.

Madeleine reflete sobre isso enquanto veste a armadura do dia: uma calça larga (para conseguir acessar com mais facilidade as prateleiras de baixo sem reclamações) e uma blusa que servia melhor apenas um mês antes. Quando Sebastian voltou da Inglaterra, ela estava em casa à espera dele; alguns anos depois, largou os estudos e tomou para si o quarto do térreo, que sempre havia cobiçado; e, a partir daí, os dois haviam construído uma vida tranquila feita de leituras, culinária e, muito de vez em quando, aventuras para além do portão, embora não tão longe nem por tanto tempo a ponto de Madeleine cogitar permanecer lá, na natureza. Havia namorado alguns homens, na maioria das vezes para agradar as amigas casamenteiras; mais do que tudo, havia se dedicado aos mesmos projetos antes caros à mãe: um abrigo de animais, uma clínica para viciados, uma fazenda urbana... porém, um depois do outro, com exceção da biblioteca (que era só uma questão de tempo), ela os abandonara. Havia abandonado o terapeuta também.

Mas nunca o pai. Agora era o pai quem a estava abandonando.

Ela faz uma careta enquanto abotoa a blusa, diz a si mesma para crescer.

– Ele vai *morrer* – acrescenta entredentes.

... Mas, no fim das contas, não dá na mesma? Ela vai ficar sozinha. Para que ela *serve*, afinal? *Estou aqui para cuidar de você*, prometeu ela ao pai ao se mudar para a casa. *Vou preencher o vazio*, não chegou a acrescentar, nunca o fez, embora tenha passado vinte anos tentando. Mas na verdade quem faz a faxina e a comida é Adelina; quem o acompanha ao iate clube, ao teatro, à Escandinávia, à savana e ao mundo fora daquela casa é Diana. E Madeleine? Ela... conversa com ele, claro, conversas fáceis e frequentes;

às vezes, eles leem o mesmo livro ou resolvem o mesmo quebra-cabeça cada um de um lado, ou então ficam vendo o dia nascer do lugar preferido deles no parque de Lands End; a alvorada, como ele diz. Mas ela não contribui com grande coisa para a vida dele, a não ser com sua presença, não é? Ela é aquela criança do time que comparece, fica assistindo à partida, mas raramente entra no jogo, e quem sabe até no final da temporada ganhe um troféu por ter participado. *Parabéns, Madeleine: você estava lá! Estava fisicamente presente!*

E o que ela vai fazer depois que ele partir?

Na porta da cozinha, ela para tão de repente que Watson dá de cara em seus tornozelos. A hóspede está acomodada no banco sob a janela, de jaqueta, calça jeans e fones de ouvido, falando em voz baixa e animada ao telefone apoiado em pé no colo dela.

– Mas que menina linda! – diz ela. – *Você!*

Quando Watson chega trotando e se aboleta feito uma gárgula ao lado do banco, Nicky olha por um instante para Madeleine, acena e vira o celular na direção da cachorra. Madeleine consegue distinguir uma criancinha de pele escura com o rosto enfaixado.

Nicky ri mais uma vez e se despede com alegria. Tira os fones de ouvido e abre uma barrinha de cereal.

– Oi – diz ela, simpática, e Madeleine fica horrorizada com a mera desconfiança de que aquela seja uma pessoa matinal.

– Era o seu namorado? – pergunta, para o caso de Nicky achar que estava bisbilhotando.

– Era uma menininha de 1 ano e 2 meses de Boston que acabou de fazer uma cirurgia de correção de lábio leporino.

Nicky dá uma risadinha; a mulher parece ter acordado para rir hoje. Madeleine queria achar aquilo mais irritante.

– Minha afilhada – explica ela por fim, aliviada. – Eu estou meio... meio eufórica. Os pais dela estavam preocupados com a... – Ela faz uma pausa para pigarrear, e *ai, meu Deus, não, será que ela está ficando com os olhos marejados?* – Afinal, é o rosto da filha deles. Mas ela foi uma paciente perfeita. – Um meneio de cabeça. Olhos brilhantes, rosto seco.

– Bom. – Madeleine se vira e serve café, então se recosta na ilha. Faz uma pausa. – Foi você quem fez?

– Acho que não deve estar muito bom. Eu não bebo café.

– Fez pra todo mundo? Você é uma pessoa boa ou algo assim?

Nicky dá uma mordida na barra de cereal.

– Algo assim, quem sabe.

– Ai… esse café tá bem ruim.

Nicky mastiga e dá de ombros.

Madeleine vê o livro no colo dela.

– É um do meu pai?

– Aham. *O homem torto*. Já li umas 6 mil vezes.

– Só 6 mil?

– O livro é dedicado a você.

– Ele dedicou quatro pra mim. Cinco pra minha mãe, mas ela precisou aguentar ele mais tempo do que eu. Na época.

O projeto de gente aquiesce.

– E o seu irmão?

– Isso é pessoal.

Os olhos de Nicky se arregalam. A seus pés, a cachorra dá um grunhido, como se quisesse consolá-la.

Mas pessoal em que sentido?, pensa Madeleine. Afinal, 80 milhões de exemplares vendidos são 80 milhões de dedicatórias impressas.

– Três, eu acho – comenta ela. – Ou… ou talvez dois. Um com certeza. *O menino triste*. Foi o livro que meu pai escreveu depois de Cole nascer.

Quatro a um. Ela se espanta ao constatar que nunca tinha feito essa conta.

– Os leitores ficaram com raiva por causa de *O homem torto* – diz ela em vez disso. – Compraram o livro pensando que depois de uma década meu pai fosse *enfim* revelar a identidade de Jack. E agora… – Suspiro. – … agora nunca vamos saber. Nem eu sei quem ele é – acrescenta ela antes de Nicky perguntar. – E já perguntei. Várias vezes.

– Meu palpite era a irmã de Simon. Até Jack matá-la.

– É, acho que isso a tirou do páreo. Eu aposto no farmacêutico, o Sr. Myers. Ninguém pode ser tão perfeito assim.

Madeleine torna a dar um golinho no café e engole com dificuldade.

– Li em algum lugar que ele… o seu pai… sempre bola o final de uma história com antecedência – comenta Nicky. – Você por acaso…

A porta da cozinha se abre e Diana entra vestida com um uniforme de tênis ofuscante de tão branco. Na mesma hora, Madeleine se sente o Incrível Hulk vestido para o trabalho.

– Isso é café?

– Não sei dizer.

Diana recusa com um aceno.

– Não, não dá tempo. Nicky e eu… bom dia, Nicky… vamos sair pra encontrar sua tia e seu primo. Parece que Simone tem muito a dizer sobre Sebastian.

– Não existe nenhum assunto sobre o qual Simone não tenha muito a dizer.

– Achei que esse encontro devesse acontecer antes da festa na segunda. Nicky vai participar.

Mas é claro que vai.

– Meus pais davam essa festa todo ano – explica Madeleine enquanto Nicky se levanta do banco sob a janela. – Eu detestava. Ainda detesto. É pretensioso no estilo *Sonho de uma noite de verão*, não acha? Você não tem resposta. Mas é. – Ninguém protesta. – Depois que se casou de novo, meu pai decidiu que seria um bom jeito de apresentar todo mundo a Diana. A você. Só que ele terceirizou todos os convites pra Simone. Que disse: "Ei, sabe um bom jeito de apresentar pessoas? Fazer elas usarem máscara." E é assim até hoje – conclui ela, séria.

– É assim até hoje – concorda Diana.

Depois de ela e Nicky saírem da cozinha, Madeleine fica olhando Watson junto ao banco sob a janela, encarando com um olhar tristonho a porta pela qual o projeto de gente acabou de sair.

– Não se esqueça de que você está do meu lado, moça – lembra-lhe Madeleine.

A cachorra finge não escutar.

18.

ELAS VÃO DIRIGINDO DEVAGAR saindo de Pacific Heights no Volvo grandalhão de Diana.

– Eu queria um tanque – explica ela. – Até hoje não me sinto totalmente à vontade dirigindo do lado direito da rua.

– Eu não me sinto à vontade dirigindo, ponto – responde Nicky.

– Este daqui desliga sozinho quando eu paro. De repente, fica silencioso. Parece uma apneia do sono. Sempre fico com medo de ele não voltar a ligar.

Nicky gostaria de perguntar a Diana sobre o marido, sobre como ele a pediu em casamento, sobre histórias da vida deles em comum e lugares que visitaram, mas a motorista parece se contentar em cantar junto com a trilha sonora da manhã.

– *Girls who want boys who like boys to be girls...* – entoa ela; sua voz aguda é desafinada mas charmosa. – Parece que estou viajando no tempo de volta à minha adolescência. Desculpe... não sei cantar.

– Quando entro num bar com karaokê as pessoas chamam a polícia – comenta Nicky. – Você volta com frequência pra Inglaterra?

Hope também era inglesa. Sebastian Trapp tem um tipo de mulher.

Diana balança a cabeça, negando.

– Sebastian tem uma casa em Dorset... Antigamente a família passava os verões lá... mas eu mesma nunca fui. *Let's all meet up in the year 2000...*

Nicky olha pelo para-brisa para a sequência de fachadas das lojas, um trecho de estacionamento. O céu está ameaçando chover, mas mesmo assim há meia dúzia de pessoas deitadas na grama, fumando maconha, com cartazes apoiados nos ombros, mas sem ânimo: NÃO PODEMOS TODOS GANHAR UM BONG?

– Eu não sei bem quanto devo perguntar a Sebastian sobre a esposa e o filho.

Até quando Diana estreita os olhos, eles ainda ficam bonitos, observa Nicky; há um franzido quase imperceptível no canto da pálpebra da mulher.

– Essa ideia foi dele – diz ela por fim. – Esse livro de memórias. Então pode perguntar tudo o que quiser saber. Ele talvez precise de um empurrão, talvez *queira* um. Se ele não falar nada, é só esperar um pouco. Ele não lida bem com o silêncio.

Há muita coisa que Nicky gostaria de saber.

– Mas esses Trapps que vou conhecer hoje...

– Freddy e a mãe. Dominic e eu só nos esbarramos poucas vezes. Ele estava abrindo um restaurante novo no outono em que trabalhei para Hope. E, quando eu... – Diana vira numa rua lateral. – ... me vi aqui de volta, ele já tinha morrido. Anos antes.

– Logo depois do lançamento de *O homem torto*.

Diana assente.

– O carro dele quebrou na Pacific Coast Highway. Aí... ele foi atropelado, e o motorista não parou. É só o que se sabe. Alguém atropelou, alguém foi embora, alguém morreu. – Ela suspira. – Existe uma ideia boba de que Sebastian matou o irmão ou mandou matar.

Uma das teorias mais caras aos trappmaníacos: Dominic na realidade era o autor dos romances de Simon St. John, mas tinha cedido o crédito ao irmão... até a publicação crucial de *O homem torto*, quando ameaçou revelar tudo, o que levou Sebastian a abater o ghost-writer descontente na beira da estrada.

– Simone, a esposa... viúva dele... ela é uma força da natureza. – Diana olha de relance para Nicky. – Tenho certeza de que você vai gostar dela – acrescenta num tom de quem não tem a menor certeza disso.

Elas adentram o largo acesso de carros de uma casa acanhada em estilo colonial espanhol, com paredes de estuque e um telhado de telhas arredondadas. Nicky olha por um instante para o céu lá em cima – metal escovado, chapado e reluzente – e pega sua bolsa no chão do carro. Juntas, as duas saltam; juntas, caminham até a porta da frente caiada.

– Naquela direção fica Baker Beach – explica Diana. – E tá vendo aquelas árvores? Ali é Presidio. Uma antiga base militar, agora ocupada por uma natureza esplendorosa...

Juntas, elas congelam ao escutar o tiro.

Nicky é a primeira a se mexer, escancarando a porta e irrompendo numa sala gasta, pintada de cinza, entre duas claraboias.

– Peraí... – chama Diana atrás dela, mas, por um vão de porta distante,

Nicky vê um movimento num pátio dos fundos, um grupo de silhuetas reunidas, uma mulher gritando…

– Frederick, este pátio é *novinho em folha.*

Nicky espalma uma das mãos na parede e se detém na soleira da porta.

– Olha *isso.* – A mulher aponta com um dedão do pé roliço para uma pedra do piso chamuscada por uma explosão com 15 centímetros de raio, toda suja de pólvora preta, e vira a cabeça para o outro lado como se aquela visão fosse demais para ela.

– Lá vamos nós – resmunga Diana.

Nicky entra no pátio atrás dela. Ervas daninhas coalham a grama, gravetos soltos despontam das sebes, a hera estrangula um loureiro. Do outro lado do pátio está Freddy, mordendo o nó dos dedos e rindo enquanto seus ombros se sacodem. Letras em negrito estampam sua camiseta: COM CERTEZA NEM TODO MUNDO ESTAVA LUTANDO KUNG FU.

Ao seu lado, um homem mais baixo encara arrependido a marca de queimado.

– Desculpa, desculpa mesmo. – Freddy esfrega os olhos com os punhos fechados. – Posso… posso passar uma água?

– *Não, Frederick, você não pode passar uma água.*

Ela é uma mulher robusta, já com seus 60 e tantos anos, e está usando uma blusa vermelho-rubi, uma calça amarela esvoaçante e sandálias verdes. *Parece um sinal de trânsito*, pensa Nicky.

– Ah – diz ela ao se virar. – Vocês chegaram. Peço desculpas pelo meu filho besta e pelo amigo besta dele.

– Jonathan não é besta – protesta Freddy. – Nem sempre.

Ele passa um braço em volta do amigo besta ocasional, cuja cabeça bate na altura dos ombros de Freddy e que enfiou as mãos bem fundo nos bolsos do short. Ele passa o peso do corpo para os calcanhares e franze as sobrancelhas retas, com os olhos arregalados, culpados e azuis. O nariz é estreito na ponta, mas largo na parte central. Uma pele branca, quase translúcida, e uma coroa de cabelos loiro-claros despenteados. Nicky apostaria qualquer coisa que o cara é britânico.

– Mas quase sempre – resmunga ele, e pelo sotaque ela percebe que acertou.

Freddy então pousa as mãos nos ombros da mãe.

– A gente encontrou um rojão antigo no sótão. O Jonathan nunca tinha visto um.

Os olhos de Simone se estreitam.

– O Jonathan nunca tinha visto um rojão?

– Não *desse* tipo.

– E que tipo é esse?

– As pessoas chamam de Espanta Vizinho – explica Freddy num tom de reverência.

– Ele espanta depressa demais – acrescenta Jonathan.

Os cinco ficam parados em círculo ao redor da pedra chamuscada, como se estivessem se reunindo para uma sessão espírita. Simone então suspira, se acalma e dá alguns tapinhas nos dedos do filho.

– Mas o que você estava fazendo no sótão, afinal?

Jonathan ergue a mão.

– A culpa foi toda minha. O Fred subiu lá pra... pra pegar as fotos do seu tio, não foi isso? Ou as cartas? E me chamou pra ir junto e olhar uns adereços de cinema.

– Umas coisas bem legais. A caixa de rapé de Simon, o monóculo dele, um dedo decepado. Foi aí que reparamos no Espanta Vizinho. Foi mal mesmo, Simone.

Ela encara Nicky.

– Meu filho me chama pelo meu primeiro nome. E gosta de espantar os vizinhos. Não sei onde foi que eu errei.

Diana pigarreia.

– Esta é Nicky Hunter.

Apresentações, cinco braços se digladiando. Freddy leva a mão de Diana aos lábios antes de Jonathan apertá-la.

– Diana Trapp – fala Simone, apresentando Diana a Jonathan. – A segunda esposa do Sebastian.

– De onde você é? – pergunta ele.

– De Wiltshire. Nasci lá. Depois, Londres.

– Eu sou de Lyme Regis. Mas morei em Shoreditch por um tempo antes de me mudar pra São Francis.

– Ninguém chama a cidade assim – entoam mãe e filho juntos.

– Não faz mal, parceiro – emenda Freddy. – Você ainda é novo por aqui.

Nicky observa Jonathan, o corpo esbelto dele, o nariz quebrado. Ela gosta do imperfeito; tudo que já foi quebrado a atrai.

Então, por um segundo, ele olha para ela... e dá uma piscadela, um movimento rápido com o olho esquerdo que lembra o obturador de uma câmera fotográfica.

Sem pensar, Nicky pisca de volta.

A trama se complica.

– O que te fez vir pra cá? – pergunta Diana. – Trabalho?

– Ah, muito pelo contrário. Eu vim pra cá pra ser um feliz desempregado.

Freddy dá um tapa nas costas do amigo.

– Jonno entrou pra minha liga de futebol no mês passado.

– Futebol de verdade, vejam bem.

– E ele arrasa. E passa o rodo. Na bola. Arrasa os outros times.

– Não estamos aqui pra falar do Jonathan – lembra Simone. – Nem do meu filho, aliás. Diana, você não vai ficar, vai?

– Infelizmente, tenho umas coisas pra fazer. – Diana recua até a porta que dá no pátio. – Jonathan, tomara que você aproveite o seu futebol. Pegue leve com os americanos.

– Eu não chego a ser um craque nível Copa do Mundo.

– Que mentira da porra – rebate Freddy. – Desculpe, Simone. Mas aposto que ele antes devia jogar na primeira divisão do futebol inglês. Vai ver tá aqui disfarçado!

– Eu poderia ser qualquer um – concorda Jonathan.

19.

POR QUE ELA PISCOU PARA ELE? Nicky tem a sensação de ter escaneado o código de barras de um produto sem querer. Ou, pelo menos, sem ter essa intenção.

E por que Jonathan os acompanhou até a sala? Afinal, não é como se os anfitriões dele fossem educados demais para enxotá-lo. ("Jonathan, querido, você por acaso é um homem das cavernas?", diz Simone. "Use um guardanapo.") Mas ali está ele, refestelado numa cadeira de balanço perto da lareira, parecendo muitíssimo à vontade. Talvez Freddy queira um aliado.

Ou talvez ele seja um fã.

– Você leu os livros do St. John? – pergunta Nicky enquanto Simone vai pegar algo na cozinha.

– Não, infelizmente. Eu quase só leio livros de finanças. E desenvolvimento pessoal, autoajuda.

– Tá precisando ler mais um pouco – comenta Freddy.

Mais uma vez, Nicky examina o recinto: estilo hippie chique, com estofados puídos, um tapete grosso escurecido por várias manchas de vinho, a mesa marcada por rodelas de café. Vasos ladeiam os dois sofás, que cospem chafarizes de penas de pavão. Uma pilha de gatos se espreguiça na pedra fria da lareira, os rabos enroscados uns nos outros como um barbante. No teto, entre as duas claraboias, um ventilador emburrado gira, fazendo o ar circular, mas muito a contragosto.

Sente os olhos de Jonathan pousados nela como dois pesos. Sente um rubor se esgueirar pescoço acima. Sente o telefone vibrar dentro do bolso. Olha para a tela. Vai ligar para Irwin mais tarde.

A parede mais afastada está toda ocupada por fotografias lustrosas em preto e branco sob vidros reluzentes. Sebastian aparece em muitas delas, na maioria até, com um homem que parece seu eco distante. Braços por cima de ombros, sorrisos largos e cheios de dentes, um ou outro mata-leão. Com a cabeça de Dominic.

– Ah, olha o meu marido aí! – exclama Simone com uma jarra de limonada em mãos. – Ele é o que está apanhando. Morreu atropelado numa estrada e não prestaram socorro, sabe.

Nicky assente como forma de consolo.

Simone fica encarando a foto.

– Isso não ficaria na sua cabeça? – pergunta ela num tom sombrio. – Tirar uma vida? Passar *batido* pelo... como se ele fosse um calombo na pista. Sem nunca admitir o que fez. Quem seria capaz de uma coisa dessas?

– *Cui bono?* – murmura Nicky.

– Não falo espanhol, meu bem.

– É... é latim. Sinto muito. – Ela sente *mesmo*. A mulher ali, falando do marido falecido, e Nicky vai e dá uma de palestrinha. Ela deveria calar a boca... mas todos estão olhando para ela e, pluft, ela abre a boca de novo. – É meio que um preceito da literatura de mistério. "Quem sai ganhando?" Quando estiver investigando um crime, preste atenção nos... bom, em quem se beneficiou. – *Que pedido de desculpas mais tocante, Nicky!*

– Foi Cícero quem disse isso – intervém Jonathan. – Estudei letras clássicas na universidade – emenda ele.

Simone se serve de um copo de limonada, cuja polpa na superfície parece os restos de um naufrágio.

– Quanta coisa estou aprendendo hoje. E quem se beneficiou com a morte do meu marido?

– Ninguém – assegura Nicky. – Claro. Eu sin... estava só me exibindo. Eu...

– Deixa de ser tão sensível. – Freddy estende a mão e aperta a da mãe. – A gente não tá aqui por causa do Dominic. Hoje é Dia do Sebastian. Mas meu pai foi um bom irmão – garante ele a Nicky enquanto Simone torna a encher o copo do filho. – Quando Cole e Hope sumiram, ele foi o primeiro a ajudar.

Enfim aquelas palavras, naquela ordem: *quando Cole e Hope sumiram.* Nicky dá um tapinha na tela do celular, prepara seu bloquinho e, já tendo ofendido a família uma vez, dobra a aposta.

– Como foi isso pra *vocês*? – pergunta. Bem direta, mas está muito curiosa.

Freddy dá de ombros.

– No começo, eu torci pra ele ter fugido. Quem poderia culpá-lo? Mas...

– Como assim? – pergunta Jonathan.

Ele franze a testa, os olhos se estreitam e as sobrancelhas ficam inclinadas; parece ao mesmo tempo confuso e preocupado. Que graça, pensa Nicky. Chega a ser uma distração.

– Quer dizer... já faz treze anos que trabalho em escolas, e até hoje nunca vi... enfim, todo aquele *bullying*. – Freddy passa a mão nos cabelos; Nicky ouve o gel ressecado craquelar. – Os xingamentos. As brincadeiras de mau gosto... "brincadeiras". O fato de ele viver sendo agredido: socos, cusparadas, a menina que *mordeu*...

– Tinha me esquecido dessa da mordida – murmura a mãe dele. – Aquela vaca troglodita.

– E o Cole não conseguia se defender. Era bonzinho demais. Pequeno demais.

– Fato esse que nunca conseguimos entender – comenta Simone. – O pai dele tem 1,95 metro. Meu marido era um pouco mais baixo. E Frederick é um pouco mais baixo que ele. Mas Cole teria ficado *bem* mais baixo que isso.

– Vai ver ficou – sugere Jonathan enquanto um gato sobe pela sua canela.

Todos o encaram.

– Quer dizer... ei, cuidado com essas unhas... talvez ele ainda esteja vivo, não? Os dois, até.

Nicky encara seus anfitriões.

– Jonathan, será que *você* deveria estar *aqui*?

– Não tem problema – assegura o filho para a mãe. – Ele tá interessado.

– Bom, não... digo, não estou interessado nos *livros*. Mas é que é uma história interessante. Posso ir embora sem problema nenhum se vocês preferirem. Talvez leve este carinha aqui comigo.

– Tá tranquilo, cara. Onde é que a gente tava mesmo?

– Falando do Cole – responde Simone. – De como ele vivia sendo agredido. Isso deixava a Hope arrasada. Ela era *muito* dedicada ao filho. Ficava mudando ele de escola, não é, Frederick?

– Como se ele fosse uma peça de xadrez. Escola particular. Escola católica, aquele internato só pra meninos...

Jonathan franze o cenho.

– Alguém cogitou uma escola pública?

– A ideia era *impedir* que ele fosse assassinado – explica Simone.

– E Sebastian? – Os outros três se viram para Nicky como se estivessem surpresos com o fato de ela continuar ali. Ela se inclina para a frente com os dedos entrelaçados sob o queixo. – Ele não me falou muita coisa sobre Cole.

Simone fica de pé, a mão na cabeça de Freddy, e cruza a sala até a porta da cozinha.

– Cole deixava o pai *intrigado* – diz ela de lá. – Não gostava de esportes. Não gostava de videogames, nem de… do que mais meninos adolescentes gostam?

– De videogames, principalmente – responde Jonathan.

– Cole gostava de jogos *de verdade*. Jogos de tabuleiro. Esconde-esconde. Gostava de desenhar também. – Ela volta trazendo um homus e palitos de aipo. – E de… eu nunca consigo pronunciar direito: orégano?

– Origami – corrige Freddy.

– Dobraduras de papel chinesas. Mas ele não era um bom leitor. Tinha dislexia ou algo assim. – A voz dela foi baixando, como se Simone estivesse falando sobre um prognóstico médico ruim. – Coisa que não agradava Sebastian.

Mas isso não era culpa do menino, pensa Nicky.

– Mas isso não era culpa do menino – resmunga Jonathan.

– Eu não diria que ele não *gostava* do Cole. – Simone torna a se acomodar ao lado do filho. – Era mais… ah, Frederick, como você diria?

– Eu diria que ele não gostava do Cole.

– Não, não… – Simone agita uma das mãos no ar. – Ele *tentou*. Levava vocês ao futebol todo sábado, lembra?

– O Cole detestava futebol.

– E aos escoteiros! Os pais de vocês colocaram os dois nos escoteiros. Vocês tinham muita experiência em acampar!

– Na maioria das noites, o Cole acordava com alguém mijando na barraca dele. Mas o pai não queria deixar ele sair.

– Enfim, você estava sempre ao lado dele. Você foi um bom amigo.

Os instantes vão passando devagar, como um bolo na garganta, até uma gota de chuva estalar na claraboia. Simone se inclina em direção à mesa, acende um fósforo comprido e com ele duas velas grossas. Quando Frederick torna a falar, é como se estivessem reunidos em volta de uma fogueira num acampamento.

– Uma vez a gente foi a uma festa – conta Freddy. – Um monte de adolescentes num porão jogando *Mario Kart*, bebendo Coca-Cola e brincando com um buldogue francês babão... por isso Cole estava lá: um Watson qualquer tinha acabado de morrer. Tudo em preparação para a atração principal. Só que o cachorro ignorou Cole, e o resto das pessoas fez o mesmo. Então ele foi se refugiar no banheiro. – Ele faz uma pausa. – Vocês sabem como é essa brincadeira. Uma pessoa é vendada, gira uma garrafa, todo mundo se admira e depois as duas pessoas se beijam. Eu estava desesperado pra beijar Alice Poor.

– Ela ficou bem galinha quando cresceu – relembra Simone.

– Uns garotos vieram arrastando o Cole. – O olhar dele se perde, de volta àquele porão. – Ele estava tremendo tanto que chegou a derramar refrigerante na camiseta. Os outros o vendaram, ele girou a garrafa e... caiu na Alice Poor. Não consegui olhar. – O maxilar se retesa. – Quando espiei, Cole estava inclinado em direção ao centro da roda, com um lenço cobrindo os olhos e todo mundo olhando. Porque... – As narinas se inflam. – Alice tinha pegado o buldogue francês, com as patas traseiras se balançando no ar, e estava levando o cachorro na direção dele.

Outra pausa.

– Antes de eu conseguir dizer qualquer coisa, Cole já tinha beijado o cachorro. Daí veio o silêncio. – A chuva batuca lá em cima. – Aí o cachorro lambeu ele.

A chama se contorce, constrangida. Nicky faz uma careta.

Freddy esfrega o pescoço.

– Caos. Gritos, guinchos. Cole tira a venda e vê o buldogue babando na frente dele.

Nicky inclina a cabeça de leve, como para incentivá-lo.

– E o que foi que ele fez?

– Abriu um sorriso e disse: "Acho que acabei de dar um beijo de língua." Ninguém deu a mínima. Estavam todos entoando "viadinho, viadinho", porque o cachorro era macho. E Cole ficou só sentado ali, com cara de quem não estava entendendo nada, alisando a cabeça do buldogue. Então eu o acompanhei pra fora daquele porão e o levei pra casa. E esse foi o primeiro beijo do Cole.

Silêncio.

– E, além do mais, buldogue francês é uma raça tão feia – observa Simone.

Freddy a encara.

– A raça na verdade pouco importa.

– Acho que não.

– Eu ia pra cama de cima do beliche toda vez que o Cole vinha dormir aqui; ele tinha medo de rolar da cama. E, na maioria das vezes, ele se forçava a ler vinte páginas antes de apagar a luz; estava empenhado em ler as obras completas de Sebastian Trapp, apesar de os livros serem difíceis demais pra ele.

– Dislexia – lembra Simone. – Ou algo do tipo.

– Mas nessa noite ele simplesmente apagou o abajur. E aí escutei ele começar a chorar. – Freddy aquiesce. – Por uma hora, ele só ficou ali… chorando.

Nicky imagina o corpinho encolhido sob as cobertas, imagina Cole puxando os lençóis para cobrir o rosto; imagina Freddy lá em cima, escutando.

– Ele parecia um menininho muito sozinho. – A voz de Jonathan está pesada.

Simone aperta os dedos do filho.

– Mas você tomou conta dele direitinho, *sim*.

As claraboias estremecem, agitadas pela chuva. Ao mesmo tempo que Nicky olha para cima, Simone acrescenta:

– Vai demorar uns três a cinco minutos pra passar.

– Parece um dilúvio – comenta Jonathan, num tom cético.

– Eu tenho experiência da minha vida toda aqui no clima da baía de São Francisco, garoto. Uns três a cinco minutos.

– Nicky – diz Freddy, com o rosto iluminado por um sorriso tímido. – Que burro que eu sou.

– O primeiro passo é reconhecer, parceiro.

– Cala a boca, Jonno. Acabei de passar meia hora falando sobre o Cole, e a Nicky veio aqui pra falar do Sebastian.

– Não estou com nenhuma pressa – diz ela.

– Ai, meu Deus. – Mais uma vez Simone se levanta. – As fotos! Eu fiz uma lista… onde foi que… – Ela se retira, perseguida por um gato.

– Eu vou indo – anuncia Jonathan, ficando de pé. – Vou deixar vocês cuidarem dos seus assuntos.

– Cara. – Freddy aponta para o vidro que chacoalha, mas Jonathan descarta a questão com um aceno.

– Pra mim, vai dar praia – diz ele. – Além do mais, a sua mãe previu que...

E no exato instante que ele diz isso, o temporal cessa, como se uma torneira tivesse sido fechada. Todos os três erguem os olhos para a claraboia.

– Ela é bruxa, por acaso? – sussurra Jonathan.

– Às vezes fico pensando isso também – comenta Freddy.

Eles se dão um abraço de homem, com um braço cada um, dando um tapa nas costas do outro como se quisessem desalojar alguma coisa que estivesse obstruindo a garganta.

– Foi mal sair correndo. Já era pra ter ido antes... – Jonathan olha para Nicky. – Mas de repente tudo ficou tão interessante. – Enquanto ele cruza a sala na direção dela, Nicky se levanta. – Posso deixar meu telefone com você? Nenhum de nós dois se acostumou com São Francisco. Quem sabe a gente pode trocar dicas?

– Ou você poderia optar por alguém menos bonito – sugere Freddy, levantando um gato tigrado caolho. – Vem com um gato de brinde.

Nicky olha para Jonathan, para a grossa barba por fazer e as sobrancelhas desgrenhadas dele, e o avalia da mesma forma que faria com um romance: será que a história daquele misterioso expatriado a intriga? Ela sente um leve calor se irradiar da pele.

Estende o próprio celular.

– Me manda uma mensagem – diz ele enquanto grava o próprio número. – Ou me liga, se preferir.

– Sai daqui agora – grita Freddy.

Os dois saem. Nicky vai até a galeria na parede dos fundos: Dominic e Sebastian, e Simone, e crianças aos montes, todas de idades diversas, usando roupas da moda de várias décadas.

Nenhuma foto de Hope. A arte imitando a vida.

Chamada Nicky ligar de volta

Ela dá um suspiro ao olhar para a tela e digita o número da tia.

– Tia Ju, não posso falar agora...

– Pelo visto, pode.

– … mas a palavra de hoje foi *sanguíneo*. No sentido do tipo de temperamento "otimista ou positivo". Estou me sentindo sanguínea em relação à minha tarefa interessante aqui. Espero que você também esteja.

– A raiz latina de *sanguíneo* significa "sangue". Estou falando como professora. Então não, não estou me sentindo muito positiva. Onde você está?

– Tô na…

Um estremecimento no vidro das fotografias. Nicky vê Freddy reaparecer atrás dela com um gato aninhado no colo. Ele se detém no vão da porta, calado e imóvel.

– Você está na…?

Ela não quer responder à pergunta da tia, pois, por algum motivo, isso lhe parece uma grosseria na frente de Freddy.

– Te ligo mais tarde.

Ele se aproxima dela devagar. Sebastian já mencionou Freddy algumas vezes ao longo dos anos, não sem alguma rispidez (`O intelecto dele só se compara ao de uma minhoca`), mas ela vai com a cara dele. Freddy é meio pateta e se esforça além da conta para agradar… mas Nicky também pode ser pateta. E Nicky já se esforçou muito além da conta para agradar.

Antes de ela conseguir se virar, ele já começou a falar:

– Entretida em pensamentos profundos? – A voz dele está mais próxima do que ela imaginava.

O sangue borbulha nas suas veias; perguntas gritam na sua mente. *Está sentindo uma quentura desconfortável na boca do estômago?* Está. É o primeiro sintoma daquela *doença irresistível:* a febre detetivesca.

Ela fica de frente para ele.

– Quer segurar um pouco? – pergunta Freddy enquanto afaga o gato.

Nicky, que nunca consegue resistir a um animal, em especial se ele tiver um olho só, acaricia a barriga aveludada até o gato começar a se contorcer.

– Você já fez isso antes – constata Freddy.

Ela ri, então diz:

– Em relação a Cole e Hope…

– Chega de falar no Cole. E na Hope.

É Simone, que tornou a entrar na sala como um furacão, trazendo em cada mão uma grossa pilha de fotos e papéis imprensados debaixo de um braço. Ela enxota Nicky e Freddy de volta até os sofás enquanto faz "tss, tss" e, depois de se acomodar ao lado da convidada, promete, com uma intensidade que o público acha quase perturbadora:

– Tenho muitas histórias pra contar. Tantas lembranças! Por onde eu começo?

– Por que não deixamos ela dar uma olhada e pronto, Simone? – Freddy estende a mão para a limonada.

– Isso, isso – responde a mãe. – Claro. Não há segredos nessa família.

20.

NESSE DIA QUEM CONDUZ A HORA DA LEITURA na biblioteca é Madeleine, que narra *Ovos verdes e presunto* para um bando de criancinhas, a maioria calma e tranquila, e umas poucas que não se dariam bem numa audiência de custódia. Na hora do almoço, ela se deixa afundar sentada no chão da seção de ciências botânicas, onde ninguém vai encontrá-la, talvez por muitos anos.

A cada colherada de iogurte, pensa naquela desconhecida no sótão, naquela mulher fazendo uma indesejada participação especial no último ato da vida de seu pai.

No início da tarde, recoloca livros na estante, agachando-se e se esticando como numa aula de ginástica em câmera lenta; e então, quando está agachada e descalça no corredor de livros infantis, escuta o próprio nome numa voz melodiosa e alegre.

– Maddy Trapp! Levanta daí... levanta daí e deixa eu te dar um abraço!

– Bissie – diz Madeleine toda feliz, desejando que uma delas sumisse.

Bissie Bentley está embalada a vácuo naquilo que pessoas que Madeleine detesta chamam de "roupa casual de ginástica". Está com um pouco de blush no rosto; é claro que Bissie se maquia para ir malhar. Madeleine sabe que está sendo injusta; Bissie tem boas intenções, sempre teve, desde o ensino médio, quando foi eleita Miss Simpatia. Às vezes, quando sopra uma brisa leve, dá para detectar nela um leve traço de personalidade.

– Olha só você, aí no chão feito a Cinderela!

Madeleine encara os próprios pés vermelhos.

– Bom, estou repondo livros na prateleira. Trabalhando – acrescenta ela com dignidade.

– Que coisa mais engraçada – responde Bissie, e Madeleine sabe que, seja lá o que for, com certeza não tem graça nenhuma. – Ben e eu acabamos de falar de você. E da festa. E do seu pai. Como ele está?

– Ah, está desenganado.

Bissie olha para ela, aturdida.

– Meus sentimentos...

– Infelizmente, sentimentos não vão ajudar.

– Não esqueci nosso abraço, sabia?!

Madeleine se levanta com um livro na mão (*Todo mundo faz cocô*, lógico) e aceita o abraço de Bissie. Ela tem cheiro de arco-íris.

– E aquele seu francês? – pergunta Bissie. – Jean-Luc, não é isso? Quando a gente vai finalmente poder conhecer ele?

Jean-Luc é o namorado com quem Madeleine vive terminando e reatando há três anos, um parisiense que ela conheceu num jantar em Marin County.

Jean-Luc é bonito. Jean-Luc é arquiteto. Jean-Luc é um namorado imaginário.

– A gente terminou – responde Madeleine, surpreendendo a si mesma; não era sua intenção terminar o relacionamento nesse dia. Talvez nunca. – Eu terminei com ele – acrescenta. *É isso aí, Madeleine.*

– Ah! Bom, sabe quem você devia conhecer?

Deveria, pensa Madeleine. Mas também pensa: quem? E fica curiosa de verdade.

A expressão de Bissie congela, e ela sorri no piloto automático. Madeleine se dá conta de que a coitada falou aquilo por reflexo, de que na verdade ela é incapaz de pensar em qualquer candidato.

– Vou pensar em alguém! – garante Bissie por fim. – Tenho que correr agora. Vim só inscrever Benji na hora da leitura. Ele faz 5 anos em agosto, acredita?

Madeleine acredita, sim. Benji é Benjamin Bentley III, filho de Benjamin Bentley II, ex-namorado de Madeleine Trapp I. Cinco anos antes, ela voltou para casa debaixo de chuva do chá de bebê, segurando um cupcake azul-claro derretido, pensando que ela e Ben deveriam ter se casado se ao menos… bom. Provavelmente não, porque Ben era um babaca. Mas o cupcake estava bom.

Madeleine fica olhando Bissie desaparecer em meio a uma nuvem de purpurina e sente os batimentos cardíacos desacelerarem.

Às três da tarde, bate seu ponto de saída, acompanha um cavalheiro em situação de rua até o lado de fora do prédio (ele é um dos frequentadores assíduos da biblioteca, um veterano do Vietnã em seus últimos anos de vida que passa a maior parte dos dias acampado num canto distante da biblioteca) e o leva de carro até o abrigo a quatro quadras dali, com o cinto de segurança passado bem firme em frente ao peito.

Ela está na sala de jantar, mastigando um sanduíche e encarando o próprio laptop, onde Simon St. John explica ao investigador Trott o paradeiro da arma do crime ("Ela não *sumiu*, e sim *derreteu*: nosso amigo albino foi perfurado com uma estalactite *de gelo!*"), quando...

– Tenho *tantas* histórias pra contar!

Madeleine quase se engasga.

Ele está falando com sua voz rápida, aquele rugido a plenos pulmões capaz de dobrar esquinas e atravessar paredes. Poderia estar em qualquer lugar da casa. Quando Nicky responde, a voz dela soa muito distante.

Madeleine então ouve os passos dos dois no hall; então o vê passando pelo vão da porta com Nicky no encalço. E, atrás dela, num trote silencioso, Watson, que para e fica encarando a dona com ar de quem não está entendendo patavina.

Madeleine fica parada. Aquela cachorra safada segue em frente.

Pela janela, por entre as folhas de um salgueiro-anão descabelado, Madeleine observa o grupo adentrar o labirinto do pátio, vê o pai fechar os olhos para a diversão de sua convidada antes de guiá-la pela trilha. Na época em que o quintal era só mato, Madeleine e o irmão costumavam correr um na direção do outro com tacos de croqué em riste feito lanças; gostavam mais ainda do labirinto: ela vendava Cole, ou Cole a vendava, ou então o pai vendava os dois, e eles passavam meia hora tateando entre as sebes. Às vezes, atravessando-as.

Sebastian e Nicky chegam ao relógio de sol no alto do pedestal de pedra, com a lâmina de metal despontando do visor como a barbatana de um tubarão, e ele faz um gesto em direção à mesinha de ferro ao lado dele.

Em outro labirinto, o pedestal brotaria do centro. Só que não há centro ali, apenas um emaranhado de trilhas.

– Por que projetou as sebes desse jeito? – perguntou Madeleine certa vez.

– Aquilo que mais tememos é um labirinto sem centro – respondera o pai.

Então por que colocar dentro de casa aquilo que mais se teme? Para regar e podar, cuidar e proteger?

Ele havia baixado os olhos para o tampo da escrivaninha e passado um bom tempo apenas observando as fileiras de borboletas debaixo do vidro.

– Acho bom aprender a viver com o medo – argumentara o pai. – Com o medo e com o fracasso. E com o desconhecido.

Isso foi um quarto de século atrás. Ela fica pensando o que ele teme agora que o pior já aconteceu.

Em silêncio, Madeleine se levanta. Na sala, atravessa o recinto até uma estante estreita e encosta um dedo numa lombada. Em seguida, inclina o livro a 45 graus para fora da prateleira.

Sem nenhum ruído, a parede gira na direção dela, e Madeleine adentra o cômodo oculto logo atrás.

21.

QUATRO ANOS ANTES, durante uma simulação de resistência a terremotos, fora descoberto um nicho em desuso de 2,5 por 6 metros atrás de uma das paredes da sala. Sem janelas, sem qualquer finalidade aparente; uma caixa-forte (sugeriu Diana), um esconderijo para padres (insistiu Simone) ou uma masmorra de sexo (sugestão de Freddy).

– E muito em breve o estúdio de desenho da Sra. Trapp – anunciou Sebastian, que tinha acolhido a descoberta como um arqueólogo que se depara com um templo oculto.

– Vai ser um quartinho da ressaca – retrucou a Sra. Trapp – para qualquer um que precise de um dia seguinte tranquilo.

Essa fora desde então a função principal do recinto, e Madeleine sua principal inquilina, embora Diana tenha escolhido o livro abre-te sésamo da prateleira. *Rebecca.*

Duas luminárias enrubescem com uma luz tímida quando Madeleine entra. Nas paredes, gravuras de botânica; mapas antigos também, de cidades exóticas do Leste Europeu; e também meia dúzia de desenhos a carvão em papel rugoso: os esboços de natureza-morta de Diana. A concha de vieira está boa, admite Madeleine. A tulipa está melhor. O que a madrasta dela não consegue fazer?

Ela afunda numa chaise-longue verde-garrafa, o único móvel do recinto. Dobra as pernas e se inclina para a frente, escutando o veludo chiar debaixo de si e os cabelos escorrerem pelos ombros.

Embutida no rodapé há uma antiga grade de ventilação, uma série de fendas de bronze. As fendas da grade, como Madeleine descobriu certo dia ao perseguir a cachorra, deixam entrar não só o ar como também o som... o som vindo do pátio.

Então o burburinho da água do lago surge, e a voz dele também, distante porém nítida.

– Vamos manter a conversa alegre desta vez, sim?

Madeleine fica escutando.

Ele conta algumas histórias divertidas, a maioria das quais ela já conhece, sobre as diversas turnês internacionais: a manhã no zoológico de

Sydney quando uma wallaby fêmea belicosa quebrou seu dente molar com um chute violento; a noite em que um barman nonagenário do Rio de Janeiro lhe ensinou o segredo da caipirinha perfeita (segredo esse que Sebastian se recusa a revelar a Nicky: "Dei minha palavra para aquele homem", explica ele, solene); a noite de ano-novo em que a última barca de Talin para Helsinque ficou à deriva no meio do Báltico, e os passageiros – a maioria finlandeses importando bebida barata – abriram os zíperes de suas bolsas de lona cheias de garrafas, abriram as mochilas tilintantes, esvaziaram os bolsos volumosos e brindaram ao ano que começava.

– Dever ter sido o ano-novo mais inesperado da minha vida – declara Sebastian. – Bom, o segundo mais inesperado – acrescenta em seguida.

Madeleine sente os próprios olhos se arregalarem. Ele muda de assunto depressa para uma tourada na Argentina; ela desliza até o chão e se senta ao lado da grade, de costas para a parede.

Ele cita os próprios hobbies: natação, vela e squash, pelo menos antes da diálise. Descreve os espécimes de borboleta e como cada um veio a ser pregado com um alfinete na cortiça da biblioteca. Já colecionou todo tipo de curiosidade, muitas expostas no sótão, observa ele, e outras mais espalhadas pelos quartos de hóspedes: chaves seculares, silhuetas vitorianas, uma orquestra de instrumentos musicais exóticos ("A única regra da minha esposa era: 'Gaitas de foles, não.'").

Mais do que tudo, porém, ele ama ler.

– A maioria dos meus autores preferidos já morreu. Conheço um número excessivo dos que ainda estão vivos. As mulheres são melhores escritoras de mistério que os homens – acrescenta ele. – Acho que é porque todo dia elas precisam enfrentar forças sinistras.

Nicky responde algo ininteligível.

– Os homens – repete Sebastian.

A luz se apaga. Madeleine não se abala. Um aceno da mão dela tornará a acender as luminárias, mas por enquanto se mantém parada no escuro – uma escuridão digna do fundo do mar, os ouvidos tomados pelo ruído da água – e escuta o pai falar.

Ele reuniu milhares e milhares de romances de mistério, alguns comprados a preços exorbitantes de negociantes de livros raros, outros arrebatados por centavos em sebos. Também constam em suas posses: determinados objetos pessoais dos autores – os óculos de ópera de Ngaio Marsh; as abotoaduras de Georges Simenon; um dosador que Anthony Horowitz usava para servir uísque; uma caneta-tinteiro roubada de Louise Penny; o guarda-chuva de David Handler. Enquanto cataloga seus tesouros, a voz dele vai ficando mais animada; aquilo faz Madeleine pensar na "hora da novidade" na biblioteca.

– Eu era louco pra ter um cachorro quando criança. Nosso plano era batizar o cachorro de Watson... nosso ajudante. Mas infelizmente não se podia ter cães na base. *Keine Hunde.*

Madeleine é quase capaz de recitar de cor o monólogo que vem a seguir. É uma história que ele costumava contar em entrevistas e na televisão: como ele e Hope voltaram da lua de mel no México num final de tarde úmido de primavera e viram que seu bangalô de amianto em Twin Peaks tinha sido assaltado. Depois de Sebastian ligar para a polícia de um telefone público, ele e Hope se sentaram na calçada debaixo da garoa, com a cabeça dele apoiada no ombro dela e o rosto dela encostado nos cabelos dele.

Então um ruído quase inaudível soou ali perto. Os dois olharam: junto ao meio-fio, na rua, uma criatura minúscula – do tamanho de uma batata pequena, com o pelo malhado fino e reluzente por causa da chuva – cambaleava, tentando resistir a uma correnteza de água que a arrastava em direção ao bueiro. Tinha a cara amassada e o corpo trêmulo. Uma orelha estava de pé, a outra caída; um olho arregalado e o outro apenas uma órbita vazia.

Eles nunca chegaram a saber como a cachorra tinha perdido um olho, nem quem a havia abandonado. Mas, antes mesmo de a polícia chegar, já a tinham batizado de Watson.

As histórias que ele conta vão zunindo como fogos de artifício, uma depois da outra, estourando e resplandecendo. Conforme ele percorre o próprio passado, ressuscitando os mortos, Madeleine assente; depois sorri; em determinado momento, ri tão alto, com os olhos fechados com força e os ombros tremendo, que as luminárias tornam a se acender. E então, pela primeira vez, ela entende por que o pai contratou uma biógrafa: ele quer uma plateia nova. No papel, sim, mas também no momento presente. Para Sebastian Trapp, a alegria está no ato de contar.

O primeiro Jaguar que ele consertou. A carta de fã mais estranha. A segunda lua de mel. Assassinato.

Madeleine endireita as costas.

– As pessoas acham que eu me safei depois de ter cometido um assassinato – diz ele de maneira casual.

Madeleine pressiona a palma das mãos no chão e encosta a orelha na grade.

– Quem pode culpá-las? Acho que eu...

Uma corrente de ar fresco atinge o rosto dela.

– Às vezes, fico pensando se Diana já se perguntou... – A voz dele se esfarela e morre.

Madeleine prende a respiração.

Água do lago.

Ele não deveria estar falando nisso; vai ficar mal. De repente, ela fica de pé, puxa os cabelos para trás; caminha até a parede de mapas e pressiona uma alavanca posicionada logo abaixo da São Francisco de 1906. A porta se abre, e ela sai para a sala.

– Tenho uma surpresa pra você – anuncia Freddy.

Madeleine quase dá um grito.

– Meu Deus, Fred! Você tava aí *escondido?*

A porta se fecha atrás dela.

– Eu tava indo lá pra fora...

Ele indica com a cabeça as portas envidraçadas, que estão escancaradas. Madeleine olha para o pátio, para as costas do pai, os cabelos prateados roçando no colarinho; Nicky está sentada na frente dele, os olhos brilhantes, escutando.

– Métodos de assassinato! – exclama Sebastian. – *Eis aqui* alguns que Simon nunca viu...

– Entrega especial. – É Freddy outra vez. – Encontrei na porta da frente.

Ele está segurando uma caixa: um cubo pequeno embrulhado em papel rosa com uma fita azul-bebê. Madeleine a pega; não pesa quase nada. Está sem bilhete, sem carimbo de postagem. Num dos cantos, impressas com nitidez, as letras ST.

Ela franze o cenho. Fãs costumavam colocar cartas na caixa de correio no acesso de carros ou deixar pacotes nos degraus da frente: manuscritos de autoria própria muitas vezes, mas também... ah, uma guia de cachorro para algum Watson ou um frasco de veneno vintage (sem o veneno). E depois, claro, cidadãos zelosos passaram a encher a calçada com ameaças de morte e exemplares vandalizados dos romances de Simon St. John e, em certa ocasião, um saco plástico cheio de fezes, embora um dia o estoque de ira desse pessoal, ou quem sabe de fezes, tenha diminuído.

– Madeleine?

– Eu entrego pra ele. – Ela segura a caixa junto ao peito. – Você viu a Adelina?

Como se ouvisse a deixa, há um clangor de panelas vindo da cozinha, acompanhado por um palavrão em italiano.

Freddy adora a empregada deles, escolhida por Simone mais de uma década antes, empurrando assim Madeleine um pouco mais para perto da inutilidade. Não que antes cozinhasse muito bem para o pai – na maioria das vezes, era ele quem insistia em cozinhar para ela, talvez numa manobra preventiva – ou fizesse uma faxina muito caprichada, de modo que na verdade não tinha mesmo muita serventia para Sebastian. Adelina parece ter um pouco de medo do patrão, mas adora Freddy, que se afasta com pressa, cantando:

– Vou lá pegar (*sì!*) um arancini (*tutto bene!*)...

Madeleine se vira na direção do pátio. Os lábios de Nicky estão fechados. Muita gente escuta com os lábios entreabertos, ansiosos para agarrar a oportunidade de falar. Aquela mulher parece se contentar em esperar. É uma qualidade atraente, reconhece Madeleine, que poderia inclusive calar a boca com mais frequência.

– Veja, a voltagem de uma enguia elétrica não é suficiente pra matar uma pessoa – diz o pai de Madeleine. – Mas dói à beça, como aprendi em Trinidad e...

Na cozinha, Adelina xinga de novo com vontade enquanto água se derrama no piso. Madeleine segura bem a caixa e sai da sala, mexendo na fita azul-bebê.

22.

– Você acha que ele matou os dois?

Madeleine observa Nicky do outro lado da mesa de jantar, onde clareiras de velas brotam e travessas fumegam. Adelina preparou um banquete siciliano em homenagem à hóspede: pasta 'ncasciata, cannoli de leite de ovelha – "*Bellissima*", elogiou o pai –, e Sebastian acaba de sugerir uma rodada de bocha de mesa ("Vamos brincar com a comida") quando Madeleine sente os próprios lábios formarem as palavras.

Mas não lhes dá vida ao pronunciá-las. Não ali.

– Fale de você – diz Sebastian, fazendo um bolinho de arroz rolar pela mesa. – Seus pais já morreram, não é? Você é órfã?

– Ela é velha demais pra ser órfã, pai – diz Madeleine com um suspiro.

– Eu achava que dava pra ser órfã com qualquer idade – comenta Diana, que, conforme Madeleine recorda, não tem pais; é órfã, por assim dizer.

– Eu *me sinto* velha demais pra ser órfã – responde Nicky, empurrando seu arancini na direção de Sebastian; o bolinho cai da mesa e Watson o abocanha.

Diana serve vinho na taça de Nicky.

– Tem algum irmão ou irmã?

– Filha única. Mas tenho uma tia e primos…

Eu também, pensa Madeleine.

– … e uma afilhada, e meus alunos, e mais amigos do que eu mereço, pra falar a verdade.

Ah, cala essa boca, pensa Madeleine, que amolece um pouquinho quando Nicky menciona um cachorro.

Eles esvaziam uma garrafa de vinho branco vermentino, depois outra. Sebastian parece ter se cansado de viajar no tempo: a conversa se mantém fixada com firmeza no presente. (O futuro não chega a ser mencionado.) De tempos em tempos, como o espectador de um show pedindo uma música, ele sugere novos temas: Nicky já dormiu em muitos sótãos? ("Só nesse.") De qual Watson Madeleine sente mais saudade? ("Watson V era um psicopata, mas eu amava todos os outros.") E, aliás, o que Diana achou do novo amiguinho do Freddy? O inglês de quem Nicky lhe falou à tarde? ("Ele é de Dorset" – notícia que Sebastian recebe com interesse moderado.)

Nicky ri – aquela mesma risadinha adorável – e propõe um brinde:

– A todos vocês, por fazerem eu me sentir tão em casa.

Madeleine sorri para ela e ergue a taça. *Mas você acha que ele matou os dois?*

Às nove da noite, as chamas das velas já estão vacilando, pingentes de cera escorrem na toalha de mesa, e roncos ressoam debaixo da cadeira de Sebastian.

– Watson teve uma boa ideia – diz ele, curvando-se com um grunhido. – Vem cá, meu amor... – Ele se recompõe até ficar de pé, os braços carregados com o buldogue. – Obrigado a todos pela noite agradável. Minha jovem... – ele faz uma mesura – ... seja gentil diante do teclado. Minta se e quando necessário.

Ela também se curva.

– Uma mulher que não mente é uma mulher sem imaginação e sem empatia – retruca ela.

Devem ser as palavras de alguma outra pessoa. *Inferno*, pensa Madeleine. *Mais uma.*

Quando os pratos e talheres estão dentro do lava-louça, os guardanapos dobrados e guardados e as garrafas tilintando na lixeira de recicláveis, Nicky e Diana desaparecem. Madeleine volta à mesa de jantar e apaga as velas uma por uma, e a sala escurece a cada sopro até ela finalmente se ver sozinha no escuro.

No quarto, pega a caixa rosa e azul em cima da escrivaninha. Ela a leva até o ouvido como se fosse uma bomba-relógio.

Nada. (É claro que não há nada.)

No andar de cima, a porta dele está entreaberta. Ela atravessa a coluna de luz emborcada no chão do corredor e se detém na soleira da porta.

Dali consegue ver a imensa cama de dossel com sua cobertura de cortinas de veludo vermelho-rosadas. (Até para dormir seu pai é dramático.) Vê a cômoda também, e o espelho rachado de um lado a outro – "Está quebrado", observou Diana certa vez; "Está perfeito", respondeu Sebastian – e um divã edwardiano amarelo-gema feito para desfalecer, com almofadas cheias de tufos e braços espiralados (Madeleine nunca conheceu um homem menos inclinado a desfalecer). Vê a cadeira ao lado da cama na qual Diana às vezes se senta educadamente durante o tratamento de Sebastian.

Em frente à cama na qual sonha sozinho, olhando-se no espelho que um dia refletiu sua primeira esposa, o pai está tirando o paletó.

Madeleine assombra o vão da porta feito um fantasma.

Ele olha para o reflexo da filha enquanto os dedos começam a abrir os botões do colete.

– Olá, fruto das minhas entranhas. – Ele dá uma piscadela, em seguida desvia os olhos para a caixa que ela tem em mãos. Os dedos se detêm. – Sério, não precisava.

– Não fui eu. – Ela atravessa o quarto até ficar ao lado dele. – Deixaram na porta da frente.

Ele pega a caixa da mão dela, inclinando a cabeça.

– Eu gosto mesmo de uma surpresa – diz, travesso, como uma criança prestes a se divertir com uma brincadeira nova.

O sorriso de Madeleine é hesitante.

O laço se desfaz quando ele puxa a fita. Ele remove o papel de embrulho, ergue a tampa e olha dentro da caixa.

Então congela.

Ela dá um passo para mais perto.

Lá dentro, deitada de costas, está uma borboleta de papel vermelho.

Vincos e dobras, retas e arestas, linhas precisas, detalhes diminutos: o tórax estreito, um filamento se curvando a partir da base de cada asa, as antenas gêmeas coroando a cabeça.

Gravado em preto na asa esquerda, numa caligrafia estranhamente infantil:

CHERCHEZ

E impresso à direita:

LA FEMME

Madeleine ergue os olhos, sem entender. O pai está com o cenho franzido, a testa toda vincada, os lábios entreabertos. Ele mergulha os dedos dentro da caixa e retira a borboleta com cuidado, como se fosse uma criatura viva.

A dobradura é bela e perigosa, afiada como uma estrela ninja. Sebastian baixa e ergue a mão como um curador pesando um espécime. Transfere a borboleta para a palma da outra mão, inspeciona o verso. Torna a trocá-la de mão. Então examina a caixa, a inscrição. ST.

– Eu gosto mesmo de uma surpresa – murmura ele.

Madeleine sente um impulso silencioso de tocar o papel, da mesma forma que poderia tocar uma joia. Mas Sebastian remove a asa esquerda, em seguida a direita, e as deixa cair dentro da caixa. Pressiona o corpo sanfonado entre as duas palmas. Madeleine ouve o papel chiar como uma coisa viva esmagada pelas mãos do pai. Quando ele torna a abrir as mãos, a carcaça da borboleta não passa de um pedaço de papel vermelho. Ele o deixa cair por cima das asas quebradas.

– Não entendi – diz ela.

– Bom, nem eu. – Ele embola o papel de embrulho e a fita, encaixa a bola de papel dentro da caixa e fecha a tampa. – Uma brincadeira bem estranha. Algum homem das cavernas lá do Baron, com certeza. – Ele pega a caixa e a coloca nas mãos de Madeleine. – Só uma brincadeira.

– De mau gosto.

– Com certeza. Então nem vamos incomodar Diana com isso. – Ele inclina a cabeça para beijar a de Madeleine. – E agora, filha minha, está na hora de dormir – diz, afastando-se para junto da escrivaninha.

Madeleine pensa em sua cama queen-size lá embaixo, nos lençóis ásperos de tanto pelo de cachorro. Grande demais para ela.

Ela se vira e vai até a porta. Ao olhar para trás, torna a vê-lo em pé diante do espelho, manuseando os botões da camisa até ela se abrir como a cortina de um palco, revelando a pele branca e a débil cicatriz da cirurgia de remoção do apêndice sob a luz do abajur.

Madeleine sai do quarto. A caixa, apenas um quadrado frágil de papelão com alguns pedaços de papel chacoalhando lá dentro, parece pesada em suas mãos.

23.

No sótão, Nicky se acomoda diante da escrivaninha e abre o laptop; a transcrição da véspera brilha na tela. Hoje à noite, vai começar a escrever, editar e condensar, entrelaçando as palavras dele com as suas, abordagem combinada entre os dois durante a tarde.

– Não precisa manter cada palavra que eu disse, minha jovem, mas lembre-se: eu sou a autoridade em relação à minha própria vida. E ninguém (me perdoe) vai pegar esse livro para ler pensando: *Esqueça como o sujeito de fato era, preciso saber no que a escritora o transformou!*

– Quem vai pegar esse livro pra ler, já que o senhor falou nisso? Só seus parentes?

– Sabe, hoje mais cedo, enquanto eu tentava pensar em rotas de fuga para nossa festa semana que vem, me ocorreu que talvez eu pudesse fazer seus escritos circularem um pouco mais. Bom, não sou *eu* quem vai fazê-los circular. *Eu* já terei me juntado à imensa maioria.

Ela põe para tocar no telefone um mix de piano clássico. O vinho em seu sangue corre quente e doce. Seus dedos se dobram; gatos se espreguiçando antes da caça noturna.

Nicky escreve bem depois de ter bebido, e esta noite se sente mais segura de si, de sua missão. Ele parece gostar dela. Dela! Sebastian Trapp gosta dela! E o resto da família... é claro que já tinha lido sobre aquelas pessoas, mas não imaginava que fosse reagir a elas com tanto... com tanto fascínio, na verdade. E com afeto também.

No intervalo entre as músicas, lembra-se daquela sombra no olhar dele. Ela a viu na biblioteca, no Baron Club; viu-a mais cedo, no pátio.

– As pessoas acham que eu me safei depois de ter cometido assassinato – dissera ele num tom casual. – Quem pode culpá-las? Acho que eu devo interpretar isso como um elogio. Às vezes, fico pensando se Diana já se perguntou... – Então a sombra passou. – Ah, não vamos ficar falando disso. Falemos sobre *métodos* de assassinato! *Eis aqui* alguns que Simon nunca viu...

Nicky deu um suspiro.

Agora, percorrendo a transcrição, escolhe uma frase de abertura: "A vida é dura. Ela mata todos nós, afinal."

À luz da luminária de mesa, diante dos olhos de vidro de seis cachorros mortos, ela começa a digitar.

TRÊS ANDARES MAIS ABAIXO, no sofá da sala, com um buldogue roncando a seus pés, Madeleine está sentada em silêncio, uma sombra em meio a sombras, segurando numa das mãos uma taça de vinho e, no colo, o álbum de fotografias aberto. No escuro, os rostos parecem translúcidos como fantasmas: Sebastian, com um cigarro preso entre os dentes; Hope e Cole, tirando a palha de espigas de milho e mostrando a língua; a própria Madeleine, a cabeça inclinada sobre um quebra-cabeça.

Rá-tá-tá-tlim. Granizo no teto: no andar de cima, o pai dela está batucando na Remington. Madeleine fecha os olhos e fica escutando o barulho das teclas chover sobre si. *O que* será que ele está escrevendo? Já faz mais de uma semana que aquelas tempestades começaram: uma chuva de teclas a se derramar no chão do hall, noite e dia, inundando seu quarto, a cozinha, todos os lugares em que ela...

Em cima da mesa de centro, seu celular vibra.

Ela dá um suspiro, se debruça para a frente. Abre o aparelho de flip.

E arqueja.

Oi, Magdala.

Ela tem um sobressalto, como se tivesse levado um choque.

Impossível.

Três bolinhas pulsam.

Sou eu. Magdala.

Sábado, 20 de junho

24.

À PORTA DA SALA DE JANTAR, com a bolsa pendurada no ombro, Nicky olha a hora: dez da manhã. Já tranquilizou tia Julia mais cedo, conversou com Batata, assistiu à afilhada abrir presentes de aniversário e aconselhou com delicadeza um aluno do curso de verão a reconsiderar seu romance de lobisomem. Agora está observando Diana sentada à mesa, espetando um pedaço de melão com um garfo.

Nicky se demora ali, parada. É uma pessoa paciente... mas Diana também é: paciente com a enteada, com a cunhada. E os quinze anos que separam o desaparecimento de Hope e sua substituição por Diana como Sra. Sebastian Trapp: terão eles exigido paciência também?

A dona da casa ergue os olhos de seu laptop.

– Vem se sentar aqui comigo. Tem comida suficiente pra alimentar um batalhão – diz ela, meneando a cabeça para a mesa de jantar: omeletes dobradas com a mesma perfeição de guardanapos, fitas onduladas de bacon, um cesto de frutas. – Ele está lá em cima no quarto. Tem tratamento hoje.

Nicky se senta. Está de saia e também passou um pouco de maquiagem, mas, diante de Diana, com uma blusa sem manga e aqueles ombros perfeitos, sente-se diminuída.

– Estou interrompendo?

– Ah... – Diana fecha o laptop como se fosse uma gaveta de calcinhas que tivesse deixado aberta. – Eu estava só... escrevendo pra uma amiga na Inglaterra.

Nicky está servindo carne e ovos em seu prato. Não consegue imaginar Diana tendo amigos.

– Ela tem uma filha chamada Pandora. O apelido da menina é Panda. – Nicky faz uma careta. – Bom, pois é. Você vai encontrar Isaac Murray hoje, não?

– Algo que eu deva ou não deva dizer?

Um sorriso surge devagar nos lábios de Diana.

– Ele me beijou uma vez – conta ela. – Numa festa num armazém, imagina só. Eu me lembro que ele estava... com um daqueles óculos do ano 2000. Sabe qual é? Com os dois primeiros zeros em volta de cada olho? – O rosto dela fica corado. – Estava tocando "Hungry Like the Wolf" nas alturas, e Isaac cantava: *I'm on the hunt, I'm after you*. Mas ele foi um perfeito cavalheiro.

Nicky sorri enquanto parte sua omelete.

– Foi naquele ano-novo?

O rubor desaparece.

– Foi.

– O que tem o ano-novo?

Nicky se vira e vê Freddy no vão da porta. Ele sabe fazer pose, reconhece ela, o peito contraído sob os braços cruzados, os bíceps aparentes dentro das mangas.

– O Sebastian tá lá em cima – informa Diana.

– Legal. – Freddy mira dois dedos em Nicky, no estilo pistoleiro. – Nossa… o que você tá comendo?

– Café da manhã – responde ela com a boca cheia.

– De quem? Tem tipo uns cinco cafés da manhã no seu prato.

– Não precisa se sentir ameaçado só porque meu café da manhã é maior do que o seu.

– Que bom que todo mundo tá se dando bem – comenta Diana.

Freddy abre um sorriso.

– Venho te pegar daqui a meia hora, Nicky.

Ela olha para ele, aturdida.

– Me pegar?

– Pensei que o Freddy poderia te levar na casa do Isaac – explica Diana. – Você acha ruim?

– Vai ser ótimo.

– Beleza. A Mad tá aqui?

– Ela trabalha na biblioteca sábado de manhã.

– O carro tá lá fora. Posso pegar uma maçã?

Nicky lhe lança uma maçã-verde. Freddy a pega com uma mão só, dá uma mordida e sai.

Quando ela se vira de volta, Diana está com os olhos pregados na própria xícara de chá.

– Os dias de diálise são difíceis – diz ela com um suspiro. – Posso sentir que ele está se apagando. Como uma lâmpada que perde a força. E vai ficando cada vez mais escura.

– Parece melhor que uma morte repentina – sugere Nicky.

Diana ergue os olhos para ela.

– Não sei, não.

E conta a história dela.

TINHA VINDO PARA SÃO FRANCISCO atrás de um cara. Eles terminaram quase no dia seguinte, mas como Diana já tinha se apaixonado pela Califórnia, passou um tempo dando aulas particulares até Hope Trapp, inglesa como ela e defensora dos oprimidos, salvá-la da deportação. Diana foi assistente dela por seis meses; então, pouco depois de Hope e Cole sumirem, voltou para a Inglaterra e arrumou um emprego como professora em uma escola de Londres: dez anos lecionando nos dois últimos anos do ensino médio, preparando garotos suados e garotas nervosas para provas de francês e latim, em meio a surtos de acne e uma saraivada de propostas indecentes (*Voulez-vous coucher avec moi ce soir, Mademoiselle Gibson?*). Por fim, no aniversário dela de 34 anos – uma década depois de São Francisco, uma década de encontros sofríveis e solidão crescente –, ela conheceu Ewart num casamento.

O nome dele não a incomodou. ("Mas *me* incomoda", reclamou ele.) Tampouco o apartamento dele em Bermondsey, com a geladeira vazia, cinzeiros e papéis espalhados pelo chão. Ewart era designer gráfico, um trabalho que amava, porém, em menos de um mês, passou a amar Diana mais.

Três anos e três abortos espontâneos depois, ela estava grávida. Ela, não eles. "Sou eu quem vomita de manhã cedo", lembrou ela ao marido depois de ele contar todo feliz para um amigo "Estamos grávidos!". Mas ele segurava os cabelos de Diana enquanto ela se agachava em frente à privada, ficava afagando as costas dela, prometia que, no devido tempo, ia dar uma surra no pestinha.

Eles não quiseram saber o sexo do bebê. Diana, pelo menos, não quis; Ewart não estava aguentando o suspense.

– Fala pro médico cochichar no seu ouvido – sugeriu ela, mas o marido recusou.

– Você sabe guardar segredo – disse ele com um sorriso. – Eu não.

Juntos, pintaram as paredes do quarto do bebê com largas faixas rosa e azuis. A barriga dela cresceu. Ele adquiriu o hábito de batucar ali com dois dedos: "Código Morse", explicava.

E então, numa manhã chuvosa no início do seu terceiro trimestre (dela, não deles), quando estavam voltando do chá de bebê sob um céu que parecia lã molhada, com o SUV abarrotado de sapatinhos de algodão, mantas costuradas à mão e macaquinhos estampados com as palavras LÁ VEM ENCRENCA!, um caminhão furou um sinal vermelho, acertou o carro de lado e matou Ewart na hora.

Quando os socorristas chegaram, Diana já tinha entrado em trabalho de parto. Quando eles a colocaram dentro da ambulância, ela viu Ewart ainda preso ao cinto de segurança, com o airbag do passageiro murcho encostado no peito. As portas foram fechadas com tudo. Cenas piscaram em seus olhos feito uma luz estroboscópica: uma cadeira de rodas; uma sala de cirurgia; uma anestesia epidural; uma força para expulsar o bebê; um choro.

O bebê era uma menina. A bebê nasceu morta. O choro era da própria Diana.

Dois anos transcorreram antes de Diana escrever para Sebastian, uma viúva ainda enlutada. Pareceu-lhe estranho escrever aquele endereço num envelope; mais estranho ainda narrar sua história para alguém que havia conhecido tanto tempo antes, mesmo que ele, e talvez apenas ele, fosse capaz de entender. Como ele tinha conseguido sobreviver à perda da esposa e do filho? Como ela poderia se curar daquela dor?

Venha para a Califórnia, respondeu ele.

Não havia nenhum lugar onde ela conseguisse ficar: na escola, onde todas as garotas a lembravam da própria filha; em casa, no apartamento escuro de um quarto só onde passava todas as noites sozinha, isso quando conseguia dormir; com os pais, que tinham morrido anos antes, ou com os amigos, que nunca mais encontrou.

Então Diana foi para a Califórnia. Em sua primeira manhã na cidade, Sebastian a convidou para fazer um tour pela casa da qual ela fora embora quinze anos antes.

– Eu dobrei a biblioteca de tamanho – contou ele, vangloriando-se. – Mandei construir um lago de carpas. As carpas nunca estiveram tão roliças. Um dia vou pegá-las como se fosse um urso e devorá-las com espinha e tudo.

Naquela primeira semana, eles se viram duas vezes; na seguinte, jantaram juntos duas vezes e passearam de carro uma. Diana se viu adiando a volta: primeiro, quinze dias, depois um mês, depois três meses. Gostava de São Francisco, das múltiplas personalidades da cidade. Gostava do apartamento alugado em Russian Hill. E gostava da companhia de Sebastian, depois de todos aqueles anos. De todos aqueles vários, vários anos: Diana agora estava se aproximando aos poucos de seu quadragésimo aniversário. A meia-idade.

– Você não está na meia-idade, sua bebê – ralhou ele. – Nós dois só estamos começando.

Isso foi na noite em que ele completou 65 anos.

Ele lhe mostrou cartas amareladas de seus autores prediletos, dispondo-as em leque no chão da biblioteca e analisando a caligrafia, as assinaturas e até os carimbos nos envelopes.

– Olha só essas curvas! – exclamava ele, apontando para os Ls de um tesouro nacional da Grã-Bretanha. – Que safadinha era ela.

Com um nó na garganta, ela mostrou a Sebastian fotos de Ewart. Com os olhos molhados, mostrou-lhe a certidão de nascimento da neném. Mostrou-lhe os poucos recados de condolências que havia guardado; o diário no qual, desde então, registrava seu desespero sem fim e suas frágeis esperanças.

Os dois se casaram na prefeitura, com Madeleine e Freddy como testemunhas (Simone deu para trás uma hora antes da cerimônia, alegando uma crise alérgica). Diana, num vestido cinza discreto, encarou Sebastian, num terno cinza-escuro.

– Estamos parecendo um par de sombras – dissera ele.

E votos foram trocados, e quatro mãos aplaudiram, e tudo foi selado pelo mais leve dos beijos. Eles voltaram para casa, onde Sebastian subiu a grandiosa escadaria carregando a noiva no colo e a convidou para explorar os aposentos que agora lhe pertenciam.

(Ele a carregou até o andar de cima também, antes de anunciar que jamais poderia se casar de novo porque não tinha mais costas para isso.)

E, assim, Diana se sentava agora à mesa onde antes tinha se sentado Hope, andava pelos mesmos corredores, dormia na cama feita por Hope. Uma vida nova, ou quem sabe uma vida de segunda mão, a milhares de quilômetros das ruínas do passado dela.

– E tem sido um casamento feliz? – pergunta Nicky.

Um meneio afirmativo de cabeça.

– Diferente de Ewart. Diferente de Hope também, tenho certeza. Mas feliz. Nós viajamos o mundo, nós... – Diana não termina a frase e olha para a janela.

Nicky aguarda.

– Você está se perguntando se algum dia desconfiei dele.

É exatamente o que Nicky está pensando.

– Não. De verdade. – Um lento balançar da cabeça. – Não consigo imaginá-lo cometendo uma violência contra outra pessoa. Quanto mais com duas. Não consigo. Nunca falamos sobre isso, mas... não, nunca.

Os lábios de Nicky se entreabriram de surpresa.

– E sei que isso não é muito comum – prossegue Diana. – Mas em qualquer casamento... você não é casada? Achei mesmo que não... em qualquer casamento existem assuntos em que não se toca. Como um pedaço de carne podre.

Só que essa carne por acaso está enterrada a sete palmos e tem dois corpos de largura, pensa Nicky.

– A vida é perda – diz Diana bem baixinho.

Depois de alguns instantes, Nicky dá de ombros.

– A vida é mudança. E... descoberta.

– Mas eu já tive mudança suficiente. Já descobri coisas demais.

– Como assim?

– Ah... deixa pra lá. Você veio aqui por causa do Sebastian, não por mim. Sebastian, que conseguiu *se sacudir* de volta pra vida.

Nicky sorri.

– É sério! Ele tá tirando a poeira dos esboços antigos, escolhendo fotografias, visitando o clube. Está *empolgado*.

– Mas por quê?

Diana encara as janelas com os olhos semicerrados.

– É o que venho me perguntando. Sebastian adora aprender. Talvez esteja aprendendo com você.

– Duvido que eu tenha alguma coisa a ensinar pra ele.

Uma pausa.

– Você parece estar prestes a dizer alguma coisa – observa Diana.

Nicky se remexe na cadeira; quer formular aquilo direito.

– Eu... ele meio que só falou por alto de Hope e Cole, sem dizer grande coisa. Não sei como descrever... como eles eram. *Como* eles eram?

Silêncio. Nicky prende a respiração.

Diana então empurra a própria cadeira para longe da mesa, fica de pé e diz:

– Vou mostrar pra você.

25.

– Isso aqui é um fóssil – declara Diana ao instalar o videocassete abaixo da televisão. – Do período jurássico.

Ela estende um punhado de cabos semelhantes a trepadeiras até atrás do aparelho; a máquina ganha vida com um ronco, contrariada por ter sido acordada, e a tela emite um chiado de estática.

Nicky espia dentro do armário do rack da tevê: uma filmadora grandalhona e uma dúzia de fitas de vídeo, cada qual identificada por tiras de fita-crepe cuidadosamente rotuladas à mão: *Primeiro esqui de Mad 1985, Ação de Graças/Natal 1987, Biblioteca 91 (4 mins)*.

– Vejamos... – Diana pega a fita *Futebol + Apresentação dança Outono '95*. – Cole devia ter 10 anos aqui. Ou quase. Vamos lá?

Ela empurra a fita para dentro da boca do videocassete, de modo delicado porém decidido, como se estivesse dando de comer para uma criança teimosa. O aparelho finalmente para de resistir e engole a fita; e, do nada, a tela fica verde-esmeralda, os tons saturados.

– Como essas câmeras novas são pesadas – comenta a cinegrafista, rindo; sua voz parece terra, profunda e quente.

Ao lado de Nicky, Diana muda de posição.

– Que estranho escutar ela – murmura.

Sol da manhã, campo de futebol. Crianças uniformizadas, algumas vermelhas, outras azuis (os uniformes; é nítido que todas as crianças são brancas). Rabos de cavalo tremulam na cabeça das meninas. Os meninos colaram adesivos nas chuteiras de travas. A lente de Hope examina o goleiro.

– O que é isso nas chuteiras? – pergunta ela.

– Tartarugas Ninja. – Seca, distante. Madeleine.

– Cadê as do Cole? – insiste Hope, com estranhamento. – Cadê as Tartarugas Ninja dele?

A câmera se vira para Madeleine, grande e carrancuda, uma das bochechas toda inflamada de espinhas. Ela mastiga um cacho de cabelo e mantém os olhos baixos enquanto Hope desce por seu corpo, passa pelo livro nas mãos dela e se detém nos tênis. – E as suas, cadê?

Madeleine sai do quadro arrastando os pés. A câmera percorre o campo.

– E onde está seu irmão?

– É, onde?

Sebastian aparece com copos de papel na mão, e Nicky o acha bastante parecido com como é hoje, alto e anguloso, os cabelos penteados para trás numa onda imensa. Os olhos dele se estreitam.

– O que ele está *fazendo*?

Hope encontra o filho num canto afastado, os cabelos loiros fulgurando ao sol, pequenino em seu uniforme vermelho, encarando a grama, pernas e braços se sacudindo feito sinetas de vento quando se move. Ela dá um close nos sapatos desprovidos de répteis do menino, então ergue a lente até seu rosto. Os lábios dele se movem devagar.

– Ele está olhando a própria *sombra*? – Sebastian se detém.

Cole está de fato olhando a própria sombra, comprida sob a luz da manhã, esticando-se a partir dos sapatos como se estivesse tentando se soltar. Ele enfia os braços dentro da camisa do uniforme, transformando as mangas em órbitas vazias.

Urros. A câmera se vira para o outro lado do campo, assustada.

– O outro time acabou de marcar um gol – troveja Sebastian. – Você... pode chamar a atenção dele, por favor?

– Sério, mãe.

– Parem com isso. Você e você – diz Hope, voltando a focar a câmera em Cole, cujos membros se regeneraram e as mãos estão ocupadas com um pedacinho de papel azul-claro.

Nicky observa, interessada. É a primeira vez desde que chegou ali que vê Cole em movimento.

Ele então se ajoelha, dobra o papel, vira-o, torna a dobrá-lo.

– Ele está se entretendo – comenta Hope.

– O entretenimento é o *jogo*! – Sebastian entra no quadro e leva a mão em concha à boca. – Cole! – Mais alto. – *Cole!*

Protestos de Hope ("Para com isso") e de Madeleine ("Credo, pai"), mas Sebastian os suplanta aos gritos.

– Eles marcaram um gol! A *menina* fez um gol!

– A que ponto chegamos – lamenta Hope.

– Enquanto ele fica aí brincando de *boneca*.

Hope dá um close em Cole.

– É uma borboleta.

– Não consigo ficar vendo isso – diz Sebastian com um suspiro, afastando-se. – Mande lembranças minhas para o Pelé.

– Gay-lé – resmunga Madeleine.

– Ei, maneira aí. – A voz de Hope é seca e gelada.

– Que vergonha. Tipo, você tem que fazer alguma coisa com ele. Sabe o que a Misty disse?

– "Por que raios meus pais me puseram o nome de Misty?", imagino.

Um sorriso faz os lábios de Nicky estremecerem. Cole pressiona as pontas das asas de papel.

– Aspen, a irmã dela, contou pra ela que todo mundo na escola chama o Cole de Aberração sem Pinto. E os professores não deixam ele ler em voz alta porque ele é analfabeto. A Aspen chegou a criar uma Patrulha do Cole, e todo dia eles… o que você tá fazendo?

Hope se virou para a filha, cujo rosto empastado de pó corretivo preenche o quadro. Ela usa um moletom de capuz e está com a testa enrugada.

Diana também enruga a testa.

– Talvez fosse melhor escolher outro vídeo – murmura ela.

– Me conta sobre essa Patrulha do Cole – exige Hope. – Eu tenho que saber. Todo dia eles o quê?

Madeleine hesita. Então, com uma expressão de raiva:

– Todo dia eles dizem pra ele se matar. Escrevem bilhetes de suicídio pra ele assinar e pregam no armário dele. Ele mata aula pra ficar sentado num cubículo do banheiro.

A câmera pendeu alguns graus para um lado.

– O Cole e a Aspen formaram uma dupla num tal projeto de tinta invisível na aula de ciências, e depois de escreverem os nomes, quando a professora iluminou o papel, a Aspen tinha escrito *Eu sou viado* e o Cole tinha escrito só *Cole*, como se tivesse assinado.

A câmera se inclina um pouco mais. Nicky e Diana então veem os braços cruzados de Madeleine. Uma das mãos está segurando o livro com força; Sebastian Trapp, sério, observa da contracapa.

– A amiga dela concorreu a representante de turma e fez uma campanha prometendo comprar absorventes internos para o Cole. E se pegam ele fazendo origami, eles o obrigam a comer o papel.

Gritos agudos ao longe. A câmera sobe depressa pelo corpo de Madeleine e espia o irmão por trás dela, que esculpiu outra borboleta, agora equilibrada em seus joelhos, como a primeira. Ele ergue os braços e acena com eles acima da cabeça.

– E você fez o quê? – indaga Hope, agora em voz baixa, enquanto Cole articula um grito de incentivo. – Quando a… Misty, né? Quando a Misty te contou isso?

Madeleine de repente passa a achar o chão muito interessante.

– Eu só disse que o Cole era um bobo e para ignorarem ele.

– Tá, entendi. Manda um recado meu pra sua amiga e a irmã dela, pode ser? – O tom de Hope é calmo mas perigoso; Nicky imagina um crocodilo nadando em direção à margem de um rio. – Fala pra elas que Misty é nome de dançarina de boate de striptease e que Aspen é o nome que uma stripper usa quando se acha glamourosa demais pra se chamar Misty.

Cole bate palmas para seus companheiros de time enquanto Hope segue falando.

– E que se a jovem Aspen sequer *pensar* em *pensar* no seu irmão outra vez, eu vou até a Leys Academy e arrasto ela do refeitório pelo sutiã, e quando chegar o dia da formatura aquela vagabundinha troglodita vai ser eleita a Melhor Candidata a Conseguir uma Vaga de Deficiente.

A boca de Madeleine se escancara.

– *E* se você *algum dia* ouvir alguém dizer que outra pessoa deveria cometer suicídio, lembre-se de que o pai do seu pai…

Nesse mesmo instante, três meninas de collant turquesa entram saltitando no quadro, debatendo-se em meio às luzes do piso de um pequeno palco. As dançarinas de uma ponta a outra encaram o público, radiantes; no meio delas, quase 30 centímetros mais alta, Madeleine faz uma careta de concentração, e seus passos estão meio compasso fora do ritmo. Nicky leva alguns segundos para reconhecer a música: "I Want Your Sex", de George Michael.

– A apresentação, suponho – diz Diana. – Madeleine provavelmente não iria querer que nós víssemos isso.

Elas passam alguns minutos assistindo antes de Diana desligar a tevê.

– Não foi o vídeo caseiro feliz que eu esperava. – Ela gira a aliança no dedo. – Acho que ele nunca mencionou o pai em público. Até onde eu sei, essa foi a primeira vez que Madeleine ouviu falar nisso. – Ela franze o cenho. – Na verdade, por acaso ele...

– Ele me contou.

Nicky consegue vê-lo: bebericando cerveja, a voz leve, um pé se balançando, calçado em seu sapato social.

Diana aquiesce e pigarreia.

– Já vi alunos sofrerem bullying quando era professora. Às vezes os maus-tratos eram físicos, mas na maioria eram psicológicos ou sociais, e tão insidiosos que nem eu conseguia distinguir sua forma exata. Embora isso molde a pessoa que está sofrendo o bullying.

Nicky assente.

– Não acho que seja verdade que os praticantes de bullying sempre se detestem ou que necessariamente magoem os outros por serem inseguros. Existem pessoas como Aspen que acreditam mesmo serem especiais, melhores. Esses merdinhas na verdade não passam de uns covardes truculentos.

É gratificante ouvir Diana dizer palavrão. Nicky observa os reflexos das duas no televisor, fantasmas cinzentos assombrando a tela. E ouve a própria voz perguntar:

– A última vez que você viu Cole...

– Foi na noite em que ele... na véspera do ano-novo. Eu levei os meninos de carro para a casa do Freddy depois da festa de aniversário da Hope.

– Falando no diabo.

As mulheres se viram e se deparam com Freddy no vão da porta outra vez. *Será que esse cara nunca entra num lugar e pronto?*, pergunta-se Nicky. Ele parece o gato do filme de terror, entrando no quadro para dar um susto bobo.

– Pronta pra sair? – Ele se afasta do batente e sorri; contra a própria vontade, Nicky sorri de volta. – Nós temos uma missão em Mission – diz ele por fim, e ela quer dar um chute nele pela piadinha infame.

Ela ajeita a bolsa no ombro e o segue para fora da sala. Ao voltar, alguns segundos depois, encontra a dona da casa encarando a televisão, o fantasma encurralado lá dentro. Ela está com uma das mãos erguida, como quem vai dizer oi e ser cumprimentada de volta.

Diana se sobressalta quando Nicky pronuncia seu nome.

– Obrigada por me contar sua história – diz Nicky, e está sendo sincera.

26.

MADELEINE NÃO DORMIU. NEM TENTOU. Ela é como um navio numa tormenta, oscilando para a frente e para trás, com o passado a se derramar por seus conveses feito água do mar.

Quem sabia?

Na noite anterior, ela passou um tempo – talvez alguns poucos minutos, talvez uma hora – encarando a mensagem de texto na escuridão da sala; quando entrava o descanso de tela, ela a fazia despertar outra vez sem parar para pensar. O vinho branco esquentou na taça que estava segurando. Watson roncava no tapete a seus pés. Madeleine não reparou em nada.

Quem sabe?

Uma profusão de sites de identificação de chamadas a estimulou a pagar 40 dólares para descobrir de onde viera a mensagem. O primeiro só fez revelar que o número estava registrado num celular pré-pago. O segundo e o terceiro – em outras circunstâncias, Madeleine teria achado graça de quemraiosestameligando.com – não revelaram nada além disso.

Quem poderia saber sobre Magdala?

Ela pesquisou na internet para ver se encontrava alguma outra menção do nome ligada à sua família. A internet a fez pensar que em *Rosas são vermelhas*, o nono mistério de St. John, no qual Simon St. John enfrentava um carismático parlamentar cujas esposas tinham tendência a desaparecer, a assassina no fim das contas era uma sufragista lésbica chamada Magda Smack. O livro não fora uma das melhores produções de Sebastian Trapp. E assim Madeleine mergulhou cada vez mais fundo, caindo em um buraco de coelho após o outro no encalço de Magdala.

... Cole poderia ter comentado a respeito com Freddy. Talvez Freddy tivesse comentado com alguém? Ou a tia dela? Era possível – Simone era capaz de revelar a senha do banco se alguém fizesse contato visual com ela –, mas isso pressupondo que algum deles soubesse, para começo de conversa. Aquele era um nome usado apenas em momentos secretos, sussurrado no ouvido de Madeleine quando Cole estava com medo, pronunciado com muito sentimento durante uma brincadeira de espiões em Fort Point. Era um nome impossível de descobrir.

… só que, pelo visto, não.

Madeleine tirou a roupa e entrou nua na cama. As cobertas estavam ligeiramente entreabertas, como prestes a sussurrar para ela; de um dos lados, avançando em meio à bruma, a cachorra se aproximou feito um monstro das profundezas do mar à luz submarina, então se deixou desabar de forma trágica contra o ombro dela.

Oi, Magdala.

Sou eu. Magdala.

Ela passou a noite inteira trancafiada numa sala de interrogatório no fundo do próprio cérebro, interrogando uma enorme série de suspeitos: amigos, conhecidos, um ex, um colega de turma… Escutou seus álibis: *Magda o quê?* e *Como eu teria conseguido seu telefone?* e *Me lembra quem você é mesmo?* Em determinado momento, ouviu o pai pedir a Diana um café da manhã para três ("Três *mortos de fome*") e em seguida chamar seu nome ("Maddy? Acordou morta de fome hoje?"). Mais tarde, Freddy bateu na sua porta e perguntou o que ela estava fazendo. Depois de ele e Nicky saírem, Madeleine botou Watson para fora do quarto, em seguida trouxe a cachorra de volta e por fim deixou que se afastasse trotando em direção à cozinha. As duas estavam precisando ficar um pouco sozinhas.

E agora são 10h53 da manhã, e ela está morta de cansaço. Sua barriga está irada. Ela também. Tira o celular da espera com um movimento lateral do dedo e torna a olhar a mensagem.

Quem poderia saber sobre Magdala?

Seus dedos percorrem depressa a tela. Então prova, digita, e em seguida clica em enviar.

27.

– O Sebastian tá doidão.

Freddy masca um chiclete enquanto o Nissan segue na direção sul, passando por condomínios de prédios baixos e árvores cujos galhos se projetam em direção ao céu azul, como em regozijo.

– Japantown fica ali, se você gostar de sushi – diz ele a Nicky. – Ou até mesmo se não gostar.

– Como assim, ele tá doidão?

– Dei uma jujuba de maconha pra ele comer antes de começar a diálise. Um ursinho de goma sabor cereja. Especialidade do chef. Ele deve estar viajando.

Nicky não consegue imaginar Sebastian viajando.

– Posso ser a DJ?

Freddy lhe estende o próprio celular.

– Me surpreenda.

– Freddy, cara, você é mesmo um homem branco entre 35 e 40 anos – comenta ela com uma careta ao percorrer uma lista de capas de álbuns pré-millennial.

– Não gostou das minhas músicas? – Ele está sorrindo.

– Olha as tatuagens desse aqui. Parece um mapa do Reino dos Babacas. Você faria uma tatuagem?

– Você conheceu minha mãe. Ela me queimaria vivo.

Nicky fica calada por alguns instantes. Ela nem sequer tivera a intenção de encurralá-lo, mas o fato é que ele tem *sim* uma tatuagem. Ela a viu na primeira noite: um texto escrito perto do cotovelo. Por que negar?

– Então, o que vai ser? – pergunta ele.

Ela encosta o dedo na tela, e Freddy se vira para ela, olheiras azuladas sob os olhos, boca descorada, rachada e sorridente.

– Nossa, essa é *mesmo* das antigas. *I get knocked down...*

– *But I get up again...* – canta ela aos gritos.

Eles repetem o refrão várias vezes antes de ele comentar que ela não sabe cantar.

– Perdão, Pavarotti – retruca ela.

– Mas e aí, tá gostando da cidade? Saudades dos amigos?

– Bom, foram só quatro dias. Tô aguentando bem. – Ela alisa a saia, olha para ele. – Já pensou em ir embora daqui?

– Meu Deus... é *tão* ruim assim?

– Não – diz ela, rindo. – É só que...

– Não, a minha pena é perpétua. Fiquei preso com o que sobrou da família.

E nos quinze minutos seguintes, enquanto o carro avança num ritmo intermitente pelo tráfego matinal com uma trilha sonora dos anos 1990 saindo dos alto-falantes, Nicky, com um sorriso cada vez mais fraco, escuta Freddy narrar sua vida presente e passada: o trabalho de treinador, as namoradas, as inexoráveis migrações de amigos rumo a altares e bairros fora da cidade.

– Não tô te entediando?

– Não, você não tá me entediando.

Nicky gosta de gente, gosta de ouvir as histórias delas; gosta de Freddy também, apesar de ele ser cheio de pose, e gosta mais ainda agora que ele lhe contou o que lhe parece (embora ele não diga, talvez nem pense assim) uma erosão progressiva de oportunidades e esperança. Igual a Madeleine. Será que ela está sendo condescendente com os dois? Torce para que não.

E aquele rosto cansado, a voz igualmente exausta: ele pode ter tido uma noite ruim, mas é... como se algo o tivesse *marcado*. Antes da noite anterior. Bem antes, talvez. Até seu gosto musical parou de se desenvolver em meados dos anos 2000. E essa não foi uma boa época para parar.

De repente, ela tem certeza: há algo que ele não está lhe contando.

Está sentindo umas batidas horríveis no alto da cabeça? Ela vai tomar conta de você. A febre detetivesca está se alastrando pelo cérebro dela.

Freddy olha de relance para Nicky.

– Vou te contar um segredo.

Ela chega mais perto.

– Que segredo?

Ele encosta junto ao meio-fio, se inclina para perto dela e sussurra:

– Chegamos.

28.

A CASA ESTREITA DE DOIS ANDARES é em estilo vitoriano, pintada de azul-caribe, imprensada entre duas outras casas cor de telha, e o próprio Isaac Murray pegou uma gripe de verão. O roupão puído com estampa florida que está usando o favorece em poucos ângulos.

– Nada mais é higiênico – diz ele num grasnado enquanto faz Nicky entrar.

A testa e a linha dos cabelos estão negociando uma rendição; a barba tem um excesso de fios brancos, e a pele exibe um leve rubor. Apesar disso, com ele sentado à mesa da cozinha, banhado pela luz de uma janela saliente, Nicky entende por que Madeleine era "tão apaixonada por ele", mesmo vinte anos depois. São os olhos de poeta, conclui, escuros e profundos, do tipo que enxerga até a alma por trás dos óculos com armação de tartaruga.

– O bairro de Mission fica num microclima – comenta ele, espremendo um limão dentro do seu chá. – Então sempre pego minha gripe de verão antes do resto da cidade. Ah, o mel é caseiro. Tenho um apiário nos fundos. – Ele dá uma batidinha num vidro de geleia. – Aceita um pouco?

Nicky assente.

Ele mistura uma colherada na xícara de chá dela e se acomoda nas almofadas na frente de Nicky.

– Esqueci totalmente que você vinha. É de tanto tomar antialérgico. – Ele funga. – Estou chateado com o Sebastian. Chateado e surpreso. Por um segundo, fiquei pensando por que ele não tinha pedido a minha ajuda. Pra escrever, digo. Eu trabalho como ghost-writer de livros de memórias de celebridades. – Ele não diz isso num tom de queixa.

– Você é superqualificado. Estou só compilando algumas histórias. Pra família.

Isaac toma um gole de chá.

– Sem querer soar cínico… isso aqui precisa de mais limão… esse é um jeito bem esperto de melhorar a imagem dele. "Segundo uma publicação particular lançada para os íntimos", coisa e tal. Não se pode incluir esse tipo de material por baixo dos panos num release pra imprensa. É humano demais.

Nicky reflete sobre o que acabou de escutar enquanto seu olhar percorre a cozinha, os armários coloridos e o piso esfregado. *Talvez eu pudesse fazer seus escritos circularem um pouco mais,* dissera Sebastian; mas se ele jamais tentara reabilitar sua imagem pública antes, quando isso poderia ter lhe beneficiado, por que agora?

– Hope e Cole vão ter uma forte presença, tanto nos obituários quanto por muito tempo depois. É o que aconteceu com William Burroughs; aposto que a maioria dos textos com mais de uma frase deixam escapar que ele matou a própria mulher com um tiro na cabeça.

– Por acidente.

– Pra mulher não fez diferença. A questão é que, quando se é escritor, principalmente de romances de mistério, com as mãos sujas de sangue...

– Ninguém sabe se as mãos de Sebastian estão sujas de sangue.

– Provavelmente não estão. – Isaac puxa um, dois, três lenços de papel de uma caixa e assoa o nariz com a força de um furacão. – Acho que até emagreci agora. Como eu estava dizendo, Sebastian podia ser um tremendo pé no saco... talvez seja melhor não me atribuir essa fala. E ele e Hope viviam brigando feito dois gladiadores... essa também não. Mas será que consigo imaginar ele *eliminando* a mulher e o filho do mesmo jeito que os vilões *eliminam* as vítimas nos livros dele? – Ele faz uma careta. – Enfim, não faz diferença agora.

Nicky dá um toquinho no celular.

– Você era... estou gravando, se não tiver problema... era o assistente de pesquisa dele para seu livro de não ficção.

– *Ousadia e conhecimento* – proclama Isaac. – No qual ele observou que a ficção policial é uma forma de educação moral e que o detetive... você leu o livro?

– O detetive restaura a ordem e defende a justiça.

– O detetive é irredutivelmente ético. Aristotélico, até. Sebastian gostava da minha experiência com pesquisa, mas, como o livro era de filosofia pop, ele queria sobretudo um cético. Alguém pra convencer. – Ele enxuga a testa com uma das mangas. – E eu gostava dele, gostava da família. Quando estava perto da chegada do novo milênio, nós já tínhamos começado a trabalhar no romance seguinte dele.

Nicky assente.

– Ei, pode encher minha xícara? Vou pegar minhas tralhas.

As tralhas consistem num total de seis ou sete objetos presentes em seis ou sete histórias sobre Sebastian: uma multa por excesso de velocidade, uma rolha de champanhe, um lenço de bolso ("Ele me ensinou cinco formas diferentes de dobrar"). Isaac sabe contar uma história e sabe lisonjear o protagonista, e, à medida que o sol do meio-dia avança pelo tampo da mesa, o vidro de mel começa a reluzir feito um lampião.

Por fim, ele se recosta na cadeira. Nicky rabisca uma anotação em seu bloco e ergue os olhos.

– Alguma outra coisa que eu deva lhe perguntar?

Ele faz uma pausa, mexe o chá.

– A filosofia nos ensina a ressaltar os pontos fortes de uma ideia ao mesmo tempo que escondemos suas fraquezas – diz Isaac devagar. – Aqueles que praticam a escrita criativa… você, eu, à minha maneira… nós fazemos isso o tempo todo quando estamos escrevendo a primeira versão de uma história. E isso aqui… – Ele olha para o telefone dela, para as próprias lembranças. – O peso diminui. – Ele começa a limpar as lentes dos óculos com um lenço de papel. – Entende o que estou dizendo?

Ela balança de leve a cabeça.

– Hope e Cole. – Os olhos dele cintilam. – O maior mistério da vida de Sebastian, não é? Por que ele não está fazendo um apelo público nos seus últimos dias? Pra tentar desvendar a verdade… Deve ter um motivo.

– Está dizendo que ele já sabe?

– É uma possibilidade.

– Mas você mesmo me disse que não consegue enxergar ele…

– Eu falei que não achava que conseguisse.

– Se ele sabe, então por que não contar?

Ele deu de ombros.

– É igual a quando um mágico acena com a mão direita para você não reparar no que a esquerda está fazendo. – Ele coloca os óculos de volta no rosto. – Ele falou muito dos dois? Sei que não é da minha conta. Mas não sou de ferro.

– Sobre Hope, sim. Sobre Cole, nem tanto.

– Nem tanto. – Um suspiro. – Cole não era… bom, digamos assim: ele não era Sebastian Trapp. Nunca poderia ser.

– Ele nunca teve a chance.

– Justo. Mesmo assim, ele frustrava Sebastian. Principalmente sendo o filho do irmão dele um brigão. Já conheceu o Freddy? – Ela aquiesce. – Comprei cerveja pra ele quando ele tinha 15 anos. O cara me deve 20 dólares.

Então, relanceando os olhos para o celular dela:

– Pode pausar a gravação?

Ela dá um toque na tela do celular. Segundos depois, ele pigarreia e retoma a conversa:

– Uns dois meses depois de eu começar a trabalhar para o pai dele, Cole se machucou. De propósito – acrescenta ao mesmo tempo que os olhos de Nicky se arregalam. – Eu entrei pela porta da frente na mesma hora que a mãe dele saía desabalada, carregando o filho no colo enrolado numa toalha de banho. "Diz pro Sebastian que o filho dele cortou os pulsos", falou ela, e então enfiou o menino no carro e saiu pisando fundo. É só isso que eu sei. Nunca descobri por quê. – Ele se vira para a janela e faz uma careta. – Vi o rosto dele por cima do ombro da mãe por um instante. Ele estava com uma cara…

Nicky aguarda.

– Derrotada – conclui Isaac. – Totalmente derrotada. – Mais uma vez, ele suspira. – Eu o vi com os braços de fora algumas vezes depois disso. Se a gente olhasse bem de perto, dava pra ver as cicatrizes, uma escadinha de riscos.

Ela não diz nada, fica apenas observando o vidro de mel. *Que coisa triste*, pensa. *Que triste se sentir tão desamparado assim.*

Ambos se sobressaltam quando a porta da frente guincha e se fecha com força.

– Estou entrando – ouve-se bem alto uma voz de mulher. – Tá vivo ainda? Porque, se não estiver, vou pegar sua carteira…

Ela adentra a cozinha, alta e esbelta, de jeans e jaqueta, os olhos rápidos por baixo de um capacete de cabelos azuis lustrosos.

– Eu lhe apresento a maior detetive de todas – diz Isaac para Nicky. – Minha esposa, a investigadora B. B. Springer.

29.

– Desculpa... não, não precisa – diz ela quando Nicky se levanta e esbarra na mesa. – Desculpa interromper. Só vim ver como o paciente estava. Trouxe um pão de levedura.

B. B. Springer larga em cima da mesa uma sacola de papel com o formato redondo de um pão despontando lá de dentro.

– Não vou te beijar, mas saiba que eu gostaria. Cadê o Tequila Sunrise?

– Na delegacia. Meu novo parceiro é um homem de cabelos loiros e nome latino – explica B. B. a Nicky enquanto se encaminha para a geladeira. – Também conhecido como Loironio Banderas. – Ela pega um saco de cenouras baby lá de dentro. – Já chegou na parte em que me conheceu?

– B. B. era uma das investigadoras responsáveis pelo caso Trapp – explica Isaac. – A primeira vez que eu botei os olhos nela foi dentro de uma sala de interrogatório.

– E uns doze meses mais tarde ele ligou e perguntou: "A polícia ainda está interessada em mim?", e eu respondi: "Não", e ele disse...

– "Eu posso estar?" – entoam os dois.

– Eu estava bêbado – emenda Isaac.

– Pelo menos alguma coisa boa aconteceu por causa daquela história. – O sorriso de B. B. se apaga; ela morde uma cenoura.

Nicky inspeciona o próprio celular.

– É melhor eu ir. Obrigada por conversarem comigo.

– Mande lembranças minhas para Diana, por favor – diz Isaac.

A esposa dele abre um sorriso.

– É, o Isaac era *a fim* da princesa Diana.

– Gosto de pensar que éramos a fim um do outro.

– Mas vinte anos depois ela está casada com Sebastian Trapp.

– Só porque eu casei com você primeiro.

– Meu palpite teria sido a cunhada. Para segunda esposa. – B. B. mata outra cenoura, os olhos em Nicky.

Isaac pega a caixa vazia de lenços de papel.

– Já volto – avisa ele, saindo apressado da cozinha.

As duas mulheres ficam se entreolhando em silêncio, B. B. mastigando,

Nicky se remexendo na cadeira; cara a cara com uma investigadora de verdade, ela se sente um espécime pregado numa mesa de dissecção.

De repente, B. B. atravessa a cozinha e se agacha. Ela se inclina para mais perto, prende uma mecha de cabelos azuis atrás da orelha.

– Se em algum momento você quiser conversar sobre Sebastian Trapp, sabe...

– Nicky não é espiã, gata – diz Isaac do vão da porta ao mesmo tempo que assoa o nariz num lenço de papel fazendo o mesmo barulho de uma corneta.

B. B. se levanta e abre as mãos num gesto de rendição.

– Nenhum caso é tão antigo que não possa ser reaberto. – Ela vai até o marido e lhe dá um beijo na testa. – Você fica melhor com esse roupão do que eu. Nicky, se cuida – encerra ela enquanto torna a sair da cozinha.

Isaac pega um vidro de mel num armário.

– Você pode entregar isso aqui pro Sebastian? Sempre me senti péssimo por não ter me despedido. Ainda me sinto, aliás. Escrevi algumas cartas pra ele.

Ele a conduz até o hall de entrada.

– Também nunca mais falei com Diana. Depois daquela noite. Só quando ela ligou no outro dia. A última vez que a vi foi na delegacia prestando depoimento. Ela está bem?

Nicky sorri.

– Acho que sim.

Os dois saem da casa, para o sol.

– Você conhece aquele cara? – pergunta Isaac, olhando com expressão de poucos amigos para o Nissan encostado no meio-fio.

– É Freddy Trapp. Ele me deu carona.

– A sua carona acabou de tirar uma foto de você. Da gente. – Ele estreita os olhos. – Ou vai ver estava digitando uma mensagem de texto com o celular bem na nossa direção. Me ignora. Morar com uma policial deixa a pessoa paranoica.

Ele dispensa o aperto de mão dela ("Ainda estou contagioso") e então, para a surpresa dela, chega mais perto, como se Freddy pudesse escutar.

– Minha esposa sempre achou que alguém naquela família sabe mais do que diz saber.

Nicky aguarda alguns instantes.

– Quem?

– Ela não tem certeza. É só uma intuição. Mas cuidado onde pisa lá –
aconselha ele, falando baixo. – Quartos demais, escadas demais. A B. B.
diz que aquela casa era o tipo de lugar onde a qualquer momento alguém
muito perigoso poderia estar parado bem atrás de você.

Nicky espera.

– Aproveite São Francisco – acrescenta ele e torna a entrar em casa.

Depois de um instante, ela desce os degraus até a calçada. Ao se aproximar do carro, olha para as mãos de Freddy, cujos polegares se agitam
sobre o celular. Ele não percebe a presença dela. Nicky inclina a cabeça para
tentar ler a tela.

– Comprei um café pra você – avisa ele sem erguer os olhos, e ela dá um
passo para trás, tão assustada que quase deixa cair o vidro de mel.

30.

– Acho que fiquei devendo 20 dólares pra aquele cara – diz Freddy enquanto faz o carro se afastar do meio-fio com um tranco, a mesma música de antes berrando nos alto-falantes. – Seu café.

No copo está escrito betty que fez. Nicky decide não contar que não bebe café e só finge dar um golinho enquanto observa discretamente seu motorista. *O filho do irmão dele era um brigão.*

O brigão dá seta.

– Essa música de novo – diz Nicky. – Já tocou.

– Ah, desculpa.

– Não foi uma reclamação.

– Lembro que o Cole gostava dessa música. E isso me fez pensar. – Ele pigarreia. – Ontem eu falei sobre a tal festa.

– A da garrafa.

– E disse que depois tinha escutado ele lá embaixo. No beliche.

Nicky aguarda.

– Sabe qual foi a *única* vez que ele dormiu em cima? Na noite em que desapareceu.

Ela sente os pelos da nuca começarem a se eriçar.

Quando Freddy vira o rosto para ela, as pupilas dele estão brilhantes e trêmulas.

– Eu nunca… isso nunca tinha me ocorrido antes. Acho que ninguém perguntou. Além do mais, ele não veio mais dormir aqui.

Quando eles se aproximam de uma placa de pare, ele se cala, como se a placa estivesse mandando que ficasse quieto. Fecha os olhos com força por um instante.

– Ele quis dormir na cama de cima naquela noite.

– Por quê?

– Pois é, por quê? Ele disse… faz *anos* que eu não…

Os dedos dele apertam o volante. Nicky fica escutando.

– Ele estava torcendo para o ano ser melhor. Acho que não deu certo. – Freddy faz uma careta para ela enquanto o carro continua parado. – Por que ele quis dormir naquela cama?

Atrás deles, um carro buzina. Ele ignora.

– E como posso ter dormido e não escutado o que quer que tenha acontecido?

Desde aquela manhã, Freddy parece ter ficado mais lento, mais sombrio. Nicky balança a cabeça.

A voz dele se espreme para sair pela garganta.

– Simone falou que eu era amigo dele. Mas eu... – Ele espalma a mão na testa, faz uma careta e então desaba: as lágrimas começam a escorrer pelas bochechas. – Nem sempre fui. – Outra buzina. Freddy ergue o dedo do meio e continua a falar. – Sabe aquele cachorro que ele beijou? A...

Sua voz fica embargada. Nicky espera.

– Meu Deus, a ideia foi minha. Era só uma piada, mas... eu estava torcendo pra conseguir, tipo, *administrar* a culpa contando da forma como contei. Às vezes eu gozava da cara dele. Ai, que inferno. – Os soluços dele parecem um terremoto.

O cinto de segurança de Nicky se retrai com um sibilo. Ela passa os braços ao redor do corpo dele, o queixo encaixado num ombro largo e os cabelos encostados numa face áspera. Depois de alguns segundos, ele se acalma e para de soluçar.

Por fim, passa a mão no rosto.

– Eu deveria ter brigado com todo mundo que estava batendo nele. – Ele estreita os olhos. – Principalmente o pai.

– Você continua com o dedo levantado – avisa ela após um tempo.

– Ah. – Ele solta o ar. – Pode me ignorar. Tenho andado péssimo.

– Quer falar sobre isso?

– *Não* – retruca ele de uma vez, rindo. – Uns lances pessoais. Eu não deveria estar te contando tudo isso.

Ela mordisca uma unha.

– *Por que* tá me contando tudo isso?

Freddy olha pelo retrovisor, dá alguns tapinhas no próprio rosto ("Meu Deus... olha só a minha cara"), então estreita os olhos para Nicky.

– Por quê? Acho que você é uma pessoa fácil de conversar. – Um sorriso desanimado, e o carro avança.

Os nós dos dedos dele estão brancos na mão que segura o câmbio.

– Qual é a sua teoria, então? – pergunta ele. – Hope. Cole. Era uma vez.

Nicky fica observando os postes de telefonia passarem a intervalos regulares.

– Quer dizer, eu conheço a história, mas não é... tô aqui pra escrever sobre o seu tio. Sobre os livros dele. – É a verdade, em grande parte.

– Possibilidade número um – diz Freddy, como se não tivesse escutado. – Eles fugiram. Mas, nesse caso, alguém mais cedo ou mais tarde os teria encontrado. Ainda mais em vinte anos.

Nicky pega a deixa.

– Agatha Christie desapareceu uma vez. Simplesmente foi embora, não foi raptada nem nada. Fizeram uma caçada país afora, a imprensa fez um estardalhaço, essa coisa toda.

– E quanto tempo demorou pra ela ser encontrada?

– Onze dias. Ela foi identificada por um tocador de banjo no hotel onde tinha se refugiado.

– Onde estão os tocadores de banjo quando precisamos deles? Possibilidade número dois: um sequestro. Só que... sem bilhete? Sem pedido de resgate? Sem nada? Não, senhora. – Ele agita três dedos. – Possibilidade número três: um OVNI. Acredite ou não, tem gente que engole essa ideia.

– Eu acredito.

– Tem tipo umas salas de chat e fios de comentários onde as pessoas ficam trocando teorias da conspiração. Eles chamam a si mesmos de trapp-maníacos. É uma doideira. Você não faz ideia.

Nicky faz uma ideia bem boa.

Quando eles estão atravessando Hayes Valley, o celular de Freddy começa a tocar.

– Ah, Simone – resmunga ele, e o aparelho continua tocando até silenciar.

Nicky recorda as palavras de B. B.: *Meu palpite teria sido a cunhada. Para segunda esposa.*

Ela batuca com os dedos no vidro de mel entre as coxas.

– Sua mãe e sua tia eram próximas?

– Não muito.

Ele freia. Nicky se vira para a janela; como uma casa tão grande apareceu sem ela perceber?

– Obrigada pela carona – diz ela ao saltar do carro.

– Obrigado pelo abraço.

– Eu mando a conta pelo correio.

– Você esqueceu uma coisa.

Nicky inspeciona o banco do carona, bate nos próprios bolsos.

– Possibilidade número quatro. E, na minha opinião, o que aconteceu de verdade. – Ele agita quatro dedos. – Eles morreram.

Mesmo sob o sol de início de tarde, Nicky estremece.

– Como?

– Esse – diz Freddy, dando de ombros – é o verdadeiro mistério.

31.

É ELE.

No decorrer das longas horas do dia, de modo intermitente porém inevitável, ele vai montando as peças mensagem por mensagem, enquanto Madeleine fica no escuro, encolhida no sofá.

Dezenas de histórias: aventuras de férias, brincadeiras infantis, Watsons variados. Decorando uma placa para o primeiro armário de Madeleine no sexto ano do ensino fundamental, seu nome escrito errado, quase indecifrável; bebericando canecas de chá russo depois da escola enquanto reprises de *Remington Steele* passavam na tevê; as horas que ele passava sentado no quarto dela, paciente e sereno, enquanto ela cobria o rosto do irmão de maquiagem.

Um dossiê de segredos de família, entre os quais a rusga dos pais em relação aos hormônios de crescimento, que Hope havia vetado, argumentando que Cole deveria "amadurecer naturalmente". A planta baixa da casa deles na Inglaterra; o suicídio do avô.

Sua amiga Patti deu chocolate branco para Watson III para ver se isso iria envenená-lo. Quando ele vomitou no solário, você disse para o papai e a mamãe que tinha sido eu. Patti também saberia disso, claro, mas ela está cumprindo quatro anos de cadeia por estelionato.

Você achou que estivesse grávida na véspera do Natal de 1996. Último ano do ensino médio, Cameron Dunlop, a cama d'água do irmão dele, e quinze dias depois ela levou Cole de carro até a farmácia e implorou ao irmão para comprar para ela um teste de gravidez. ("Pode roubar, se precisar."). Ele passou horas lá dentro; "Queria escolher o melhor", explicou ao voltar para o carro, carregando uma caixa de papelão cor-de-rosa e um pacote de M&M's. "O doce é pra se você ficar triste se não tiver nenhum bebê." Em casa, depois de um sucinto NÃO se materializar na ponta do teste, Madeleine dividiu os M&M's com ele.

Uma vez a gente foi de bicicleta até Fort Point e ficou brincando de esconde-esconde nas catacumbas, e você passou uma hora sem conseguir me encontrar. Quando eu apareci, você me deu um tapa e um abraço. Ele adorava andar de bicicleta, em especial até Fort Point: uma cidadela de tijolos às margens da baía da época da corrida do ouro (sem soldados), encimada por um farol (abandonado), com uma bela vista para Alcatraz (vazia), fixada para sempre abaixo da Golden Gate. Quando tinha mais ou menos 12 anos, ele começou a pedalar sozinho até lá, a 5 quilômetros de Pacific Heights, levando na mochila um sanduíche e um bloco de desenho.

Tenho saudade de brincar de esconde-esconde com você, acrescentou ele.

Eles tinham toda uma linguagem própria. A pessoa do outro lado daquela linha é uma falante nativa. A pessoa do outro lado daquela linha é Cole.

As mãos de Madeleine tremem. É lógico que ela sempre torceu para ele estar vivo. Acreditou, até. Mas aquilo é demais para ela.

Seus olhos doem. Ela acende a luminária da mesa ("Não quer uma lâmpada mais fraca?", tinha perguntado o pai. "Você poderia chamar o Batman com isso aí.") e flutua até o sofá enquanto articula o nome dele com a boca, moldando os lábios pálidos para formá-lo. *Acalme-se*, diz ela a si mesma. *Regozije-se!*, acrescenta, subitamente eclesiástica: regozije-se por Cole, carne da sua carne e sangue do seu sangue, revivido. Regozije-se por essa criança perdida, protagonista de um famoso truque de desaparecimento, que agora poderia explicar tantos mistérios. Regozije-se por...

... *quantos* mistérios, exatamente? O que ele pode revelar a ela? Por que aquela abordagem de homem invisível?

Por que agora? Já faz tanto tempo!

Magdala. Preciso da sua ajuda.

Já faz uma hora e meia desde a última mensagem dele. Ela digita com força na tela.

Faço qualquer coisa.

Onde você tá? Posso ir te encontrar?

Ela prende a respiração.

Pontinhos borbulham no balão de texto dele como um código Morse. Então a bolha estoura, com pontinhos e tudo.

Os dedos de Madeleine tremem sobre o vidro.

> Estou muito feliz por ter
> notícias suas
>
> Por favor, vamos nos encontrar
> pra você poder me contar tubo
>
> Taba
>
> Draga
>
> Droga

Como é que as pessoas nos filmes escrevem mensagens tão perfeitas mesmo quando estão salvando o mundo? Será que os dedos de Cole também estão tremendo?

É sobre o papai.

Eu sei que ele tá morrendo. Preciso da sua ajuda antes de ele morrer.

Não *partir*, mas *morrer*. Madeleine faz uma careta.

> Você não quer saber o que
> aconteceu com a mamãe?

Ela encara a tela.

> Você sabe?

Talvez. Mas preciso da sua ajuda.

Ela quer perguntar o que ele sabe, óbvio, da mesma forma que as belas princesas da Disney querem tocar o fuso da roca: vai doer, mas e se ele estiver certo?

(Mas e se ele estiver errado?)

Como posso te ajudar?

Fala pra ele que você quer
saber o que aconteceu com ela.

Ele pode te contar.

Eu queria saber o que aconteceu
com VOCÊ, e você pode me contar.

O papai sabe sobre você?

Menor ideia. Toma cuidado.

O pai deles não faz a menor ideia de que Cole está vivo? Ou Cole não faz a menor ideia se o pai sabe? E por que Cole *acha* que Sebastian sabe? E...

Ah, que confusão. Madeleine esfrega a testa como se quisesse alisá-la, mas mesmo assim a pergunta surge na sua mente como um corpo que se recusa a permanecer submerso: será que o pai escondeu alguma coisa dela?

Não vai perguntar para ele. Não quer saber.

O celular volta a estremecer.

Até mais.

E ela também estremece. Não escuta a porta se abrir com um rangido.

32.

– Madeleine?

O celular faz barulho ao cair na mesa. Ela diz algo impublicável.

– Desculpe a intromissão. – Diana entra no quarto. – Watson estava prostrada do lado de fora da porta. Grunhindo um pouco.

– Ah. – Madeleine pigarreia, afasta os cabelos do rosto. – Desculpa.

– Tenho certeza de que ela não se importa.

Madeleine não estava se desculpando com a cachorra, que agora se arrasta para dentro do quarto com um ar de quem se importa sim, e bastante, mas enfim. Pelos olhos cansados, ela encara Diana com uma blusa preta sem mangas e calça bege, cintilando como uma miragem.

– Está bem escuro aqui – comenta ela.

Madeleine olha para o quarto e vê um pequeno cinema: paredes e estantes escuras envoltas em cortinas de sombras e janelas envoltas em cortinas de verdade; o espelho no canto parece vidro preto. Ela está sentada no círculo de luz da luminária de mesa. Diana está logo além da luz.

– Tudo bem com você?

– Tudo ótimo – responde Madeleine. – Ótimo mesmo.

– Acabei de desconectar seu pai. Freddy ainda não voltou.

Madeleine faz uma careta. O nefrologista havia ensinado todos eles: tampas, pinças, tubos, válvulas; não é tão complicado, segundo ele, mas Madeleine era incapaz de fazer, de suportar aquilo.

– O que você vai fazer quando ele não estiver mais aqui? – Ela ouve a própria pergunta.

Diana inclina a cabeça.

– Como vou lidar com isso, você quer dizer? Ou pra onde vou?

Madeleine sente vergonha por não ter pensado em como Diana vai lidar com aquilo.

– As duas coisas.

Diana entra no círculo de luz, se recosta no braço roliço do sofá, e as duas estão agora interpretando uma cena íntima.

– Bom. Essa não é a minha primeira perda, você sabe.

Uma noite antes de pedir Diana em casamento, depois de Madeleine perguntar ao pai por que queria se casar outra vez, ele tinha lhe contado a história: o jovem marido, o acidente, a bebê natimorta, a vida que havia se desintegrado ao redor de Diana feito uma casa em chamas.

– Ela conhece a perda tão bem quanto nós – explicara ele. – Acho que podemos ajudar um ao outro.

Madeleine inclina a cabeça muito de leve. Ela e Diana nunca falaram sobre aquilo.

– Mas essa perda foi diferente – diz Diana. – O seu pai viveu. Viveu uma vida plena! E, quando ele morrer… eu uso essa palavra *sim*, porque é *isso* que vai acontecer… – Suas pálpebras caem, e ela une as mãos junto ao peito. – Vou sentir *saudade*. Ah, vou sentir uma saudade imensa. Mas… – Ela torna a olhar para Madeleine. – Mas também tenho uma vida inteira pra viver. Não sei como ela vai ser, mas *sei* que vou dever isso a seu pai. – Ela faz uma pausa. – Uma parte grande de mim se foi. – Diz, de um jeito bem simples. – Faltam muitos pedaços. Por um tempo, fiquei esperando, pensando que algum dia eles me seriam devolvidos… mas não: eles se foram. Como peças de um quebra-cabeça que a pessoa não encontra mais. Ela ainda tem as bordas, sabe, as peças lisas das margens, mas a imagem não está completa. E nunca vai estar.

Madeleine nunca a ouviu falar assim. Nunca a ouviu falar *tanto* assim. Esse fato explica parcialmente por que nunca lhe passou pela cabeça a ideia, muito popular em certas salas de bate-papo, de que Diana e o pai tivessem ficado juntos antes do desaparecimento de sua mãe. Na época, Diana falava menos ainda, e Sebastian não teria tido o menor interesse numa mulher calada. Mesmo quando ele e Hope estavam travando uma guerra fria, eles ainda assim *conversavam* e tinham prazer em seus duelos verbais. Bem mais tarde, claro, depois daqueles anos difíceis, ele consideraria uma pessoa calada a companhia ideal: alguém para ouvi-lo à medida que ele recuperava a própria voz. E Diana entrou em cena. Ou tornou a entrar.

Diana, cujos olhos estão brilhantes. Ela reluz inteira.

– Mas sobrou o suficiente de mim. E… ah, estou pensando em talvez me mudar para a Provença. – Ela sorri. – Tirar a poeira do meu francês. Ou quem sabe ir para o Oriente Médio… seria uma aventura, não? Sinto que a Morte não para de mirar dardos em mim e acertar aqueles que amo. Talvez ela acabe me encontrando no exterior. Um encontro em Samarra. – Seu sorriso se desfaz. – Mas se tem uma coisa que não vou fazer é ficar aqui em São Francisco.

Para seu próprio horror, as costelas de Madeleine apertam seus pulmões. Ela vai ficar sozinha. Não tinha pensado que Diana fosse ficar, na verdade nem sequer quisera que ficasse, mas agora sente um choque.

– Eu não vi o testamento – diz Diana. – Caso isso tenha passado pela sua cabeça. Mas não quero a casa. Nenhuma das duas. – Os batimentos do coração de Madeleine aceleram. – Não quero nada. Seu pai sabe muito bem disso. Ah, Watson... – A cachorra se moveu na direção dela, bufando. – Vou sentir muita saudade de você também.

Watson suspira.

– Madeleine. – Quando Diana diz isso, Madeleine se dá conta do quão raro é a madrasta a chamar pelo nome; ele tem uma sonoridade um pouco exótica naquela bela voz grave. – Você é a última que sobrou, e esta é a sua casa. Não pretendo ficar muito tempo... – De novo, aquela mesma onda de pânico. – ... mas, se você quiser fugir por um tempo, é bem-vinda para vir comigo.

Ambas sabem que ela não vai fazer isso, ou pelo menos Madeleine sabe, mas então a porta da frente se fecha com um baque.

– Nossa convidada – murmura Diana, e, ao se levantar, sai do círculo de luz. É o fim da cena dela.

– A respeito disso – menciona Madeleine. – Dela. Eu... para com isso. – A cachorra está mastigando um maço de cigarros. – Por que não eu? – Há raiva em sua voz; de repente, sua visão fica embaçada. – Por que ele não pediu pra mim?

Na porta, Diana se vira.

– Eu não fui uma escritora boa o suficiente?

– Ah... é claro que não é isso. É que... – Diana faz uma pausa. – Acho que ele não quis preocupar você com a própria morte – diz ela. – Acho que talvez não quisesse que você revivesse o que já viveu.

– Ele disse disso?

– Quem está dizendo sou eu. Porque acho mesmo isso.

Depois de ela sair, Madeleine abre as cortinas: a luz cansada da tarde rasteja quarto adentro, desiste e então morre junto ao sofá. Ela volta à sua mesa e checa o telefone para ver se há novas mensagens.

Então vai ser abandonada. Vai ficar morando sozinha naquela casa. Com exceção de Freddy, imagina, e de Simone. Com exceção de Simon St. John, se conseguir projetá-lo para fora do passado e para dentro da tela.

E possivelmente com exceção de seu irmão, vinte anos mais velho, munido de um número de telefone desconhecido e do que parece ser um plano.

33.

Alguém a está observando.

Nicky passa a tarde inteira sem reparar nisso: não repara enquanto está digitando diante da escrivaninha, transcrevendo as histórias de Sebastian; nem quando está escrevendo no chão sob um pedacinho de luz do sol para moldá-las e lapidá-las; nem quando está deitada na cama, fazendo uma revisão. Nem quando sua anfitriã bate na porta trazendo páginas impressas e sashimi entregue a domicílio.

("Isaac cria abelhas?", pergunta Diana, inspecionando o vidro de mel. "Que inusitado.")

Mais tarde, depois de esperar no corredor, preparando-se em vão para o batucar das teclas da máquina de escrever, Nicky faz as páginas deslizarem por baixo da porta da biblioteca. Nove mil palavras, a voz dele em dueto com a dela. Fica surpresa ao notar quanto está torcendo para agradá-lo.

Agora, porém, à fraca luz do luar, o peso de um olhar parece um cutucão no seu ombro. Ela se vira para o pelotão de buldogues empalhados, camuflados pela luz noturna, mas o olhar deles a ultrapassa direto com precisão militar.

Não: os olhos que observam Nicky, ela vê, estão afixados no rosto de uma criança de sexo indeterminado, habilmente retratada e emoldurada em dourado, apoiada no assento afundado de uma cadeira de balanço. O quadro tem pelo menos um século de idade. A criança é feia como poucas.

Nicky percorre a extensão do sótão, aproximando-se devagar da andrógina pintura a óleo. É a primeira vez que repara nele ou nela. A plaquinha na parte inferior da moldura informa, sem ser muito útil: *Uma criança*.

Nicky fica imóvel, então se inclina para trás. A tábua sob seu calcanhar cede um pouco.

Ela se afasta. *Uma criança* a observa.

Nicky se ajoelha e pressiona a tábua no espaço debaixo do piso, fazendo subir uma lufada de poeira.

Prende a respiração, olha para dentro da escuridão e distingue...

... uma borboleta vermelha.

Ela a observa por um instante.

Então mergulha a mão dentro do piso. A borboleta tem uma textura lisa, e a escuridão à sua volta é macia como a pelagem de um animal. Ela se encolhe, pressiona a ponta dos dedos naquele pelo, tateia a borda comprida de um...

Ela o retira do seu esconderijo.

É um livro, curto, grosso e todo empoeirado, com um adesivo de borboleta colado na capa cor de ameixa.

Nicky o abre.

A primeira página está escrita em canetinhas de cores vibrantes, em letras maiúsculas cuidadosas:

DIÁRIL DE COLE TRAPP

E mais abaixo, em letras miúdas:

Copyrihgt MCMXCVII

O diário de Cole Trapp, envolto em vinte anos de poeira. Imagine só. Ela passa para a página seguinte.

31 de dezembro de 1997. Favor não ler meu diáril!
Obrigado & Feliz Ano Novo!

Uma letra cursiva desajeitada, a tinta borrada.

Nicky surpreende *Uma criança* olhando por cima de seu ombro e se refugia na cama. Onde, à luz do abajur, começa a ler.

Dislexia ou algo assim, tinha dito Simone com um suspiro, e de fato Cole tinha uma ortografia ruim, ainda que meticulosa, com algumas palavras riscadas e reescritas em cada página. Mas, mesmo assim, ele decidira escrever. *Que bom*, pensa Nicky.

Como a maior parte dos diários de jovens, o dele fora escrito para um público imaginário, pelo menos no início: recapitulações superficiais de refeições ou provas de matemática, de suas aventuras no zoológico. Ele transcreve uma piada bastante grosseira entreouvida na condução (*Eu não entendi!*). Durante seis meses, mantém o registro da própria altura e peso, nenhum dos quais muda muito. Uma vez a cada dois meses, ele a mãe viajam no fim de semana: pisar em uvas em Napa, observar baleias no canal de Puget Sound, ir à Disneylândia. Rabiscos feios de flores enfeitam as margens, e abelhas e borboletas pairam entre as linhas.

Mais para o final do oitavo ano de escola, porém, os registros ficam mais sombrios e profundos; até a tinta no papel parece escurecèr. *Tem alguma coisa em mim que os outros não gostão*, conclui Cole no último dia de aula após relatar um machucado na boca (*O Teddy me trancou dentro do meu armário para quando as aulas comessarem de novo em setebro outro aluno abrir e encontrar uma pilha de ossos*) e um corredor polonês de colegas de turma gritando ofensas para ele de manhã na hora da chamada.

Nicky dá uma lida por cima naquele verão: tardes cuidando de tartarugas bebês e passarinhos feridos; visitas regulares à piscina dos padrinhos. Hope aparece com frequência, lógico, assim como Madeleine, nos meses que antecedem seu segundo ano em Berkeley: numa das páginas, Cole colou um cartão-postal que ela lhe mandou de Belize; em outra, ela tira sarro dele por ter fugido de *O resgate do soldado Ryan* (*Ela tinha dito que ia me levar pra ver "Mulan"*). Freddy, que fora passar dois meses em Berlim num programa de intercâmbio, havia escrito uma carta; no rodapé dela, Cole traduz a mensagem para o inglês: *Papai disse que está escrito* EU SOU UM BEBERRÃO DE CERVEJA E ADORO ENFIAR A LÍNGUA NA CARA DE MUITAS MULIERES ALEMÃS.

O sono repuxa suas pálpebras. Nicky segue lendo.

Sebastian passou o início de 1998 em turnê; em fevereiro, Cole cataloga um bumerangue enviado de Perth de presente para ele, acompanhado por um bilhete que dizia *Pode dar para a sua irmã se não quiser*. Quando o pai volta, porém, sua presença fustiga o diário como um vento de primavera, tão forte e gelado que quase faz as páginas esvoaçarem. Março: *Papai falou pra mamãe que é costragedor um filho de escritor não saber escrever direito.* Abril: *Papai perguntou por que eu não posso ser mais parecido com o Freddy.* Dia das Mães: *Papai disse que eu passo tempo demais com a mamãe.* Dia dos Pais: *Papai agradeceu pelo meu dezenho, mas a Maddy me disse que ele jogou fora.* Dia 4 de julho: *Noite dos fogos. Papai me disse para não tapar os ouvidos, disse que nem Watson se incomoda com o barulho e as orelhas dele são maiores.*

E então, um mês depois da volta às aulas, no dia do seu aniversário de 14 anos, aquelas mesmas palavras: *Tem alguma coisa em min que os outros não gostam.*

Nicky sente frio.

Durante toda a manhã, alunos tinham vindo na direção dele com as mãos erguidas (*Eles me deram parabéns*) e Cole batia empolgado com a mão espalmada na deles. (*A Misty fez um duplo toca aqui comigo.*) Só na hora do almoço ele soube, por Freddy, que alguém tinha pregado uma folha de papel nas suas costas: *FAZ TOCA AQUI COM O ANIVERSARIANTE VIADO.*

Voltei da escola a pé e papai estava em casa. Ele ficou bravo e me disse para ser mais forte. Isaac me levou para a escola outra vez. Ele disse que o nosso carro é muito pequeno-burguês e que quem faz bullying não gosta de si mesmo. Que pena eles não gostarem de si mesmos porque eu também não gosto de min mesmo e é horível.

De repente, Nicky precisa desviar os olhos de Cole. Ela desce os pés até o chão e guarda o diário debaixo do quadro; pensa nos postais em sua bolsa, na caligrafia desajeitada dele. *Uma criança* a fita com um olhar conspirador.

Domingo, 21 de junho

34.

DEPOIS DE PILOTAR O BARCO ALUGADO até o mar aberto, Jonathan convida Nicky para segurar o leme. Faz anos que ela não veleja, e com certeza nunca segurou o leme de um veleiro de 46 pés.

O *Bavaria* navega por um mar levemente agitado. Nicky corre os olhos pelas ondas que atravessam a baía; pelas ilhas ao norte, leste e oeste; mais para o sul, a curva da orla e a cidade empilhada mais atrás em encostas íngremes; ao longe, a Bay Bridge ligando São Francisco e Oakland. E a paisagem inteira, toda a água do mar, os arranha-céus e até mesmo a pedra pálida de Alcatraz, tudo brilhante e em cores sob um céu branco de meio-dia.

– Ah, que beleza – murmura ela.

Enquanto Nicky passa em frente à prisão, com as velas infladas de vento, Jonathan lê em voz alta o folheto da marina.

– "O parque estadual de Angel Island…" – O dedo dele desenha um círculo no ar até encontrar uma saliência verde irregular. – "… é a maior ilha natural da Baía de São Francisco. Durante a Segunda Guerra, prisioneiros de guerra japoneses e alemães ficavam detidos em Angel Island antes de serem transferidos para prisões no continente."

– Que agradável.

– E aquilo ali… – Uma cidade flutuante logo à frente. – … deve ser Treasure Island. Construída para a Exposição Internacional Golden Gate em 1939. Nos anos 1950, também houve alguns sacrifícios humanos.

Nicky tinha acordado nesse dia e encontrado um envelope debaixo da porta, como numa história de espionagem. Sebastian esperava que ela pudesse desculpá-lo por sua ausência – naquele dia, ele tinha consulta com seus **médicos charlatães** –, mas Nicky deveria **partir numa bela aventura**. No dia seguinte, ele iria levá-la a **um lugar que vai deixar você impressionada**. E abaixo das iniciais dele em tinta azul:

Se você encontrar meu corpo em frente à sua porta, a subida me matou.

Ela sorriu. Inspecionou o patamar da escada só por garantia. E, menos de um minuto depois, como se tivesse pressentido uma oportunidade, Jonathan ligou convidando-a para ir velejar.

Os dois conversaram com naturalidade desde que se encontraram na marina: os anos que ele passou trabalhando no mercado financeiro de Londres, os que ela passou em salas de aula nova-iorquinas; os estudos de letras clássicas dele, a graduação em artes dela; os amigos dele na Inglaterra, os dela em Nova York.

– Ultimamente tenho lido alguns clássicos traduzidos para o latim. Meu grego antigo já era, mas gosto de manter meu latim em dia.

– Manter sua língua morta em dia – comenta Nicky.

– Olha, se o ABBA pode fazer um retorno aos palcos, qualquer coisa é possível.

Só quando eles saem da sombra da Bay Bridge e as velas são atingidas de novo por uma luz repentina é que ela pergunta por que ele veio para São Francisco. Ele está de pé em cima da cabine, com a vela principal brilhando de um lado e o céu límpido e azul do outro, e ela não consegue distinguir muito bem seu rosto.

– Eu passei algum tempo aqui eras atrás – diz ele. – Não me lembro bem de gostar da cidade, mas… – Ele dá de ombros. – Cá estou. Dois meses já.

Não é lá uma resposta das melhores. Com delicadeza, Nicky gira o leme, fazendo as sombras escorregarem de cima dele. Ele se abaixa para soltar a vela principal.

– É uma cidade estranha. Tem os hippies velhos, a aristocracia local, o pessoal da tecnologia passando por cima dos moradores de rua na calçada… cara, tem uns sujeitos de startup no meu time de futebol…

Nicky firma o leme e põe os óculos escuros.

– Um desses caras… o nome dele é Chad…

– Por que não estou surpresa?

– … o Chad criou um aplicativo que cruzava os manos da tecnologia com empresas bacanas pra eles trabalharem. – Jonathan se apoia no mastro. – Dava pra buscar empresas pela proporção de mulheres gatas no quadro de funcionários ou a frequência das festas da firma, essas coisas. E aí você se enturmava com outros usuários… outros *manos do ramo*, era assim que eles falavam… e conseguia um emprego.

– O que poderia dar errado?

– O que deu errado foi que Chad e os outros manos programadores batizaram o aplicativo sem pensar direito.

– E qual era o nome do aplicativo?

– AmaMano.

Eles cortam as águas da baía, indo de ilha em ilha e trocando de lugar conforme as ondas batem e as velas zumbem. Nicky se sente embriagada de ar puro. Ela solta o leme e abraça o próprio corpo.

No mesmo instante que ela está cruzando a marola de uma lancha, Jonathan sai da cabine trazendo dois copos de merlot; os copos escapam das mãos dele e se espatifam no convés, tingindo a fibra de vidro de vermelho. Ele fica encarando o banho de sangue, desolado.

– Parece a cena de um crime – lamenta.

Então tomam o vinho no gargalo mesmo, Nicky sentada de pernas cruzadas, Jonathan segurando o leme de um jeito preguiçoso com apenas uma das mãos. Ela observa os músculos do pescoço dele se moverem quando bebe e engole.

– Quanto tempo você vai ficar aqui? – pergunta ela.

– É uma incógnita. Eu gosto de um verão fresco. A temperatura em Londres ano passado foi às alturas. – Ele sorri.

– E depois do verão frio e sombrio, pra onde você vai? – indaga Nicky, levantando-se. – Onde vivem os outros… qual é seu sobrenome?

– Grant.

– Onde vivem os outros Grants? O seu pessoal?

Jonathan gira a cabeça na direção dela; as lentes dos óculos dele parecem faróis altos sob o sol. O movimento é tão repentino e a luz tão intensa que Nicky recua e sente o guarda-corpo de cabo de aço se flexionar contra as omoplatas.

– Por aí – responde ele, girando o leme e conduzindo o veleiro mais para dentro do vento. – Rumo ao sul, então?

Ele enrola uma corda na mão e recolhe a vela principal. Quando Nicky vai até a proa e solta a bujarrona, a embarcação ganha velocidade e passa a deslizar de modo suave e bem colada à superfície exceto nas bordas, que tremem como se fossem nervos. Ela escorrega no convés e apara a queda com a palma das mãos.

– Espera – grita para ele, mas já estão guinando para o vento.

Um estalo racha o ar, forte como um tiro, ao mesmo tempo que a vela principal se projeta na direção dela como uma imensa onda. Ela se encolhe para desviar quando a retranca dá um rasante pela embarcação, arrastando atrás de si a sombra da vela, e quando Nicky se levanta, a luz do sol a ofusca. Ela estreita os olhos e se joga em cima do cunho da bujarrona.

– Desculpa – berra Jonathan, mais alto que o rugido das ondas. Ofegante, Nicky vai depressa até o cunho oposto, amarra a bujarrona e se refugia no leme. – Acho que estou velejando bêbado.

– Eu seguro o leme – diz ela.

Mais tarde, quando estão deslizando em direção à Golden Gate, Jonathan está sentado no vão da porta da cabine, abraçando as próprias canelas; Nicky pensa que ele parece quase um adolescente, com pernas e braços dobrados feito uma barraca desmontada.

– O tio do Fred deve ser um espécime interessante.

– Você não disse que não leu os livros dele? – pergunta Nicky.

Ele inspeciona uma casquinha num joelho.

– Como falei pro Fred, a gente não curte muito quando escritores americanos ficam brincando de teatrinho com nosso passado.

– Acho que ele faz bastante sucesso por lá.

Jonathan dá de ombros.

– Eu gosto de uma boa biografia. – Ele inclina a cabeça ao mesmo tempo que o barco também se inclina. – É nisso que você tá trabalhando, não?

Nicky crava os pés no chão e desenrola alguns centímetros da escota até o vento escorrer da vela principal e eles diminuírem a velocidade.

– Estou só coletando algumas reminiscências. Depois registrando.

– O escritor famoso não pode registrá-las?

– Acho que ele tem mais o que fazer. – Ela pensa naquelas batidas nas teclas efervescendo no escuro, pela manhã, a qualquer hora. *Ra-ta-trr-trapp.*

Jonathan fica de pé e fita o horizonte azul além da ponte.

– Imagine estar sentado no colo da sua mãe enquanto ela assopra as velas do aniversário dela, e aí, só umas horas depois... – Ele se vira para Nicky. – Foi isso, né? Uma festa de aniversário?

– Um jantar de aniversário adiantado, depois uma festa de ano-novo. Ele provavelmente era meio velho demais pra sentar no colo dela.

Jonathan dá de ombros.

– Eles devem ter morrido. De alguma forma. E nunca foram encontrados. – Um suspiro. – Ou vai ver não querem ser encontrados.

Nicky olha para a ponte atrás dele, radiante sob a luz da tarde. À noite, a névoa vai se derramar pela baía e pela ponte, e somente os picos das torres e as curvas dos cabos dela vão despontar acima do vapor; por ora, sob um sol que escorrega devagar pelo céu, tudo está claro e luminoso, cintilando nas bordas. Eles poderiam manter o curso, deslizar por baixo da Golden Gate e velejar oceano adentro para nunca mais serem encontrados. É tão fácil desaparecer.

35.

TÃO FÁCIL DESAPARECER, pensa Madeleine, a cabeça coberta pelos lençóis esticados feito um filme plástico. Poderia apenas se demorar ali na cama, fora da vista de todos, apagada do mundo, de seus mistérios e dos milhares de abalos naturais dos quais parece ser herdeira. "Alguém não morava neste quarto?", perguntariam as pessoas daqui a muitos anos, mas ela se manteria encolhida onde está, não uma pessoa, nem mesmo um corpo, apenas uma lembrança distante do passado distante.

Como Cole.

O pai e Diana foram ao nefrologista de manhã. Ela consegue ouvir Adelina e suas duas sobrinhas preparando a casa para a *fête* do dia seguinte, como Sebastian costuma dizer no lugar de *festa*, sobretudo para irritar Madeleine. Ela gosta de ouvi-las falar umas com as outras num italiano melodioso. Parece o canto dos pássaros: uma língua que não fala, mas que gosta de escutar.

Quando as vozes se dissipam, ela abre a porta do quarto e vê Watson do outro lado do hall, no quarto dos quebra-cabeças, cochilando debaixo de uma mesa.

– Mad!

Sente um peso na barriga.

É uma voz de mulher.

A voz da sua mãe.

Seu coração se imobiliza. Ela fica parada na soleira do quarto, hesitante.

– Mad! Vem cá!

Primeiro, o irmão. Agora, a mãe. Ela não consegue respirar.

Watson acorda e caminha sacolejante até a sala de estar. Madeleine sente que está andando atrás da cachorra como uma sonâmbula.

– *Madel...* tá bom. Vou contar até três. Um...

Vozes farfalham feito folhas. Os pés de Madeleine estalam no mármore, movendo-se mais depressa.

– Dois...

Ela segue a cachorra pelo vão da porta.

– Aí está você, até que enfim – diz a mãe.

Madeleine a encontra na sala... mais especificamente dentro da televisão, agachada ao lado de Cole, que está sentado à cabeceira da mesa de jantar. Na frente dele, há um bolo espetado de velas. Madeleine se retrai: não vê Cole em movimento desde... 1999? Deve ter sido em 1999.

Vê a si mesma irromper na tela e ir se sentar ao lado do pai, em frente a Freddy e Dominic. Dom é mais bonito do que ela se lembra, um Sebastian mais suave, os cabelos pretos salpicados de grisalho perto da testa. Parece feliz, descontraído, conversando com o filho até a pessoa que está filmando pedir para todo mundo "calar a boca e cantar o parabéns antes de as velas derreterem".

– Obrigada, Simone – diz Hope, e Madeleine dá um arquejo.

Como a mãe está jovem! Como está saudável, com a camisa polo de gola levantada e os óculos com aros de tartaruga! Madeleine estreita os olhos para Cole, para o bolo, tentando datar a ocasião, mas seu irmão era tão pequeno, e foi assim por tanto tempo, que aquele poderia ter sido o aniversário de 9 anos dele, quem sabe até o de 14.

Cores se movem no canto dos olhos dela. Diana, de roupa de tênis, está sentada na beirada do sofá, com o controle remoto na mão. Parece uma feiticeira de conto de fadas: o traje branco, a varinha que invoca o passado.

O que você está fazendo e por quê?

Madeleine não faz a pergunta. Em vez disso, recua até o nicho entre a porta e a parede na qual a porta bate quando aberta com força. Quando criança, costumava se entocar ali ao brincar de esconde-esconde; hoje, o encaixe é um pouco mais apertado, principalmente com Watson estacionada em cima dos pés descalços de Madeleine, com os olhos erguidos para ela em busca de respostas. Mas ainda consegue ver a tela, ainda escuta a família massacrar o "Parabéns".

Doze velas; 1997. Cole as sopra sem apagá-las até Simone recrutar Freddy.

– Não deveria precisar de um time inteiro – comenta Sebastian. Freddy ri. Cole também.

Madeleine se esforça para espiar pela quina da parede: consegue ver as mãos de Diana no colo, os dedos entrelaçados, mas o lindo rosto dela permanece oculto. Ela colocou o controle remoto de lado. Está acomodada para assistir direito.

A câmera se vira para Sebastian e o observa mirar o filho. Terno azul, gravata vermelha presa com um nó bufante no pescoço; ele parece pouco à vontade.

– Sorria, aniversariante! – pede Simone no mesmo tom que um sequestrador usaria.

O aniversariante obedece, e seus dentes brilham enquanto ele a mãe, que também faz aniversário, afundam uma faca no bolo.

A câmera então se move outra vez para Sebastian, que estoura uma rolha de champanhe ao mesmo tempo que Simone exige que ele faça um brinde ao filho.

– A Cole – anuncia ele. Uma pausa. Então: – Você está virando um bom rapaz, e um dia vai deixar sua família orgulhosa.

Madeleine revira o sótão do próprio cérebro em busca desse instante. No chão, Watson arranha seu tornozelo.

Silêncio na sala de jantar. Desconforto também: ela pode senti-lo irradiar da tela. A câmera foca por um instante em Cole, que tem um sorriso inseguro estampado no rosto.

– Droga – resmunga Sebastian. – Deveria ter servido as bebidas primeiro.

Hope espeta um pedaço de bolo com o garfo.

– Cole, meu amor, você já nos deixa orgulhosos. – A voz dela ressoa. – Você é gentil, generoso e sensível. Tem força para ser você mesmo.

Cole a encara com um ar radiante; décadas depois, Madeleine se pega encarando-o com um ar radiante.

– E agora você tem sua bicicleta novinha em folha! – exclama Hope, apontando para fora do quadro. – Quem sabe aonde ela vai te levar? Você vai viver grandes aventuras, meu amor, e eu… nós… todo mundo aqui tem muita sorte de ter você na família.

Ela fixa um olhar no marido, que assente.

– Vamos comer em homenagem ao Cole! – diz ela, e cinco vozes fazem eco às suas palavras ao mesmo tempo que quatro garfos transportam bolo até cinco bocas (o pedaço de Cole caiu no chão).

A câmera segue Sebastian até o aparador.

E, na sala de estar, a porta ao lado de Madeleine é empurrada de repente contra o ombro dela.

36.

– Tá assistindo o quê?

A voz vinda do outro lado da porta a emboscou. Madeleine torna a recuar para o canto, esbarrando nas paredes sem fazer barulho. A cachorra funga.

– Que susto você me deu – diz Diana.

Mais uma vez, a porta é pressionada contra Madeleine. Freddy deve estar apoiado nela agora, como sempre faz. Será que esse homem nunca entra num lugar e pronto? E ele tomou um banho daquele spray corporal que tanto ama, Babaca do Ártico ou algo do tipo.

Ele então entra na sala com um andar decidido, bloqueando a visão dela; um halo de luz de LED contorna a cabeça e os ombros dele. O homem parece um eclipse.

– O que você tá fazendo aqui? – pergunta Diana.

– Eu achava que estava ajudando. Mas Adelina disse que já faz horas que ele saiu.

– Saiu. Nós saímos. Ele ainda não voltou. – A mão de Diana aperta o controle remoto. – Desculpe. Esqueci de avisar você.

Madeleine reprime uma inspiração. Última chance de revelar sua presença. *Escutei a tevê, não quis te incomodar, ah, oi, Freddy!*

– Ei! – diz ele, dando um passo em direção à tevê. – Olha aí o jovem Fred Trapp antes da fama! O que tem nessa caixa que eu tô segurando?

– Pelo visto, você levou um presente para o seu primo.

– Parece *mesmo* – concorda Freddy com assombro. – Não, não pausa, não pausa! O que tem na caixa?

A tela congela. Diana entra no campo de visão de Madeleine.

– Eu tenho uma partida de tênis. – Ela estende o controle para Freddy. – Você pode...

Ele arqueja; uma lâmpada rachada faísca acima da sua cabeça.

– Ei... o que tinha naquela *outra* caixa? Não *essa*... – Ele aponta com o controle para a tevê. – Aquela outra que deixaram na porta da frente. A caixa *misteriosa*.

– Caixa misteriosa? – repete Diana, cruzando os braços.

– Eu deixei com a Mad. Entrega especial. Caixa rosa, fita azul. Ou caixa azul e fita rosa. Com as iniciais ST escritas. Então vai ver era pra minha mãe. – Ele dá uma risadinha. – Mas não pode ser. Ninguém comentou com você?

– Você tá bem, Freddy? Parece meio alterado.

– Tô ótimo. – Ele se vira de novo para a televisão. – Quem tá filmando?

– Sua mãe, acho.

A cachorra grunhe. Madeleine olha para baixo e faz um *shhh.*

Freddy então se esgueira na direção de Diana. Entre eles está Sebastian, com as mãos cheias de taças.

– Parece o *O Show de Sebastian.* Ela tem uma quedinha por ele?

– É claro que não.

– Hoje talvez não, mas na época?

– Freddy, você não pode esperar que eu…

– É natural. – O tom da voz dele, não: ele soa untuoso, faminto. – As mulheres têm desejos. Não é assim?

Que baboseira de cantor brega é essa? Mais uma vez, Watson dá um grunhido. Madeleine lhe lança um sorriso reconfortante e sussurra:

– *Cala a boca, caramba.*

– Tenho que ir, Freddy.

Quando Diana passa, ele a segura pelo ombro; ela baixa os olhos para a mão dele.

Ele a solta, mas chega bem perto.

– Ela o desejava nessa época, mesmo com o próprio marido e a esposa dele na jogada, e deve desejar até hoje.

– Você está falando da sua mãe.

– E eu não sei? A esposa some… o filho também… e depois Dominic, numa noite escura…

– Está sugerindo que a *sua mãe…*

Ele dá um passo à frente e sua voz se abranda.

– E aí *você* apareceu.

– Por que está dizendo isso? – pergunta ela, com os olhos semicerrados.

– É só:… cuidado. Entende? Tome cuidado. É a última chance que a Simone tem. Como eu disse, todo mundo tem desejos.

Ele então dá um beijo nela.

O beijo é rápido, tanto que Madeleine mal tem tempo de soltar um arquejo, mas intenso. E embora espalme as mãos contra o peito dele, Diana hesita um segundo antes de empurrá-lo. Ou assim parece a Madeleine.

Freddy inclina o corpo para trás sobre os calcanhares; Diana se afasta.

– Queria fazer isso desde sempre – diz ele, tímido de repente.

– Vai embora, por favor.

Ele a encara por um momento, então se rende.

– Foi mal. Foi mal.

– Vai embora. – Um tom frio, mas Madeleine pode ver as mãos de Diana tremendo.

Freddy passa alguns segundos movendo o maxilar, ensaiando respostas; por fim, vira as costas, coloca educadamente o controle remoto sobre o braço do sofá e vai até a porta. Uma lufada de Agressão Tropical ou seja lá o que for e Freddy se retira do palco.

Madeleine está indignada; por Diana, talvez, mas de modo bastante inesperado também por Simone. Impossível ela ter matado o marido. Ou a cunhada, aliás. Quem poderia imaginar uma coisa dessas? Além de Freddy, pelo visto.

Diana está parada na luz irradiada pela tela da tevê. Madeleine a observa, pensativa.

Ela então se abaixa, pega uma raquete de tênis ao lado do sofá – na qual Madeleine não tinha reparado, e Freddy tampouco, ela pode apostar, caso contrário teria se comportado – antes de soltar um suspiro, enxugar os olhos e sair da sala pelas portas do outro lado.

Madeleine conta até sessenta antes de sair de seu esconderijo. (E pensar que a mãe a atraiu até ali!) Do outro lado do cômodo, Sebastian preenche a tela da televisão com o rosto inclinado na direção dela, uma testemunha do beijo.

E então, enquanto Watson cambaleia para fora de seu cativeiro, ela vê Cole sentado à mesa, encarando o pai com um ar radiante. Chega mais perto da tevê para vê-lo melhor: a pequena saliência do nariz, os cabelos loiros que tocam as sobrancelhas. Tão jovem, uma obra em construção... não havia como saber como o tempo iria esculpir seu rosto, quão grave se tornaria a voz dele ou se ficaria alto como os pais. Como Madeleine.

Não havia como saber quem ele iria se tornar.

Ele podia ser qualquer um.

37.

NICKY APLICA BRILHO NOS LÁBIOS e passa as mãos pelos cabelos (secos feito palha, de tanta maresia). É bom se arrumar para alguém. Já faz um tempo.

Ela sai do lavabo, lábios brilhosos e cabelos soltos. Jonathan mora numa igreja convertida em apartamento perto de Dolores Park; o loft tem piso de cimento queimado e uma cozinha de aço, mas o arquiteto preservou alguns elementos da sua vida anterior: paredes de tijolo e vitrais, janelas em arco de pé-direito duplo, até mesmo dois bancos de igreja perto da porta da frente.

– A cama de hóspedes – explicou Jonathan quando eles entraram.

Ele agora está sentado diante da mesa de centro sobre a qual estão duas canecas de café. Os móveis, minimalistas e modernos, pertencem ao proprietário; os objetos pessoais de Jonathan se limitam às suas roupas, escova de dentes e duas dúzias de caixas ainda fechadas. ("Ainda não tenho certeza se vou ficar em São Francisco.")

Ele a chama para o sofá.

– Pensei que a gente pudesse assistir a um filme. Se você estiver a fim – diz ele, manuseando o telefone e olhando feio para a tevê.

– Beleza. – Nicky ergue uma caneca até os lábios.

– Só pra deixar claro, eu já tinha planejado assistir isso hoje à noite. Por isso estava com seu chefe na cabeça. Fred gosta mesmo de falar sobre o tio Sebastian.

Uma imagem surge na tela: uma Londres de antigamente que parece pintada a óleo, um homem de sobretudo comprido e cartola projetando sua sombra numa rua calçada de pedra. Letras pretas retintas, verdes-jade e douradas: SEGUNDO SIMON.

– Imagino que já tenha visto… – comenta Jonathan.

– Só uma vez. O livro é melhor.

– Os livros em geral são… saco. – Ele derrubou a bolsa dela do sofá. O conteúdo se espatifa no chão feito uma pinhata. – Que saco. Desculpa.

Mãos se agitam sobre o piso para recolher canetas, frascos de álcool em gel e um tubo fino de spray de pimenta, que Jonathan estende para ela sem comentar nada e sem ruborizar.

Depois de guardar os itens na bolsa, ela cruza as pernas em posição de lótus.

– Preparada? – pergunta ele, e o filme começa.

Essa segunda vez assistindo ao filme não encanta muito Nicky, mas Jonathan se diverte a valer, alternando arquejos e risadas. Com timidez, ela observa a luz e a sombra se moverem no rosto dele, depressa e devagar, o nariz talvez quebrado, os olhos claros. Ela gosta desse homem; sente por ele uma atração quase gravitacional.

De vez em quando, repara na mão esquerda dele, que mexe num botão da camisa de um jeito distraído, ajeita discretamente a calça na virilha, avança alguns centímetros pelo sofá para em seguida se recolher até a segurança do colo.

– *Caramba!* – grita ele quando Jack Pés-de-Mola salta de um beco. – *Caramba!* – De tão animado, ele dá tapas nas próprias coxas.

Nicky mal consegue olhar para o Jack mascarado. O molde de carne e os olhos pretos diminutos ainda lhe metem medo. Ela sorri e estremece.

Logo depois de St. John encontrar o segundo cadáver – o de um peixeiro dentro de uma cabine telefônica – um trovão irrompe no céu lá fora com força suficiente para fazer tanto Nicky quanto Jonathan darem um pulo sentados. Do outro lado da janela, além de Dolores Park, surge a linha serrilhada de um raio.

Enquanto ela está consultando seu aplicativo de meteorologia, ele se vira para ela.

– Eu queria perguntar mais cedo – diz ele. – Posso lhe dar um beijo?

Ela ergue os olhos, espantada.

– Que… que coisa mais sexy.

– Eu perguntar se posso beijar você?

– Você usar o pronome certo.

Jonathan sorri enquanto bagunça os cabelos.

– Eu não queria te deixar constrangida. Homem estranho. Igreja transformada em loft.

Na tela, violinos se esganiçam enquanto Simon decifra uma charada em forma de imagens tatuadas no ombro da vítima.

Nicky sorri de volta, inclina a cabeça e surpreende a si mesma.

– Não.

Quando ele começa a se desculpar, ela o interrompe:

– Só porque preciso ir embora. Tá vindo uma tempestade aí.

Ela dá um toquinho na tela do celular, riscada de chuva digital.

– É mesmo. – Jonathan se levanta. – Quer que eu chame um carro pra você?

– Já chamei, obrigada. Você deveria ver o filme até o fim.

– Sabe que vou mesmo? Tô curioso pra ver quem é o vilão.

Nicky não conta que Jack não é identificado no fim. Em vez disso, fica de pé e coloca a bolsa no ombro.

– Tem algum palpite?

– Ah, não sou bom em adivinhar. Mas sei que nunca é quem a gente pensa.

Nicky sai da igreja para um início de noite de verão muito molhado. Quando seu Uber atravessa um verdadeiro rio para deixá-la no acesso de carros da casa da família Trapp, cortinas de água se agitam acima da cidade e as ruas borbulham. Ela sobe correndo até a casa; na porta, se agacha para revirar a bolsa à luz da lanterna do telefone.

Deve ter ficado no chão da casa de Jonathan.

– Perdi minha chave – explica quando Madeleine vem atender à campainha, com Watson fazendo uma dancinha a seus pés. – Desculpa mesmo.

Madeleine dá um passo para o lado a fim de deixá-la passar.

No receptáculo escuro do hall de entrada, duas arandelas reluzem em paredes opostas. O sibilar da chuva se atenua quando a porta se fecha atrás de Nicky, mas ela ainda consegue ouvi-la sussurrar lá fora.

Madeleine está lívida: a pele tem o mesmo tom branco do piso de mármore, os cabelos tingidos de cinza, as concavidades dos olhos escuras como hematomas. Até mesmo a camisola – quem poderia ter imaginado Madeleine de camisola? – é apenas uma sombra pendendo dos ombros.

– É, eu tô um horror – grunhe ela.

Das profundezas do hall, uma aparição se aproxima. Com seu uniforme branco de tênis, Diana as observa, desanimada; então, quando chega mais perto, um raio cintila do lado de fora das janelas duplas no alto da escada e rebate nas paredes, no piso e nos degraus, que ficam todos brilhantes por um instante, depois por mais um.

Ah, dá um tempo, pensa Nicky. Aquilo é um filme de terror batido da

Hammer, ou a casa mortal em Soldier Island de *E não sobrou nenhum*, acuada com seus dez hóspedes sob a tempestade. A segunda esposa, a filha solteirona, a desconhecida... e aquele tumulto nas nuvens, a chuva batendo nas vidraças. Os olhos dela deslizam escada acima até chegarem ao retrato. Ele pisca à luz do relâmpago como uma lâmpada prestes a queimar, e os quatro rostos parecem espectrais como caveiras.

A noite estava escura e tempestuosa.

O ronco de um trovão. As três mulheres ficam olhando para o teto como se um predador estivesse passando lá em cima. Nicky prende a respiração. Ninguém se move.

O barulho então diminui, e, no silêncio, Watson espirra, rompendo o feitiço.

– Nicky perdeu a chave – comenta Madeleine.

– Eu sei onde está – diz ela, batendo no chão com os tênis encharcados. – Não que ajude muito agora.

Diana a encara por um instante.

– Peguei no sono na frente da tevê. – Ela faz um gesto em direção à sala. – Filmes antigos. – Um sorriso vago.

– Vamos, Watson – chama Madeleine, recuando até a porta do seu quarto.

Quando está subindo a escada, Nicky ouve uma garoa de estalos rápidos atrás de si: a cachorra a segue pelo mármore.

– Por aqui não, menina – diz ela, e aponta para Madeleine.

Watson olha para a dona e então cai sentada no chão, os olhos brilhantes saltados.

Nicky olha na direção de Madeleine. No vão da porta, os ombros dela estão caídos e os braços roçam nas coxas. Aquela é uma mulher necessitada de um cachorro.

Nicky se abaixa para pegar Watson – "Hora de você voltar pra cama" – e, ao ficar de pé, constata que a porta de Madeleine está fechada e Diana sumiu. Passa alguns segundos ali, esperando, pensando com tristeza nas duas anfitriãs e se perguntando se deveria propor a elas um chá ou torradas; em vez disso, inicia sua jornada até o sótão lá em cima, onde confirmará para tia Julia que ainda segue entre os vivos.

38.

POR QUE ELA HAVIA DEIXADO WATSON IR? Logo nessa noite?

– Estou me sentindo sozinha – diz Madeleine, com a garganta apertada.

Dizer isso para si mesma por algum motivo parece bem mais triste do que dizer para outra pessoa.

– Não quero ficar sozinha – acrescenta ela.

Então apaga a luz da cabeceira enquanto a tempestade ilumina as paredes.

Cole costumava se esgueirar até seu quarto em noites como essa, e ela encenava um pequeno drama – revirando-se e resmungando, dizendo *ah, fala sério* – antes de abrir as cobertas. Pela manhã, reclamava durante o café e jurava manter a porta trancada para sempre dali em diante.

Sebastian: "Fica no seu quarto, Cole."

Hope: "Deixa de ser cruel, Mad."

– Queria ter sido mais legal com você – sussurra Madeleine, tão baixinho que a frase soa mais como um pensamento.

Sente vontade de ter Watson formando um montinho debaixo das cobertas, não lá em cima com...

... *l'usurpateuse.* Ela não contou a Cole sobre Nicky, contou? A moça que o pai está... bom, que está usando, não? Manipulando? Para *moldar seu legado* ou algo assim?

No escuro, Madeleine franze o cenho. Não tinha percebido que era nisso que estava pensando. Mas é verdade. Pelo menos, em parte. Por que outro motivo ele permitiria a qualquer pessoa vasculhar seu passado?

Cole deveria ficar a par disso.

Ela tira o celular da espera com um toque. Então ataca o teclado com os polegares, e os balões inchados de texto começam a flutuar tela acima. Ela conta a ele sobre a hóspede, a missão da qual está incumbida, como Sebastian a acomodou no sótão, o sótão de Cole, como se ela fosse uma inquilina. Como ela está remexendo no passado sem sequer ter essa intenção.

E ele CONVIDOU ela pra vir

Eu acho que ela deveria ir embora

Um minuto depois, Madeleine fica olhando o celular. Escuro e sonhador.

Ela espia através da escuridão a ilustração emoldurada acima da cômoda, o postal alemão ampliado: uma jovem em tons de sépia vista por trás, com uma faixa fina ao redor do pescoço, uma cascata de cabelos nas costas e uma touca branca na cabeça. VOCÊ ESTÁ VENDO MINHA ESPOSA… MAS ONDE ESTÁ MINHA SOGRA?, pergunta o texto no rodapé da imagem. Madeleine sabe que, ajustando a visão, é possível localizar a senhora fujona na mesma imagem, no mesmo corpo: no lugar da bochecha frágil da filha o nariz avantajado da mãe, a faixa no pescoço da moça de repente transformada no sorriso de uma velha, um sorriso semelhante a uma fenda.

Ambas as mulheres usam o mesmo chapéu. Madeleine sempre gostou desse detalhe. Ela e a mãe nunca puderam dividir roupas: tamanhos diferentes, estilos diferentes.

Quando uma luz colore suas pálpebras, ela se vira para a janela… mas o que está brilhando é o celular dela.

Nome?

Nicky Hunter.

A mensagem seguinte dele é a foto de Nicky no site da universidade. Um rosto alegre e estudioso, que não parece nem um pouco estar prestes a causar tanto desconforto na vida de Madeleine.

Ela também sorri bastante pessoalmente.

Como ela é? O que ele está contando pra ela?

Os maiores sucessos dele, até onde sei

Uma pausa.

Então deixa ela ficar

Manter os inimigos por perto etc.

Ela é uma inimiga?

Depende.

Por que ele convidaria
uma inimiga pra passar
um tempo aqui?

Lembra que o papai
adora um jogo

Vai ver tudo isso é
um jogo pra ele

Segunda-feira, 22 de junho

39.

NICKY ENFIA O DIÁRIO debaixo das cobertas e fixa os olhos em *Uma criança*.

– Pode entrar.

Uma criança observa com ar de expectativa.

A porta se abre, e Sebastian preenche o espaço entre os batentes. Pela primeira vez desde que ela chegou, ele não está de terno: nesse dia, está usando um suéter de lã mohair lilás bem claro, com gola cinza e punhos cinza arregaçados até os cotovelos. Uma calça de flanela branca e botas de couro grosso. Despido do relógio de bolso e da gravata, com os contornos e ângulos aparados e alisados, ele parece quase mortal, feito de carne e osso, de certa forma.

– Posso entrar? – pergunta ele ao adentrar o cômodo. – Estou vendo que não tranca sua porta.

– Eu deveria?

Ele dá de ombros e avança devagar pela luz oblíqua das vigas enquanto avalia as peças em exibição naquele museu. Nicky fica observando a sucessão de expressões no rosto dele: um sorriso, os olhos semicerrados, um olhar vazio ocasional; e, ao se aproximar da fileira de Watsons do passado, ele ri, encantado.

– Toda vez que eu visitava um país novo tinha certeza de que jamais teria a sorte de voltar – comenta. – Então despachei lembrancinhas para casa. Esse polvo foi um desafio. Um de vocês acabou de bufar?

Nicky aponta para a Watson do presente, sentada ao pé da cama.

Sebastian vai até a cachorra, segura suas patas com as duas mãos, ao que ela fica de pé nas patas traseiras para cumprimentá-lo; os dois começam a dançar uma valsa desajeitada.

– Hoje vou levar você a um lugar incrível – diz ele a Nicky. – Conforme prometido.

Estranho se ver sozinha num quarto – e ainda por cima o quarto de Cole Trapp – com o homem em pessoa. Como se ele fosse um pai acordando a filha para a escola. Mas ela então recorda as palavras que acabou de ler, escritas naquela mesma caligrafia desajeitada, ainda que Cole não ponha mais estrelinhas no lugar dos pingos nos Is: *Eu sinto como se estivesse sendo punido. Quero me esconder.*

Cole está escondido agora, fechado e enterrado debaixo de uma nevasca de lençóis brancos. Ela vai mantê-lo em segurança.

– Eu... – começa Sebastian, enquanto tenta fazer a cachorra se deitar – ... vim aqui *cherchez la femme.*

Ele recolhe Watson da cama e caminha até a porta, a voz se estendendo em seu rastro feito uma flâmula.

– Zarpamos em dez minutos. Vista roupas quentes. – E então se vira, emoldurado pela porta. – Espero mesmo que esteja se sentindo em casa conosco.

– Prometo não abusar da hospitalidade.

Sebastian se funde nas sombras da escada.

– Pode ficar quanto tempo quiser – diz ele de lá. – Pode ficar até morrer.

40.

ELE LEVA NICKY PARA CONHECER A "ROTA PANORÂMICA", conduzindo o Jaguar pelas curvas em meio à natureza de Presidio, com os pinheiros de Monterey se erguendo como muros de ambos os lados; eles serpenteiam por quartéis desativados, por um cemitério e por algo que já foi um campo de pouso em ruínas, revitalizado nos anos 1990 como um vasto parque.

– Hope fez parte do comitê – comenta ele. – Minha esposa era mesmo uma boa samaritana.

Eles sobem um morro coroado por um palácio em estilo *beaux-arts* – a Legião de Honra, informa ele, um museu de belas-artes – e tornam a descê-lo; passam por outro túnel de árvores, a estrada à frente desimpedida tal qual uma pista de boliche.

– Só você e eu, aqui no ponto mais ao noroeste dessas terras – diz ele enquanto sua janela se abaixa. – Sem nenhuma obrigação... – A brisa fustiga os cabelos dele. – Sem nenhuma preocupação...

– E nenhuma testemunha – acrescenta Nicky.

Sebastian fica calado por alguns segundos e então ri, e os dois adentram um estacionamento vazio, passando por uma placa de madeira gasta: FIM DO TRECHO.

– Quando eu trazia meus filhos aqui, nós deixávamos o carro num lugarzinho escondido perto do museu. Mas hoje estou com vontade de dar um passeio pela praia. – Ele desliga o motor e deposita um pêssego na mão de Nicky. – O café da manhã está servido.

Quando Nicky sai do carro, uma trovoada distante ribomba em seus ouvidos: é o mar, logo depois de uma cerca alta de pinheiros à margem do asfalto.

– Escute só esse barulho! – comenta Sebastian com um suspiro, batendo a porta do motorista e esticando os braços para cima. – Ah, quem dera eu fosse um tritão hoje.

Ele sai andando em direção ao outro lado do estacionamento, e Nicky parte apressada em seu encalço. Uma trilha de terra branca batida os guia por entre as árvores ao mesmo tempo que o barulho da água do mar vai ficando cada vez mais alto, até Sebastian por fim chegar a um mirante, onde apoia as mãos no parapeito baixo.

Nicky o alcança, e a cena do outro lado de seu guia surge no campo de visão dela, repentina e imensa, avançando ao encontro de seus olhos conforme se aproxima. Aquele é um instante em câmera lenta, pensa: as ondas do oceano riscadas pela luz do sol, de um verde imaculado; as nuvens de superfície irregular flutuando acima deles, tão roliças que se poderia beliscá-las; e, lá embaixo, logo após a borda da mureta, uma cachoeira íngreme de pedra se derramando nas ondas borbulhantes. Tudo tão nítido e distinto como se tivesse sido entalhado.

Nicky e Sebastian ficam parados sem dizer nada. Até onde ela sabe, pode ser até que os dois levitem.

Instantes depois, quando desce de novo à terra, ela se pergunta no que ele estará pensando, com os olhos semicerrados diante do sol e do mar. Será que consegue escutar o oceano, apesar do silvo da areia escorrendo na ampulheta? Ou será que está olhando para aquele céu infinito e imaginando a própria alma alçando voo? Nicky não é religiosa, mas aquele momento lhe parece quase sagrado.

Com um movimento abrupto, ele se vira para a direita, e ela o segue por uma trilha sinalizada como TRILHA COSTEIRA. Talvez ela devesse correr até a frente e caminhar a seu lado, mas ele avança a passos largos pelo meio da trilha sem deixar muito espaço à direita ou à esquerda, e ela preferiria não ficar trotando do lado dele feito um cachorrinho. Melhor trotar atrás dele, raciocina. Também feito um cachorrinho.

Os passos daquele homem são descomunais.

O vento do mar empurra as ondas contra uma faixa de praia rochosa. Do outro lado, estão os mesmos cabos que ela viu passar do veleiro no dia anterior, e mais ao leste a Golden Gate se estendendo de costa a costa. De vez em quando eles passam por um cipreste pendurado na encosta, com os galhos bem abertos como quem aguarda desesperado um resgate.

A trilha faz uma curva e adentra um bosque denso de pinheiros e eucaliptos. O ar esfria, a luminosidade diminui. Nicky estremece dentro do suéter que está usando. Sente que os dois estão fugindo do presente, recuando no tempo: anos, décadas, mais.

Segundos depois, Sebastian vira à esquerda, onde um lance de degraus estreitos desce pelo penhasco. Eles saem para a luz do sol, com a praia sob os pés, coalhada de algas marinhas. Para além das ondas, agachados no meio da água, rochedos cintilam.

A água sobe pela areia cor de bronze como se fosse um tapete sendo desenrolado. Sebastian tira os sapatos, segurando-os com dois dedos.

– Vou subir as barras da calça – declara ele, caminhando na direção norte. Após vinte minutos de silêncio, as palavras soam como um idioma desconhecido.

Nicky avança, equilibrando-se entre ele e o mar.

– Você sabe nadar? – pergunta ele.

Por que ele quer saber? Ela lança um olhar por cima do ombro.

– Com certeza.

– Bom, vamos torcer para não chegar a tanto. Seu celular não vai pegar aqui – acrescenta ele quando ela encosta o dedo na tela.

– Estou só checando a temperatura da água. – Ela está checando se o celular tem sinal.

– Junho é o mês em que a água está mais fria.

Nicky deixa o telefone escorregar outra vez para dentro do bolso. Por que ele a levou até ali?

Eles prosseguem, Sebastian marchando com desenvoltura à frente, as solas dos tênis de Nicky escorregando nas pedras.

– Vai arriscar comer um pêssego? – pergunta ele, dando uma mordida no dele.

Quando ela se arrisca, ele volta a falar, recordando como afirmou em entrevistas anteriores que um amor infantil por história militar havia inspirado seus romances.

– A verdade é um pouco mais pessoal… como costuma ser. Minha esposa fez com que eu me interessasse pela Inglaterra do pós-guerra. O avô dela tinha sobrevivido à batalha do Somme, embora a perna dele não. Mesmo assim, ele voltou para casa, alegre e tranquilo, em paz com o que restava do mundo e de si mesmo. Sem zumbido nos ouvidos, sem trauma de guerra, sem terrores noturnos.

Ele continua caminhando por entre as pedras, Nicky logo atrás.

– Quando Hope me contou sobre ele, pensei nos romances de mistério que adorava: em como os veteranos de guerra sempre pareciam tão bem adaptados, tão sãos, como se a guerra houvesse apenas apurado o caráter deles. Às vezes, Poirot, Alan Grant ou algum outro desmascaravam um desses sujeitos como assassinos, com bastante frequência, na verdade, mas, mesmo nesses casos, os assassinatos tinham motivação financeira. Eram racionais, digo. Se é que algum assassinato pode ser racional.

Sebastian faz uma breve pausa para dar outra mordida no pêssego, mas logo prossegue:

– Anos mais tarde, decidi ambientar *Segundo Simon* no início dos anos 1920, quando o mundo, ou pelo menos aquele mundo, o mundo inglês, estava lutando para esconder as próprias feridas. E escolhi como herói um homem bem parecido com o avô de Hope: um sujeito agradável e conversador, mais elegante que o vovô Percy, mas ainda um homem simples, que, apesar de ter cavado trincheiras, de carregar cicatrizes de arame farpado e de ter visto amigos explodirem, havia voltado com a mente sã e o corpo mais ou menos inteiro.

Ele belisca o lóbulo da orelha esquerda ao mesmo tempo que Nicky belisca o dela. Simon St. John tivera um pedaço da orelha arrancado por um projétil inimigo.

– Mas ele não podia ser assim. *Compos mentis*. Não totalmente, não depois do que havia presenciado. Por isso, as oscilações de humor, as euforias e as depressões. Por isso, as conversas com o fantasma do amigo.

Sebastian de repente gira o braço, uma, duas vezes, e por um instante Nicky tem certeza de que vai bater nela; então ele arremessa o caroço do pêssego por cima da cabeça dela em direção ao céu. Ela observa o caroço flutuar acima da água. Se ele aterrissa, Nicky não consegue ver.

– Eu achava, e acho que tinha razão em acreditar nisso, que os leitores escapistas talvez fossem rejeitar um mistério psicológico – diz Sebastian. – Seria sombrio demais. Então enfatizamos o viés histórico e enfiamos a psicologia no meio, disfarçada.

Ele arrasta o calcanhar pela praia e escava um sulco na areia lisa.

– Dizemos "ela tem o coração enorme" ou "ele tem muita coragem", mas a verdade é que a maioria de nós é feita de uma boa dose de cicatrizes. Eu me interesso pelas feridas secretas das pessoas. Pela loucura delas, até. Por que esconder essas coisas?

– Por que mostrá-las?

Ele baixa os olhos para ela, mas, sem os óculos escuros, Nicky precisa estreitar os olhos.

– Que segredos você poderia estar escondendo, minha jovem? – A voz dele é convidativa.

Ela ri.

– Eu danço sozinha no meu quarto o tempo todo. Abriguei um pombo ferido em casa durante três semanas até ele ficar bom, indo contra as regras do condomínio. Não sou interessante o bastante pra ter segredos de verdade.

Quando ele a conduz por uma subida coberta de vegetação rasteira, com a sombra se derramando dos calcanhares, ela sente que o decepcionou. No alto da subida, eles tornam a entrar na trilha do penhasco e ficam parados lado a lado.

– Não posso ter filhos. – Nicky surpreende a si mesma; é mais do que pretendia dizer. Mas queria que ele soubesse. Ou, pelo menos, não se importa que ele saiba. – O que é meio triste pra mim porque eu… porque tem coisa suficiente que me agrada em mim mesma para eu querer passar isso adiante. Uma amiga minha está no mesmo barco, então ela e o marido vão adotar. Eu queria conhecer alguém antes, mas não preciso. Gosto da minha vida. Às vezes sinto que deveria manter *isso* em segredo: que eu gosto da minha vida, que não tenho muito do que me queixar.

De repente, Nicky se sente tímida. Mas Sebastian assente e sorri com gentileza para ela.

– Se o parto é a única coisa que vai perder na vida, então pode morrer feliz.

A brisa sopra os cabelos de Nicky em seu rosto. Ela olha para o mar, para a subida que afunda atrás dela. Um escorregão poderia quebrar o pescoço de alguém.

Um empurrão poderia quebrar o pescoço de alguém.

Ela se vira de volta para Sebastian, que ainda exibe um sorriso fraco.

– Seus segredos estão em segurança comigo – declara ele e vira as costas.

Ela expira e o segue por um declive em direção a um trecho de penhasco largo e plano que se projeta para o vazio, uma prateleira de cascalho e pedras soltas. Mais além, lá embaixo, o mar escuro troveja.

Até que de repente ele se cala. O vento prende a respiração. Nuvens correm pelo céu. Um labirinto surge na frente deles.

Sete círculos concêntricos estão espalhados pelo chão, sete arcos de pedra, dos quais o mais externo margeia a própria borda do penhasco; dentro dos anéis, passagens e becos sem saída rodopiam em torno de um centro vazio. Com 15 metros de diâmetro, as trilhas são apenas largas o bastante para serem percorridas a pé. As pedras têm só alguns centímetros de altura, mas para Nicky parecem quase intimidadoras.

– Eu não disse que este lugar ia dar um nó na sua cabeça? – exclama ele ao mesmo tempo que o oceano recupera sua voz.

Nicky faz uma careta (piadinhas bobas soam esquisitas na boca de Sebastian Trapp) e para junto ao primeiro anel.

– Madeleine e eu tínhamos o costume de vir passar o amanhecer aqui. Era o nosso pequeno ritual de pai e filha. Chegar antes de o dia nascer, com rosquinhas e café.

– Por que aqui?

– Que outro lugar poderia ser mais interessante que um labirinto? – Ele aponta com um dedo bem à frente. – Pedi Hope em casamento ali mesmo, no centro. Num início de noite no inverno de 1976. Horas mais tarde, uns universitários bêbados jogaram todas as pedras no mar.

Ele ergue um pé, pronto para desferir um chute no labirinto; então torna a colocá-lo no chão.

– Ele foi reconstruído várias vezes desde então. Toda vez com um desenho diferente, com uma quantidade de círculos diferente. Alguns anos mais tarde, minha esposa e eu voltamos aqui. E bem ali – no centro do labirinto – nós concebemos Cole.

Nicky observa o local por um instante.

– Vocês conceberam…

– Abril de 1985. Um conselho, minha jovem: não fique pelada aqui no mês de abril. Seja qual for o ano.

Ela passa por cima do perímetro de pedra e adentra o sétimo círculo. Olha para os dois lados. Caminha devagar no sentido horário, com o rosto virado para o mar. Do lado de fora do círculo, Sebastian caminha junto com ela.

– Concebido num labirinto – diz ele às costas dela. – Com Cole foi assim. Embora ele nunca tenha gostado muito daqui. Muito drama, muitos… elementos, imagino. Ele gostava da própria casa. De brincar de esconde-

-esconde. *Adorava* Fort Point. Ali, daquele lado – acrescenta ele, apontando para a Golden Gate a nordeste. – Bem debaixo da ponte, do lado sul. Um velho entreposto militar que jamais foi usado. Nem na época nem hoje em dia. Um bom lugar para tropeçar num corpo, é o que eu sempre disse.

Nicky topa com um beco sem saída numa das fileiras de pedra, dá um giro de 45 graus para entrar no anel seguinte e segue na direção contrária. Sebastian anda no mesmo ritmo bem ao lado, fora do círculo, como um animal que não quer atravessar uma linha de fogo. Será que é por isso que estão neste lugar, no ponto onde tudo começou? Será aqui onde ele se sente mais próximo da esposa e do filho que perdeu? Ela se detém e franze o cenho para um farol atarracado despontando das ondas.

– Do que mais Cole gostava?

Atrás dela, Sebastian dá um suspiro.

– Ah… de longos fins de semana viajando com a mãe, se bem me lembro. De tantos em tantos meses, eles iam à Disneylândia de carro, ou ao parque de Yellowstone, ou então pegavam o trem para onde desse na telha deles. Nenhum dos dois gostava muito de avião.

Nicky já havia lido sobre essas viagens nos cartões-postais de Cole.

– Eu só viajo de avião sedada.

– Bem, obrigado por ter aguentado vir até a Califórnia. Então, o que acha que aconteceu com meu filho e a mãe dele?

É como ouvi-lo armar um revólver. Ela tenta pensar.

– E… e você sabe? – responde ela, falando com o mar.

– Se soubesse, será que eu perguntaria?

– Se soubesse, será que diria?

– Depende do que eu soubesse exatamente.

– Estamos andando em círculos.

– *Você* está andando em círculos.

Nicky inspira fundo, olha para a borda do penhasco, para o mergulho até o mar.

E então se lembra das palavras de Isaac: *Alguém muito perigoso poderia estar parado bem atrás de você.*

Ela se vira com um movimento abrupto. Sebastian está de olhos fechados, com a cabeça inclinada para trás e os cabelos despenteados pelo vento; está sorrindo para o céu, com as mãos enfiadas nos bolsos.

– Já contei para você que quase morri, se você bem se lembra. Mais de uma vez. Mais de duas.

Nicky expira. Ele parou com o joguinho, por ora.

Sebastian começa a caminhar, sem ver nada mas com o passo firme, rente à borda do labirinto.

– Antes de a minha mãe morrer, eu nunca tinha me sentido infeliz... não *de verdade*. Até meus sonhos eram agradáveis. Por muito tempo depois disso também. Aí, uma noite, anos mais tarde... – Ele espera as ondas recuarem. – Eu subi na cama e me vi numa clareira na floresta. Nunca tinha visitado aquele lugar, nem em sonho nem na vida real: bétulas brancas desfolhadas, o chão coberto por um tapete de folhas marrons. Com o canto do olho, vi algo se mexer.

Ele se detém. Os olhos se agitam por baixo das pálpebras.

– Eu me virei... – Ele se vira. – ... mas não tinha nada ali. – As botas permanecem no mesmo lugar enquanto ele adentra o passado de olhos vendados. – Mas, alguns segundos depois, enxerguei de novo: apenas um rabo peludo. E então ouvi um farfalhar atrás de mim. Comecei a girar o corpo, e entre as árvores tive o vislumbre de olhos dourados... seis, doze, vinte, depois mais... e patas compridas, um redemoinho rasteiro de fumaça preta e lustrosa rodeando a clareira. E, o tempo todo, as folhas estalando, estalando no chão. Como se a floresta estivesse trincando os dentes. – Ele faz uma pausa. – A fumaça se dissipou. Os lobos estavam saindo da mata, olhos brilhantes, pelagem preta. Eles me cercaram e agora se aproximavam devagar, como um nó que se aperta. Minha respiração ficou presa na garganta. Dei um passo para trás e tropecei. Enquanto eu me esforçava para ficar de pé, um coro de uivos fracos ecoou na clareira. Mas agora sentia que os lobos não estavam olhando para mim, mas para algo às minhas costas, e quando tornei a me virar, tropecei de novo... dessa vez num cadáver no chão da floresta.

Sebastian para de falar por um instante. Os olhos permanecem fechados.

– A pele estava pálida, o uniforme imundo, e o rombo na parte de trás do crânio era inesperado, mas eu o reconheci. Claro que reconheci: era o meu pai.

Os olhos de Nicky estão bem abertos.

– Antes de conseguir tentar ouvir sua respiração, antes de conseguir sacudi-lo para acordá-lo, os lobos passaram correndo por mim num borrão de pelos e presas e o atacaram. – Sebastian enfim a encara com tristeza. – Então eu acordei. Fiquei deitado na cama, com o coração explodindo dentro do peito. Catei pelos de lobo nos meus lençóis. E, mais tarde, quando estava debaixo do chuveiro, tentando esfregar o corpo para me livrar daquela noite, tentando me alegrar com uma canção, o Sargento comeu uma bala de café da manhã.

A cabeça dele se inclina de leve para trás enquanto refaz os próprios passos. Nicky caminha bem ao lado.

– Você sonhou com a morte do seu pai antes de ela acontecer?

Ele deu de ombros.

– Não acredito nesse tipo de coisa, mas… parece que sim. E depois passei noites e noites sonhando com lobos. Lobos que eu via devorarem o cadáver inteiro no chão. Acordava toda vez com uma disposição mais sombria. Exatamente um ano depois de o Sargento pedir a própria dispensa, sozinho no meu apartamento minúsculo em Tenderloin, enfiei a cabeça dentro de um saco plástico.

Nicky arqueja.

– Enquanto o ar rareava, me lembrei de uma história que tinha escutado sobre um homem encontrado enforcado no porão de casa com um monte de unhadas no pescoço. Acho que usei as unhas para respirar depois de uns quarenta segundos. Jurei nunca mais tentar. Mas fiz de novo quatro meses mais tarde, usando outra vez um saco, depois comprimidos com uísque, depois… – Um suspiro. – Quando conheci minha esposa, parei de sonhar por um tempo. Na noite do aniversário de 2 anos da Maddy, ela me encontrou na nossa garagem com uma mangueira enfiada no cano de descarga do carro.

Ele estreita os olhos para ver algo atrás dela. Nicky se vira e identifica um iate distante lutando contra as ondas.

– Ela já tinha me visto para baixo. Já tinha me visto eufórico também. Já tinha me visto falar enrolado, rir, mentir e agredir. Fascinar e entediar, encantar e irritar. Com a cabeça parecendo espuma de cerveja. Já tinha lidado com a ressaca matinal. Mas, depois da garagem, ela me obrigou a ir me consultar com um psiquiatra, que receitou lítio. E jurei para ela que, pelo bem da nossa filha, jamais iria tirar minha própria vida. Ela me forçou a jurar me ameaçando com uma faca, o que passou uma mensagem confusa.

Nicky torna a encará-lo.

– E mesmo a vida não tendo sido fácil, pelo menos não vou acabar como aquele cadáver no chão da floresta – diz ele. – Com um rombo na cabeça e meu filho ao lado.

Ele está esfregando um pé numa pedra, como se a entrada ainda lhe fosse proibida.

– Mesmo assim, quase todo dia eu ouvia os lobos. Digo, quando estava acordado. Um sussurro no corredor ou garras arranhando os degraus da escada. Às vezes, uma língua vermelha e seca bebendo água no lago. Havia manhãs em que juro que acordava com marcas de dentes no pescoço. Tem um líder da matilha, uma besta imensa encolhida bem ao lado da lareira da minha mente. Minha cabeça parece a minha biblioteca – explica ele. – Cheia de cores vivas e sombras profundas. E de armas. E com aquele fogo eterno ardendo na lareira. – Ele fita o mar. – É lá que os lobos ficam esperando. Esperando e torcendo.

O vento sopra, apressado.

– Todo o conhecimento humano se resume a essas duas palavras – diz Sebastian. – Esperar e torcer. *O conde de Monte Cristo*. Um dos meus preferidos. O primeiro thriller psicológico, eu diria. Todos aqueles ardis! "Faça o seu pior, pois farei o meu"… imagine dizer isso para alguém!

– Imagine ouvir isso de alguém – retruca Nicky.

Ele sorri para ela com um dos olhos franzido na direção das nuvens. Ela o observa do outro lado de um trio de minúsculas cordilheiras. Atrás dela, ondas castigam o penhasco; atrás dele, o vento levanta a poeira do chão; mas o ar entre Nicky e o homem à beira da morte parece curiosamente imóvel.

– A sua esposa e o seu filho – diz ela com cuidado. – Você mencionou… no final da nossa primeira conversa, que talvez pudéssemos solucionar um mistério juntos.

– Eu disse *quem sabe*. E disse um mistério *ou dois*. Nunca esqueço minhas próprias falas.

– Alguma teoria?

De novo, ele encara a dobra do horizonte.

– Você não está facilitando as coisas, não é, Srta. Hunter?

Nicky se pergunta de repente se ele algum dia vai voltar a Lands End, se naquele exato momento Sebastian Trapp está se despedindo do mar, dos ciprestes e do labirinto renascido (de novo e de novo) enroscado na beira de um penhasco, o ponto de partida tanto do casamento dele quanto do filho. Talvez por isso ela esteja ali: como testemunha dessa despedida. E, de repente, ela se pega questionando:

– Acha que eles ainda estão vivos?

Talvez o vento cada vez mais forte tenha levado as palavras embora, as soprado pela beira do penhasco em direção ao mar, onde quem sabe um dia flutuem para dentro do ouvido de algum marinheiro de passagem; ou talvez Sebastian esteja descalço na praia um quarto de século antes ou percorrendo o labirinto em 1976; ou talvez esteja decidindo se deveria fazer xixi antes de eles voltarem para Pacific Heights. Seja qual for o motivo, ele apenas fica olhando para um ponto atrás de Nicky.

Por fim, ela se vira para observar as ondas negras que espumam e avançam feito cavalos.

– Eu espero e torço por isso – responde Sebastian.

41.

MADELEINE PASSA A MANHÃ INTEIRA monitorando o celular como se estivesse medindo o pulso de alguém. Quatro horas na biblioteca: nada de Cole. Em casa, a tempo de almoçar: nada de Cole. Ela desenrola sua fieira de pérolas, troca o vestido disforme por um roupão disforme, inspeciona o vestido de festa para a noite, um transpassado bordô (caso derrame vinho tinto nele). Gira a torneira da banheira. A água começa a jorrar.

Então gira a torneira no sentido contrário.

No hall de entrada, o pessoal do bufê monta bares, uma estação de fondue e, junto à escada, uma pirâmide de taças de champanhe. Madeleine ignora os funcionários; eles a ignoram de volta.

Ela entra na sala de tevê. Com cautela, aproxima-se do videocassete como se ele fosse uma fera acorrentada. Fica esperando o aparelho se soltar dos próprios cabos e rugir para ela pelo buraco onde a fita entra.

O aparelho parece estar dormindo. Ela abre a gaveta debaixo dele.

Madeleine não assiste àquelas fitas desde… é capaz de nunca tê-las visto; os pais não eram documentaristas natos. Ela percorre as etiquetas nas fitas de vídeo enfileiradas junto a uma das laterais da gaveta. *Cole no zoológico. Mad tênis 96 & COZINHANDO*. Aniversários, aniversários de casamento, datas aleatórias.

Mas não a data que está procurando.

Dia 31 de dezembro de 1999.

Será que eles filmaram?

Festa de formatura 97. Surpresa 45 1994. Não, não há nada mais para ver ali a não ser a câmera de vídeo em si, que tem o tamanho de um carro. Um botão vermelho de ejetar se sobressai acima do compartimento da fita.

Madeleine engole em seco.

Pressiona o botão. O compartimento se abre.

Aninhada lá dentro, uma fita de vídeo. Sem etiqueta.

Mas ela é capaz de adivinhar o que tem nela, impresso naquele filme, enrolado em volta das bobinas, há muito esquecido. Solta a fita e a insere no aparelho de videocassete. A máquina pigarreia. Madeleine recua um passo para longe da televisão.

Outra vez, a família reunida na sala de jantar, velas com chamas firmes, vozes estragando o "Parabéns"... só que, nessa cena, as janelas têm a cor da noite e a ordem dos convidados mudou: Freddy está sentado entre os pais, ambos vestidos para impressionar, e Sebastian está sentado na frente deles, de terno e botas. Na cabeceira da mesa está Hope, de macacão vermelho cítrico, o mesmo tom de uma toranja madura, e Cole – ainda baixinho, ainda loiro – apoiado no braço da cadeira da mãe como uma dama de companhia.

Quando a música termina e Hope assopra o incêndio florestal de velas cravadas no bolo, a câmera busca Isaac junto ao aparador, servindo champanhe Krug numa fileira de taças.

– Ponha uma colher no gargalo, Isaac – diz Simone. – Assim o champanhe não esquenta.

– Não sei se isso é verdade, Simone – entoa Isaac com uma voz agradável.

Ele está de jeans e jaqueta de brim, e fica bem com essa roupa.

Quando a câmera passa por um espelho, Madeleine tem um vislumbre de Diana, de collant de ginástica verde-mar e polainas fúcsia. Por mais impossível que pareça, o traje lhe cai bem.

Véspera de ano-novo, 1999: a noite da festa temática dos anos 1980 no armazém. A noite em que os Trapps deram seu último malfadado baile de gala de cair o queixo. A noite em que duas pessoas desapareceram.

– Voltei.

Madeleine se vira de repente. O pai está parado no vão da porta, com os cabelos bagunçados e a pele ruborizada.

– O que é isso? – pergunta ele.

Enquanto ela apenas o encara, pasma, a voz melodiosa do irmão ecoa dos alto-falantes:

– Posso dar um pedaço de bolo para o Watson? – A voz ainda aguda aos 14 anos.

– Eu estava...

Madeleine deixa a frase afundar. Ver Sebastian Trapp se aproximando, do alto do seu 1,95 metro, é como observar uma onda avançar em sua direção.

– Deixa o Watson comer bolo! Vamos *todos* comer bolo! – grita ele, vinte anos antes, enquanto Cole vai depressa até a parede e aciona o interruptor, Hope corta a sobremesa, Isaac serve o champanhe e Freddy bebe a taça inteira antes de a mãe dele conseguir se opor. – Diana, passe isso para o Isaac – diz Sebastian, agora para a câmera. – Venha comer bolo *você* também.

No presente, ele apenas se mantém parado ao lado de Madeleine, imenso, com os olhos pregados na televisão.

– Deixem passar o diretor – diz Isaac.

A lente então balança, e Diana aparece no quadro, puxando um embrulho fino do bolso de trás e se agachando ao lado de Hope, que desembrulha um cantil de couro vermelho. Hope dá uma gargalhada, desatarraxa a tampa e sacode o cantil acima da boca aberta. Segura a cabeça de Diana quando as duas se abraçam.

O Sebastian deste século se retira da sala. Madeleine continua a assistir.

Na hora em que Simone informa à mesa que os convidados vão chegar dali a "39 minutos, senhoras e senhores", ela torna a ouvir passos atrás de si vindos da outra porta; é Diana dessa vez, os olhos marcados por olheiras. Ela parece exausta; será… será que está usando a camisa do avesso?

Diana solta um arquejo.

– Essa foi a noite em que… – A voz dela se perde, e Madeleine não faz nada para reavê-la.

Em vez disso, ficam as duas observando enquanto Cole arruma os presentes na frente da mãe como se fossem talheres de mesa. De Isaac, um exemplar de Kant; dos cunhados, um xale diáfano ("Você é clarinha demais pra usar preto, mas era a única cor que tinha", explica Simone); de Cole, um "Feliz aniversário" sussurrado e um belo colar de prata com um pequeno pingente pendurado na corrente ("E é gravado!", exclama Hope, maravilhada); de Freddy, um frasco de Diavolo, de Antonio Banderas.

– Esse perfume é masculino, filho – observa o pai dele, comentário que faz Freddy ficar tenso e insistir que homens não usam perfume.

– "Diavolo é uma dança sensual com um ritmo acelerado e sem regras" – argumenta ele, lendo o texto escrito na caixa.

Hope borrifa a colônia no pescoço e encara radiante o sobrinho. Enrola o xale nos ombros, prende o colar no pescoço, guarda o cantil no decote e finge estar lendo *Crítica da razão pura* ("Epistemologia é o lance, turma!", incentiva Isaac) enquanto a família aplaude.

– Lembro que ela foi assim na festa – diz Diana a Madeleine. – Com tudo. O xale, o colar. O perfume.

Hope se vira para Cole e borrifa nele a sensual fragrância de Antonio Banderas. Ele espirra. Então estende à mãe uma borboleta de papel vermelha.

Madeleine dá um arquejo nesse instante.

Hope se admira, Isaac também e Sebastian resmunga "Que *inferno*" enquanto belisca o osso do nariz. Ninguém repara, ou pelo menos todos fingem não reparar, enquanto Hope agita as asas pontudas.

– Que *inferno*!

O burburinho cessa como se alguém tivesse puxado uma tomada.

– Você quer dizer mais alguma coisa, Estraga-Prazeres? – indaga Hope enquanto encosta a borboleta no nariz de Cole.

– Na verdade, quero sim. "Que inferno, meninos de 14 anos não fazem origami."

– No Japão, fazem – responde Cole baixinho.

– Desliga isso, Isaac – dispara Sebastian, fuzilando a lente com os olhos.

A câmera desce até o tampo da mesa e cai de lado, fazendo a família dar um giro de noventa graus, como passageiros num navio naufragado: Dominic, Simone, Freddy e Diana na parte inferior do quadro, Hope e Cole suspensos no ar e Sebastian descendo do teto.

– Sabe por que as pessoas não gostam de você, filho? Porque você é fraco.

Hope guia a borboleta até a palma da mão de Cole. O inseto fica ali, trêmulo.

– Você não consegue nem aguentar uma noite sequer ao ar livre numa barraca de camping – acusa o pai. – Tem medo de Halloween. Tem *pânico* de trovão. Não sabe jogar beisebol, não sabe nadar… nem guerra de dedo você consegue fazer.

Dominic, calmo:

– Cara, vamos…

– O seu filho não fica brincando com papel colorido. – Sebastian, mais calmo ainda. – Se você mandasse um bumerangue de presente para ele, o seu menino arrumaria um descampado e mandaria ver, não é, Fred? Você não iria pintá-lo com o esmalte da sua irmã, imagino…

O recinto emborcado parece escurecer. As chamas das velas arranham o ar.

– Eu sei velejar – diz Cole baixinho.

– Ah, tá… e como foi que te chamaram naquele dia na baía? – pergunta Sebastian, inclinando-se para a frente. – Os seus colegas de turma naquele passeio, como foi que eles te chamaram quando você assumiu o leme?

Cole encara a borboleta que está em sua mão.

– Rainha dos Piratas.

Sebastian dá um suspiro.

– Eu lá, bancando a babá para uma dúzia de crianças na droga do meu próprio iate, e eles chamando meu filho de…

Isaac, Diana, os primos: todos parecem consternados. Apenas Hope observa Sebastian com um ar neutro, fria e branca como mármore.

Uma lágrima pinga do queixo de Cole e cai na borboleta, batendo numa asa.

– Você não vai conseguir viver assim, Cole. – Punhos sobre a mesa, dedos entrelaçados com força, uma cordilheira de articulações afiadas dobradas na cara do filho. – Então chega de artesanato de menina. Chega de viver agarrado na barra da saia da sua mãe. Você não pode ficar atrás dela para sempre. Chega de banhos de banheira, chega de luz noturna, chega de choro. – Cole soluça. – O que foi que acabei de… chega de *choro*.

Ele se recosta na cadeira e pega sua taça de champanhe.

Madeleine se vira. Os dentes perfeitos de Diana estão roendo uma unha do polegar.

Após alguns segundos, Simone se levanta e bate com a colher na taça com tanta força que o cristal se espatifa. A mesa inteira se sobressalta, eletrocutada – até a borboleta de Cole dá um mergulho e cai no chão –, mas Hope e Sebastian só fazem erguer as taças e beber, com goles grandes e vagarosos, enquanto se encaram com um ar impassível por cima das bordas.

Simone enxuga o vestido enquanto Freddy lhe informa que "você é forte que nem o incrível Hulk".

– Eu não sei o que isso significa, Frederick. Ia só anunciar… cuidado para não se cortar, Isaac… que os convidados vão chegar daqui a meia hora.

Sebastian fica de pé e alisa a frente da camisa.

– Meia hora! – diz ele bem alto enquanto desliza para fora do quadro. – O espetáculo vai começar em menos de trinta minutos!

Madeleine quer ver como o clima no cômodo é restaurado, mas bem na hora que Diana se abaixa para falar com Cole, bem na hora que Hope começa a enrolar distraída o colar em volta do dedo, Isaac vê a câmera e sai do quadro. Seus dedos fazem barulho na caixa do aparelho até a imagem escurecer. Uma escuridão de vinte anos.

Madeleine fecha os olhos e pressiona a palma das mãos nos ouvidos, com as pálpebras enrugadas de tão apertadas; sua vontade é dizer poucas e boas para o pai, para o pai dela e do irmão, fustigá-lo com uma saraivada de flechas. São Sebastião.

Já tinha ouvido falar naquela cena; Simone tinha comentado algo a respeito uma vez e talvez Freddy também – "Seu pai pegou pesado mesmo com o Cole naquela noite" –, mas na verdade o pai tinha pegado pesado com Cole tantas vezes que Madeleine não dera importância. Ela então passa uma das mãos pelo rosto. Engole a própria raiva. Fica pensando com quanta clareza Cole se lembra daquilo.

– Tinha me esquecido disso. – A voz de Diana soa baixa. – Assisti a algumas fitas ontem, mas foi… fiquei muito mexida.

– Por que assistiu, então?

Devagar, Diana balança a cabeça.

– No começo, só pra ver os dois de novo. Sua mãe. Seu irmão. Na verdade, eu não imaginava que fosse ver seu pai. Não *desse jeito*. Não me lembro dele assim. Embora eu estivesse… eu estava *ali*. – Ela aponta para a televisão. – Talvez isso tenha ficado enterrado debaixo de todos os… de todos esses anos que passaram. Mas quem…

Madeleine aguarda. *Mas quem fala com o filho desse jeito*, talvez? *Mas quem é o seu pai de verdade?*

Ela torna a morder a unha do polegar.

– Nunca desvendamos uma pessoa por completo, não é? – fala Diana por fim, num tom lento e pensativo. – A pessoa sempre pode surpreender. Pode permanecer um mistério. – Ela então se vira para Madeleine e seu olhar se aguça, como se tivesse acabado de se lembrar de alguma coisa. – O que tinha na caixa misteriosa?

– Que caixa misteriosa?

– A que o Freddy encontrou lá fora. O que tinha dentro?

O beijo havia varrido aquilo da cabeça de Madeleine.

– Uma borboleta vermelha – diz ela, cruzando os braços. – De origami. Com palavras escritas nas asas. *Cherchez la femme.*

Diana não diz nada.

– Papai disse que é só uma brincadeira.

– Foi isso que ele disse? – pergunta Diana, e há algo de diferente no tom de voz dela.

Madeleine esfrega uma palma da mão na outra como se estivesse tentando acender um fogo.

– Começa às seis e meia, né? Vou tirar um cochilo, tomar um banho de banheira e um alprazolam. Antes de o espetáculo começar.

Sem fazer ruído algum, Diana se retira. Madeleine fica encarando a tela vazia da televisão; então avança a fita até ela desacelerar e emitir um clique. Minutos e mais minutos de escuridão, um céu sem estrelas, a mãe e o irmão desaparecidos, perdidos no espaço.

Depois do banho e antes de tomar o comprimido para ansiedade, ela seca os cabelos com o secador. Examina a linha suave do maxilar, os ombros caídos ("Ela tem o porte físico de um zagueiro", provocou alguém certa vez). No espelho, os olhos encontram o cartão-postal da ilusão de ótica, a velha do olhar malicioso. Passa alguns segundos olhando para a imagem. Mas a mulher se recusa a se transformar.

O celular vibra sobre a bancada da pia. Madeleine baixa os olhos. Larga o secador.

O aparelho fica se contorcendo no chão feito uma cobra, traçando círculos a seus pés enquanto ela encara a tela do telefone.

A gente se vê hoje à noite.

42.

– Um baile de máscaras, é? – diz Irwin. – Deixa eu ver o material.

– A máscara, você quer dizer?

– Na verdade, não ligo *muito* para o vestido. A menos que você queira que eu ligue. Nesse caso, eu ligo muito.

– Você sabe que eu também não ligo – diz Nicky, embora se importe mais do que imaginava.

Mais cedo, Sebastian Trapp a viu varrida pelo vento e banhada de sol; à noite, ela quer impressionar.

A máscara é uma do Zorro, simples e de veludo roxo, com uma fita para prendê-la e olhos grandes como os da própria Nicky.

– Exatamente o que eu teria escolhido pra mim – diz Irwin. – Ah… ninguém tem notícias suas há dias. Falei que você só estava em contato comigo por causa do cachorro.

Nicky faz uma careta.

– Foi mal… por favor, pede desculpa pro pessoal por mim. Vou pedir também. Aqui tá tudo meio… meio complicado.

– Você tá em segurança? – Ele soa de repente muito sério.

– Acho que sim – responde ela.

– Essa resposta não é boa o bastante.

– Vamos conversar amanhã. Preciso voltar pro trabalho. Tenho uma máscara pra colocar.

Quando eles desligam, ela volta ao diário.

O ano é 1999. Nicky passa depressa pelo Dia dos Namorados (*Alguém deichou um cartão no meu armário e dentro tinha uma foto de um pug, um pug não é um boldogue francês, seus bobos!!*), por uma viagem de esqui em março (*Papai me disse para tentar descer uma pista "dimante negro", eu caí e torci o polegar*) antes de entrar no chuveiro. Passa todo o mês de abril secando os cabelos com o secador enquanto Cole tenta ler um livro recomendado pelo pai, e no último dia do oitavo ano, ela faz uma pausa para subir o zíper do vestido.

Em maio:

Papai me segurou com força hoje. Foi sem querer, mas deslocou meu ombro, e como mamãe estava em Berkeley, ele me levou para o hospital. Não me disse o que dizer, então quando a enfermeira perguntou falei que tinha caído jogando futebol, pensei que papai fosse gostar, mas ele fez uma cara triste e pediu desculpa, e eu pedi desculpa também mesmo não sabeno por que estava pedindo.

Ele cita o livro que o pai lhe deu para ler:

"Eu com certeza já sofri o bastante. Tenha pena de mim, e fassa por mim o que não cosigo fazer sozinho."

... e então, em letras miúdas mais embaixo:

O conde de Monte Cristo
(vou terminar)

Distraída, Nicky empurra um pé para dentro de um sapato novo. No registro seguinte, Cole já está recuperado.

Está acontecendo uma coisa empougante!!

Ao ouvir a batida na porta seguida por "Está vestida?", ela fecha depressa o diário e o guarda debaixo do travesseiro. Talvez Madeleine não o reconhecesse; talvez sim.

– Tô – responde.

Madeleine entra, hesitante, o corpo coberto pelo vestido vermelho justo, e o rosto, por uma fina máscara prateada em forma de infinito. Os braços estão cruzados numa posição que Nicky reconhece daquela fase, cinco anos antes, em que ela própria estava com sobrepeso para sua altura, logo depois de o pai dela morrer, bem a tempo da temporada de casamentos. Os vestidos apertados, a pele rosada... Não tinha gostado de se sentir daquele jeito, não tinha gostado de dar importância a isso.

– Ora, ora – comenta.

Madeleine dá um passo para trás, na defensiva.

– Qual é o problema?

– Nenhum. Você tá ótima.

Quando Madeleine retruca, sua voz sai débil:

– Por favor, não goza da minha cara.

Ela parece ter surpreendido a si mesma. Nicky sente vontade de lhe dar um abraço.

– Tô falando sério – diz, sentando-se na cama. – O vestido, o cabelo... vermelho e dourado. Um clássico. Você está com um look clássico.

Madeleine morre de medo daquela festa, ela mesma disse isso, e ninguém deveria se sentir mal por causa da própria aparência.

Ela alisa o tecido nos quadris.

– Obrigada.

Nicky sorri.

– Eu queria... – começa Madeleine; então suspende a máscara até a testa.

Nicky a observa correr os olhos pelo quarto: o espelho de chão rachado, os feixes de lanças zulus parecendo ramos de trigo, a falsa topiaria dentro de uma banheira de cobre. Ela para diante da fileira de Watsons empalhados.

– Na verdade, nem me lembro da última vez que pisei aqui – diz Madeleine, percorrendo com os olhos a cama, a escrivaninha, os livros de capa mole enfileirados no chão. – Tinha medo de que parecesse... um túmulo, acho.

Nicky aguarda com educação.

– Eu me lembro disso. – Um carrinho de bebê em estilo vitoriano forrado de cetim preto sebento, com a capota arriada. – Quando meu irmão era pequeno, eu o carregava pela casa toda. E um dia, quando estava subindo com ele da cozinha pela escada de trás, eu tropecei e... lá se foi o bebê. Com carrinho e tudo.

Madeleine olha para o carrinho como se estivesse diante de um velho inimigo.

– O carrinho nem virou. Só desceu quicando pelos degraus. Então fui correndo logo atrás, já pensando onde poderia esconder o corpo, e, quando olhei lá dentro... – Ela faz uma pausa; Madeleine tem o mesmo dom para o drama do pai, pensa Nicky. – Ele estava bem. Nem chorando estava, nem tinha gritado, nada. Ele é mais resistente do que eu achava.

– É?

– Era. – Madeleine tosse. – Meu pai me pediu pra vir te chamar. Talvez você sinta calor com essa manga comprida.

– A previsão é abaixo de dez com névoa.

– E a máscara?

Nicky a ergue do travesseiro, encaixa o pé descalço no sapato e segue Madeleine até a porta.

Elas saem do sótão e descem, imergindo cada vez mais na escuridão. A escada serpenteia por um andar, depois por outro, à medida que o som começa a subir como se fosse a maré, até chegarem no alto da grandiosa escadaria, onde uma música de cordas salta para recebê-las como um cachorro animado.

O hall de entrada cintila, branco e dourado, e o chão de mármore reluz tal qual um espelho. Em cima de uma mesa, junto à escada, ergue-se a pirâmide feita de taças de champanhe: cinco andares quadrados que terminam numa única taça, preparadas para a cascata, mas por ora apenas cheias da luz rosada do início da noite. Os convidados já estão chegando, as mulheres com as cores de um jardim de verão, roxo, amarelo, e uma das senhoras num verde-camaleão de feiura espetacular; os homens de terno de linho, brancos ou cinza-claro, e um dos cavalheiros num verde-camaleão também de feiura espetacular. E as *máscaras*! O rosto de uma mulher é uma revoada de pombas; um homem está usando o bico de um médico da peste, os olhos redondos feito um par de óculos. Uma criatura esquelética vestida de azul--escuro, com uma lua crescente branca ao redor da bochecha; uma senhora mais velha acenando com um retalho de renda diante dos olhos; um cara de máscara de Reagan de borracha.

Os funcionários do bufê pilotam travessas de aperitivos pelo salão. Nicky, que não comeu muito durante o dia todo, fica aliviada ao notar que a nata da sociedade de São Francisco parece gostar de enroladinhos de ovo.

– Quando meus pais davam essa festa, era um coquetel comum – diz Madeleine. – Agora parece *De olhos bem fechados*. Valeu mesmo, Simone. – Ela ajeita a máscara com um puxão. – Lá vamos nós.

Nicky puxa a própria máscara para a frente do rosto e amarra a fita atrás da cabeça, mas espera um pouco antes de seguir Madeleine escada abaixo. Está com a respiração acelerada; tem a sensação de que o sangue está circulando em marcha a ré. *Está acontecendo uma coisa empougante!!*, pensa ela enquanto aguarda um instante, inspira fundo e dá um passo.

43.

– NÃO DÁ NEM PARA CHAMAR ISSO DE MÁSCARA – diz o pai com um muxoxo quando Madeleine o encontra no centro do hall.

A máscara dele, de seda azul-celeste, contorna o osso do nariz e irradia feixes dourados da borda superior. A coroa de um deus-sol.

– A minha máscara não tem nada a provar – retruca ela. – Ela confia no próprio corpo e joga segundo as próprias regras. Mesma coisa a dela – acrescenta Madeleine quando Nicky se junta a eles.

– Bom, bem-vindas à *fête*. É da Maddy esse vestido? – pergunta ele, olhando para a roupa de Nicky.

Madeleine suspira.

– É, pai. De quando eu pesava 40 quilos a menos e era 30 centímetros mais baixa. – Ela arrebata duas taças de champanhe de um garçom que está passando e entrega uma para Nicky. – Cadê nossa anfitriã? E cadê o Freddy?

Não podemos esquecer Freddy, o importunador de esposas.

O pai dela puxa o relógio do bolso do colete ao mesmo tempo que uma garçonete oferece aperitivos.

– Não vi o Fred. Talvez… ora, obrigado… talvez eu vá atrás de Diana daqui a pouco. Este terno está mais apertado que uma armadilha de dedo chinesa – diz ele, com um dedo imprensado entre o colarinho e pescoço.

Seu pai está com uma cara saudável, pensa Madeleine enquanto mastiga uma tâmara enrolada em bacon: a pele tingida de um rosa-claro e os cabelos se projetando para trás da testa numa onda enorme. (Será que ele vai precisar cortar o cabelo antes do fim?) O terno é de linho, cinza-claro. Está de meias, mas sem sapatos.

– Não consegui achar as porcarias das minhas abotoaduras. Aquelas em formato de gotinhas de sangue. Você as viu por aí?

– Não – responde Nicky, obediente.

Madeleine corre os olhos pelo salão.

– Alguém interessante?

Noventa convidados já chegaram, e mais duzentos ainda devem chegar. E um bastante inesperado.

Sebastian inclina a cabeça.

– Interessante como?

– Tipo... alguém novo.

Ele mastiga a comida.

– A Srta. Hunter é nova. A Srta. Hunter é interessante.

Madeleine olha para Nicky, que não parece saber muito bem como parecer interessante comendo um minicheesebúrguer.

– Está esperando alguém, filha minha?

Mas, de repente, o relógio de bolso lhe escapa dos dedos e fica pendurado abaixo do quadril, girando como um homem empurrado de um cadafalso. Sebastian está encarando fixamente alguma coisa. Madeleine e Nicky se viram ao mesmo tempo.

Do outro lado do lago de mármore, no alto da escada e abaixo do retrato de família, encontra-se uma mulher em um vestido vermelho-alaranjado tão vibrante que ofusca as luzes mais atrás e eclipsa o quadro entre eles. A mulher pressiona as mãos nos quadris e então, com todo o cuidado, como se não estivesse acostumada a se mover dessa forma, começa a descer a escada, a barra do vestido ondulando e os cabelos soltos ao redor dos ombros.

Corpos atravessam o campo de visão de Madeleine como se fossem peixes tropicais; em meio à correnteza, ela acompanha Diana escada abaixo. E quando ela enfim pisa no chão de mármore, uma quietude toma conta do recinto.

Sua madrasta é uma mulher linda. Uma mulher linda que também está de vermelho. Madeleine se pergunta se deveria mudar de roupa ou apenas se esconder.

Diana então se aproxima, cintilando sem máscara entre os convidados até por fim chegar ao lado deles. Parece atordoada.

– Você está deslumbrante, querida esposa – diz o marido. – Incomparável. Desmascarada.

Diana leva as mãos às faces.

– Esqueci lá em cima – responde ela, aflita.

– Por que esconder um rosto assim? – pergunta Sebastian.

Madeleine desvia o olhar. Quem vai vir visitar a casa nessa noite, passar em frente à porta do seu quarto? Os pais de seus antigos amigos? ("Coitada da Madeleine... acho que a vida dela não deu muito certo.") Os próprios amigos? ("Fala pra ela que ela tá linda. Eu *sei,* mas fala.") Desconhecidos? ("Ah... olha a filha ali. Mora na casa do pai. Deve ser lésbica."). É de se pensar que todos dirão quase a mesma coisa no funeral daqui a alguns meses.

A gente se vê hoje à noite. Será que ela vai reconhecê-lo? Será que alguém vai? O que será que ele quer? E... nesse ponto, Madeleine estaca, com os olhos arregalados: o que será que o *pai* dela vai fazer se Cole aparecer?

– Tá tudo bem? – indaga Nicky.

Madeleine fica grata; em seguida fica com raiva. E então vê a tia vindo na sua direção, com um vestido preto e joias de prata.

Madeleine esvazia o champanhe e seca a boca com a mão.

– Será que estão servindo cerveja? – indaga a ninguém em especial e mergulha na multidão antes que a tia consiga alcançá-los.

44.

Nicky vê Madeleine fugir.

– Pra *onde* será que essa menina está correndo? – diz Simone, bem alto.
– Ah… e Nicky ainda está aqui – emenda ela, como se Nicky fosse uma
mancha que não quer sair.

– Eu acho a casa mais interessante com ela dentro. – Sebastian se vira
para a esposa. – Você não, minha noiva?

Diana aquiesce sem convicção enquanto afasta os cabelos dos olhos.

– Enviaram a máscara errada. – Simone exibe um olhar zangado. – En-
comendei uma bem colorida, uma *Thalia*… a musa da comédia, sabem,
aquela máscara sorridente. Estão me entendendo? Não queria que o *corpo*
chamasse mais atenção que o *rosto*. Só que me mandaram uma *Medusa*
cor de alabastro. Uma mulher branca horrenda *aos gritos*, com uma orgia
de cobras serpenteando na cabeça. Com a máscara, eu pareço uma louca,
mas sem ela, assim só de preto, pareço uma viúva. Uma viúva *necessitada*.
Entenderam?

– Sei – responde Nicky, já que ninguém mais se manifesta.

– Roubei algumas *relíquias* cintilantes de um dos quartos de hóspedes. –
Ela remexe os dedos com as mãos suspensas acima do colo, das orelhas. – E
do quarto da Madeleine. Feito uma larápia. É por isso que ela está chatea-
da? Roubei um pouco de perfume também. Um negócio chamado French
Lover. Aliás, falando nisso: o que aconteceu com Jean-Luc?

Quem é esse?, Nicky se pergunta.

– Quem é esse? – pergunta Sebastian.

– Jean-Luc. O arquiteto.

– O francês, lembra? – Freddy se materializou atrás da mãe como um
viajante no tempo vindo de uma hora à frente: olhar vidrado, redes escuras
penduradas sob os olhos. Deve ter tido um dia longo, supõe Nicky. Ou um
fim de semana longo, até. – Toca guitarra numa banda. Pratica kitesurf.
Não é isso, Simone?

– Ele é vegetari… deixa pra lá. O que a Madeleine tem hoje? Por que ela
estava chorando?

Chorando?, Nicky se pergunta.

– Chorando? – pergunta Sebastian.

– Eu a vi pela janela do banheiro dela não faz nem meia hora. Andando por aquele labirinto inútil, bebendo, fumando e fungando. Espero que essa não seja a *sua* ideia de uma noite de segunda-feira normal, Frederick.

– Não, o labirinto do meu jardim está em obras.

Os olhos de Sebastian percorrem o salão.

– Deixem Madeleine comigo. – Ele se vira para a esposa. – E você... você está mesmo um estouro, querida.

Diana olha para o relógio de chão do outro lado do hall, a presidir o quarteto de cordas como um sisudo maestro.

– Ah, tudo – responde ela, tensa, quando Freddy lhe pergunta se está tudo bem, mas então, inclinando para trás o belo pescoço, murmura no ouvido do marido: – Sebastian...

O nome dele ecoa atrás de Nicky, depois de um lado, depois do outro: desconhecidos jorram da porta da frente numa enxurrada, todos fluindo na direção do anfitrião.

Simone informa depressa a família.

– O marido dela morreu esmagado por uma máquina de venda automática num puteiro na *véspera do Natal*, então, seja lá o que façam, não mencionem nem Natal, nem máquinas de venda automática, nem puteiros... bom, eu diria que tem muitas outras coisas sobre as quais vocês poderiam falar, Frederick... e aquela ali é Pam Dolara: todo mundo gosta dela, o que parece meio suspeito...

Diana não para de cutucar o ombro do marido.

– Sebastian...

– Querida, não quer ciceronear um pouco a nossa Nicky? Pode ser que tenha algum bom material no meio desse pessoal. Olha só pra eles! A loucura das multidões.

E enquanto os recém-chegados se aglomeram ao redor de Sebastian, grudando nele até transformá-lo num ímã emplumado com aparas de ferro, ele percebe Nicky olhando e pisca o olho para ela.

Ela sente que uma cortina está se erguendo. Senhoras e senhores, queiram ocupar seus lugares. O Segundo Ato está prestes a começar.

45.

MADELEINE SE POSICIONOU JUNTO ao quarteto de cordas com uma garrafa de Hoegaarden estrangulada em cada mão; o forte barulho ali deveria desencorajar qualquer um que viesse cumprimentá-la. Por trás da máscara, ela observa com um olhar zangado os convidados se derramando em ondas da distante porta principal, olha com raiva para os funcionários do bufê que se aproximam dela com tira-gostos, encara furiosa a madrasta capaz de fazer o tempo parar pelo simples fato de descer deslizando uma escada.

Eis que vem caminhando na direção dela, calçado com mocassins com borlas, um homem que mais parece um golden retriever, loiro, desgrenhado e visivelmente ansioso para agradar; anos antes, toda vez que os dois iam para a cama, ela precisava resistir ao impulso de dizer um "muito bem" para ele.

– Já está na hora da cerveja? – pergunta Benjamin Bentley II. Ela oferece a bochecha, principalmente para manter a boca dele ocupada. – Como vai o coroa?

– Ah, você conhece o coroa... ele é osso duro de roer.

– É de família. – Ele dá uma risadinha. – Vivo dizendo para a Biss que Maddy Trapp deveria vir com um manual de instruções.

– Como se você fosse capaz de ler sem ter que olhar as figuras – retruca ela. Ele dá outra risadinha.

Enquanto Ben a atualiza em relação à sua vida de casado, Madeleine retoma a vigilância, vasculhando a multidão animada como uma observadora de baleias num convés. Talvez Cole não seja mais loiro. Talvez ele tenha encorpado, ficado mais alto; talvez tenha até tomado o tal hormônio de crescimento. Ela morde o lábio.

Ben retira uma das garrafas da mão dela e toma um gole ao mesmo tempo que pousa a mão no ombro de Madeleine num gesto fraternal.

– Mad, você precisa de um homem.

– Tem sempre uma primeira v... – Ela então vê, movendo-se na direção dela, exatamente o que ele acaba de dizer: um homem, anguloso, de pele clara, não muito alto, com uma máscara do Zorro e os cabelos despenteados.

Cabelos loiro-escuros despenteados. Com Watson aninhada nos braços.

Madeleine dá um passo à frente.

De repente, Freddy, o importunador de madrastas, irrompe da multidão.

– Meu amigo aqui salvou o cachorro da morte certa! – diz ele com a voz aguda e uma expressão desvairada.

O desconhecido sorri.

– Encontrei ela perseguindo uma almôndega no chão. – Um sotaque inglês bem marcado. – Já recolhi coisa pior em festas.

Freddy faz as apresentações enquanto Madeleine examina Jonathan Grant, o íngreme despenhadeiro da testa dele, a curva dos lábios. Os olhos azul-claros.

– Você é britânico? – pergunta ela.

– É minha maldição – responde ele enquanto dá um gole no champanhe.

– E o que veio fa... ah, pode pôr ela no chão.

– Sério? Parece perigoso aqui.

– Nesse caso, ela vai morrer fazendo o que ama. O que veio fazer em São Francisco?

É Freddy quem responde por ele.

– Ele veio pra cá tem uns dois meses pra se encontrar.

– Comer, rezar, amar – concorda Jonathan.

– Você é meio jovem pra uma crise de meia-idade. – Madeleine abre um sorriso tenso para ele. – Deve ter menos de 35, não?

– Então, cadê a Nicky? – pergunta Freddy, batendo uma palma. – Ela tá namorando o Jonathan, sabia?

– De jeito nenhum – resmunga Jonathan.

– Você levou ela pra *velejar...*

Madeleine franze o cenho. *Para ter levado Nicky para velejar, você teve que reparar nela primeiro*, pensa.

– ... então não vai se importar em ficar batendo papo com a minha prima atraente enquanto eu mostro pra sua não namorada o que ela tá perdendo?

Ele sorri, Jonathan enrubesce, Ben toma um grande gole de cerveja e Madeleine pensa que o sotaque seria de fato um toque arrojado.

Enquanto Diana a conduz pelo hall, Nicky ouve as palavras sibilarem pelo ar feito flechas, sentindo-as estremecer atrás de si.

Desconhecida.

Histórias.

Morrendo.

– Você viu alguma borboleta por aí?

Diana está com o rosto virado para ela, a pele logo abaixo dos belos olhos um pouco escura.

– Bom… várias – responde Nicky. – Na escrivaninha do Sebastian, no papel de parede do…

– Borboletas dentro de caixas. Freddy achou uma caixa em frente à porta da frente, e dentro dela tinha uma coisa vermelha, uma… – Nicky observa a frase se afastar flutuando. Diana não está em seu estado normal.

– Uma borboleta? – sugere.

– Com *Cherchez la femme* escrito nas asas.

Um arrepio sobe devagar pela espinha de Nicky e a segura pelos ombros. Diana morde o lábio.

– O Sebastian disse que é uma brincadeira.

Escritor.

Sótão.

Desapareceram.

Uma taça de champanhe aparece na mão de Diana.

– Está descobrindo muita coisa sobre Sebastian Trapp? – pergunta ela.

– Com certeza. Ele é um sujeito e tanto.

Diana assente como se Nicky ainda não tivesse dado a resposta certa.

– E as histórias dele são… bom, são iguais aos livros dele. Muito interessantes. Cheias de surpresas.

– Acho que ele continua a surpreender.

A multidão se move, e Nicky e Diana se movimentam junto, o que de repente faz a boca de Diana ir parar junto da orelha de Nicky.

– Eu te disse que não conseguia imaginar ele cometendo uma violência com outra pessoa. Lembra? Disse isso logo antes de assistirmos àquela partida de futebol. Bom, eu assisti a muita coisa desde então, e achei violento. Não teve hematomas nem sangue, mas mesmo assim foi brutal.

Diana então dá um passo para trás; Nicky nota que ela falou demais.

– Vamos encontrar alguém com quem você possa conversar – diz Diana, esgueirando-se por uma abertura na multidão.

Viúvo.

Esposa.

Assassinato.

Rostinho de boneca!

Isso dito por um homem com uma máscara de kabuki com um olhar furioso que acaba de cravar a mão no ombro de Nicky.

– Vi você no Baron semana passada, não? Você não é a mocinha que está escrevendo...

– Sou. – Ela vasculha a multidão, capta um cintilar vermelho como uma joia.

– Que missão perigosa! Olha, eu tenho uma *informação*...

Uma bandeja de copos se espatifa no chão; uma onda de convidados irrompe pela porta. Quando Nicky torna a olhar na mesma direção, Diana já foi carregada para longe.

Madeleine está interrogando casualmente Jonathan Grant.

Domicílio anterior?

– Londres.

Domicílio atual?

– Dolores Park.

Profissão?

– No momento, nenhuma.

Profissão anterior?

– Trabalhei com finanças.

Ligações com São Francisco?

– Nenhuma. ("Ah... você tem a *mim*, parceiro", diz Freddy, que então se afasta.)

Vida em família?

– Sou filho único. – Será que ele está se remexendo de nervoso?

Filme preferido?

– *A mulher oculta.* – Ele abre um sorriso brando.

– ... E como você conhece a Nicky?

– A gente se viu uma vez. Na casa do Fred. E foi velejar na baía no fim de semana. Você veleja?

– Costumava velejar. De onde você é?

– De Lyme Regis. Fica no litoral de Dorset. Mas consegui perder meu sotaque do oeste.

– Minha mãe era de Dorset – diz Madeleine.

– Não me diga! – Ele abre um sorriso largo.

– Estão se conhecendo, vocês dois? – Quem pergunta é Ben, num tom levemente malicioso.

– Bom, a Madeleine está *me* conhecendo – responde Jonathan num tom agradável, ajeitando a própria máscara.

– Me dá seu telefone – diz ela sem pensar.

– Calma, garota! – exclama Ben.

– Não, quer dizer… eu queria… – *Queria saber mais.* – Vou dar uma festa pro Freddy mês que vem. – É a última coisa que ela faria no presente momento.

– O quê? O aniversário dele é em maio, igual ao meu.

– Cala a boca, Ben. Não é ani… vou convidar os amigos dele. Você não está convidado.

– Se você vai convidar os amigos do Fred – diz Jonathan, digitando o próprio número.

Uma ninfa adentra a roda, rodopiando, a pele rosa e dourada contrastando com um vestido verde. Madeleine se sente simplesmente uma baleia.

– Duas vezes na mesma semana! – exclama Bissie, dando para Jonathan um aceno de "prazer em não te conhecer" ao mesmo tempo que ele pede licença e sai. – Madeleine, você é uma anfitriã sensacional. – Ela ergue o copo.

O celular de Madeleine vibra.

– A Madeleine – diz Bissie.

– A Madeleine – diz Ben.

Madeleine abre um sorriso amarelo, toma um gole da Hoegaarden. Olha para o celular.

Não precisa ficar tão nervosa.

E não me procura.

Quando o vidro se estilhaça no chão, a música silencia, e por alguns segundos ela só consegue escutar a espuma que havia no fundo da garrafa silvando e estourando em meio aos cacos.

TODO MUNDO ACHA QUE ELE matou os dois.

Na colmeia enfurecida do hall, em meio às borboletas espalhadas pelas paredes da sala de estar, junto ao labirinto de sebes do lado de fora: para onde quer que Nicky se deixe levar, coletando histórias, os convidados de Sebastian Trapp pronunciam o mesmo veredito.

Três cavalheiros engomados recordam seus infortúnios no retiro florestal do Baron, a noite em que um ex-senador disparou uma flecha no ombro dele; o fim de semana em que cuidou de um filhote de cervo doente, embora "a maioria de nós quisesse comê-lo", antes de acrescentarem:

– É claro que o Estraga-Prazeres tem o pavio curto, como todos sabemos.

(O que eles querem dizer com isso? "Ora, nada!")

Um bibliotecário nonagenário, calvo como um dente-de-leão:

– Mesmo que tenha se livrado daquela esposa enxerida, tenho certeza de que ele teve os motivos dele – diz a Nicky. – Não, não sei *quais* motivos foram, só tenho certeza de que algum ele teve.

Um compositor de música clássica:

– O que me incomoda no Trapp, é essa a pergunta? – Nicky não havia perguntado isso. – Não são os assassinatos que ele cometeu, são as porcarias das citações que ele faz! Ah, ele dá as fontes. Mas não quero saber o que Sherlock Holmes pensava! Quero saber o que *Sebastian Trapp* pensa!

– Uma citação para tudo economiza o pensamento original – observa Nicky.

– Muito bem observado!

– Foi Dorothy Sayer quem disse isso. O que o senhor estava dizendo sobre os assassinatos?

Uma psicóloga de animais de estimação relembra como, na festa de ano-novo de 1999, Sebastian parecia nervoso:

– Vai ver ele estava se planejando para depois – divaga ela. – Ele, bem, disse alguma coisa pra você? Sobre ter matado alguém? Não deixe de me avisar se disser.

Um arquiteto português dá um muxoxo.

– Quanta fofoca. Tem um ditado que diz: a indignação moral é a inveja glorificada. – Ele toma um gole de champanhe. – E, pelo que entendi, ele não está nada bem, não é?

Nicky se vira para admirar o deus-sol Sebastian, heliocêntrico, com um universo inteiro de satélites rodopiando em volta.

– Não está – responde ela. – O que foi que o senhor disse? A indignação moral...

– ... é a inveja glorificada, isso. Mas, enfim, é óbvio que ele matou os dois.

NA COZINHA: UM BARULHO DE TRAVESSAS, torneiras jorrando água. Madeleine despeja cacos de vidro na lixeira de recicláveis. Os funcionários do bufê a ignoram.

Ela se deixa afundar no banco sob a janela. Olha através da tela para o labirinto iluminado pela luz da lua, para as folhas cor de prata, para o relógio sem sol.

Agora que ele está ali, debaixo daquele teto, entre aquelas paredes, Madeleine de repente se vê cautelosa em relação a Cole, como se ele houvesse invocado um gênio do mal com poderes desconhecidos. Ele poderia estar em qualquer lugar, esse fantasma de um fantasma. Poderia ser qualquer um.

Ela diz em voz alta o nome de Jonathan, sente seu gosto, movimenta-o dentro da boca como se fosse vinho. Quem pode dizer quanto Cole poderia ter se transformado? Na última vez em que o viu, a puberdade ainda não tinha sequer salpicado o rosto dele de espinhas nem feito crescer penugem no queixo ou nas pernas. Além do mais, por que ele deveria confiar apenas no tempo para se camuflar? Poderia ter tingido os cabelos, deixado a barba crescer...

– ... uma moça ali falando sozinha. – Um dos garçons está achando graça.

Madeleine, nem tanto: ela é agora uma mulher numa janela articulando perguntas silenciosas, uma moça ali falando sozinha.

A NOITE VAI GIRANDO COMO SE FOSSE UMA ROLETA. Nicky se vê em sucessivas conversas com graus de sorte variados. Em determinado momento, percebe que Madeleine desapareceu de seu posto perto dos instrumentos de corda; de tempos em tempos, Diana atravessa o hall para ir pegar outra bebida no bar. E, no centro do recinto, Sebastian parece uma garrafa de champanhe que alguém acabou de estourar, espumante, borbulhante e transbordante.

Bem na hora que o relógio bate dez da noite, dois dedos tamborilam no ombro de Nicky. Ela se vira e se depara com Lionel Lightfoot, cujo traseiro se projeta para o meio da multidão com tal proeminência que os outros convidados são obrigados a se desviar para contorná-lo.

– Boa noi... é, olá... boa noite, Srta. Hunter. – Lionel afasta o corpo volumoso para um dos lados. – Gostaria de lhe *apresentar* uma pessoa. Um sujeito realmente *interessante*. Uma espécie de *colega*. Onde ele foi...

– Sr. Lightfoot! – Um rapaz loiro e magérrimo se aproxima com um braço erguido e um copo de martíni equilibrado entre os dedos. – Sr. Lightfoot! – Ele avança a duras penas.

Quando Simone esbarra nele ao passar, o copo se esvazia sobre a cabeça dele, uma minúscula cascata, e a azeitona espetada no palito acaba despencando pela borda feito uma jangada condenada ao naufrágio. Lionel estende a mão carnuda para cumprimentar Simone, mas ela a descarta com um aceno.

– Simone, minha *cara*, seus convidados não são *flores* – diz Lionel. – Não precisa *regá-los*.

– *Como se atre...*

– *Diana* me convidou... eu e meu *amigo* aqui, que agora está torcendo o cabelo *encharcado* de gim. Um sujeito *realmente* interessante...

Eles ficam batendo boca em itálico enquanto Nicky pede licença, lança um sorriso de empatia para o sujeito realmente interessante – nariz afilado, olhos argutos – e avança decidida, passando ao lado de Sebastian ("Ele me falou: 'Diga um lugar, e eu ambiento nele uma cena de amor sensual: masmorra, abatedouro, o que seja', então eu respondi: 'Rede de corda'") e por cima de Watson até finalmente sair do meio do tumulto, se colar a uma das laterais da escada e suspirar.

– SRTA. TRAPP?

Um rapaz de terno elegante dá um passo e se posta bem na frente de Madeleine quando ela está se aproximando do bar.

– Timbo Martinez. Queria lhe agradecer por ter me convidado hoje.

O tal Martinez é branco feito o Gasparzinho e tem cabelos loiros da cor do sol, um rosto todo anguloso, uma bochecha marcada de leve por cicatrizes de espinhas. Olhos sérios. Por algum motivo, os cabelos e a gola da roupa dele estão molhados.

– Você deve estar procurando a minha tia – responde ela. – A Sra. Trapp. Ou talvez a minha madrasta. Também Sra. Trapp.

– Ah, eu já agradeci à sua madrasta. E a sua tia derramou um drinque em mim. Mas esta casa é sua também, não?

Os olhos sérios se deslocam alternadamente de um lado para o outro enquanto ele fala. Madeleine tem a sensação de estar sendo vigiada.

Ele então olha para trás dela. Ela se vira. E lá está ela, a também Sra. Trapp, irradiando uma intensa luz no centro do recinto, escutando educadamente a profusão tagarela de velhos amigos – amigos de Sebastian e Hope, não dela – e recém-chegados escolhidos a dedo por Simone. E Madeleine se dá conta, com uma fisgada de pena, que Diana continua sendo uma estranha ali: uma cópia que adentra a própria festa sob o olhar da original, uma visitante que se esconde dentro da própria casa. Não é de se espantar que esteja planejando ir embora.

– Eu li todos os livros do seu pai – diz Timbo Martinez sem animação, apenas como uma informação que está compartilhando. – Na verdade, estou ajudando o Sr. Lightfoot com o livro novo *dele*.

– Lionel está escrevendo um livro novo?

– É um mistério.

– Por que é um mistério? – A voz de Madeleine soa gélida. – Está ou não está?

– É um *romance* de mistério – esclarece Timbo Martinez. – Não sabia?

– E a minha madrasta convidou Lionel?

De repente, Watson surge de baixo do bar, jogando hóquei com um cubo de gelo. Madeleine passa pelo convidado, agarra uma cerveja pelo gargalo e sai pisando firme no meio da multidão.

Nicky não está bêbada, mas tampouco está inteiramente sóbria. Cores passam num carrossel, verde-água e absinto, guinchos e rugidos estouram como balões num parque de diversões; o suor deve estar pingando dos arcos da orquestra, luzes brilham bem alto lá em cima, e, no centro do espetáculo, ela vê Diana oscilando, cintilante e tremeluzente como uma chama.

Está erguendo o copo até a boca quando a mão de alguém agarra a sua, fazendo os dedos doerem um pouco, tamanha a força com que os aperta. Nicky baixa os olhos para dez dedos entrelaçados.

– Quem será o próximo a morrer? – troveja uma voz, e ela ergue os olhos para encarar a pessoa que está segurando sua mão, os dentes expostos numa gargalhada. O chão se inclina sob seus pés.

– É isso que *impele* o leitor! É isso que o *captura*. Ah, ele quer saber quem matou, claro; fica louco para descobrir a solução. E se o nosso leitor tiver pouca imaginação, ele pode reduzir o livro a uma… como se diz mesmo? Prova de fogo. As regras do gladiador: polegar para cima, polegar para baixo. "O fim me surpreendeu? Se sim, então declaro as várias centenas de páginas precedentes um sucesso. Se não, perdi meu tempo e dinheiro."

Quando ele aperta a mão de Nicky, ela sente a aliança de casamento roçar em seu dedo.

– Só que se trata de um livro, não de uma caixinha de surpresas! Por acaso essas pessoas só trepam para ter um orgasmo?

A música então muda de tom…

… e o chão então torna a se inclinar…

… e a multidão desliza pelo salão.

Corpos se aproximam, carne e tecido, fazendo chacoalhar as pernas e os braços de Nicky. Ela tenta desvencilhar os dedos dos dele, mas então...

– Quem será o próximo a morrer? – troveja Sebastian. – Assim como a morte persegue o elenco... ela persegue também a nós, mesmo quando estamos deitados em nossa cama, de pijama, lendo! O telhado pode desabar. Pode ter um vazamento de monóxido de carbono no andar de cima. Nunca se sabe quando o coração vai falhar. Ou pode ser que o seu inimigo ataque *hoje* e enfie uma bala na sua cabeça, uma faca no seu peito!

Nicky tenta manter a calma, levanta sua taça de champanhe, mas a turba continua a vir e a empurrá-la para junto dele, cuja voz ribomba em seu ouvido. Por uma brecha na multidão, ela vê Jonathan perto da escada.

– Quem será o próximo a morrer? *Qualquer um*. Poderia ser *qualquer um*. Mas, quando você vira essa última página, o jogo não está mais em andamento: ele acabou. Para *eles*... não para você. Vocês não dividem mais um mesmo dilema, não temem mais um inimigo comum. O *seu* mistério perdura. A *sua* morte aguarda.

O suor escorre por baixo do vestido de Nicky como lençóis freáticos. Ela mais uma vez vê Jonathan, de relance; ele faz a mímica de quem aplaude.

– Assim, quando você descobre *quem foi*, já está sozinho outra vez. Ninguém para encarar a morte ao seu lado, nem para enganá-la. Você disse adeus.

Ela ergue os olhos para Sebastian; o reflexo das luzes nos olhos dele parecem estrelas piscando. Ela fecha os dela com força.

– Pois, como nos lembra Chandler: "Dizer adeus é morrer um pouco."

– A morrer um pouco! – grita alguém, e quando Nicky se atreve a olhar, vê um bando de espectadores com os copos erguidos, fitando com fervor o anfitrião.

Eles repetem o brinde como um coro mal treinado, em ritmos diferentes, e então tentam outra vez, e as palavras rodopiam ao redor de Nicky como numa câmara de ecos.

A morrer um pouco!

A morrer um pouco!

A morrer...!

... morrer um pouco!

Morrer!

Madeleine consegue remar até sair do hall, atravessa a sala surfando a onda de convidados e chega à terra firme no terraço. Diana está parada junto ao labirinto de sebes com uma taça de champanhe pendurada numa das mãos. A névoa do início da noite suaviza os contornos dela.

– Lionel Lightfoot está na festa – anuncia Madeleine para as costas nuas da madrasta.

– Eu o convidei. O que passou, passou, e coisa e tal. O acompanhante dele parece simpático. Você se sente segura, Madeleine? Nesta casa?

Diana se vira. A voz não é sua voz normal, pensa Madeleine: soa lenta, cautelosa. Ela também não está com o aspecto de sempre: é a roupa, claro, mas também as olheiras escuras e o vinco entre as sobrancelhas. Ela nem sequer tem o *cheiro* habitual: não há indício algum daquele perfume não identificado.

– É claro que me sinto segura. Não deveria?

Diana contorna a borda da taça com a ponta de um dedo.

– Ei, vocês! – A voz de Simone colide contra as costas de Madeleine. – Pirâmide de champanhe!

Diana assente, sorri, detém-se junto ao ombro de Madeleine.

– Em algum momento mais tarde quero falar com você sobre o seu pai.

Ela se afasta. Quando Madeleine torna a se virar para as portas envidraçadas, a tia já desapareceu, Diana desapareceu e os convidados também, e tudo que resta é a névoa rastejando por cima das pedras do chão.

Nicky consegue enfim se desvencilhar de Sebastian e abre caminho na multidão até Jonathan interceptá-la perto da escada, brandindo os dedos como um mágico.

– *Abraca*putz – diz ele ao mesmo tempo que algo prateado cai no chão. Ele se abaixa, volta a se levantar, a chave numa das mãos. – Tcharam! – Pressiona a chave na mão dela. – Estava com medo de chegar aqui hoje e te encontrar caída em frente à porta da frente, trancada do lado de fora e morta de fome.

– Obrigada – responde ela. – Vou levar lá pra cima antes de perdê-la outra vez.

Meia dúzia de passos escada acima, ela se vira e dá de cara com Jonathan dois passos atrás.

– Tudo bem se eu subir com você? Ninguém tá olhando – emenda ele, batendo com os dedos no próprio crânio. – Tenho olhos atrás da cabeça.

– Parece bem sério. Você deveria consultar um especialista.

– Vou provar. – Ele fecha as pálpebras com força. – Estou vendo... gente branca.

– Impressionante.

Ele sobe mais um degrau, e Nicky segue em frente. Ela fica pensando se a mão dele está suspensa perto da base das suas costas.

No patamar da escada, o ar está mais fresco; as cores, mais suaves. Quatro rostos emoldurados observam a multidão reunida, todos tomando chá de cadeira na própria casa. Nicky olha para trás e vê Jonathan olhando atrás dela enquanto esfrega o maxilar com a mão. Ele parece um turista numa galeria, inspecionando um quadro famoso que até então só tivesse visto em uma reprodução.

– Então temos aqui o seu chefe e... Madeleine, era isso?

– Era. É.

– E temos também a mãe, a esposa.

Nicky não diz nada; o patamar da escada vai ficando mais silencioso a cada Trapp nomeado por Jonathan, e a festa mais apagada.

– E este aqui... – Os dedos dele se afastam do queixo e assumem a forma de uma arma com o cano apontado para Cole. – Este aqui é o menino que desapareceu.

Ela assente.

Jonathan ergue as sobrancelhas e sorri.

– Bonitinho, o garoto.

46.

– Eu teria feito qualquer coisa pra ter um quarto assim quando era pequeno.

Jonathan está admirando as vigas, o telhado, o museu, enquanto Nicky coloca a chave na escrivaninha.

– Alguém aqui era muito fã de taxidermia.

Ele tira a máscara, arregaça a calça e se agacha diante da fileira de buldogues empalhados.

– Você não se importa de dormir com esses carinhas?

– Eles não mordem.

– Imagino que não. Watson IV – diz ele, passando com delicadeza o polegar pela coleira de um roliço cadáver preto retinto. – De 1993 a 2002.

Nicky se aproxima, fica parada em pé. Como ele não se levanta, ela puxa a barra do vestido e se abaixa.

– Ele deve ter sido o último cachorro da família. Não é? – indaga Jonathan. – Fico pensando o que ele achou da história toda. O que ele *testemunhou*, até. – Ele afaga o crânio saliente. – Fico pensando se foi a *Simone* quem deu fim nele.

– Como assim?

Ele se vira para ela devagar, fazendo os sapatos guincharem contra as tábuas do piso; seu rosto então relaxa e ele sorri.

– Só tô brincando. – Ele está quicando de leve na ponta dos pés. – Watson… a Watson de hoje em dia, a Watson ocupante atual do trono, fez uma garçonete tropeçar quando estava correndo atrás de um ovo recheado lá embaixo. Num piscar de olhos, Simone apareceu. "Vou assassinar esse bicho", disse ela, com as narinas fumegando. "Vou assassinar esse bicho sorrindo."

Ele imita Simone com uma voz surpreendentemente parecida com a dela, subindo de registro sem esforço, as robustas vogais se derramando da língua.

– E perguntei pro Fred se a mãe dele poderia de fato ser capaz de cometer um homicídio. E ele respondeu: "Cara, a minha mãe é capaz de cometer genocídio."

Ele usou um sotaque californiano dessa vez, lento e descontraído, e tão parecido com o jeito de falar do amigo que Nicky meio que se pergunta se foi Freddy quem pronunciou as palavras como um ventríloquo, escondido em algum canto do sótão.

Jonathan sorri.

– Eu tenho um talento pra vozes. Foi bem útil nas peças de teatro da escola. – Ele chega mais perto.

O sangue acelera sob a pele de Nicky, na teia de suas veias. *Está acontecendo uma coisa empougante!!*

– Você consegue ser eu? – pergunta ela.

Os lábios dele encostam nos dela. O beijo é decidido, mas muito suave.

– Eu consigo ser qualquer um – sussurra ele, e torna a beijá-la.

Ela gosta dele por isso. Ele segura seu ombro. Ela pressiona a mão no peito dele até encontrar as batidas do coração.

Ficam os dois ali, ajoelhados em silêncio diante dos espólios de vários séculos e de incontáveis viagens.

Os rostos se afastam, mas permanecem próximos, como num campo magnético.

– É melhor a gente descer – diz ela de olhos fechados, os lábios roçando nos dele.

Então o sente sorrir. Ele se levanta e a puxa para trás de si.

– Olha só pra gente, escandalizando esses cachorros todos e um moleque muito feio.

– É do meu colega de quarto que você está falando. – Nicky sente um estranho impulso protetor em relação a *Uma criança.*

– Será que eles deram pela nossa falta? – pergunta Jonathan enquanto ajeita o nó da gravata. – Estou com medo de alguém reparar que você me desonrou.

– Quisera você ter essa sorte.

Ele sorri de novo e a segue até a porta.

47.

– O COSTUME É OS HOMENS DESCEREM A ESCADA na frente das mulheres, sabia? – diz Jonathan na escuridão da escada. – Porque, se uma mulher tropeçar na escada, ela só vai esbarrar num cara grande e forte, mas se *ele* cair por cima *dela*, é morte certa.

– Você está prestes a cair por cima de mim?

– Não de *propósito*, digo.

A luz se curva perto do patamar da escada. Quando eles chegam ao segundo andar, ele estala os dedos.

– Você me falou sobre uma biblioteca. No mar… lembra?

– Hum – responde ela, sem se lembrar.

– Posso ver?

O barulho cambaleia escada acima e se projeta na direção deles: risos, gritos agudos, cordas prolongadas.

– A não ser que você esteja ansiosa pra voltar pra festa – acrescenta Jonathan.

Nicky segura a mão dele, a aperta e se esgueira com ele pelo corredor de trás, passando em frente às janelas altas ("Aquilo ali é um *lago*?", pergunta ele. "Aquilo ali é um *labirinto*?") até que, em frente à porta da biblioteca, ela olha por cima do ombro e a empurra de leve para abri-la.

A luz diáfana da lua se derrama pela janela; a ponte está vestida de bruma. Na lareira, línguas compridas lambem a garganta da chaminé, tingindo de dourado a escrivaninha, a máquina de escrever e a silhueta sentada na cadeira.

Nicky estaca.

– Quem é esse? – sussurra Jonathan.

Seja lá quem for, está curvado acima do mata-borrão, e as mãos se agitam logo abaixo da escrivaninha.

Eles se aproximam sem se fazer notar, mantendo-se colados às estantes. Os dedos de Nicky tocam lombada após lombada. Letras em douração cintilam no escuro.

A silhueta ergue um objeto até o olho: um cubo de vidro, uma caixinha de chamas à luz do fogo.

Nicky avança.

A silhueta encara o cubo.

Nicky chega mais perto.

A silhueta levanta a cabeça.

Nicky diz:

– Ai, meu Deus.

Pele branca lívida, nariz e maxilar bulbosos, as órbitas oculares bem afundadas na carne do rosto, dois chifres semelhantes a ganchos despontando da testa. Mas o mais horrendo é o sorriso cruel dos lábios grossos e vermelhos. "Um sorriso que devora vivo quem o vê", disse Simon St. John certa vez, com um arrepio. "Eu daria muita coisa para saber quem está por trás dele."

É Jack Pés-de-Mola, o arqui-inimigo de St. John. Ele foi a última visão de Laureline St. John; é o rosto que sorri para Nicky em seus pesadelos, e agora está olhando na cara dela.

Ela daria muita coisa para saber quem está por trás dele.

– Espera – sibila Jonathan.

Mas ela segue em frente, devagar, os saltos afundando no carpete, a boca seca, os olhos cravados em Jack. A luz da lareira ondula sobre o tampo de vidro da mesa. As teclas da Remington brilham como se fossem moedas. A cabeça de Jack se vira conforme ele acompanha o movimento dela, ao mesmo tempo que seus dedos massageiam o cubo de vidro.

Só então Nicky repara no Webley na outra mão dele, encarando-a.

Ela congela.

Jack continua olhando para ela sem piscar, os olhos largos e profundos como espelhos d'água enterrados na borracha.

Ela sente a pele se arrepiar debaixo das mangas do vestido.

– Isso não vai disparar – diz ela.

Ele engatilha o revólver.

Jonathan dá um passo à frente.

– Deixa disso, parceiro, esse negócio não vai disparar...

De repente, de modo abrupto, Jack se levanta da cadeira num pulo, empurra Jonathan para o lado com o ombro e tropeça no tapete. Jonathan se choca contra as estantes, mas Nicky estica a mão e seus dedos descem arranhando o braço de Jack enquanto os dois desabam juntos no chão. Ouve-se um estalo de costura arrebentada no ombro e a manga se solta da roupa, com revólver e tudo.

Ele aterrissa de lado e grunhe quando ela desaba por cima dele. Ela o agarra pelos pulsos, faz Jack rolar de costas e senta sobre a barriga dele com uma perna de cada lado. A sombra dela se espalha pelo corpo e rosto dele, mas o braço esquerdo nu, dobrado acima da cabeça, está branco sob a luz do fogo, e as letras diminutas acima do cotovelo estão nítidas como um texto escrito à máquina: EU JÁ DEVERIA TER EMBRULHADO ISSO PARA PRESENTE FAZ TEMPO.

Ela planta um joelho sobre o braço, agarra a máscara pegajosa e a arranca.

Sombras empoçadas nas bochechas, coaguladas nos pelos da barba por fazer: o rosto quase não lhe pertence. Nicky olha para Jonathan por cima do ombro.

Quando ela se vira de volta para Freddy, ele lhe dá um soco.

Ou melhor, acerta a lateral do rosto dela, e Nicky ouve o cubo de vidro na palma da mão dele bater na maçã de seu rosto. Ouve e sente. O braço dele se contorce feito uma cobra conforme ele se debate; provavelmente não era sua intenção bater nela, raciocina Nicky enquanto crava o punho esquerdo no olho dele. Polegar para fora, pulso reto, como aprendeu a fazer. O barulho do impacto é tão forte que ela quase se desculpa.

O cubo sai rolando pelo tapete… e duas mãos a seguram pelas axilas e a puxam de cima dele. São as mãos de Jonathan, e é o baixo-ventre de Jonathan que ela acerta ao projetar a cabeça para trás em protesto. A máscara dela sai voando.

Freddy conseguiu se levantar, cambaleando. Por um segundo, ele cruza o olhar com o de Nicky: à luz da lareira, desprovido de uma das mangas da roupa e com o colarinho salpicado de sangue, parece semimorto. E então, com os olhos arregalados, dá meia-volta e foge, e seu ombro nu esbarra no de Madeleine no vão da porta.

Quando Nicky corre até o corredor, ele já sumiu. Ela dispara até o patamar da escada, livrando-se de um sapato e em seguida do outro, e as conversas e o barulho das travessas vão ficando cada vez mais altos nos ouvidos dela até que, bem na hora em que chega ao alto da escada, escuta um floreio de violinos que parece anunciá-la.

Lá embaixo, no pé da escada, Freddy derrapa, faz uma curva abrupta, e – "Ai", faz Nicky entre os dentes – colide com a pirâmide de taças de champanhe.

Ela se rompe feito uma comporta.

Instrumentos de cordas desafinam. Um coro de arquejos se faz ouvir na multidão, agora tão imóvel quanto um friso, e é seguido pelo mesmo silêncio esmagador de um estádio, quebrado apenas pelos sapatos de Freddy arranhando o mármore enquanto ele segue desabalado em direção à cozinha.

Ele desaparece. Um babaca qualquer aplaude. Alguns outros se juntam a ele, e as conversas borbulham antes de voltar a ferver. O que foi isso? *Quem era aquele?*

Enquanto os funcionários do bufê dirigem a festa para longe dos cacos de vidro e a orquestra começa a tocar uma nova música, Nicky sente um olhar se cravar nela. Seus olhos percorrem o hall. O palco lá embaixo escurece de repente.

A não ser o exato centro do recinto, onde Sebastian Trapp está parado, reto como um farol, observando-a.

48.

JONATHAN ESTÁ ABAIXADO PERTO DA ESCRIVANINHA, com as mãos apoiadas nos joelhos, quando Nicky e Madeleine voltam.

– Sabia que você me deu uma cabeçada no saco? – reclama ele com um arquejo.

– Você me agarrou por trás. E eu não precisava ser resgatada.

– Eu estava resgatando o *Freddy*. Você deu um soco bem no meio da cara dele.

– Isso é aquele *revólver*? – Madeleine pega o Webley pelo cano estreito.

– A gente encontrou o Freddy ali – diz Jonathan. – Mexendo nas coisas do seu pai.

Madeleine marcha até a escrivaninha e coloca a arma com cuidado num canto do móvel. Nicky recolhe o cubo de vidro, a manga arrancada e, com um leve arrepio, a máscara de borracha de Jack.

– O que estou procurando aqui? – indaga Madeleine. – E você tá sangrando.

Nicky toca o próprio rosto; sente a umidade na ponta dos dedos.

Jonathan agita um lenço de bolso.

– Toma isso aqui. Meu Deus, meu saco.

Diana chega na porta, brilhando com intensidade, e vai depressa até Madeleine.

– O Freddy estava… – Ela olha para a gaveta aberta com o cenho franzido.

Simone então adentra a biblioteca, aos guinchos, enquanto Sebastian a ultrapassa com passos tão compridos e velozes que Nicky quase pode senti-lo fazendo o ar se deslocar para dentro da lareira, o retorno do senhor, as chamas saltando ansiosas como cães.

– Freddy estava sentado aqui, senhor. – Jonathan não se demora explicando como descobriram isso. – E quando a moça aqui se engalfinhou com ele, ele a golpeou com aquele troço. – Nicky resiste ao impulso de apresentar o machucado para Sebastian dar uma olhada; em vez disso, recoloca o cubo de vidro sobre o mata-borrão. – Então ela amassou a cara dele.

Provavelmente deve ser por causa da luz da lareira, mas quando Sebastian se vira para ela, Nicky detecta nos lábios dele o esboço de um sorriso.

– Ela luta boxe. Imagino que isso seja do Freddy – emenda ele, meneando a cabeça para a manga que ela está segurando. – E ali está o casaco dele, no encosto da cadeira. Ele deixou a porcaria de uma muda de roupa, esse Freddy. E...

Ele não termina a frase. Nicky acaba de lhe mostrar a máscara de Jack, com os lábios cruéis sorrindo para ele, as órbitas oculares vazias.

Simone guincha. Sebastian grunhe.

Os cinco se afastam feito pássaros quando ele vai até atrás da escrivaninha; tornam a se reunir em volta dele, sentindo o calor do fogo nas costas, enquanto ele examina o forro preto da gaveta de cima, vazia.

– Ele levou tudo – diz Simone, em tom choroso.

Sebastian dá um suspiro.

– Não tinha nada para levar. Com exceção daquele cubo. Me deem espaço, por favor. – Ele começa a abrir gavetas: envelopes, papéis de carta em branco... – A maioria fica destrancada, então das duas, uma: ou o jovem Frederick não se deu ao trabalho de olhar, ou então não conseguiu achar nada muito interessante. Olhem só, fita para máquina de escrever. Ele não precisa de fita para máquina de escrever?

Sebastian então estende a mão até o tampo da escrivaninha e a faz deslizar por cima das armas: frasco de veneno, candelabro... adaga.

– Eu deixo uma das gavetas trancada – acrescenta ele, inserindo a ponta da lâmina na última gaveta de baixo. – Estas fechaduras foram feitas especialmente para serem abertas por esta ada... pronto. Ótimo! Intactos. Testamento, testamento vital e outros documentos do tipo. – Ele dá uma piscadela para a esposa e a filha. – Vocês vão ter que esperar.

Nicky chega mais perto e consegue ver uma pilha de papel. Consegue dar uma olhada nas duas palavras datilografadas em preto na folha de cima.

Sebastian fecha a gaveta, apunhala a fechadura e gira.

– *O que* o jovem Fred estava procurando?

Ele coloca a adaga na escrivaninha e ergue o cubo de vidro, que manuseia enquanto corre os olhos pelo tampo da mesa.

– Está faltando alguma coisa? – pergunta Jonathan.

Sebastian olha para ele, aturdido.

– E você? Quem é?

– Sou amigo do Fred.

– Bom, eu não me gabaria disso. Mas, sim, está tudo em ordem. Este pedaço de vidro foi uma herança – explica ele. – Pertencia ao meu pai. Valor sentimental apenas. Tem uma citação de Tácito gravada, estão vendo? Nunca soube como isso foi parar nas mãos de um militar que mal sabia falar inglês, quanto mais latim, mas eu gostava do aspecto deste objeto, do peso dele. A Srta. Hunter agora sabe tudo sobre o peso dele, claro.

A bochecha de Nicky lateja.

Sombras ondulam sobre o rosto de Sebastian enquanto ele sopesa o cubo.

– *Proprium humani ingenii est odisse quem laeseris.* – Ele então se dirige a Jonathan. – Já que perguntou, estranho na minha casa, o objeto mais caro daqui é a máquina de escrever, que não é lá muito possível de levar embora escondida dentro do...

O corpo dele se retesa.

Nicky estreita os olhos. Ele está de costas para o fogo e o rosto não passa de uma máscara escura.

– O que foi? – pergunta Simone.

– Ah, não. – Quem falou foi Madeleine. – Ah, não.

Nicky franze o cenho, nervos formigando, e olha para Jonathan. Ele está com os olhos cravados na máquina de escrever.

Aninhada na curvatura prateada das teclas da Remington está uma nítida, vistosa e escarlate...

– Uma borboleta de papel? – pergunta Jonathan. – Um pouco sinistro, não?

Nicky estreita os olhos.

– Tem alguma coisa escrita nas asas.

Quando Sebastian a encara, a luz do fogo ilumina um único olho arregalado e o canto contraído dos lábios.

Ele pega a borboleta e se vira para a lareira; o papel fica ainda mais vermelho.

É como ver um prédio desabar, pensa Nicky ao vê-lo estremecer de baixo para cima: primeiro os joelhos se dobram, em seguida o quadril cede, os ombros afundam, e por fim ele desmorona sentado na cadeira, de cabeça baixa, com a borboleta numa das mãos e o cubo de vidro na outra.

Diana se ajoelha ao lado do marido. Com todo o cuidado, como quem extrai uma bala, ela retira o inseto da mão dele e fica de pé para ler em voz alta as palavras que Nicky pode ver datilografadas com nitidez em tinta preta nas asas de papel:

CONTA PRA ELES O QUE   VOCÊ FEZ COM ELA

– Acho que isso também soa sinistro – resmunga Jonathan.

Ninguém diz mais nada.

De repente, Madeleine levanta o pai da cadeira.

– Vou pôr ele na cama – anuncia ela, desafiando-os a interferir, e começa a conduzir Sebastian pela escuridão da biblioteca.

– Simone. – A voz de Diana soa ríspida. – Você poderia por favor me ajudar a tirar todo mundo de casa?

– Claro. Mas eu não entendo... – Sem Sebastian presente, Simone não parece ter certeza de a quem deveria se dirigir. – Por que Frederick iria fazer uma... uma brincadeira tão estranha? O orégano e "Conta pra eles o que você fez"...

Ela recolhe o casaco, a manga e, com uma careta, a máscara, e então se retira, resmungando como o fogo na lareira.

Diana fica encarando a borboleta na mão até Jonathan por fim pigarrear.

– Tem alguma coisa que a gente possa fazer?

Ela lhe lança um olhar atordoado. Permite que esse olhar flutue até Nicky. Apoia o origami nas teclas da Remington, com cuidado para não danificá-lo, fecha a gaveta aberta e sai de perto dali.

Mas, do outro lado do recinto, ela volta a falar, indistinta no meio das sombras, as roupas exauridas de cor.

– A borboleta já estava aí quando vocês encontraram o Freddy?

– Claro – responde Jonathan.

Diana se demora. Então, por um segundo, ela se abrasa como um sol nascente ao sair para a luz do corredor.

– É claro que estava, né? – Jonathan estende a mão para o inseto e belisca uma asa de papel. – Quer dizer, foi o Freddy quem *fez*, não foi? A não ser que alguém a tenha apoiado na valiosíssima máquina de escrever enquanto a gente estava reunido aqui.

As engrenagens giram na mente de Nicky.

– Esse revólver *dispara*, afinal? É velho demais, não? E está descarregado? – Jonathan meneia a cabeça para o Webley. – Estamos nos Estados Unidos. Esta casa deve ter um fuzil engatilhado em cada cômodo. – Ele dá a volta na escrivaninha; a mão paira acima do revólver. – Quem é mesmo aquele dramaturgo russo? Que tinha uma teoria sobre armas?

– Tchekhov. Se uma arma é apresentada no Primeiro Ato, ela vai ser usada antes do fim.

– Certo. – Jonathan abandona o Webley. – *O que* o Freddy estava fazendo aqui, na sua opinião?

Nicky não tem a menor ideia. Ela balança a cabeça.

– Bom. Acho que lá embaixo devem estar servindo a saideira. Quer beber alguma coisa?

Ela lhe dá a mão.

Os dois então atravessam o tapete, saem da biblioteca e seguem o corredor, e do patamar da escada ficam observando a festa se afunilar para fora do hall, com os destroços da pirâmide de champanhe ainda cintilando lá embaixo.

Mas, durante todo esse tempo, Nicky fica pensando nas palavras datilografadas no papel dentro da escrivaninha de Sebastian.

Para Cole

49.

NA COZINHA, NO SILÊNCIO, a Sra. Trapp mais velha anuncia com a voz cansada sua intenção de passar a noite ali, "para o caso de Sebastian precisar de alguma coisa" – nesse ponto, Nicky olha na direção da Sra. Trapp mais nova, afundada no banco sob a janela – e se retira a passos duros.

São onze e meia da noite, diz o celular de Nicky.

– Será que eu deveria procurar no hall outra vez? – pergunta ela. – Não quero Watson mancando por aí.

Sua anfitriã está com os olhos fechados.

Eles se abrem quando Simone irrompe de novo na cozinha, segundos depois.

– Madeleine não está atendendo. – Um suspiro, mãos nos quadris, como se estivesse a ponto de perguntar *Mas o que vamos fazer com essa garota?* – Ah, ela está lá dentro, sim. Mas quando eu bato... ninguém responde. O que *vamos fazer* com ela?

Nicky, que está enchendo a chaleira, olha para a janela do pátio e vê Simone refletida no vidro, abrindo o fecho do colar; vê quando ela remove das orelhas os minúsculos brincos.

– Poderia devolver isto para a mocinha quando ela aparecer? Já tive conflitos de sobra por hoje. Obrigada. – Simone despeja o metal nas mãos de Diana. – Vou ficar lá em cima. No quarto, com todas aquelas máscaras da morte, imagino.

Na porta da cozinha, ela se vira:

– Quando Sebastian acordar, por favor me avisem.

A chaleira apita. Nicky prepara um chá de saquinho e põe a xícara no chão, ao lado de Diana, que pegou no sono; então se senta na bancada e fica bebendo leite enquanto as pernas se balançam de leve. Detecta um pequeno rasgo no cotovelo da manga. Essa festa foi um esporte de contato.

– *Proprium humani ingenii est odisse quem laeseris.*

Nicky engole em seco e tosse.

Deitada sob a janela, de olhos fechados e com os cabelos soltos ao falar uma língua morta, Diana parece quase um oráculo. As palavras saem arrastadas por causa da bebida.

– Eu nunca tinha visto aquele bloco de vidro na escrivaninha do Sebastian. Mas consigo traduzir. "É próprio da natureza humana odiar quem você feriu." – Ela torna a abrir os olhos, encontra a xícara de chá. – Nós odiamos aqueles que ferimos.

– Um pouco sombrio – comenta Nicky.

– Um pouco. Você toma leite puro? Não existe nenhum romance de mistério sobre leite, existe?

O maxilar de Nicky se agita.

– Ah... *Before the fact*. Hitchcock adaptou para fazer *Suspeita*. Tem uma cena famosa em que Cary Grant sobe a escada levando um copo de leite envenenado para a esposa. A produção colocou uma lâmpada acesa dentro do copo para realçar o efeito.

– Então ele está tentando... matar a mulher? A esposa?

– O estúdio não queria Cary Grant fazendo papel de assassino. No filme, tudo não passa de um mal-entendido. Mas, no livro, ele mata a mulher. Bom, tecnicamente quem se mata é ela... deixando-se envenenar.

– Você algum dia tentaria se matar?

A pergunta reverbera por cima da ilha como uma bolha disforme, desajeitada porém nítida. Nicky pensa um pouco, alisa as mangas da roupa.

– Não acho que eu consiga me imaginar querendo morrer – diz ela devagar. – Mas acho que consigo me imaginar não querendo viver.

O tempo desacelerou até quase parar. Nicky se sente... não propriamente apreensiva, mas alerta. Ela se pergunta se deveria ir se sentar ao lado da anfitriã, se...

– Depois que perdi meu marido e minha filha, eu fiquei mal. – Diana pigarreia. – Mal de um jeito que quase não dá para descrever. E Sebastian também ficou mal desse jeito. Ele um dia me disse que... viver doía.

Silêncio por um momento enquanto o coração de Nicky dói.

– Aquela borboleta – diz Diana. – Tem certeza de que estava lá quando vocês entraram na biblioteca?

– Não – responde Nicky após uma pausa. – Parece provável, mas não, não tenho certeza. Por quê?

– Porque qualquer um poderia ter... muitos dos nossos convidados sabiam sobre o origami. Freddy também, claro. Mas...

Diana fala de um jeito arrastado que é muito encantador. Nicky a estimula:

– Mas e a borboleta que apareceu na porta da frente?

A xícara é apoiada com delicadeza enquanto Diana baixa devagar os pés até o chão.

– Freddy também. – Ela esconde o rosto com as mãos. – Foi ele quem trouxe.

Nicky se inclina para a frente.

– O que você sabe sobre os desaparecimentos?

Diana afasta as mãos do rosto; os olhos dela estão molhados.

– O que você sabe sobre os desaparecimentos? – repete Nicky.

– O que eu sei é que a gente nunca deveria ter te pedido pra escrever essa história. – Ela pressiona a mão seca no nariz úmido. – Nada disso é culpa sua. Foi o Sebastian quem quis. Mas agora está tudo… vai ver sempre foi… estranho demais.

Será que ela deveria sugerir ir embora?, pensa Nicky. Não: a febre detetivesca a consome.

– Vá dormir – diz Diana. – Vou terminar meu chá. E depois disso pretendo me medicar até semana que vem.

Com relutância, Nicky desce da ilha.

Alguém, decerto Simone, baixou a iluminação do hall de entrada, que se estende à sua frente, monocromático, desolado e imenso, com sombras se encolhendo nos cantos. Ela quase consegue ouvir os ecos de vivas e gritos, o impacto dos copos…

… a voz trovejante de Sebastian sobrepujando o barulho da festa…

Uma linha dourada brilha sob a porta de Madeleine. Nicky inicia a subida até o sótão.

No patamar da escada, abaixo da família Trapp aprisionada em óleo, ela se detém. Eles a encaram, e ela os encara de volta: o terno de Sebastian e o vestido de Madeleine flutuam como fantasmas. Hope está invisível. De Cole, vê-se apenas um tufo de cabelos loiros, e nas mãos invisíveis dele uma borboleta branca.

`Para Cole`

Nicky imagina as teclas saltando para bater no papel, cada uma delas lustrosa de tinta quando Sebastian datilografou aquelas quatro letras: `Co...`

Ela pressente um movimento no andar de baixo e se vira. A escuridão não derrotou o vestido de Diana: Nicky vê a anfitriã atravessar o hall com os sapatos de salto pendurados na mão.

Quando o relógio anuncia a meia-noite, Nicky se sobressalta, mas Diana apenas para de andar e baixa os olhos para os próprios dedos. Parece estudá-los.

Depois da sexta badalada, Nicky recomeça a subir. Quando chega ao sótão, um novo dia já nasceu em meio à escuridão.

E, pela primeira vez desde que chegou a São Francisco, ela tranca a porta.

50.

> Freddy, é você?

Madeleine está sentada na borda da cama, nua. Quatro horas dentro daquele vestido, e ela nunca mais quer colocar uma roupa de novo.

Espera Magdala responder.

Mas ele não responde.

> Freddy?

Freddy estava em frente à máquina de escrever. A borboleta estava *em cima* da máquina de escrever. Freddy conhecia Cole... talvez melhor do que Madeleine pensava.

Mas nada em relação àquilo cheira sequer remotamente a uma falsificação: nem os ocorridos na porta da frente e na biblioteca, nem o origami sinistro... nem, aliás, as misteriosas mensagens de texto.

... Mas mesmo assim ele revirou a escrivaninha. Engalfinhou-se com Nicky (e tomou uma bela surra também, o que não desagrada a Madeleine). Destruiu trezentas taças de champanhe e fugiu.

Ela encontra o número do primo no celular.

> Você tá me escrevendo
> de outro número?

> É você quem tá fazendo
> essas borboletas?

> Freddy?

A tela fica borrada enquanto ela a encara. Depois de alguns segundos, ela ouve o relógio do hall gaguejar devagar a meia-noite.

Fica observando e esperando.

Terça-feira, 23 de junho

EM INSTANTES ELA SERÁ ENCONTRADA.

Encontrada onde está boiando, os dedos bem abertos na água que, por conta do movimento, tem um aspecto marmorizado, os cabelos espalhados como um leque japonês. Peixes deslizam por baixo dos fios e os atravessam; patinam pelo contorno do corpo dela.

O filtro zumbe. O lago cintila e tremeluz. Ela estremece na superfície.

Mais cedo nessa manhã, a neblina cobria o chão, uma neblina em espiral, típica de São Francisco, grossa como veludo e fria, mas agora seus últimos resquícios estão se dissipando e o pátio está banhado de luz: o pavimento de pedras, o relógio de sol, os narcisos enfileirados. E o lago, aquele círculo perfeito afundado junto ao muro da casa, com seus peixes reluzentes e as folhas de lótus que parecem estrelas.

Em instantes, um grito vai cortar o ar.

Até lá, tudo permanece imóvel e em silêncio, a não ser pelo leve ondular da água, pelo tráfego lento das carpas e pelas ondas provocadas pelo cadáver dela.

Do outro lado do terraço, as portas envidraçadas se abrem, fazendo o sol refletir na vidraça. Um arquejo. Então o grito.

Ela foi encontrada.

51.

O GRITO ARRANCA NICKY DA CAMA.

Ela vai voando até a porta e desce correndo dois lances de escada, fazendo as curvas fechadas e vendo os degraus se materializarem sob seus pés...

... e, no alto da grande escadaria, ela para, em dúvida se ouviu mesmo alguma coisa.

Vai até a cozinha, que está tranquila como um copo de café à luz da manhã.

O segundo grito seria capaz de fazer rachar vidro. Nicky vai correndo até a sala, onde a porta envidraçada está aberta para o pátio.

O pavimento de pedra está frio sob seus pés descalços. Canteiros de flores. Buxeiros. Relógio de sol. Um fantasma.

Ela só olha, aturdida.

O fantasma está na beira do lago de carpas, vestindo um roupão de um branco imaculado com capuz se derramando da cabeça aos pés. O braço direito, mergulhado até a ponta dos dedos na manga do roupão, está apontando para a água. Nicky vai depressa até o lago, e o fantasma se vira para ela.

– O que vamos fazer? – pergunta Simone.

Flutuando dentro d'água está uma mulher, de bruços, os cabelos espalhados ao redor da cabeça, costas e braços nus.

Nicky se joga dentro do lago e na mesma hora afunda quase um metro, enquanto os peixes laranja rodopiam como faíscas à sua volta. O frio se cola às pernas, à cintura; ela afasta as folhas de lótus, segura um dos ombros desnudos e vira a mulher de costas.

Os olhos cinzentos estão sem vida, os lábios tingidos de azul; o corte na têmpora é profundo. Mas ela continua sendo a mulher mais linda que Nicky já viu.

– O que vamos *fazer*?

Nicky fica parada, segurando a nuca de Diana; os peixes vão passando e a agitação da água se acalma. Será que ela deveria fechar os olhos? Levantar a fina alça do vestido?

Quando o lago entra em erupção e a projeta para trás, ela esbarra na parede afundada e fica com água até os ombros. Dá um grunhido, enxuga os olhos. Sebastian está se levantando tal qual uma fera do mar, segurando a esposa no colo. O vestido dela está escuro. Os pés, cruzados com recato nos tornozelos, estão pálidos.

Com um olhar desvairado, ele encara a esposa boquiaberto, a cabeça de Diana aninhada no vão do cotovelo dele. Um dos dedos de Sebastian toca a ferida dela. Ele se retrai.

Nicky o observa, rodeada pela água ondulante. Ele ergue o rosto e olha para ela com tanta tristeza que ela mal consegue retribuir o olhar. Então, bem devagar, ele inclina a cabeça até o rosto claro e beija a esposa na testa.

Unhas diminutas arranham o topo do crânio de Nicky, e Watson cai dentro do lago, afundando no mesmo instante. Nicky a puxa para a superfície e a segura contra o peito. A cachorra começa a uivar, não os latidos curtos de choque ou de medo, mas o longo lamento do luto.

– Watson tá aí fora?

Nicky se vira e vê Madeleine no vão da porta envidraçada, de moletom e short de ginástica, com o celular na mão.

A testa dela se enruga.

– Por que tá todo mundo dentro d'água?

52.

– A GENTE PRECISA MESMO PARAR de se encontrar assim!

Da porta, a investigadora B. B. Springer, reluzente em seu blazer de pele de cobra, percorre com os olhos os ocupantes da casa reunidos.

– Quantos rostos conhecidos. Inclusive o seu. – Ela encara Nicky com um sorriso. – Lembra de mim? Meu capacete era azul da última vez. – Ela bate com os dedos na touca lustrosa de cabelos cor de chiclete.

Nicky se lembra.

Os rostos conhecidos circundam a mesa da sala de jantar, Sebastian mais perto da porta em seu pijama ensopado, com uma toalha em volta dos ombros e uma dose de conhaque ao alcance da mão. Da outra ponta da mesa, Nicky o observa: ele parece um espantalho que desmoronou, caído de joelhos e com pernas e braços desarticulados. Na hora que transcorreu desde que Nicky chamou a ambulância, Simone já passou pelos cinco estágios do luto cinco vezes; Madeleine já fumou quase dez cigarros; e a própria Nicky, depois de um choro desolado em seu banheiro do sótão e de uma mudança rápida para roupas secas, desceu mais uma vez para ver os socorristas se agitarem ao redor do corpo.

Até B. B. Springer chegar feito um tufão.

– Estamos só esperando meu parceiro – explica ela num tom alegre.

Madeleine encaixa outro cigarro entre os dentes e acende. A fumaça se afasta em formato de flechas da cachorra aboletada no colo dela, lustrosa por causa da água do lago.

– Também quero um, por favor – diz Simone.

Madeleine hesita antes de deslizar pela mesa o maço e o isqueiro. Fica observando com interesse a tia tragar, da mesma forma que um cientista poderia observar um comportamento inexplicável num animal já estudado.

Simone solta a fumaça.

– Verde-limão.

B. B. pisca os olhos.

– Perdão?

– Os seus cabelos. Vinte anos atrás. Eram verde-limão.

– Ah, eu já tingi de verde-limão umas dez vezes desde aquela época. A chefia me deixa fazer isso por eu ser tão terrivelmente... *hola, amigo.*

As últimas palavras são ditas para um rapaz branco, de terno impecável e gravata apertada, que adentra em silêncio a sala de jantar. Os cabelos são tão claros que, se ele se expusesse ao sol, poderia entrar em combustão, pensa Nicky, e o terno e as costeletas são ambos perfeitos. Esse é um Investigador Sério.

– Meu parceiro, Timbo Martinez – anuncia B. B. – Nosso menino-prodígio. Mais inteligente do que eu, vocês e o cachorro somados, então sejam sinceros. Caso contrário, tomem cuidado. Não é, Tim?

Ela sorri para o menino-prodígio, que se mantém parado junto à entrada como um porteiro, avaliando o recinto. Ele passa alguns segundos olhando para Sebastian.

– Eu passo metade do meu tempo tentando fazer ele sorrir – diz B. B. – Sonho com esse dia.

– O senhor não parece ter origem hispânica – observa Simone.

– Fui adotado – responde Timbo Martinez com educação. A voz é chapada e neutra, quase como a de um robô.

– Meus cabelos, a infância dele: pronto, estamos com a conversa em dia. – B. B. suspende o traseiro até o peitoril largo atrás de Madeleine. – Pessoal, eu não gosto desse tipo de reunião – diz ela enquanto as escamas no blazer reluzem. – Essa casa tem uma história. *Nós* temos uma história. Mas não vamos confundir o presente com o passado. A não ser que isso se faça necessário.

Sebastian afunda na cadeira e esconde o rosto com a mão.

– Lamento pela sua perda – acrescenta a investigadora. – A que horas a Sra. Trapp foi dormir ontem à noite?

– Perguntas *agora*? – fala Simone, quase cuspindo. – Quando estamos em *choque*?

– Relaxe, Sra. Trapp, não vai doer nadinha. A que horas...

– Meia-noite.

Todos os olhos se viram para Nicky. Ela se sente subitamente exposta.

– O relógio estava batendo meia-noite quando ela saiu da cozinha – explica ela, com a voz ainda rouca. – Eu estava subindo para o sótão.

B. B. batuca na vidraça quadriculada atrás de si.

– Minha colega lá fora...

Nicky se levanta: junto ao lago está agachada uma mulher de dreads cuja jaqueta a identifica como LEGISTA.

– ... situa a hora da morte por volta de nove horas atrás. Também à meia-noite.

Nicky se senta.

– Eu leio muitos livros de mistério, e a maioria diz que é difícil determinar com precisão a hora da morte.

– Hoje em dia é possível fazer isso com 45 minutos de tolerância. Sem criminalística.

– Mas com o corpo dentro d'água... – murmura Timbo.

– Será que foi... *suicídio*? – Simone mal consegue sussurrar a palavra.

B. B. estala os dedos.

– Algum motivo pra ter sido?

– A janela do quarto dela está aberta. Reparei nisso do pátio, antes de encontrá-la.

B. B. dá um suspiro e pula do peitoril.

– Alguns probleminhas em relação a isso. Em primeiro lugar, uma queda de três andares nem sempre é fatal. A não ser que, problema número dois, a Sra. Trapp tenha mergulhado de cabeça. Nesse caso, das duas, uma: ou ela teria dado uma barrigada na superfície, talvez quebrando o pescoço, talvez saindo da água molhada e mais experiente, ou então teria caído nas pedras e, sem querer ser indelicada, a cabeça dela teria explodido feito uma melancia. Quais são as chances de ela apenas esbarrar na borda do lago e escorregar direitinho para dentro d'água?

Simone traga o cigarro.

– Mas é possível?

– Alguém pode estar querendo que a gente pense isso.

Timbo quase levanta a mão.

– A Sra. Trapp esteve recentemente deprimida por algum motivo?

– Eu estou morrendo. – A voz de Sebastian sai por entre seus dedos como vento por uma porta. – Estamos os dois deprimidos por causa disso.

– E ontem à noite em específico? A senhora reparou em alguma coisa?

Depois de alguns segundos, Nicky se dá conta de que *a senhora* é ela.

– Ela parecia meio nervosa. – Agatha Christie não a preparou para isso: responder a perguntas de verdade feitas por um verdadeiro representante da lei. – Queria conversar sobre...

De repente, Nicky reconhece Timbo Martinez: ele estava acompanhando Lionel Lightfoot na noite anterior e sofreu danos líquidos enquanto trabalhava. *Sujeito* realmente *interessante. Uma espécie de* colega.

– Sra. Hunter? – A voz de B. B. a sacode pelos ombros.

– Sim.

– A Sra. Trapp queria falar sobre o quê?

Nicky olha na direção de Sebastian.

– Estou perguntando para a senhora, não para o Sr. Trapp.

– Sobre o passado – responde Nicky.

B. B. se vira para o colega e diz algo em voz baixa. Ele escuta, assente.

– É claro que não foi suicídio – zomba Madeleine.

– Por quê?

B. B. passa por Sebastian, se demora atrás dele.

– Porque está óbvio que foi um acidente. Um passeio bêbado, tarde da noite. Um escorregão ao lado dos peixes.

– A Sra. Trapp tinha o hábito de passear tarde da noite? – indaga Timbo. Tragada, fumaça.

– Eu não tenho o hábito de ser interrogada pela polícia em casa, mas está acontecendo hoje, não é mesmo?

– E não pela primeira vez. – B. B. sorri. – O Timbo aqui assistiu ao espetáculo de ontem à noite de camarote. Pelo visto, foi uma verdadeira... como é que o seu pessoal diria, Tim?

– *Fiesta* – responde ele, a voz seca feito papel.

– *Sí.* Mas a casa foi evacuada...?

– Foi só um... um mal-entendido. – A cinza cai do cigarro de Simone. – O meu filho. A *confusão*...

Nicky fecha os olhos. Apesar de tantos anos lendo histórias sobre morte, ela jamais tinha visto e com certeza jamais havia tocado um cadáver. Tantos anos pairando feito um anjo das trevas acima das páginas, espionando autópsias e verificando pulsações em becos sem saída, fechando as pálpebras pintadas de dançarinas esganadas... A morte era uma trama. A morte era um desafio. A morte parecia emocionante.

Mas agora ela tinha visto a morte e a segurado com as mãos, apenas para constatar que ela é estranha e triste.

– ... por cima das asas – está dizendo Simone. – Datilografada. Mais negrito impossível.

– Cole Trapp fazia borboletas de origami – informa B. B. ao colega.

Ele franze o cenho.

– "Conta pra eles o que você fez com ela", em referência à Sra. Trapp? À primeira Sra. Trapp?

Madeleine enxuga os olhos de Watson.

– O senhor vai ter que perguntar para o Freddy.

– Quer dizer que foi o Freddy quem escreveu isso? – pergunta B. B.

– Claro – diz Madeleine.

– Claro que não – contrapõe Simone.

B. B. inclina a cabeça.

– Alguém guardou a borboleta?

Madeleine dá um suspiro.

– Ainda deve estar lá em cima na biblioteca. Eu posso ir...

– Ainda não. A senhora não. Quem ficou na casa ontem à noite?

As mulheres se entreolham.

– Todos nós ao redor desta mesa – responde Nicky.

– E Diana. – A voz de Sebastian ainda está áspera.

A mão dele se afasta do rosto; aos poucos, as costas se endireitam. Pela primeira vez desde que B. B. chegou, ele a encara.

– Olá – diz ela num tom gentil.

Como se estivesse cumprimentando um bebê que acorda de uma soneca, pensa Nicky. Ou um animal perigoso enjaulado.

Sebastian e a investigadora se entreolham. *A gente precisa mesmo parar de se encontrar assim.*

– Algum problema no casamento, Sr. Trapp? – indaga B. B. – Nesse casamento mais recente, digo.

Ele liquida o conhaque numa golada só.

– Vocês acham que foi assassinato – diz ele.

As palavras ficam suspensas no ar feito fumaça. Nicky nem sequer respira.

– Não acham que ela pulou? – pergunta Simone.

– Não acham que ela escorregou? – pergunta Madeleine.

– Vocês acham que é assassinato – repete Sebastian.

B. B. dá de ombros.

– Com certeza acho que o senhor é um cara difícil para uma mulher permanecer casada.

– Então vocês suspeitam de mim.

– Eu suspeito de todo mundo aqui.

Nicky está se observando de longe, um personagem num filme. *Eu sou suspeita num possível assassinato.*

– Se for homicídio – acrescenta B. B.

Timbo:

– Alguém mais tem a chave da casa?

Simone:

– Adelina. A empregada. Ela...

– Freddy. – O conhaque lubrificou a voz de Sebastian.

– Freddy outra vez! – entoa B. B. – Não se fala em outra coisa. Quero muito bater um papo com o Freddy. E quero muito ver o tal inseto de papel famoso. Timbo, você pode acionar sua rede de capturar borboletas? Sra. Hunter, se puder indicar o caminho...

Nicky se levanta, e Madeleine e Simone a encaram como prisioneiras observando uma colega detenta que acabou de receber a condicional.

– Watson... – chama Madeleine.

Nicky se vira e vê que a cachorra escapou do colo da dona e a está seguindo na direção da porta, se balançando feito um balão cheio d'água. Sebastian observa, com valas ao redor dos olhos quando encontram os de Nicky... e então ela deixa a sala. Galante, Timbo permite a passagem desastrada de Watson.

– Ah! – exclama Simone quando eles saem para o hall. – Jonathan... o amigo do meu filho... ele entregou uma chave para Nicky ontem à noite. *Parecia* ser uma chave. Pergunte a... – Eles perdem a voz dela ao dobrarem a curva da escada.

Nicky espera Timbo perguntar. Mas ele apenas segue galgando os degraus atrás dela enquanto cantarola baixinho.

53.

A CACHORRA DESISTE NO PATAMAR DA ESCADA e se deixa cair no chão. Timbo para de cantarolar e fica observando o retrato.

– Hum – grunhe ele.

Raios de sol, com uma luz branca e espectral, batem oblíquos no tapete do corredor, aquecendo os pés descalços de Nicky quando ela passa. Seis dias antes, ela subiu aquele mesmo corredor com Diana à frente, o quadril se balançando com recato dentro do vestido azul-claro; seis dias antes, ela olhou por aquelas mesmas janelas, para aquele mesmo pátio. E agora...

– Vocês acham mesmo que foi assassinato? – A frase soa estranha em sua língua, como uma palavra que ela leu, mas nunca pronunciou.

– Preciso perguntar à senhora sobre a tal chave – diz Timbo num tom quase de desculpas.

O olhar de Nicky, porém, está agora pregado na cena lá embaixo, onde a legista permanece ajoelhada ao lado do corpo sobre as pedras que revestem o pátio. A pele de Diana está pálida; as roupas parecem sangue escuro.

– É Jonathan de quê?

Nicky avança até a porta da biblioteca, até a aldraba em formato de caveira mordendo seu pesado aro de ferro, e ao se virar vê o investigador a uma distância respeitosa, com as mãos unidas no cinto.

– Jonathan Grant – diz ela. – Eu mal o conheço.

– Caras que a senhora mal conhece lhe dão com frequência a chave da casa deles?

– A chave era minha.

Ela empurra a porta e entra. A baía está brilhante nesse dia, com pequenas cristas de espuma branca parecendo aparas de metal, a ponte se projetando rumo ao cabo do outro lado; mesmo assim, o recinto cavernoso e voraz aprisiona a luz entre os dentes e a devora.

– Nossa – exclama Timbo, fitando embasbacado as janelas. – *Nossa* – repete ele, virando-se para as camadas de prateleiras escuras, os guarda-corpos e a escada, os livros cintilando com partículas douradas.

Quando se curva para examinar um Edmund Crispin, dobrando o corpo vestido com o terno perfeito no formato de um S anguloso, a luz recai sobre o seu rosto e Nicky vê as leves marcas de cicatrizes. Ela imagina o investigador Martinez adolescente encarando a própria pele no espelho, desesperado, infeliz ou pelo menos um pouco triste, e se pergunta se as pessoas terão sido gentis. E, embora ele seja um investigador e ela uma suspeita (*o que* tia Julia vai dizer?), sente uma pitada de simpatia por ele.

Ele se endireita. Ela repara que os olhos dele tendem a oscilar de um lado para o outro quando a olha, como uma bola de tênis durante uma partida. Como se ele quisesse assimilar o máximo de informação possível.

– Como o senhor conhece Lionel Lightfoot? – pergunta ela.

– Ele pediu ao diretor da polícia para ajudá-lo com o novo romance. O diretor da polícia me indicou. É um romance de detetive.

Os dedos de Timbo escalam a lombada estriada de um livro encadernado em couro: *O grande mistério de Bow*, de Israel Zangwill.

– A máquina de escrever está aqui? É, estou só aconselhando o Sr. Lightfoot sobre os procedimentos policiais de hoje em dia. Táticas de interrogatório. Armas. – Atrás da escrivaninha, a lareira se escancara, com a boca em chamas. – Quem acendeu a lareira?

– É a gás. Está sempre acesa. Igual à tocha olímpica.

– Enfim, o Sr. Lightfoot me convidou para vir com ele ontem à noite. Eu queria conhecer o Sr. Trapp. Gosto dos livros dele.

– E o conheceu?

– Só hoje de manhã.

O investigador dá a volta na mesa enquanto os olhos percorrem o mata-borrão e os objetos em exposição: a adaga, a forca, o frasco de veneno. A pistola.

E Nicky testemunha aquilo com que B. B. Springer só fez sonhar: um sorriso, pequeno, porém sincero.

Que desaparece quando ele a encara.

– Esse é o revólver de Simon St. John – explica ele.

– É. O senhor acha que foi assassinato?

Timbo se inclina sobre a máquina de escrever ao mesmo tempo que calça na mão esquerda uma luva de látex apenas um pouco mais clara que a pele dele. A borboleta escorregou para dentro dos confins do teclado. Ele belisca uma das asas e a ergue até o rosto. Nicky fica pensando se ele é míope.

– Faz só seis meses que eu entrei na polícia – diz ele, fazendo estalar um saquinho de provas e acomodando com todo o cuidado a borboleta lá dentro. – E B. B. só estava no cargo havia menos de dois anos quando visitou esta casa. Digo, pela primeira vez. – Quando ele retira a luva, o saquinho cai no chão. Ele se agacha para pegá-lo. – Meio que um rito triste de pass...

Ele estende a mão pela quina da escrivaninha. Nicky observa as costas dele se tensionarem, e tem o pensamento sem sentido de que talvez houvesse outra borboleta ali.

Timbo fica de pé. Uma das mãos está segurando o saquinho de provas, e a outra uma...

– Máscara – diz ele sem necessidade.

A máscara do Zorro roxa. Nicky assente.

– É minha. Eu perdi na... na briga.

Os olhos dele oscilam de um lado para o outro.

– Parece coisa de gladiador.

– O senhor deveria ver o adversário.

– Espero ver. Cara... esse é o Webley. – Ele balança a cabeça. – Eu não gosto de quase nenhuma arma – conclui.

– O senhor é policial.

– Não por gostar de armas.

Ele ajeita o colarinho da camisa, frouxo ao redor do pescoço estreito, e se encaminha de repente para o corredor, com a borboleta flutuando dentro do saco plástico.

Nicky abraça o próprio corpo. *Eles acham mesmo que Diana foi assassinada.*

E só existe uma pessoa dentro daquela casa com um histórico de esposas desafortunadas.

54.

– Do mural eu não me lembro – diz B. B., maravilhada, manobrando devagar entre as mesas de quebra-cabeças. Ela se demora junto ao mais traiçoeiro, o do gato e do canário, então se deixa cair numa cadeira. – Uma coisa curiosa, os cômodos. Dizem muito sobre quem mora neles. Ei... aquela prostituta se parece com a senhora.

Madeleine se senta ao lado de *Madame X*. Queria que a sua cachorra estivesse resfolegando a seus pés.

– Só encontrei sua madrasta uma vez, numa sala de interrogatório. Ela era do tipo calado. Gostei dela.

– Eu também gostava dela. – É estranho se referir a Diana no pretérito.

– Alguém não gostava. – B. B. mexe nas peças do quebra-cabeça com a ponta de um dedo. – Meu parceiro gostava de Diana... como culpada pelo sumiço dos Trapps. Achava que os dois estavam mortos e que ela e seu pai tinham sido os responsáveis. – B. B. olha para Madeleine. – Afinal, eles acabaram juntos.

– Quinze anos depois.

– Já eu apostava em Isaac. A senhora se lembra do meu marido?

– Vagamente.

– Foi por isso que eu reparei nele. Por isso e pela barba. – B. B. flagrou Madeleine ficando corada e sorri. – Bom. Não solucionei o caso na época, não é hoje que vou solucionar. – Ela encaixa um pedaço de bigode na cara do gato.

Mas é exatamente isso que ela espera fazer, percebe Madeleine. Ela espera mesmo solucionar o caso.

– Além do mais... agora nós temos um *novo* mistério! Uma *continuação*, até. *Como* sua madrasta foi parar dentro daquele lago de peixes dourados?

– Carpas – corrige Madeleine sem pensar. – Por que está me perguntando?

– Talvez a senhora saiba algo que eu não sei.

– Sei menos do que a senhora sequer poderia imaginar.

B. B. se recosta na cadeira.

– Coisas estranhas acontecem no reino dos Trapps, não é? Alguma coisa na água, por assim dizer. Segundo a Sra. Hunter, sua madrasta estava "nervosa" ontem à noite. Alguma ideia do motivo?

– Imagino que dar uma festa para trezentos desconhecidos possa deixar uma pessoa nervosa. Principalmente se for a última do seu marido. Experimenta e depois me diz.

– E o seu primo. Bom filho. Bom rapaz. Mas ontem à noite foi fuçar na biblioteca com uma máscara assustadora, não sabemos por quê, e então pá: clube da luta.

– É, foi mais ou menos assim.

– E a borboleta de origami? "Conta pra eles o que você fez", foi isso?

– "Com ela."

– Com *ela*. A senhora acha que o seu pai sabe o que aconteceu com a sua mãe?

– Não. *A senhora* acha que meu pai sabe o que aconteceu com a minha mãe?

B. B. joga as mãos para o alto.

– Só estou dizendo que alguém que ameaça o Sr. Trapp desse jeito parece saber *alguma coisa*. A senhora acha que foi o Freddy?

– Freddy mal sabe em que dia da semana estamos. – Há gelo na voz de Madeleine e suor nas dobras da palma das mãos. Ele pode ter beijado a falecida, pode ter estragado a festa… mas Freddy não é nenhum *assassino*.

– Então agora estou confusa. – A investigadora franze a testa para o gato, encaixa uma unha no lugar. – Na sala de jantar, a senhora disse que sim, ele tinha escrito os tais bilhetes. Agora está dizendo que não, que ele… me perdoe a palavra, é burro demais.

Madeleine fica encarando o vazio. Não vai comprometer o primo. Mas tem quase certeza de que a morte de Diana não foi um acidente. Mas com certeza não poderia ter sido suicídio. Ou seja…

– Quem escreveu aquele bilhete, Srta. Trapp?

– Não sei. – Só que ela sabe, não sabe?

Uma agente uniformizada ruiva entra, com uma pasta de plástico na mão.

– No chão do quarto, ao lado da escrivaninha – murmura ela.

– Me dá, me dá – entoa B. B., estreitando os olhos para o papel. O sorriso cai do rosto dela como um bigode postiço.

Depois de alguns segundos, ela faz a pasta deslizar até Madeleine.

É um clichê horrível, mas eu não aguento mais.
A culpa vai me arrastar e me afogar.

– É a letra dela?

A caligrafia é suave e tímida.

– Srta. Trapp, esta é a...

– É.

Madeleine sente um nó na garganta. Diana escreveu aquilo. E depois Diana morreu.

... Diana, que tinha lhe dito no terraço que *Em algum momento mais tarde quero falar com você sobre o seu pai.*

B. B. estreita os olhos como quem tenta decifrar um enigma.

– O que exatamente a senhora está investigando? – pergunta Madeleine.

– Um homicídio – responde B. B., com o bilhete de suicídio na mão.

55.

O AGENTE PÁLIDO – MADELEINE ESQUECEU O NOME DELE – adentra o recinto, muito rápido e muito loiro, com Nicky a alguma distância logo atrás. Ele meneia a cabeça para Madeleine (que espera dele um tratamento de "madame") e balança um saco plástico na frente da colega. Presa lá dentro está a borboleta vermelha.

B. B. articula sem som as palavras escritas nas asas.

– Quem tocou nisso?

Madeleine:

– Meu pai. E Diana.

Nicky:

– Eu devo ter tocado. Jonathan. Provavelmente Freddy.

Timbo:

– A senhora chegou a ver Freddy com a borboleta na mão?

Pausa.

– Não.

– As senhoras tiveram alguma notícia de Cole Trapp ultimamente? – pergunta B. B.

Nicky não parece entender a piada.

– Não – responde ela, devagar.

– Não. – Madeleine balança a cabeça. – Há vinte anos que não tenho. – *Não vá soar desesperada.* – O que meu irmão poderia ter a ver com Diana? – Melhor.

Mas o pensamento paira no fundo da mente dela, como um estranho cujo olhar não se quer captar. Será que Cole teria um motivo…?

– Teve outra borboleta – informa Nicky, e Madeleine sente vontade de cortar a cabeça dela.

B. B. franze a testa.

– Outra borboleta?

– Numa caixa nos degraus da porta da frente. Diana me contou. Uma borboleta vermelha com palavras escritas nas asas. *Cherchez la femme.*

– O que a Cher tem a ver com isso?

Em no máximo três frases, B. B. vai ligar a caixa a Madeleine.

– Quer dizer "procure a mulher" – diz ela. – Cole gostava dessa frase. Isso foi na sexta. Freddy encontrou a caixa, me entregou e eu entreguei para o meu pai.

– E ele contou pra Sra. Trapp, que contou pra sua convidada aqui?

– Na nossa casa se conversa muito. – Mas não tanto: fora Freddy, não Sebastian, quem havia contado aquilo a Diana logo antes... logo antes de *dar um beijo nela*, aquele babaca; mais um segredo a ser guardado. – Mas qualquer um poderia ter deixado aquela caixa em frente à porta. E qualquer um poderia ter deixado *aquela* borboleta na máquina de escrever. Ontem à noite vieram centenas de pessoas aqui. – Se aqueles investigadores querem jogar *Detetive*, Madeleine não vai facilitar as coisas para eles. – Além do mais, Diana já soletrou a frase pra vocês por escrito.

A voz de Madeleine soa embargada. *Eu não aguento mais.*

Ela vê Nicky franzir o cenho para o papel na mão de B. B. As narinas da investigadora se agitam como as de um cavalo amarrado num poste.

– Alguma de vocês duas encontrou um homem de 30 e poucos anos, olhos azuis, possível mas não necessariamente com os cabelos claros, que tenha demonstrado um interesse fora do comum pela família Trapp?

Lá vamos nós.

– Eu reconheceria o meu irmão – mente Madeleine.

– Sua tia comentou sobre um tal de Jonathan?

Timbo pigarreia.

– Ele tinha uma cópia da chave.

– Ele não *precisaria* da chave – diz Madeleine com um suspiro. – Centenas de pessoas vieram aqui ontem. Qualquer uma poderia ter ficado um pouco mais e matado um tempinho em algum quarto de hóspedes antes de matar... – *Escolha bem as palavras, Madeleine.* – Olhem, ninguém foi assassinado aqui! Vocês encontraram uma *carta*...

– Quantos anos tem seu amigo Jonathan? – indaga B. B.

Nicky dá de ombros.

– Uns 30 e muitos, eu chutaria.

Madeleine se lembra da conversa desenvolta dele na noite anterior, dos ombros largos, do sotaque. Com certeza não, concluíra ela.

Então se lembra das mensagens que fizeram vibrar seu telefone assim que ele se afastou.

Não precisa ficar tão nervosa.

E não me procura.

– Uns 30 e muitos, a senhora chutaria – diz B. B. – Algum interesse por Sebastian Trapp?

Nicky remexe o maxilar.

– Ele fez perguntas. Só que mais por educação, acho. Mas nós assistimos a um filme de Simon St. John.

– Ideia dele?

Novo dar de ombros.

– Foi.

– Vamos precisar dos dados dele.

O suor brota da testa de Madeleine. Cole reaparecendo no mundo dos vivos, Diana desaparecendo dele... quem teria imaginado uma coisa dessas?

Talvez aquilo tudo já tenha passado dos limites. Talvez não seja tarde demais. Ela ensaia as palavras: *Meu irmão me mandou uma mensagem de texto.*

... Mas ela não quer descobrir o que ele sabe sobre a mãe deles?

Não: as mensagens, os origamis e agora um cadáver. É preciso dar o alarme. *Meu irmão me mandou uma mensagem de texto. Eu respondi.*

– Quando a senhora parou de ter dúvidas? Em relação a Isaac?

A voz roufenha e áspera é a dela.

B. B. inclina a cabeça com o mais débil dos sorrisos nos lábios.

– Quem disse que eu parei?

Ele me mandou uma mensagem de texto.

– Ele me man...

Mas a policial ruiva mais uma vez adentra o recinto e atropela as palavras de Madeleine.

– Vocês poderiam vir aqui? Estamos com um problema.

56.

Nicky fica parada no vão da porta, de queixo caído. Sebastian está golpeando o lustre com uma garrafa de champanhe, golpes violentos que estouram as lâmpadas e amassam as outras partes. Cristais pequeninos chovem sobre a mesa de centro; os cabelos dele estão pulverizados de cacos. As borboletas do papel de parede abriram as asas, prontas para sair voando, e Simone está puxando inutilmente o roupão dele.

Madeleine e B. B. avançam depressa enquanto Nicky permanece ao lado de Timbo. No mesmo instante em que a filha lhe toca o braço, Sebastian se acalma: larga a garrafa no tapete e, com Madeleine e Simone segurando-o uma em cada mão, se deixa cair no sofá, de costas para as portas envidraçadas.

Nicky olha para ele de roupão, para Madeleine de moletom, para B. B. com seu casaco de pele de cobra. Percebe Timbo a seu lado, vê Simone sair apressada em direção à cozinha. Estão todos numa peça de teatro ruim, com figurinos aleatórios e cenário bagunçado: seis personagens à procura de respostas.

Sebastian dá um suspiro.

– Eu queria destruir alguma coisa.

– Bom, missão cumprida – diz B. B. num tom alegre. – Não quero ser insensível, Sr. Trapp…

– Então não seja – intervém Simone da cozinha.

– … mas por acaso reconhece isso aqui? – Ela dá a volta na mesa de centro.

Sebastian observa o bilhete e a pasta de plástico treme em suas mãos. O rosto parece envelhecer.

B. B. fita o rosto dele como quem encara uma palavra cruzada que não consegue resolver. A investigadora provavelmente nunca passou tanto tempo calada, pensa Nicky.

Com toda a delicadeza, ela torna a pegar o bilhete e o entrega para Timbo, que pigarreia.

– "É um clichê horrível, mas eu não aguento mais."

Nicky ouve um arquejo e se dá conta de que é dela própria. Ouve um grito e se dá conta de que é Simone, que voltou trazendo um copo d'água e um pedaço de papel.

– "A culpa vai me arrastar e me afogar" – conclui Timbo com sua voz monótona.

– É a letra dela. – B. B. soa infeliz.

Sebastian e Madeleine assentem, distraídos. Timbo franze o cenho.

– Culpa por quê?

– Eu sabia. Sinto muito por saber, mas eu sabia. – Simone empurra o papelzinho para a mão de B. B. – O telefone de Frederick. Só que ele não está atendendo. E ele *sempre* me atende. Coloquei água para ferver...

– Preciso subir. Se for possível.

Nicky vê Sebastian estremecer ao se levantar, uma máquina prestes a pifar. Será que ela deveria...

– Eu te levo – diz Madeleine, passando um braço pela cintura do pai enquanto ele a enlaça por sobre um ombro.

Quando ele olha para trás na direção de Nicky com uma expressão funesta, ela de repente sente vontade de chorar.

B. B. recua um passo enquanto eles se arrastam para sair da sala e Madeleine se detém para espanar alguns cacos de cristal das solas.

– Timbo, você pode...?

Ele aquiesce e se oferece para acompanhar pai e filha até o andar de cima.

Madeleine começa a se opor, mas desiste.

Nicky se cola ao relógio de chão sem vida para abrir caminho enquanto o trio avança aos trancos e barrancos até o hall. Na cozinha, a chaleira começa a apitar.

57.

O ELEVADOR INICIA SUA TRÔPEGA subida rumo à escuridão.

Quando criança, Madeleine passava horas ali dentro, subindo, descendo e tornando a subir, desorientada e feliz, sem ver nada e escutando apenas o estalo das engrenagens, o deslizar dos cabos e o gemido do metal. Cole a acompanhava de vez em quando, mas insistia para ela abrir as portas nos corredores de modo que a luz cascateasse sobre eles e levasse embora a escuridão.

– Como é escuro – comenta Timbo, remexendo-se ao lado dela.

Estala. Desliza. Range.

No terceiro andar, o elevador estremece e freia. Madeleine e o pai saem para o corredor, e Timbo os acompanha do outro lado de Sebastian.

A segunda porta à esquerda é o quarto de Diana. Refugiada debaixo do braço de Sebastian, Madeleine lança um olhar rápido para os policiais lá dentro, para a janela escancarada. O pai diminui o passo e fica olhando, boquiaberto; ela mantém o curso, decidida.

Quando ela abaixa Sebastian para deitá-lo na cama de dossel, um soluço escapa da boca dele, seguido por outro, gritos rodopiantes que dão a volta no quarto e vão se encolher nos cantos do teto. Madeleine sente uma vontade imensa de fugir, mas o que faz é despejá-lo sobre os lençóis. Timbo se inclina com cuidado e segura os tornozelos ossudos. Um calcanhar descalço o atinge no ombro; com um grunhido, ele segura o outro pé com firmeza e o gira com força, mas apenas o suficiente para fazer Sebastian rolar de lado, arrancando dele um silvo que lembra um balão de ar.

Madeleine gostaria de saber como Timbo conseguiu tal proeza sendo só pele e osso. Ela avalia o terno bem ajustado, os olhos azuis frios. Talvez ela o tenha subestimado.

Por enquanto, porém, o que faz é subir as cobertas por cima do peito do pai. A voz de Sebastian gorgoleja de maneira débil na garganta; a testa está úmida.

Na cômoda, ela encontra um frasco de diazepam e um pacote de jujubas.

– Tome um de cada – ordena ao pai. – Abra bem a boca.

Ele obedece e engole ambos.

Ao lado dela, o nariz de Timbo se franze feito o de um coelho.

– Isso é maconha?

– Meu pai tem ficado meio esquisito depois do tratamento desde que Freddy chegou. Imaginei que ele devesse ter alguma jujuba.

As pálpebras de Sebastian não param de se abaixar.

– Sr. Trapp – diz Timbo suavemente, e a voz anônima soa quase humana. – Desculpe, mas... estava dizendo alguma coisa? Agorinha quando foi para a cama?

Quase sem se mexer, o paciente suspira.

– De novo não – murmura ele, e Madeleine estaca ao pé do colchão. – Eu disse de novo não.

E ele fecha com força as pálpebras.

Timbo se curva para chegar mais perto dele.

– O senhor reconheceria seu filho se ele voltasse?

Os olhos de Sebastian se abrem de repente com tamanha rapidez que Madeleine dá um passo para trás. O pai encara em cheio o investigador. Quando Sebastian fala, apesar de baixa, a voz é cristalina:

– Eu o reconheceria em qualquer lugar.

58.

O CHÁ ESFRIOU DURANTE A SUBIDA ATÉ O SÓTÃO. Nicky passa por cima do vestido da véspera. Ao se deitar na cama, a mão esbarra no diário de Cole, esquecido no meio dos lençóis. Decide esquecê-lo por um tempo.

Primeiro, o choque do grito; depois o choque do corpo, depois o da polícia... e depois o do bilhete.

É um clichê horrível, mas eu não aguento mais. A culpa vai me arrastar e me afogar.

Ela não ouviu nada na noite anterior. Mas, pensando bem, não teria ouvido mesmo: não teria ouvido Diana subir a escada com seu vestido vermelho, uma tocha na escuridão; não a teria ouvido abrir a janela; não teria ouvido...

Será que ela tinha ficado de pé no peitoril? Observando o céu? Sentada lá por um tempo e se lembrando do marido e da filha? Se lembrando de Hope e Cole?

Para o próprio espanto, Nicky se sente traída. Não faz nem uma semana que Diana a recebeu na casa dela, serviu-lhe chá e biscoitos, acomodou-a num sótão que ela mesma havia preparado. Tinha colocado a trilha sonora da juventude dela para Nicky escutar. Havia lhe contado seu pior momento, os piores anos de sua vida. Quando ela teria começado a tramar a própria rendição?

... Pare com isso. Pare. Morrer assim não é uma *trama*. Até Sebastian Trapp concordaria com isso.

Mas vinte anos depois ela está casada com Sebastian Trapp, tinha lembrado B. B. Springer ao marido. Será que Nicky estava certa ao ter tido dúvidas em relação a Diana e Sebastian? Será que o passado viera cobrar a conta de alguma forma ou sob algum disfarce?

... Mas e aquele bilhete?

Ela se senta ereta na cama. De repente, tem vontade de fugir, não daquela casa, não do sótão, mas do aqui e agora. Quer ser transportada para uma dimensão alternativa onde a morte não seja uma tragédia, mas um enigma; onde as vidas sejam tão descartáveis quanto as palavras cruzadas do dia anterior; onde as pessoas morram por dinheiro, luxúria ou vingança, nunca por motivos desconhecidos.

Ela pula da cama e vai depressa até a mureta de livros de bolso rente à parede, perto da escrivaninha de Cole. Os dedos se movem velozes por cima das obras de Agatha Christie, e cada toque libera uma lembrança, como se estivesse correndo a mão pelas teclas de um piano: um cruzeiro no rio Nilo; um compartimento de trem lotado na calada da noite; a mão de alguém colando com cuidado tiras de texto num bilhete escrito com tinta venenosa; sete jantares à mesa de um restaurante.

A edição norte-americana se chama *Morte lembrada*. Ela tinha esquecido. Prefere o título original: *Um brinde de cianureto*.

De volta à cama, Nicky afunda nos travesseiros e abre o livro. *Ela andava deprimida, desanimada... Isso explicava o suicídio, não? Como se pode conhecer tão pouco uma pessoa mesmo tendo vivido na mesma casa com ela!*

Nicky não consegue lembrar muito bem como a história continua. Vira a página.

Londres nos anos 1940, debutante em perigo, irmã envenenada. *Os sótãos da casa em Elvaston Square eram usados como depósito para peças de mobília diversas e vários baús e malas.* Nicky quase sorri.

Alguns parágrafos mais adiante, ela apoia o livro aberto sobre o peito. Simplesmente não consegue ver Diana se jogando da janela do quarto. *Ela andava deprimida, desanimada...* pode ser, mas uma mulher que adentrava recintos com tamanha compostura não iria se retirar de um de forma tão impensada, ou iria? Uma queda parecia... nada típico dela.

Nicky não acredita naquilo, não cem por cento. B. B. Springer tampouco: ela continua perseguindo a sombra de Cole.

Mas *como explicar* aquele bilhete?

É um nó.

E a cereja do bolo é uma pista que apenas Nicky conhece: `Para Cole.` Aquela folha de papel na gaveta de Sebastian, com sua misteriosa dedicatória. *O que* era para Cole? Dava até para imaginar que os dois estivessem se... comunicando.

Então fuja para 1945 de novo. Dê uma olhada no baú da mulher morta.

Enquanto a irmã enlutada de Elvaston Square tira do baú um vestido de seda de bolinhas empoeirado, Nicky começa a esmiuçar a ideia de B. B.:

alguém poderia ser um assassino sem ser Cole, afinal. Talvez Jonathan tenha mesmo copiado a chave dela. Freddy com certeza tem uma cópia.

Não é preciso uma chave para quem já está dentro da casa, claro. *Quartos demais, escadas demais. O tipo de lugar onde a qualquer momento alguém muito perigoso poderia estar parado bem atrás de você.*

Nicky volta para Elvaston Square, onde a heroína encontrou uma carta surpreendente. *Talvez algum dia seja importante mostrar por que Rosemary tirou a própria vida*, decide ela. *Ela alisou a carta, levou-a consigo e a trancou na caixa de joias.*

O capítulo termina com um bilhete anônimo: *O senhor acha que a sua esposa cometeu suicídio. Mas não. Ela foi assassinada.*

Nicky fecha o livro com um estalo. Inspira fundo.

Mas não.

Ela foi assassinada.

Hope e Cole, duas décadas atrás; Diana, na noite anterior. E em ambas as linhas do tempo: Sebastian, Madeleine, Freddy, Simone.

Se ela quiser descobrir o que aconteceu com Diana – e ela quer; a febre detetivesca a dominou mais uma vez –, precisa descobrir o que aconteceu vinte anos antes.

O celular se contorce entre os lençóis. Tomara que seja Julia; sua afilhada lhe mostrando um dente que caiu; ou Irwin e Batata sorrindo; tomara que seja um colega, um senhorio ou amigo perdido, qualquer habitante de sua vida real. Chega daquele mistério no qual se meteu.

– Alô? – A voz dela está rouca.

– Alô digo eu – diz Jonathan. – Como tá todo mundo se sentindo hoje de manhã?

59.

Diana morreu ontem à noite.

Desculpa te contar isso.

A polícia pelo visto acha
que não foi acidente.

Eles parecem interessados em
você.

Madeleine fica sentada diante de uma mesa na sala dos quebra-cabeças, de costas para a porta, juntando peças distraída enquanto espera a resposta do irmão. Por fim, ouve Watson entrar trotando, arranhando o chão com as unhas. A cachorra pródiga.

Bem na hora que Madeleine se inclina para pegá-la no colo, o celular emite uma notificação. Ela olha depressa para a tela.

SHHH

Quase deixa a cachorra cair.

– Tá tudo bem?

Madeleine se vira e vê Nicky no vão da porta.

– Fecha a porta depois de entrar.

Nicky obedece. Fica esperando enquanto Madeleine coloca Watson no colo.

Como ela é?, tinha lhe perguntado Cole. Mas seria coincidência ele aparecer poucos dias depois da própria Nicky? Será que ele já *sabia* como ela era?

... Não, provavelmente não. Cole de algum jeito ficara sabendo que o pai estava à beira da morte – isso estava longe de ser um segredo – e agora tinha voltado para casa. Por esse mesmo motivo, diante desse mesmo prazo final, Sebastian tinha convidado Nicky; não fora ela quem se convidara. Emergências atraem todo tipo de pessoa.

Além do mais, Nicky e Sebastian passaram cinco longos anos se correspondendo. Seria provável ela conhecer Cole antes disso? Se sim, por que entrar em contato com o pai dele? Cinco anos é muito tempo para esperar antes de… bom, o que *Nicky* poderia querer? Será que ela tinha conhecido Cole *depois* de iniciar a correspondência com Sebastian? Seria uma coincidência e tanto. E, nesse caso: e daí?

Que baita nó. Mas, afinal: o que ela sabe de fato sobre Nicky?

Em cima da mesa, o celular emite uma nova notificação.

Madeleine olha na direção de Nicky, que aguarda pacientemente novas instruções, e quase segura a própria cabeça com as mãos. Não consegue lembrar aquilo que sabe, aquilo de que desconfia ou o que prefere ignorar; as dúvidas, os medos e lembranças são passageiros se atirando nos trilhos do trem enquanto um apito ensandecido se esgoela logo à frente e faróis brilhantes como a lua cheia avançam a toda pelo chão. Ela inspira, puxa bem o ar para dentro dos pulmões e quase se engasga.

– Você tá bem? – pergunta Nicky.

– Melhor do que algumas pessoas. Que teoria mais estranha a daquela investigadora.

– Qual?

– Aquela que não cala a boca nunca.

– Qual teoria, eu quis dizer.

– Sobre meu irmão que desapareceu há um tempão deixar pequenos insetos pela casa. Que relação isso tem com Diana, eu não faço a menor ideia.

Só que a polícia está interessada nele. Em Cole! Interessada em Cole! Madeleine amava o irmão, mas ele nunca foi muito interessante.

Nicky dá um suspiro.

– Enfim, se a gente estivesse num romance de mistério do pré-guerra eu diria que sim, é claro que acredito.

– Isso deve acontecer o tempo todo, imagino.

– *O mistério da casa vermelha, Brat Farrar…*

– Valeu, já tá bom. A investigadora me perguntou se eu tive notícias do Cole.

– É, eu estava presente – diz Nicky.

– Ela perguntou a mesma coisa pra você.

– Eu estava presente nessa hora também.

Nicky está meio sem paciência hoje. Madeleine quase gosta disso.

– Ele me mandou mensagens. – Madeleine se ouve dizer. – É ele. O Cole. O *Cole.*

Pronto. Ela fica com a sensação de ter levantado voo da estrada para o vazio.

Nicky está com os olhos arregalados.

– Como é que é?

Madeleine assente.

– Você conhece ele?

Os olhos se arregalam mais ainda.

– Se eu… como poderia conhecer?

– Você chegou aqui faz seis dias. Ele me escreveu há quatro.

Nicky franze a testa.

– Foi o seu pai quem me convidou pra vir aqui. Depois de anos de correspondência. Sobre histórias de detetive.

– Mas o Cole me disse pra deixar você ficar. – `Manter os inimigos por perto etc.`

– E o que acha que eu poderia estar fazendo pra ele? – Nicky soa curiosa, não indignada. – Você acabou de me ouvir contar pra polícia sobre aquela primeira borboleta. Desse jeito, eu não sou grande coisa como cúmplice.

– Você não é grande coisa como *nada*! – Madeleine se levanta de supetão, abraçando Watson com força, a voz jorrando de dentro dela feito água de um hidrante. – Não é grande coisa como *escritora*… foi meu pai quem disse. Não é grande coisa como *hóspede*, fica só pairando por aí metendo medo em todo mundo como se fosse uma fantasminha metida a besta. Você… desde que chegou aqui pra escrever esse *livro de memórias besta e inútil* deu tudo errado. Tá tudo *errado*, Nicky! – Os olhos transbordam, o corpo convulsiona; a cachorra pressiona as patas no peito dela. – Tem gente morrendo, tem gente voltando dos mortos e eu tô com saudade da minha mãe, tô com *muita* saudade da minha mãe. Eu tô… eu quero… tenho só *três meses* com meu pai antes que ele morra, e eu tô sozinha… *sozinha*… e de repente o *Cole* volta pra resolver um assunto pendente ou sei lá que diabos ele quer, mas *fui eu que fiquei aqui esse tempo todo!* Durante *tudo* que aconteceu. *Eu nunca fui embora.* Não sei o que fazer. E você *não ajuda* muito.

Ela puxa o ar até encher o peito. A voz parece ecoar; ela desvia os olhos. Os mendigos e dândis das paredes se viraram para encará-la, boquiabertos. As prostitutas que servem cerveja estão coradas.

Nicky avança na direção dela com a expressão fechada. *Ela luta boxe*, tinha mencionado seu pai aos presentes na noite anterior, de modo que Madeleine se encolhe e segura Watson com força junto ao peito para proteger o rosto amarrotado para o caso de Nicky...

... dar um abraço nela.

Nicky está dando um abraço nela. Madeleine baixa os olhos para os cabelos úmidos dela.

Silêncio.

– Sinto muito que tudo esteja errado – diz Nicky para o ombro de Madeleine. Ela dá um leve apertão. – Sinto muito que você nunca tenha podido ir embora. – Ela dá um arroto.

... Não, quem arrotou foi Watson. A cachorra está imprensada entre as duas. Madeleine dá um passo para trás e esfrega os olhos ao mesmo tempo que se senta. Nicky se agacha na frente dela, ágil com sua calça de moletom.

– Posso ir embora. Seria melhor eu ir – diz ela baixinho. – Seria melhor vocês ficarem sozinhos. Digo, a *família*.

– Não, não. – Madeleine começa a afagar a barriga da cachorra. O desabafo a acalmou, ou então (talvez) o abraço. – Eu pensei... talvez tenha torcido pra você ter conhecido ele – diz ela, agora com uma voz mais branda. – E pra ele querer você aqui.

– Pra quê?

– Ele tá perguntando da minha mãe. – Madeleine engole em seco. – Da *nossa* mãe. Dele e minha. Como você tá aqui com meu pai, passando o pente-fino na vida dele, o Cole acha que...

– Que talvez Sebastian Trapp me diga o que fez com a esposa e o filho. Ou só com a esposa, acho. – Nicky se recosta na parede em cima de Jack, o Estripador, e escorrega para o chão até ficar com a cabeça na altura dos pés dele. Fecha os olhos. – Sim, estou interessada na história da sua família – diz ela em voz baixa. – É uma história interessante. Mas estou aqui porque fui convidada.

Madeleine examina o rosto pálido dela, as mangas demasiado compridas do casaco de moletom.

– Na verdade, meu pai não falou que você não sabia escrever.

Um sorriso cansado.

– Fico feliz.

– E você não tá metendo medo em todo mundo.

– Espero que não. – A garota parece exausta.

Está na hora de uma aliança. Pelo menos, até certo ponto.

– As mensagens – diz Madeleine. – Elas são… sinistras. Ele parece ter certeza de que meu pai sabe o que aconteceu com nossa mãe.

Um olho se entreabre.

– Seu pai *sabe* o que aconteceu com a sua mãe?

B. B. Springer fez a mesma pergunta não tem nem uma hora. Os dedos de Madeleine se imobilizam no pescoço da cachorra. *Será que ele sabe?*

– Será que eu conto pros investigadores que ele tá aqui? – pergunta ela. – E se ele tiver feito algo com a Diana?

– Por que ele teria feito algo com a Diana?

– *Alguém* fez.

– E o bilhete que ela deixou?

– Eu não… – Um pensamento surge na cabeça de Madeleine tão de repente que ela dá um arquejo. – Freddy.

Nicky se empertiga.

– Freddy?

– Ele deu um beijo nela. – Madeleine encara a porta. – Na Diana. Deu um beijo nela ontem. Ou anteontem. É tempo demais pra ficar acompanhando. – Ela afunda na cadeira. – Ela empurrou ele. O Freddy é… não *obcecado*, mas… há anos que ele baba por causa dela. Ele tem sido um bom amigo pra mim, sabe? Desde Cole. Tem sido bom com meu pai, mesmo que meu pai… bom. Mas ultimamente ele tem andado muito *estranho*. Como se estivesse… tramando alguma coisa. Sei que isso soa bobo, mas… – Ela desiste. – Tem alguma coisa acontecendo.

– Tem alguma coisa acontecendo – concorda Nicky.

Madeleine espia o celular em cima da mesa do quebra-cabeça. SHHH.

– Eu quero descobrir o que o Cole sabe. Quero manter ele fora de perigo. – E se *ele* for o perigo?

– Você acha que foi ele quem fez aquelas borboletas? Acha que ele esteve aqui mas ninguém viu?

Madeleine olha na direção da parede, de Jack, uma sombra distante de chapéu e capa, vestido para matar.

– Ninguém *reconheceu* ele. Vai ver ele era aquele violinista de ontem à noite. Vai ver era o seu pretendente. Ele poderia ser qualquer um.

Nicky encara o chão por um tempo.

– Ou ele poderia não ser ninguém que eu já tenha visto – acrescenta Madeleine.

Pela segunda vez nesse dia, elas ouvem um grito.

Nicky se levanta num pulo. Madeleine vai atrás dela até o hall, apertando Watson contra o peito.

Do outro lado do mármore, na soleira da porta da sala, Simone está de pé, cobrindo o nariz e a boca com a mão, os olhos fixos na maca que dois policiais empurram pelo chão. O saco de cadáver branco tem uma saliência numa das pontas, mas é quase achatado na outra, como uma mala malfeita.

Madeleine observa os agentes manobrarem a madrasta para fora da casa. A seu lado, Nicky enxuga os olhos com as mangas.

O relógio de chão desperta para uma badalada lamentosa ao mesmo tempo que B. B. Springer se encaminha com pressa na direção das duas, alisando os cabelos com os dedos e com um braço ao redor de Simone.

– Tínhamos acabado de interrogar sua tia quando ela abriu a porta e… bom, vocês viram. – B. B. segura as lapelas da jaqueta e as ajeita, fazendo a pele de cobra estalar. – Vocês precisam de um tempo. Vamos voltar para falar com o Sr. Trapp quando ele estiver em melhores condições. A legista solicita que ninguém entre no quarto dela. Nem saia no pátio.

Timbo aparece carregando três sacos de provas – um casaco, uma manga e aquela máscara de pesadelo – e informa que o paradeiro atual de Frederick Trapp é desconhecido.

– A senhoria dele disse que o expulsou de casa no início de abril. Não sabe para onde ele foi.

– Ele foi *despejado*? – deixa escapar Simone.

B. B. retira do bolso três cartões de visita.

– Me avisem se tiverem notícias dele. E, mais uma vez, nossos mais sinceros pêsames.

– Os mais sinceros pêsames – resmunga Timbo.

Madeleine, Nicky e Simone os observam sair da casa com Timbo na frente, cujos cabelos se abrasam por um instante à luz do sol. B. B. se detém por um segundo no limiar da porta, então se vira e encara o hall com um ar de… será desafio?, pensa Madeleine.

Ela sorri. E fecha a porta com um puxão.

Um silêncio repentino. A sinfonia da manhã se repete baixinho dentro da cabeça de Madeleine: os gritos da tia, os lamentos do pai; os gemidos do elevador, o ruído de água do lago.

As três aguardam um instante antes de se separarem.

– Vou ver como o Sebastian está – declara Simone, movendo-se decidida em direção à escada.

– Com licença – diz Madeleine.

Com Watson arfando junto ao peito, ela dá as costas para Nicky, vai depressa até seu quarto e digita uma mensagem no celular:

Por favor, me responde

Então apaga o Por favor. Clica em enviar.

Segundos depois, está afundada no sofá, com o rosto enterrado nas mãos e a cachorra mergulhada no vão entre as almofadas.

Madeleine passa um ano inteiro sentada ali.

Fica sentada até ouvir a porta da frente se fechar.

Vai até a cama e espia pela janela o carro parado no acesso à casa. Vê Jonathan ao volante. Observa Nicky entrar no carro.

Quem é ele?

E *por que* está tão interessado nessa garota?

60.

– Caramba, que manhã.

Jonathan assobia. Está de banho tomado, camisa de rúgbi e óculos escuros, e, em qualquer outro momento, Nicky iria querer retomar de onde os dois pararam no sótão: a mão no peito dele, a boca na dele, as veias saltadas de animação... mas, nesse dia, ela se vira para a janela, cansada de falar.

– Coitada daquela mulher. Coitado do Fred... ele falava dela com muito carinho. E você... tá tudo bem?

Nicky franze a testa.

– Eu não conhecia ela muito bem. Mas mesmo assim.

– "Mas mesmo assim" – repete ele, suspirando – Como deve ser, sentir que não existe esperança. Que não existe possibilidade.

Ela cruza os braços e fecha os olhos.

– Eles não acham que foi suicídio.

– Mas você não falou que tinha um bilhete?

– É.

O aclive de um parque surge do lado de fora: dois homens disputando um labrador, aos risos; uma dupla de mãe e filho de mãos dadas.

– Então... vamos voltar um pouco: por que alguém iria querer... o quê, *assassinar* a mulher? – Como se fosse um palavrão. Nicky imagina que seja mesmo. – Parece que eu tô enfatizando todas as sílabas dessa frase. *Por quê? Alguém? Ela?*

– Você enfatizou *assassinar* também.

– Assassinato é enfático por natureza.

No dia anterior, isso teria feito Nicky rir.

– A polícia tá interessada em Cole Trapp – diz ela.

– Por quê, por causa daquele telegramazinho de ontem à noite? – Mais adiante, turistas se derramam da calçada diante de uma fileira de casas pintadas com cores de verão; Jonathan bate uma, duas vezes na buzina. – Falando em querer assassinar. Mas Cole Trapp não tá desaparecido e morto? Ou só desaparecido, pelo menos?

Nicky não diz nada.

Pausa.

– Aonde a gente vai, aliás? Por mim, ficamos só zanzando, se você quiser. É você quem manda.

– Alguma ideia de onde o Freddy poderia estar? – *Ele deu um beijo nela. Na Diana.*

– Em casa, imagino. Lambendo as feridas. Se bem que provavelmente deve ser difícil lamber o próprio olho. Liguei pra ele ontem à noite e hoje de manhã. Ninguém atende. Será que a gente passa na casa dele?

– Acho que ele não está em casa. – Ela morde o lábio.

– *O que será* que ele queria na biblioteca ontem à noite, afinal?

Mas as pontas dos dedos de Nicky estão dançando sobre a tela do celular, acompanhando o trajeto.

– Pode virar à direita aqui, por favor?

Minutos depois, debaixo de uma frágil treliça de fios de bonde, eles estacionam e atravessam a rua para entrar no funil da Castro Street. Bandeiras de arco-íris penduradas em postes de telefonia inflam como as velas de um barco; lojas de roupas e centros de tratamento a laser ladeiam os andares superiores de casas em estilo Gilded Age. Luzes clareiam as janelas salientes e refletem nas vitrines das delicatéssen e pet-shops. O único banco à vista, vestido de tijolos descorados, parece um acompanhante numa festa.

– Que estranho pensar que alguém morreu lá embaixo enquanto você estava dormindo – diz Jonathan, e Nicky quase chora outra vez.

Eles passam pelo imponente Castro Theatre (o letreiro anuncia: CORAL BOHEMIAN RHAPSODY! e um drama de guerra alemão chamado *Phoenix*, que Nicky supõe não se tratar de um coral), um dispensário de cannabis e uma pizzaria. Ela olha para o próprio celular. *Aquela quentura desconfortável na boca do estômago, aquelas batidas horríveis no alto da cabeça...*

Quando a seta na tela vira para a esquerda, ela vira junto.

E ergue os olhos para um beco reluzente de grafites fosforescentes. A seu lado, um coelho branco acena segurando um relógio de bolso; dos dois lados do coelho, há muralhas abarrotadas de cidadãos do País das Maravilhas: o Arganaz, sonhando; a Rainha de Copas, aos gritos... todos em tons dignos de uma viagem de ácido, sorrindo boquiabertos enquanto Nicky vai entrando cada vez mais fundo no beco. Acima dos desenhos, letras flutuam numa onda de fumaça de narguilé: AQUI TODO MUNDO É MALUCO.

À esquerda dela, está agachado um monstruoso Gato de Cheshire, cujo sorriso parece uma foice, e o rabo tem o formato de um ponto de interrogação.

O formato é mesmo o de um ponto de interrogação, percebe Nicky, e o borrão de tinta roxa logo abaixo é uma maçaneta. Ela a gira, empurra a porta...

– Espera – sibila Jonathan do mesmo jeito que fez na noite anterior, na biblioteca.

... e Nicky adentra a escuridão.

O lugar é uma caverna, a maior parte de chão de cimento, invisível sob os pés dela. Três reservados maltratados abraçam uma das paredes, cada qual iluminado por uma arandela desesperada para se aposentar. Do outro lado do recinto, bancos altos circundam um bar em formato de meia-lua, e atrás dele, acima de uma paisagem de garrafas, globos de luz de camarim soletram o nome BAR DA BETTY.

Nicky se aproxima. Tende a gostar de bares escondidos. Bares escondidos tendem a gostar dela.

A bartender alta e corpulenta a examina; está de top, tutu de bailarina e com uma barba por fazer de uma semana.

– Na minha próxima vida, quero voltar bonita feito você – diz ela com a voz grave e encorpada. – Qual é o seu nome, garotinha?

– Nicky.

– Eu sou a Betty. – O aperto de mão dela seria capaz de triturar gelo. – E o seu parceiro?

– Jonathan. Meu Deus – acrescenta ele quando Betty agarra sua mão.

– Bem-vindos ao Bar da Betty. Café de dia, bar à noite. E de dia.

Ela dá uma piscadela. Tem os olhos emoldurados por cílios com lantejoulas.

Nicky se acomoda num dos bancos do bar.

– E você dorme quando?

– Ah, garota... eu largo às quatro da tarde. Sou a dona disso aqui. – Betty dá um toquinho no próprio celular, e alto-falantes invisíveis expiram um solitário solo de sax que chega a crepitar de tão antigo. – Bem melhor. O que vai ser?

– Eu não bebo café.

– Então não beba café.

– O que você sugere? – pergunta Jonathan.

Betty fica escutando o sax subir em direção ao teto.

– Deve-se misturar um Manhattan no ritmo do foxtrote, um Bronx no ritmo do *two-step*, e um martíni sempre no ritmo da valsa.

Nicky também fica escutando.

– Não tá me parecendo ter ritmo nenhum.

– Então uísque, vai. – Betty desenrosca a tampa de uma garrafa de Hibiki e serve três doses.

Antes de conseguirem brindar, uma tosse que soa como um vulcão irrompe das profundezas do recinto. Nicky se vira: na mesa do fundo, um reservado, um homem castigado pelo tempo e alto feito uma cegonha, trajando um terno marrom sem vida, mergulha o bico num copo de cerveja, engole, em seguida dá um trago num cigarro. A fumaça rodopia sob a luminária.

– Aquele indivíduo está morrendo? – pergunta Jonathan.

– Aquele é o Professor – diz Betty. – Ele veio com o bar. Ainda não bateu as botas.

Há um rápido clarão de luz quando as portas se abrem e tornam a se fechar. Betty acena para uma mulher de roupa de cirurgiã antes de se virar para uma máquina de café expresso do tamanho do motor de um carro.

– Estão esperando alguém, queridos?

– Procurando – diz Nicky para as costas largas de Betty. – Um cara mais ou menos da nossa idade.

– E que idade seria essa?

– Uns 30 e tantos – responde Jonathan.

A máquina de expresso começa a borbulhar.

– Boa pinta, alto – diz Nicky.

– Marombeiro – comenta Jonathan.

– Cabelo bem escuro – acrescenta Nicky.

– Calma lá – diz Jonathan.

A máquina silva.

– E uma pequena tatuagem no braço... a frase de um livro.

A máquina ruge, e Betty leva uma xícara e uma jarrinha até a mulher de pijama cirúrgico, ocupada em tragar um cigarro Camel alguns bancos mais adiante. Nicky quase sorri. A fumaça rodopiando na luz mortiça, a bartender casca-grossa, o sax triste... ela está num filme noir antigo.

– Ele comprou café aqui semana passada – diz Nicky. – Eu reparei no copo.

Ela desliza o dedo no celular e encontra a foto de Freddy do ano anterior no trabalho. Fica encarando a imagem: ele tinha uma cara bem mais saudável na época.

Betty assente e seu sorriso perde a força.

– Bonitinho. Infelizmente, não posso ajudar. Vocês vieram de carro?

Jonathan olha para a bartender por um instante.

– Viemos.

– Estacionaram onde?

Jonathan cita o nome da rua.

– Não pode parar lá de tarde. Vocês vão ser guinchados.

– Droga – diz ele, descendo às pressas do banquinho e prometendo voltar.

Assim que as portas se fecham, Betty se inclina para a frente e acena para Nicky fazer a mesma coisa.

– Tá tudo bem com o carro. Eu queria que ele saísse de perto. Olha, em relação ao Fred, não posso te ajudar, mas também não sei se fui com a cara do seu namorado.

Nicky franze o cenho.

– Ele não é meu… como assim?

– Nunca vi ele antes – diz Betty, alisando o queixo do qual despontam fios grossos. – Mas já vi outros do tipo.

– E que tipo seria esse?

– O tipo que está escondendo alguma coisa. – E ela engole seu Hibiki.

Nicky esfrega devagar o copo entre a palma das mãos. Ela gosta de Jonathan: do papo, dos lábios dele. Gosta até da ligação do sudoeste da Inglaterra entre ele e Hope Trapp.

… Embora ele tivesse *de fato* morado em Londres ao mesmo tempo que Diana.

E tivesse *de fato* ficado com a chave dela por 24 horas.

E *de fato* conhecesse Freddy, ele próprio um assassino improvável, mas que com certeza tinha algo a esconder, como disse a prima dele.

E alguém poderia ser um assassino sem ser Cole. E também sem ser Sebastian.

Nicky engole sua dose de uísque, faz uma careta, engole a de Jonathan, faz outra careta. Betty a observa com ar de aprovação. Ela limpa a boca.

– Obrigada pelo drinque. – Nicky espalma três notas em cima do balcão... – Pelo seu e pelos nossos. – ... e recua na direção da porta. – Até a próxima, quem sabe.

– Vou ficar te esperando, garotinha – diz Betty.

Só quando está de novo no beco, piscando por causa do sol, é que Nicky se dá conta de que Betty sabia o nome de Freddy sem que ela o tivesse pronunciado.

61.

T ALVEZ SEJA A FEBRE DETETIVESCA, ou talvez o uísque, mas Nicky se sente pronta para ir atrás do coelho branco rumo ao País das Maravilhas, até onde o beco faz uma curva debaixo de uma borboleta azul, a lagarta renascida. Ela vira à esquerda.

Um segundo depois, ouve uma porta bater atrás de si. Olha para trás e vê a cegonha do bar, com sua plumagem sebenta, mascando um cigarro. O homem olha para um lado e para o outro e começa a avançar na direção dela.

Ela aperta o passo, transpondo letras que se derramam pelos tijolos: AH, QUE SONHO MAIS CURIOSO EU TIVE!

Quando termina de dobrar a esquina, já saiu do País das Maravilhas, embora não do beco. Nesse ponto, a via se estreita, e as paredes encardidas se afunilam em direção a uma faixa distante de calçada e de sol.

– Ei. – A voz dele entra aos tropeços no beco e vem cambaleando atrás dela. – Menina!

Ela lança um olhar para trás, não vê ninguém exceto a borboleta, então se abaixa para entrar num vão de porta raso. Na vidraça da porta está pregada uma folha de papel com: CUIDADO COM O FDP DO CACHORRO escrito com tinta vermelha.

– Menina! Quero falar com você.

O Professor está chegando perto, os pés batendo no chão. Nicky não consegue decidir se deve se esconder ou pular em cima dele.

Ele ultrapassa a passos largos o ponto em que ela está, recendendo a álcool e fumaça de cigarro, com os cabelos sem vida roçando os ombros…

… e um frenesi de rosnados irrompe atrás dela ao mesmo tempo que a porta estremece, e ela sai de novo para o beco, tromba no desconhecido e o projeta com força contra a parede de tijolos. Quando ele grunhe, o cigarro cai da boca.

Como Nicky lhe deu uma joelhada no saco (sem querer) e o segurou pelos ombros (também sem querer), ele não consegue se abaixar. Ela continua segurando o casaco ensebado e vira a cabeça. Atrás da porta, um vira-lata qualquer late para eles, espumando pela boca e arranhando o vidro com as patas.

– Caramba, dona! – grasna o professor. – Eu só queria... caramba, cala essa boca, vira-lata!

O fdp do cachorro baba a janela toda e morde o ar.

Nicky solta o homem, dá um passo para trás... então dá meia-volta e solta um rosnado tão feroz que o cachorro desaparece de repente, deixando o vidro coberto de uma saliva que parece espuma.

Ela se vira para o Professor.

– O que o senhor queria?

Ele faz uma careta.

– Fred. Trabalha em algo com esporte. Um cara grande, musculoso. – Quando ele olha na direção do cigarro caído, Nicky se abaixa até a calçada e o recolhe. – Obrigado – diz ele, enfiando a guimba entre os lábios.

– O senhor conhece ele?

O homem faz que não com a cabeça.

– Já vi ele lá... – Ele move o polegar na direção do Bar da Betty. – ... várias vezes. Ele sempre traz comida. Um macarrão asiático num saco. – Uma lufada de fumaça. – O restaurante se chama Tigresa. Me lembro disso porque minha esposa e eu tínhamos uma gata com o mesmo nome. Um dia de manhã, eu acordei e ela tinha ido embora no meio da noite. A gata, não a minha mulher. Nós nunca mais a vimos. Daí, um ano depois, eu acordei e minha esposa tinha ido embora no meio da noite. Também nunca mais a vi. – Ele suspira. – Que saudade tenho daquela gata.

Nicky olha para o Professor, para a pele descorada curada de sol e de fumaça, para os dedos amarelados na ponta, para os olhos tristes; ela o imagina saudável, ou pelo menos esperançoso, com um emprego, um almoço no horário e, por que não, uma gata.

– Por que está me dizendo isso?

Ele alisa a frente da camisa pontuada por furos de brasa, como se algum assassino meticuloso o tivesse salpicado de tiros.

– O cara é esquisito. Um ou dois meses atrás, ele começou a aparecer chapado por aqui. E desde então, quase todas as vezes, aparece com a comida chinesa dele, meio nervoso, e um pouco depois um rapaz jovem aparece, se senta e...

– Quem?

– Não sei. Mas eles conversam por alguns minutos, e o aí o cara vai embora. E o seu carinha também, depois de comer a comida chinesa. Uma vez por semana, talvez.

– Quando? Digo, em que dia da semana?

– Menina, nem sei que dia é hoje.

Ele traga o cigarro e joga a guimba no chão.

Nicky tateia os bolsos e puxa a carteira.

– Muito obrigada, senhor – diz, oferecendo uma nota de 20. Ele a pega depressa.

– Cuide-se, senhorita. – Ele torna a recuar pelo beco em direção ao País das Maravilhas. – Talvez ele seja perigoso.

– Eu também sou – diz ela.

62.

Ninguém mandou mensagem: nem Cole, nem Freddy, embora ela o tenha ameaçado várias vezes. E quem mais entraria em contato com ela? *Você é a última que sobrou.*

Madeleine sai do quarto arrastando os pés e sobe a escada; quando chega ao patamar, a porta da frente se abre e Nicky entra, com um sorriso esperançoso.

Aquele abraço aconteceu horas antes. Madeleine continua a subir.

Na porta do quarto do pai, ela hesita e o observa roncar debaixo das cobertas sob o teto vermelho da cama de dossel, com os olhos fechados e as mãos unidas sobre o peito. *Imagino que isso seja uma prévia do que vai acontecer*, pensa ela.

– Notícias do Frederick?

Madeleine nem sequer reparou em Simone à cabeceira do pai. Ainda de roupão. Ela mesma tampouco se trocou. Talvez as duas devessem se vestir.

– Frederick? – suplica a tia.

Madeleine faz que não com a cabeça. Ela sai do quarto.

Como Freddy estará metido naquela história? As borboletas, as mensagens de texto... tudo poderia ter sido feito por um homem só. Mas com certeza não se esse homem for Freddy. (Será?) O único amigo de Cole: seu guarda-costas no vestiário, companheiro no escotismo, parceiro de beliche. Será que os dois tinham se reencontrado?

Uma fita murcha impede a entrada naquele que ela ainda considera o quarto da mãe: cena de crime cena de crime, entoa a fita, muito segura de si. não ultrapasse.

Ela passa por baixo da fita.

O ar dentro do quarto parece mais rarefeito; as paredes violeta estão desbotadas. A cama está feita, com um vestido escuro por cima como um contorno de giz e, no chão, uma capa protetora de roupa.

Talvez seja essa a sensação e o aspecto de um quarto quando alguém *morreu* lá dentro.

Embora Diana não tenha morrido ali.

Diana esperava morrer em Samarra.

Diana esperava poder viajar.

Diana planejava um futuro.

Madeleine franze o cenho para a escrivaninha. Por que então Diana tinha escrito aquele bilhete?

A polícia fechou a janela fatal. Madeleine se aproxima, tomando cuidado para não tocar o peitoril, e olha para o pátio lá embaixo e para o lago. Algumas folhas de lótus em formato de coração. Peixes nadando em círculos lentos na água negra transparente.

Será que ela tinha pensamentos suicidas?

Será que estava bêbada?

Será que foi empurrada?

Madeleine se vira e vai até a penteadeira, vazia com exceção de uma luminária, um vidro preto de perfume e uma caixa de joias branca, todos duplicados no espelho. Quando ela ergue a tampa da caixa e gira devagar uma chavinha na lateral, frágeis notas metálicas começam a flutuar feito balões à luz da tarde. Uma canção francesa: Madeleine se lembra da melodia da aula do idioma no sétimo ano.

Depois de alguns segundos, examina o vidro de perfume. Ali está, enfim, o nome da misteriosa fragrância de Diana, limpa, fresca e suave: Mystery, mistério. Madeleine acha o nome bem pouco criativo.

Ela borrifa o perfume no pulso descoberto. Torna a atarraxar a tampa, coloca o vidro na penteadeira e leva o braço ao nariz.

A música começa a ficar preguiçosa; as diminutas notas metálicas perdem a força e morrem. Madeleine fecha a tampa da caixa de joias, passa a mão por cima dela uma vez, em seguida sai do quarto. A fita da polícia se desprende do batente; ela a observa flutuar até o chão, abaixa-se para pegá-la e a pressiona com força no batente.

Quando está descendo o corredor em direção ao quarto do pai e o derradeiro eco da melodia se apaga da sua mente, ela se lembra do título. "*J'ai descendu dans mon jardin.*"

Eu desci para o meu jardim.

63.

Simone recebe Nicky na cozinha com frieza e parece surpresa ao saber que ela saiu da casa, e ainda por cima com Jonathan. ("Não entendi direito do que aquele tal de Betty estava falando", tinha dito ele. "Estava tudo bem com o carro.")

– Os investigadores me falaram dele. – Simone está inclinada acima da ilha com o roupão e uma caneca de café à frente. – Perguntaram até se ele me *lembrava* alguém. Referindo-se a *Cole.* Como se eu não fosse capaz de reconhecer meu próprio *sobrinho.*

Nicky se detém ao lado dela. Quem iria confundir Jonathan Grant com Cole Trapp? A polícia, pelo visto.

Ela pega uma embalagem de leite longa vida na geladeira e espera Simone comentar como ela está à vontade ali; em vez disso, é convidada a dar uma olhada nas fotos da noite anterior.

– Tive a ideia de tirar algumas fotos, para o caso de você querer alguma para o seu... livro de memórias – explica a única Sra. Trapp viva enquanto Nicky se acomoda a seu lado. Ela desliza dois dedos pela tela, de um lado para o outro, com a mesma regularidade de um limpador de para-brisa. – Aqui está a pirâmide de champanhe. Ah, não suporto nem olhar. – Passa. – O que deu em mim pra fotografar camarão à milanesa? – Passapassapassapassa. – Lionel Lightfoot. Eu nunca vou saber no que Diana estava pensando.

Ela passa um instante calada.

O próximo a aparecer é Freddy. Simone suspira.

– Ele tem andado tão *imprevisível.* Aquela *cena* ontem à noite. Queria... queria que ele me ligasse.

Ela então chega a uma foto de Diana: vestido colorido e cabelos soltos, taça vazia na mão, conversando com Freddy, mas com o olhar perdido atrás dele.

– Ah – diz Simone.

Ele deu um beijo nela.

Na foto seguinte, Freddy está segurando a câmera acima da cabeça, com o braço esticado, enquanto ele e a mãe ladeiam Diana.

– Ele insistiu em tirar uma selfie – explica Simone a Nicky. – Que ângulo.

Ela franze a testa. Está com a testa franzida também na foto e um tiquinho desarrumada: os cabelos prateados presos na corrente de prata, os cílios pretos de rímel.

Diana tem os contornos borrados. Seu aspecto é quase espectral.

– Poderia me mandar essa? – pede Nicky, surpreendendo a si mesma. – Eu gostaria de... eu gostava dela.

– Frederick também pediu.

Simone lhe entrega o celular, e Nicky encaminha a foto. É um consolo saber que Diana tem uma vida após a morte no aparelho, um fantasma dentro da máquina.

– E aqui está Sebastian. Ou boa parte de Sebastian. Dá para ver como pode ser difícil enquadrar ele todo quando está conversando com uma pessoa tão baixinha, como essa mulher de cadeira de rodas.

Depois, Sebastian rindo, Sebastian fazendo uma mesura, Sebastian tomando um gole de cerveja.

– Você sempre foi apaixonada por ele?

Nicky sabe na mesma hora que ninguém nunca perguntou isso a ela. Simone vira a cabeça, quase assombrada, como um espírito solitário que de repente alguém consegue ver.

Quando ela fala, a voz sai muito, muito suave:

– Desde o dia do meu casamento. – Os cantos dos lábios dela se erguem. – Nunca tinha encontrado com ele antes disso. A primeira vez que saímos, eu e Dominic, digo, foi logo depois de ele, Hope e Madeleine viajarem para uma longa turnê de lançamento de um livro. Não lembro qual. Pouco importa. Aí eu engravidei, e minha mãe queria que o bebê nascesse num matrimônio... e seis semanas depois, nós nos casamos às pressas. Eles faltaram ao ensaio. Sebastian e companhia. Um voo cancelado, acho. Pouco importa. Mas, na manhã seguinte...

Os olhos dela se fecham.

– Quando eu o vi com o terno de padrinho, de pé ao lado de Dominic no altar, pensei: *Ah, não... é* você *que eu quero, é* você *que eu amo, sim, sim.* – Ela encara radiante o teto, com o pescoço inteiro à mostra, e por um instante Nicky tem um vislumbre da mulher que ela era antes de a tensão lhe escavar rugas no rosto e a idade acinzentar seus cabelos. – *Por que você?* – pergunta ela, impotente. – *Por que agora? Quando estou subindo o altar?*

Nicky fica escutando.

Simone desce de volta à terra e abre os olhos.

– Eu disse sim para Dominic, claro. Disse e fui sincera. Ele foi o precursor. E eu o amei, e amei Frederick, na época, agora e para sempre. Fui uma irmã zelosa para Sebastian e Hope, e depois... depois daquela véspera de ano-novo, passei todos esses anos cuidando de Sebastian. Todos nós passamos. Aí, quando o meu marido morreu, eu pensei... eu *torci*...

Nicky sente o sangue começar a se agitar. *Isso não ficaria na sua cabeça?*, havia perguntado Simone. *Tirar uma vida... Sem nunca admitir o que fez. Quem seria capaz de uma coisa dessas?*

Cui bono, tinha respondido Nicky. *Quem* se beneficiara com a morte de Dominic? Quem poderia ter se beneficiado com a de Diana, aliás?

Simone suspira.

– Mas não consegui dar um jeito de Sebastian algum dia me enxergar como alguém além da própria cunhada. Que nunca cala a boca, que mima o filho, enxerida e mandona. Pouco importa.

A tela do celular dela fica preta. Sem pensar, ela encosta o dedo ali, e o rosto de Sebastian surge mais uma vez. Simone o encara.

– Aí ele trouxe Diana para casa. Por essa eu não esperava.

E agora Diana está morta. Diana, que provavelmente não esperava por essa.

Simone começa a girar a colher dentro da xícara.

– Eu não ligo muito para romances de mistério. Acho ridículo. Até as histórias protagonizadas por Simon. Já li todas, claro. Li Sherlock Holmes também. Queria ver o que *ele* via nesses livros. Só me lembro do homem que se apaixonou por uma mulher num cruzeiro marítimo anos antes, aquele que disse a Sherlock: "Quando nos despedimos, ela era uma mulher livre, mas eu não era um homem livre." – Mais um sorriso fraco. – Você é uma boa ouvinte. Entendo por que as pessoas conversam com você.

– Hum – responde Nicky, engolindo o leite.

– Já amou alguém sem ser correspondida?

Fico pensando se foi a Simone quem deu fim nele, dissera Jonathan sobre algum Watson morto tempos antes. *Perguntei pro Fred se a mãe dele poderia de fato ser capaz de cometer um homicídio. E ele respondeu: "Cara, a minha mãe é capaz de cometer genocídio."*

– Já – responde Nicky, com a voz engasgada.

– Eu acho que isso pode ser quase prazeroso. – As pontas dos dedos de Simone deslizam pela tela. As duas passam alguns segundos sem dizer nada. – Mas é sobretudo insuportável. Ah… já passa das cinco. Os gatos devem estar se canibalizando. Preciso ir embora. Sou eu quem vai organizar o enterro, claro. Sebastian é incapaz. Madeleine idem, decerto. – Ela desce do banco. – Acho que você também deveria ir.

Ela não quer dizer apenas se despedir e ir se deitar.

– Eu entendo.

– Houve uma morte na família. Sebastian não está bem. Madeleine está… como sempre. Frederick está estragando coisas e atacando pessoas… Sinto muito, aliás.

Nicky pigarreia.

– Não foi a primeira vez que eu levei um soco.

– Tenho certeza de que daqui a um tempinho você e Sebastian vão poder conversar sobre o seu projeto. Mas, por enquanto…

– Eu entendo. De verdade.

Simone põe o celular no bolso. Na porta, ela para e examina o próprio roupão.

– Acho que vou pra casa com isto – diz. – É dele.

Quando ela sai, Nicky toma o resto do leite e suspira. *A febre vai tomar conta de você.*

Ela não joga xadrez, mas mesmo assim consegue visualizar o tabuleiro: Simone sacrificando um cavalo para assumir seu lugar ao lado do rei. A dama surge do nada. E Simone acaba por despachá-la também.

Nicky mordisca a unha do polegar. Por que Simone atacaria poucos meses antes da morte de Sebastian? Talvez, se uma pessoa tivesse matado duas pessoas por um único motivo, se sentisse na obrigação de terminar o que…

Ela abaixa a cabeça e segura o copo com força.

Por que não três pessoas?

E então um rugido lhe enche os ouvidos quando a febre a domina: e a primeira dama?

Onde estava Simone naquela noite? Em casa, segundo ela, com o marido e o filho.

E Cole.

64.

Lá em cima, sentada na cadeira ao lado da cama sob a luz fraca do abajur, Madeleine encara as mãos do pai. Mãos de pianista, costumava dizer sua mãe, de ossos finos e dedos longos. Ela examina os próprios dedos no colo. Grossos, ela sabe, ou no mínimo desajeitados.

Ele agora perdeu duas esposas. E um filho.

– Ela teve uma vida triste.

Madeleine se sobressalta. Os olhos de Sebastian estão fechados, as pálpebras azuladas, escuras como órbitas numa caveira.

Alguns segundos transcorrem até ela desconfiar que imaginou aquela voz. Do outro lado da janela, os últimos resquícios de luz da tarde se apagam.

– Uma vida triste – repete ele, de olhos abertos.

Madeleine fica pensando se ele ainda está chapado de maconha.

– Ela teve cinco anos com você – diz ela. – Vocês viajaram. Vocês... – Eles se davam bem. Riam juntos, com bastante frequência. – ... se amavam – conclui ela.

Mas ele rola a cabeça de um lado para o outro sobre o travesseiro.

– A verdadeira vida dela acabou antes de mim.

Madeleine se lembra.

– Então ela se refugiou. No passado, onde o cenário era conhecido. Creio que foi por isso que voltou para cá: não para viver a vida, mas para esperar que acabasse. – Ele então vira o rosto para a filha. – Nós não fomos a primeira escolha um do outro. Mas era por isso que nos encaixávamos: tínhamos ambos nos conformado com isso. Nenhum dos dois realmente queria outra vida que não a que já tínhamos. Nós éramos a vida após a morte um para o outro. – Ele está com os olhos úmidos.

Então, com um sorriso triste:

– Entre, por favor.

Madeleine olha para trás de si: Nicky está parada no vão da porta como um anjo das trevas, sem saber ao certo se chegou tarde ou cedo.

– Desculpem a intromissão – diz ela. – Eu deveria ir embora. Vocês devem estar querendo ficar sozinhos.

Madeleine assente, satisfeita. Ela e o pai já travaram essa guerra antes, os dois contra o mundo, os dois contra aquela casa: espiando juntos aqueles corredores escuros, escorando lado a lado o peso daquele sótão, afastando--se das janelas…

– Srta. Hunter, eu ficaria consternado com a sua partida. Maddy… – Ele estende a mão para a filha. – Por favor, diga à nossa hóspede que insistimos.

Irritada, ela aperta os dedos do pai.

– Com certeza, ninguém vai a lugar nenhum hoje.

– Fique um instante, Srta. Hunter. Sabem, meninas, o que eu mais queria para Diana era a maternidade. Ela possuía aquela qualidade essencial, *elementar* de uma boa mãe.

Madeleine quase retira a mão.

– Gentileza?

– Não. Ela *era* gentil, mas não é isso.

Ele olha pra Nicky.

Que, após uma pausa, diz:

– Diana era feroz.

– Muito bem. Ela precisava ser, para sobreviver a uma perda dessas. Não são muitas as pessoas que conseguiriam sentir isso nela, mas você sentiu.

Madeleine fulmina o pai com os olhos, querendo que ele fale com ela, não com aquela desconhecida… e ele então faz isso.

– "O amor de uma mãe pelo filho ou filha não é igual a nada no mundo" – diz ele. – "Esse amor desconhece leis, piedade, a tudo se atreve e esmaga sem remorso tudo que estiver no caminho." – A mão dele se move dentro da dela. – Assim falou Agatha Christie. E uma mulher feroz assim teria sido uma mãe maravilhosa. – Sebastian está afundando mais na cama, a voz fraquejando. – Mas ela não quis tentar outra vez, correr esse risco novamente. Não quis perder de novo.

Segundos depois, ele está roncando e Madeleine diminui a luz do abajur. Quando ela se vira para a porta, Nicky já sumiu.

No corredor escuro – era Diana quem sempre acendia a luz das arandelas, claro – Madeleine tropeça na maldita cachorra. As duas descem até o pátio. Enquanto Watson rega um buxeiro com nitrogênio, Madeleine olha para o canto escuro onde mais cedo (teria sido naquele dia mesmo?) encontrou o pai, aos urros, com a esposa nos braços; onde agora os peixes nadam com indiferença.

Ela estremece.

Na sala escura, cujo lustre desolado parece uma árvore de Natal morta, Madeleine manuseia a estante até a parede escorregar na sua direção. O quartinho da ressaca está na penumbra.

Ela se senta na espreguiçadeira lá dentro. Os olhos percorrem as paredes, a galeria de mapas e gravuras... teria Diana visitado todos aqueles lugares? Madeleine nunca perguntou.

As luzes se apagam.

Ela então escuta um leve murmúrio da água do lago junto ao chão, entrando pela grade. O corpo de Diana ficou dentro daquele lago. O sangue dela escorreu para dentro daquela água. O que Madeleine está escutando, aquele barulho de água, é um som de sangue.

E enquanto ele lhe invade a cabeça, ela encontra o celular e digita uma mensagem para o irmão.

Magdala

Estou começando a ficar com medo.

Segundos depois:

Magdala.

Acho que você não está com medo suficiente.

65.

– Boa noite – diz Jonathan.

– Boa noite – responde Nicky, com o celular encaixado entre o ombro e a orelha.

– Tá tarde pra falar?

Não são nem nove e meia da noite, mas ela seria capaz de dormir por um ano. *Vá dormir*, tinha dito Diana na noite anterior (teria sido mesmo só na noite anterior?). *Eu pretendo me medicar até semana que vem.*

Jonathan continua o que estava dizendo:

– Fiquei pensando. Depois de te deixar em casa. Achei que aquela borboleta na máquina de escrever ou sei lá o quê... achei que fosse só uma brincadeira.

Nicky mira uma perna no short, erra, cambaleia pelas tábuas do piso, grunhindo.

– Pelo barulho, tá parecendo uma partida de rúgbi.

– Pela sensação também. – Ela aciona o viva-voz e joga o celular em cima da cama.

– Mas eles... digo, a polícia... eles estão achando que era uma ameaça? – continua ele. – Estão achando que esse artista do origami, seja ele Cole Trapp ou não, sabe o que aconteceu com a esposa, com a mãe? E está tentando forçar Sebastian a confessar tudo? E que ele não é o Fred?

Nicky suspende o short até o quadril.

– Essa é uma teoria.

– E que ele tá tentando meter medo no Sebastian?

Ela se senta na beirada da cama e se deixa cair para trás.

– Ou encurralar. Ou chantagear. Ou torturar. Mas ele parece ter certeza de que Sebastian é responsável.

Uma das mãos agita os lençóis e roça no diário.

– Acho que eu não seria capaz de fazer origami. Você consegue criar animaizinhos de papel dobrado?

– Eu mal consigo dobrar um guardanapo.

A risada dele é tensa.

– Eles querem falar comigo. A polícia. Estou meio nervoso com isso.

– Eu não teria medo. A verdade é a melhor defesa.

Nicky se dobra na cama e apoia o diário na barriga.

– … ele era um menino pequeno – está dizendo Jonathan. – E esse menininho teria crescido e virado um cara abrutalhado como eu, é essa a ideia?

Enquanto ele continua falando em algum lugar perto do seu quadril, Nicky localiza o último registro que leu (ainda no dia anterior… teria sido mesmo só no dia anterior?). *Está acontecendo uma coisa empougante!!*

Ela vira a página, e então as seguintes… estão todas em branco. A voz de Cole se calou ali, em junho de 1999.

Os olhos dela estão cedendo. Nicky os fecha e deixa o diário aberto em cima do peito. Quando Jonathan faz uma pausa, ela murmura:

– É.

E, como uma boneca de corda, ele continua falando.

Somente naquele último instante antes do sono é que ela o ouve de novo com clareza, a voz grave e suave:

– Por que você tem tanta certeza de que não há nada a temer?

Quarta-feira, 24 de junho

66.

... UMA VIBRAÇÃO.

Madeleine abre um olho. O celular está estremecendo em cima do travesseiro.

– Alô? – diz ela com a voz arrastada.

– Sra. Trapp, estou ligando do *Chronicle*. Nós adoraríamos conversar com a senhora sobre a esposa do seu pai...

– *Eu preferiria morrer* – grita Madeleine.

Há 33 chamadas perdidas empilhadas na tela, todas de números desconhecidos. Treze recados de voz. "Madeleine", entoa um desconhecido, "meus pêsames. Trabalho na redação do..." Deletar. "Bom dia. Esperamos que a senhora possa confirmar alguns detalhes..." Deletar.

Ela vai assassinando cada mensagem, sentindo suor no sangue e ácido nas entranhas – *Me deixem em paz, nos deixem em paz* –, mas quando o telefone torna a vibrar, como em defesa própria, ela atende.

– É engano.

– Aqui é do *Oakland Star*. Por favor, venha dar uma palavrinha conosco.

– De jeito nenhum que eu vou até Oakland – rebate Madeleine, cuspindo as palavras.

– Não precisa. É só sair aqui fora.

Madeleine mergulha até as cortinas e as puxa para trás.

Uma dezena de desconhecidos está reunida na entrada do acesso de carros da casa, como vampiros esperando o convite para entrar. Dois deles seguram câmeras nos ombros; o restante cata milho nos respectivos celulares, com exceção da mulher que articula palavras no ouvido de Madeleine.

– Se pudéssemos pegar emprestada a sua...

Madeleine gira de costas para a cama, dando um susto em Watson, e sai pelo corredor de pijama. Língua seca, garganta apertada, a pele tesa: é mais uma vez o primeiro dia do ano, e o restante daquele mês, e daquele inverno. Ela vai abrir a porta da frente e dar um grito para dentro do passado.

Mas a porta da frente já está aberta. Uma espada de luz corta o mármore.

Madeleine congela.

– … a família pede privacidade neste… momento. O Sr. Trapp espera poder fazer uma declaração em breve, mas, por enquanto, por favor, só… deem a ele espaço para o luto.

Madeleine fica parada ao lado da porta. Nos degraus da frente, Nicky está se dirigindo aos insetos como se fosse um pequeno arauto, com a bolsa transpassada diante do peito.

– Por favor. – Ela acena com o próprio celular. – Ninguém quer aparecer na internet importunando um viúvo.

A multidão começa a se dispersar enquanto ela volta para dentro e fecha a porta.

– O que foi isso? – sibila Madeleine.

– Uau. – Nicky dá um pulinho de susto. – Desculpa. Eu vi a turba lá do sótão e pensei: *O que Simone faria? Simone provavelmente os mandaria embora antes de você ou do seu pai…*

Um latido baixo. Watson apareceu na porta do quarto.

– Vem, entra – diz Madeleine, então vai até o banheiro para recuperar o fôlego e jogar uma água no rosto.

Ao sair, encontra a cachorra roncando no mesmo lugar em que latiu e Nicky do outro lado do quarto, parada diante da gravura da ilusão de ótica.

– Saiu uma notícia bem curta na página policial ontem à noite – explica Nicky. – Só "Diana morta, por enquanto sem suspeita de crime".

Poderia até ter me enganado, pensa Madeleine.

– A *hashtag* "AssassinatoParte2" estava nos *trending topics* quando eu acordei.

– Ah, que beleza. Uma belezura mesmo. – Madeleine atravessa o quarto até a cama e olha com raiva pela janela. Os últimos insetos estão se afastando. – Fora daqui, seus porras – resmunga ela.

– O que foi que você disse?

– Só um palavrão. – Virando-se para Nicky. – Obrigada. Por ter… feito o que Simone teria feito. Tá de saída? – Com os olhos pregados na bolsa.

– Mudança de ares. Preciso escrever. – Nicky pigarreia. – E além do mais: sei que seu pai me pediu pra ficar, mas… eu acho que deveria ir embora. Acho mesmo. Como falei lá fora, vocês estão de luto e… – A voz na garganta dela racha feito uma placa de gelo.

Madeleine observa, horrorizada. Os braços se rebelam e sobem para um abraço antes de ela cruzá-los com firmeza.

– Desculpa – resmunga Nicky, passando os dedos debaixo dos olhos. – Ela era... uma pessoa muito decente.

Madeleine dá alguns tapinhas na cabeça dela como se Nicky fosse um cachorro bonzinho. Ouve-se dizer:

– Você vai perceber que não é tão fácil assim ir embora desta casa. Além do mais, meu pai está acostumado a ter mulheres por perto. Eu. Diana. Watson. – A cachorra adormecida chuta involuntariamente com as patas. – E talvez o passado seja um lugar melhor pra ele. Mesmo que não exista mais.

– Ou que esteja esperando.

Madeleine franze a testa.

– Foi ele quem falou isso – diz Nicky. – O passado não ficou para trás. Está só à espera.

Supondo que Cole tivesse algum... *envolvimento*, por assim dizer, na morte de Diana. Talvez pensasse que ela soubesse de algo sobre a mãe. Ou talvez quisesse que Sebastian prestasse atenção. Na verdade, pouco importava o motivo... supondo apenas que ele tivesse passado para o estágio seguinte ao das borboletas de papel. Será que ela deveria alertar a polícia, afinal? Será que eles iriam proteger a casa, proteger o pai dela?

Acho que você não está com medo suficiente.

A sombra que ele lança na cabeça dela está ficando mais escura a cada hora. Ela precisa de uma aliada.

– Por favor, fique – diz Madeleine.

O celular de Nicky emite uma notificação.

– É o meu carro. Eu vou voltar – acrescenta ela, passando com cuidado por cima da cachorra.

Madeleine pula em cima da cama e olha pela janela. Não há nenhum espectador, apenas um táxi amarelo-banana subindo o acesso e levando Nicky embora.

Watson a encara com um olho revirado quando Madeleine se aproxima. No hall, quase consegue ouvir a própria respiração. O pessoal do bufê da festa mal tinha varrido as ruínas da pirâmide de champanhe quando Simone mandou todo mundo sair, e guardanapos embolados ainda estão jogados pelos cantos feito folhas sopradas pelo vento, minúsculas espadas de palito se quebrando sob seus pés. O lugar parece à beira do colapso: *A queda da casa de Trapp*, pensa ela. Nunca gostou muito de Poe, mas dessa história se lembra, da casa com o salão gótico em decomposição e da mulher amaldiçoada que vivia lá. Madeleine.

67.

No carro, Nicky manda notícias para Irwin (que leu sobre a morte de Diana) e Julia (que não leu). Garante aos dois que vai embora em breve... mas ela sobreviveu àquela noite, não foi?

Irwin não sorri, nem mesmo com Batata ofegando no colo.

– Gente má adora inocência, Nicky. – A voz dele soa grave. – E você é a pessoa mais inocente que eu conheço, com o maior coração. E só existe uma de você.

Ela sente um aperto em seu grande coração.

– Você é a pessoa mais teimosa que eu conheço – diz Julia. – Isso é exatamente o que eu temia... não falei?

Não se ouve o gorgolejo de nenhum canudo, apenas a voz da tia, embargada. Nicky tenta distraí-la com as palavras dos últimos dias, mas não consegue se lembrar de nenhuma, e Julia não está no clima também.

Mensagens de texto lotam sua tela, e até mesmo algumas mensagens de voz à moda antiga: amigos e colegas de trabalho estão preocupados. Nicky promete responder à tarde, depois de ter aliviado aquele terrível batucar no alto da própria cabeça.

Salta no Portão do Dragão, em Chinatown. O carro se afasta, desviando de um cortejo fúnebre que avança devagar por Bush Street na direção leste.

Ela para na sombra dos três pagodes cujas telhas verdes parecem escamas. Serpentes marinhas gêmeas se cumprimentam no alto do telhado, e uma placa pintada como se fosse um tapete exótico se balança nas vigas, caracteres dourados gravados na superfície. Ao lado dos portões leste e oeste há dois leões de pedra, ambos usando um batom cor de framboesa.

E, além do Portão do Dragão, subindo o aclive acentuado de Grant Avenue, um rumor de vozes.

Nicky começa a subir: passa por antiquários, por alguns pequenos restaurantes, por fachadas de lojas que se apresentam em dois idiomas. Bem na sua frente, um grupo de mulheres loiras com roupas de moletom de marca protestam contra a desigualdade social. A mais loira de todas empurra um folheto para as mãos de Nicky.

– Procure saber!

A rua se nivela no cruzamento, bem no ponto em que Pine Street de repente começa a seguir para o oeste, como se a cidade estivesse se dobrando ao redor de Nicky. Ela se aproxima das bordas esgarçadas de uma grande multidão.

O quarteirão sobe e desce encimado por lanternas chinesas roliças, vermelho-vivas e cheias de borlas, penduradas na rua entre escadas de incêndio e sacadas, janelas e telhados. Multidões lotam as barracas: cozinheiros surrando *woks* para preparar yakisoba, crianças vendendo lenços de seda e camisetas de São Francisco. Ali também há uma fauna exótica: dragões rastejam pelo meio das pessoas, um bando inteiro, em cores muito vibrantes, soltando gritinhos animados por baixo da pele. Nicky espia dentro da barriga de um monstro vermelho-brilhante: meia dúzia de crianças em idade escolar, usando pernas de pau e ordenando aos transeuntes: "SAI DA FRENTE! SAI DA FRENTE!"

As calçadas estão abarrotadas, as pessoas coladas nas vitrines das lojas. Nicky verifica o celular. Será que consegue abrir caminho para avançar mais uns 60 metros?

O dragão volta para o meio da multidão. Nicky segura um punhado de penas azuis na cauda e pega uma carona.

Na metade do quarteirão, vê uma abertura e corre até a porta do restaurante Tigresa. Fica observando o lugar: toalhas de mesa brancas, Budas dourados sorridentes. Cinco clientes, nenhum deles Freddy.

Quando a recepcionista vem recebê-la, Nicky lhe mostra a selfie de Simone e aponta para Freddy. A mulher sorri e diz, num inglês suave:

– Docê.

– Se eu quero um doce?

– Docê.

Nicky franze o cenho.

– Docê, docê! – insiste a mulher, e conduz Nicky porta afora, guiando-a por alguns passos pela calçada entre os turistas que brandem paus de selfie como se fossem espadas e para dentro de uma entrada.

Nicky inclina a cabeça para trás. Pregada na fachada há uma placa vertical que se afunila até virar uma ponta de flecha embicada para a calçada. HOTEL DRAGÃO BARBADO, diz a placa em letras prateadas sobre uma tinta verde moribunda.

Ela se vira. A recepcionista do restaurante sumiu.

De onde está abrigada, Nicky fica olhando o fluxo de transeuntes enquanto recupera o fôlego. Distraída, examina o interfone, cujos adesivos estão descolando: 1A. 1D. 2B. 2C.

Do-cê, é isso. *Eureca*, ela não murmura, embora se sinta tentada.

Aperta o 2C. Aperta outra vez, pelo máximo de tempo que consegue aguentar o gemido da campainha. Então aperta um botão depois do outro até o interfone emitir uma voz áspera.

– Entrega – diz ela sem pensar; faz uma careta e espera.

A porta zumbe. Ela entra.

Uma portaria úmida cuja única faísca de cor é um Post-it rosa colado nas portas do elevador: QUEBRADO PARA SEMPRE. Abaixo do quadro de cortiça numa parede, folhas de papel se descolaram feito uma pele trocada.

Nicky se encaminha para a escada.

Sobe quatro andares em zigue-zague – os dois primeiros descorados por lâmpadas fluorescentes, os seguintes profundamente escuros – até virar num corredor curto onde cada uma das cinco portas está marcada com um pedaço de fita crepe. Não há nenhum apartamento 2C no segundo andar.

Outra escada branca ofuscante, outro corredor, e o barulho da rua rugindo atrás de uma janela distante. Ela encontra o 2C à esquerda.

A temperatura do corpo dela aumentou; ela enxuga a testa com uma das mangas. E bate no compensado fino.

Nada. Bate de novo.

Nada.

Com delicadeza, gira a maçaneta até senti-la travar. Dá um suspiro.

Então recua, apoiada num dos calcanhares, posiciona o ombro e arremete contra a porta do 2C.

A madeira geme, mas resiste. Ela recua, lança o corpo e se joga na porta, que se escancara.

68.

O APARTAMENTO É MINÚSCULO – como é que Freddy cabe ali dentro? – e a luz do dia filtrada por uma única janela encardida se esquiva do recinto como se estivesse desconfiada. Um micro-ondas no chão, uma pia de aço no canto, uma tevê de tela plana apoiada em cima de três cestas de supermercado emborcadas. Bolsas de lona evisceradas aos pés de Nicky: roupas, tênis, uma lata de desodorante.

As quatro paredes todas nuas.

Ela fecha a porta com um empurrão e vai até a mesa baixa de centro, sobre a qual estão enfileirados frascos de remédios: baixos, largos, finos, altos. Nicky se agacha e estreita os olhos para uma etiqueta:

OXICODONA 40 MG

Examina a receita colada no frasco. Está no nome de NANCY HOUGHTON. O endereço fica em Oakland.

O frasco seguinte, PERCOCET 10 MG, está no nome de ROBERT ANDERSSON, de Sausalito, e o seguinte – OXYCONTIN 15 MG – no nome de A. H. CHATHAM, de São Francisco. Nicky sacode cada frasco: apenas uns poucos comprimidos chacoalham lá dentro.

A porta ao lado da televisão suspira quando ela a abre, como se estivesse cansada desse ritual. Ela entra. Seus olhos se arregalam.

Sebastian sorri para ela.

Madeleine se cala no meio de uma frase.

E Diana olha para a esquerda, com os lábios entreabertos.

São instantâneos, mas todos nítidos e bastante bem enquadrados, alguns em cores vivas, outros em preto e branco ou sépia. Dezenas de fotografias cobrem duas paredes vermelho-vivas num dos cantos do quarto, onde uma luminária brota do chão e projeta um feixe branco de luz sobre as fotos, as manchetes e recortes de notícias, todos com uma iluminação dramática de cinema, brancos ofuscantes e negros retintos:

ESPOSA E FILHO DE AUTOR DE SUCESSO DESAPARECEM

O SUMIÇO DA MULHER!

CHEFE DA POLÍCIA: "POUCO PROGRESSO" NO CASO TRAPP

10 ANOS DEPOIS, ONDE ESTÃO OS TRAPPS?

SERÁ O NOVO ROMANCE DE SEBASTIAN TRAPP A CHAVE

PARA O MISTÉRIO DA SUA FAMÍLIA?

… todos encaixados como peças de um quebra-cabeça. Ali estão os vivos e os mortos: Lionel e Cassandra Lightfoot; Dominic Trapp e a noiva grávida; B. B. Springer e um policial mais velho de cara vermelha; Isaac Murray e, na vida passada antes de sua vida passada, Diana Gibson.

Do outro lado do cômodo, há uma cadeira dobrável e uma mesa de carteado com pernas frágeis. Um laptop, fechado; uma impressora colorida reluzente; várias velas, cujas chamas tremeluzem na ponta de pavios compridos demais.

Nicky sente o coração pular no peito. Ele deve estar por perto.

Passa pelo colchão no chão, passa pelo frigobar agachado no meio de uma poça, até ficar parada em frente à escrivaninha dele.

Em cima da cadeira, há uma cabeça decepada.

Nicky engole um suspiro.

Não… é apenas um rosto: aquela pele de borracha, aquele esgar de morte. Jack Pés-de-Mola, sorrindo para ela do assento da cadeira. Freddy obviamente tinha outra máscara. Nicky estremece, torna a olhar na direção do mosaico na parede.

Estranho ele dar as costas para aquele santuário.

Ao lado do computador, uma folha de papel dobrada e um envelope. Ela alisa o papel e lê à luz da vela. Tinta verde, letra tremida:

Apresento-lhes a mais nova integrante do elenco

E impresso a laser no pé da página:

O COMPRADOR SE COMPROMETE A NÃO
DIGITALIZAR O CONTEÚDO DESTA.

O verso do papel está em branco.

O envelope, então. Ela o pega: um endereço em Mission.

Uma foto cai lá de dentro, de cabeça para baixo. No verso, a mesma letra cursiva: *Trabalhando duro*. Nicky a vira.

E lá está ela no restaurante vegano, encarando séria a tela do computador, com o celular em cima da mesa e a garrafa de Corona sufocada por um limão. Uma mulher solitária num restaurante solitário, como num quadro de Hopper. Ele a fotografou pela janela do estabelecimento, em preto e branco, e por isso, mesmo com os objetos, a cena parece atemporal.

A pele dos braços de Nicky se arrepia. E, quando ela se vira, quando se aproxima de novo da galeria, distingue duas outras fotos de si mesma. Subindo a imponente escadaria com Jonathan na noite da festa. Isaac Murray alertando-a na frente de casa.

A sua carona acabou de tirar uma foto de você. Da gente.

Ela franze o cenho para a impressão que está segurando. Por que alguém venderia uma foto dela? Quem iria *comprar*...

Um barulho de vidro estalando.

Ela congela.

Silêncio

A porta fica à sua esquerda. Só que dali ela não consegue ver quem está do outro lado; precisa ou recuar até o centro do quarto, ou então se deslocar para o lado rente à parede. Opta pela parede: se ele entrar, pode pegá-lo de surpresa. Começa a se mover.

Um barulho de vidro, lento agora, pisando com cuidado nos cacos. Nicky se imobiliza.

Silêncio outra vez. Ela respira sem fazer barulho, segurando firme o envelope e a foto.

– Quem tá aí? – A voz dele soa tensa.

Talvez ela devesse se mostrar, pensa Nicky, dando um passo para...

– Estou armado.

Ela enterra as unhas na palma da mão.

Fica esperando: o clique de um revólver talvez, ou quem sabe a própria voz. É essa a melhor opção, certo? Chamá-lo com toda a calma e se identificar. Certo?

Enquanto está enchendo os pulmões de ar, a foto lhe escapa das mãos, desliza até o vão da porta e cai no chão, sem fazer barulho, virada para cima.

Nicky encara o restaurante vegano e deseja poder pular para aquela mesa ao lado de si mesma. O coração esmurra suas costelas.

Por fim, com todo o cuidado, ela espia pela borda do quadro.

Freddy a encara de queixo caído, camiseta manchada e calça de moletom, uma das mãos segurando a maçaneta e a outra esganando uma sacola de entrega a domicílio. TENHA UM BOM DIA, incentiva a sacola acima de um uma carinha sorridente.

Ela consegue ouvir o barulho da feira de rua, o próprio coração batendo forte.

Dá um passo na direção dele.

Ele sai correndo.

69.

ELA SAI CORRENDO.

Ele já desceu em disparada o primeiro lance da escada quando ela irrompe no hall do prédio. As luzes da escadaria ofuscam sua visão; ela faz uma careta e se joga atrás dele, aterrissa no patamar e gira o corpo.

Mais um andar. Abaixo dela, os passos dele estalam no cimento. A escada é quente e estreita feito uma garganta.

Bum no patamar. Ela agarra o corrimão, olha por cima dele, vê de relance seu ombro na penumbra do andar de baixo, se precipita pelo lance seguinte, onde as luzes se apagam cedo demais para sua visão poder se adaptar, e se lança sem enxer...

Ela o ouve gritar, se projeta para a frente, bate na parede, percorre depressa o patamar, penetra mais fundo na escuridão...

... a colisão é violenta, um choque de ossos, e então aquele ganido outra vez, alto no seu ouvido. Ela o imprensou contra a parede: um jovem chinês.

Ela grunhe um pedido de desculpas e desce correndo degraus invisíveis. Estica uma perna, torce para acertar o patamar.

Tropeça, bate com o ombro na parede. Não para de correr.

Por cima do corrimão, ela o vê descer os últimos degraus e desaparecer de vista. Luzes frias iluminam sua chegada na curva seguinte. Ela estreita os olhos.

No último patamar, o pé derrapa forte num montinho de macarrão que parece um esfregão sanguinolento. Ela desaba sobre um lado do quadril, escorrega os últimos degraus com a cabeça entre os cotovelos e estica o pé para frear a queda.

O calcanhar é esmagado contra o chão, imprensando no piso de linóleo um saco plástico – TENHA UM BOM DIA – e ela se levanta ao mesmo tempo que a visão fica borrada...

... portaria, porta do prédio...

... para dentro da festa de rua, cores mais vivas, tráfego mais intenso, ruídos mais altos. Nicky estica o braço para dentro do rio de pedestres, atravessa a calçada. Espremendo-se para chegar ao meio-fio, repara nos papéis embolados que tem na mão.

Apresento-lhes a mais nova integrante do elenco.

Um cozinheiro que está salteando legumes dá um passo para trás, tromba nela e grita. *Saia daqui*, ordena Nicky a si mesma, enfiando o envelope e a carta na bolsa...

... e então congela, pois sente um par de olhos pregados nela e sabe que são os dele. Levanta a cabeça.

O pânico roubou anos do rosto dele; parece um menininho assustado. Dez metros de calçada abarrotada de gente os separam. Ela relanceia os olhos para a rua, onde caminhos se movem como correntezas contrárias.

Ele se move.

Ela se move.

Passa entre a barraca do *wok* e uma mesa com uma pilha de bolsas baratas, endireita os ombros, prende a respiração como se tivesse mergulhado na água. Frutas esmagadas no chão, lanternas se balançando no alto... e, por toda parte, dragões se contorcendo. Ela olha para trás: um monstro cor de jade está se aproximando, narinas infladas, enquanto pedestres se afastam para ambos os lados.

Torna a olhar para Freddy: como o meio-fio o deixa 15 centímetros mais alto, ela consegue acompanhar sua cabeça conforme ele avança... e então sente uma lufada de ar frio ao mesmo tempo que as pessoas à sua volta gritam e se espalham.

Vira a cabeça de volta para o dragão e encara a névoa soprada na sua cara. Bem no fundo da boca do monstro, alojada dentro da garganta, uma adolescente chinesa empunha um secador de cabelo.

– Essência de névoa! – explica ela, com os óculos embaçados. – Água e glicerina!

– Faz isso de novo – diz Nicky e se vira.

Atrás dela, o dragão exala um vapor frio e ondulante, e os transeuntes começam a fugir.

– É logo ali na frente – diz ela por cima do ombro. – Você tá voando.

O dragão soluça de animação e cospe névoa.

Nicky vai descendo a rua em meio a uma nuvem de hálito de dragão, usando-o como se fosse uma capa, e a multidão se abre diante dela enquanto as lanternas estremecem nas cordas lá em cima. À esquerda, depois das barraquinhas de frutas e de flores, ela observa Freddy. Está chegando mais perto dele.

Uma barreira de aço baixa bloqueia o cruzamento norte.

– Voa mais rápido! – grita Nicky para o dragão, e a ordem desce chacoalhando pela espinha dorsal do monstro.

Ali, seis metros à frente dela: ele saiu da calçada e agora avança aos empurrões pela rua, agitando os braços. Lança atrás de si um olhar injetado.

Nicky se projeta para a frente com anéis de névoa se prendendo a ela e emanando de seu corpo.

– Anda! Anda! – berra ela, espremendo-se entre ombros, golpeando com a mão esquerda para abrir caminho como quem luta caratê. Veloz e fluida, vai escorregando pela multidão como se fosse óleo, escutando nos ouvidos a própria voz. – Vai! Vai!

Três metros de distância. Ele vira a cabeça e a vê, então começa a avançar mais depressa.

Ela mergulha no encalço dele antes de a multidão conseguir se fechar outra vez. Mortos e feridos entulham a calçada: pastéis destruídos, um buquê de hashis nas cores do arco-íris. Um feixe de brotos de ameixeira rosa-bebê a atinge no rosto. Ela corre, fazendo as pétalas voarem dos cabelos.

Agora ninguém mais os separa. Estão perto o bastante para ela conseguir ver as escápulas dele saltarem e se esconderem a cada movimento. Perto o bastante para ver à direita o aclive da California Street. As solas dos tênis dele reluzem para ela, a barreira se avulta de repente, ela estende um braço para ele, os dedos roçam a camisa...

... e ele dá um salto perfeito, aterrissa em pé com um estalo que parece um aplauso rápido e se choca com um sedã preto com uma coroa de flores presa à grade dianteira.

Pneus cantam. Pessoas atrás de Nicky gritam. Quando Freddy rola por cima do capô, o som parece um solo de bateria.

Nicky agarra a barreira. Ele sumiu de vista. A coroa de flores está caída na calçada, um halo de lírios ao redor do retrato de um senhor chinês feliz. É o mesmo rabecão que Nicky viu em frente ao Portão do Dragão.

Buzinas de carros retumbam. O motorista sai do sedã. Agarra a porta.

E então Freddy pula feito um boneco de mola junto ao farol mais distante, vê Nicky, gira o corpo e sai correndo pelo cruzamento, saltando com agilidade entre dois Teslas.

Atrás dela, a multidão relaxa. Algum babaca bate palmas.

O motorista do rabecão já está entrando no carro – não dá tempo de Nicky atravessar a rua – e Freddy já está a meio quarteirão de distância.

O sedã pigarreia e retoma sua viagem, amassando com os pneus a coroa de lírios, com o senhor chinês feliz e tudo.

70.

– Você tem um minuto?

A investigadora B. B. Springer trocou a pele de cobra por... será que essa jaqueta foi decorada com penas de pavão azul-índigo? Os cabelos, porém, ainda reluzem com um cor-de-rosa brilhante. Ela abre um sorriso.

Madeleine não sorri. Apenas dá um passo para trás e abre a porta da frente.

Na sala, B. B. sugere que as duas conversem lá fora. Madeleine vai na frente, resistindo ao impulso de olhar na direção do lago de carpas.

– Um belo labirinto esse de vocês – comenta a investigadora. – Não é todo dia que eu digo *isso*! Se importa se eu entrar sozinha?

Vai ser um prazer especial ver B. B. Springer tropeçar e se perder, pensa Madeleine.

B. B. entra sozinha no labirinto. No ponto em que o caminho se divide ao meio, ela lambe a ponta do dedo e aponta para o céu, então se vira e avança com convicção.

Madeleine começa a segui-la de longe. A investigadora nunca hesita por mais de um segundo, apenas olha para os dois lados como se estivesse atravessando uma rua e então prossegue. Direita, esquerda, esquerda, direita outra vez...

No relógio de sol, ela ergue os braços em triunfo, como uma ginasta que acabou de cravar a saída de um aparelho.

– Você se vira bem – reconhece Madeleine.

B. B. vai até a mesa de ferro forjado e se deixa cair numa cadeira.

– Não teria conseguido sem a sua ajuda. À esquerda aí, amiga – diz ela quando a dona da casa, em dúvida, hesita numa interseção.

– Mas você conseguiu sem a minha ajuda. – As bochechas de Madeleine estão em chamas.

– Bom, eu espionei você *um pouquinho*. Com o canto dos olhos. Se eu virasse na direção errada, dava para ver você parando de andar. Quando preveem problemas, as pessoas tendem a pisar no freio. Tendem a se denunciar.

Madeleine sai do labirinto e se senta perto do relógio de sol. B. B. escolheu a cadeira de costas para o lago; além dos cabelos rosa, Madeleine pode ver a constelação espaçada de folhas de lótus, a água escura. A janela no terceiro andar.

– Ei, cadê sua cachorrinha?

– Ah... ela vai acabar nos encontrando aqui. Depois vai se perder no labirinto como se fosse o final de *O iluminado*.

B. B. ri alto.

– Isaac sempre disse que você era engraçada.

– Ele disse isso? – indaga Madeleine num tom brando.

– Disse. Disse também que, se o seu irmão voltasse, ele entraria em contato com você.

Madeleine tem a sensação de ter sido convidada a entrar pela recepcionista de uma festa apenas para ter um revólver encostado entre as costelas.

– O Cole sumiu tem vinte anos – rosna ela.

– Mas essa infestação de borboletas! Acha que foi seu primo quem fez?

– Não. – É um alívio dizer a simples verdade. Ela se pergunta se sua voz terá saído diferente.

– Acha que foi o seu irmão?

De volta à mentira.

– Não.

– Você falou que vocês dois não eram tão próximos assim na época. Talvez agora sejam?

– Agora não somos nada.

B. B. aquiesce por alguns segundos.

– Eu gosto muito daquele quarto de quebra-cabeças de vocês. É assim que estou abordando a morte de Diana Trapp. Como um quebra-cabeça.

Como Madeleine não reage:

– Vou mostrar pra você as peças que estou tentando encaixar. Um: ela morreu por suicídio. Andava infeliz, passou a noite inteira nervosa. Uma estratégia estranha, pular de uma altura daquelas num lago... havia a possibilidade de sobreviver. Mas deu certo. O cascalho encontrado no ferimento da cabeça corresponde à borda do lago. Não havia água nos pulmões, o que significa que ela morreu antes de poder se afogar. Se é que há algum consolo nisso.

Madeleine engole em seco. Imagina o rosto pálido de Diana em algum necrotério gelado, o cintilar do bisturi.

– Vocês estão com o bilhete – lembra ela à investigadora, a si mesma.

– Rapaz, temos sim. "É um clichê horrível, mas eu não aguento mais. A culpa vai me arrastar…"

– "E me afogar" – completa Madeleine após alguns segundos. – Bem claro.

– Essa é a nossa primeira opção.

– E qual é a outra?

– Quem disse que são só duas? A segunda é um acidente. De um tipo qualquer. Embora seja difícil conciliar isso com o bilhete.

– E a terceira?

– Diana não morreu por suicídio. Diana foi assassinada.

– Você parece bastante interessada nessa ideia.

– Acho que estou, mesmo. Opção número quatro, na verdade três A: Diana foi assassinada.

– Está se repetindo, investigadora.

– Por Cole.

B. B. parece uma criança que acabou de apertar um botão e quer ver o que acontece. Madeleine se remexe na cadeira.

– Por que ele iria assassinar Diana?

– Sei lá. É no motivo que está o mistério. – Ela se recosta. – Vai ver ela sabia algum segredo. Vai ver foi por vingança.

– Vingança? – Madeleine tenta caçoar. – Você não conhece o Cole.

– Não, ele desapareceu antes que eu tivesse esse prazer. E será que você não quis dizer que eu não *conhecia*?

A vontade de Madeleine é dar um tapa na mulher.

– Ou quem sabe Cole decidiu punir o pai, e Diana foi a vítima? – diz B. B.

– Punir por quê?

Um dar de ombros.

– Imagino que ele ache que o seu pai foi responsável pelo que quer que tenha acontecido naquela noite de ano-novo. Talvez ele *saiba* que o seu pai foi responsável.

– Meu pai não foi… ninguém foi responsável. Ninguém nesta casa.

– O bilhete, o nervosismo, até o lago… tudo isso eu meio que consigo engolir, entende? Tudo exceto o envolvimento de Cole. – B. B. se inclina mais para perto. – O origami. "Conta pra eles o que você fez com ela…"

– Qualquer um poderia ter feito aquilo – retruca Madeleine enquanto sente a temperatura subir no cérebro. – Absolutamente *qualquer* pessoa poderia ter deixado aquela caixa aqui na porta. Talvez essa pessoa esteja tentando obter alguma informação do meu pai. E esteja dando murros na pinhata. Você sabe dos trappmaníacos, não sabe?

– Eu que não iria querer cruzar com um deles num lugar vazio.

– Um deles poderia ter entrado de penetra na festa. Mas o Cole, não. Qualquer um *exceto* o Cole. Não existe nenhum *Cole*! – A voz dela falha.

B. B. passa um bom tempo observando Madeleine. Então, erguendo os dedos esguios um a um:

– Suicídio. Acidente… por que não? Assassinato por um desconhecido. Assassinato por pessoa conhecida tempos atrás. – Os dedos se dobram para cerrar o punho. – Então, o que vamos fazer, eu e o investigador Martinez, é *encarar* nossas teorias, nossos "se isso, então aquilo". Encarar bem de perto, usando lupas, monóculos e coisa e tal, até todas as informações, todos os ruídos, todos os detalhes… Dá pra *sentir* quando a coisa entra em foco. Como num caleidoscópio.

– Parece muito gratificante – murmura Madeleine, desejando que Watson irrompesse dos buxeiros.

– Madeleine. – A mudança brusca no tom de voz de B. B. a deixa chocada. Ela olha para a investigadora, para o sorriso que foi varrido do rosto dela. – Preciso da verdade agora, da verdade nua e crua: você está em contato com o seu irmão? Pode ser que ele não seja mais tão doce.

Não, não é.

– Há vinte anos que não.

B. B. a encara até ela baixar os olhos.

– Por favor, me ligue quando seu pai se recuperar um pouco – diz ela por fim. Então se levanta e espreguiça os braços emplumados. – Sei onde fica a saída.

Madeleine a observa percorrer o emaranhado de sebes sem fazer uma pausa sequer, uma mulher dando seu passeio de sempre. Ao se aproximar da saída – ou da entrada –, ela se vira, fazendo estremecer as penas de pavão, e diz:

– Eu mando lembranças suas pro Isaac!

A filha da mãe então desaparece sala adentro. Madeleine afunda na cadeira de tanto alívio.

No canto do pátio, consegue distinguir a janela da cozinha onde ficou sentada vinte anos atrás, no pior dia da sua vida, enquanto um policial ríspido com hálito de cerveja perguntava o que ela havia feito entre a meia--noite e as nove horas daquela manhã.

O interrogatório feito por B. B. Springer há pouco lhe pareceu um tanto mais sinistro.

Os olhos escalam os fundos da casa, andar por andar, então percorrem as seis janelas do sótão, e por fim tornam a descer até o lago. Ela espera os peixes se espalharem, as folhas de lótus tremerem e o corpo irromper da água escura.

Então desliza o dedo pela tela do celular e manda uma mensagem.

> A polícia acha que você matou Diana.

71.

– Gostaria de falar sobre um assunto particular, por favor.

O olho redondo de uma câmera de vídeo a fuzila.

– A senhora vai precisar marcar hora. – A voz da mulher é tão calma e nítida que Nicky espera ouvir que as chamadas podem ser gravadas para garantir a qualidade do atendimento.

– É urgente.

– Por favor, marque uma hora ou ligue para a emergência se for uma emergência médica.

– É sobre Cole Trapp.

A mulher desliga.

Esperar e torcer, como Sebastian tinha dito a Nicky. Como Dumas tinha dito a Sebastian.

Ela examina primeiro o casaco – em algum lugar de Chinatown, ela o rasgou; o tecido vermelho dentro do rasgo cintila como sangue numa ferida – em seguida a fachada da casa, uma cascata de vidro e granito reluzindo sem emoção. No alto do morro, vê o finalzinho da Lombard Street, famosa por ser a rua mais sinuosa do mundo, embora não seja, descendo a ladeira e avançando como uma cobra-de-jardim pela grama.

Olha para o envelope vazio de Freddy, para as iniciais impressas acima do endereço. Daquele endereço.

Ela nunca encontrou um trappmaníaco. Sente-se uma investigadora de polícia trabalhando disfarçada.

Segundos depois, a porta de ardósia recua, e uma mulher avalia Nicky com ar grave através de óculos sem armação. Está vestida do mesmo jeito que fala: impecável, neutra, com um cardigã da mesma cor e textura das cinzas de uma lareira. Deve ter uns 50 e poucos anos. Totalmente respeitável.

– Boa tarde – diz Nicky.

Na mesma hora, a mulher se transforma, como um lobisomem trajando uma roupa elegante e despojada: os olhos cintilam, os dentes reluzem, as mãos chacoalham quando bate palmas debaixo do queixo.

– É *você*! – diz ela com a voz aguda. – Entre, *entre*… – Ela segura a visitante pelo braço e a arrasta para dentro.

Eu vou morrer aqui, pensa Nicky.

Uma escada curta conduz ao andar de cima, onde atravessam uma superfície de placas de granito da cor de fumaça clara. A casa é de vidro nas duas extremidades; o ar está gelado. Um lar em forma de cubo de gelo. Nicky veste o casaco de novo.

– As pessoas tendem a ser mais sinceras num clima mais frio – explica a mulher. – E isso também desencoraja a agressão. Venha! – diz ela, agressiva.

Nicky olha para a escada que ficou para trás. Ainda poderia correr para lá.

– Sou trappmaníaca há muito tempo – admite a mulher num tom juvenil, olhando por cima do ombro com uma expressão radiante. – Desde o primeiro dia. Não sobraram muitos de nós.

Ela leva Nicky até a parte dos fundos da casa, onde uma parede de janelas flutua acima de um pequeno quintal de grama verde-acinzentada e arbustos azul-gelo. Duas cadeiras, uma mesa baixa, um tapete felpudo, tudo no mesmo tom branco neutro.

– Bem-vinda ao meu escritório. – A mulher se deixa cair numa cadeira. – Os clientes acham a vista reconfortante. Sente-se – ordena ela, com a voz tão ríspida que seria capaz de lascar vidro.

Nicky obedece.

– O que a senhora faz?

– Não, me fale sobre *você*. Está *morando* lá! *Escrevendo* lá! A *história de vida* de Sebastian! – Aquele mesmo sorriso. – Não negue. Jack me contou.

– Não estou negando. Que Jack?

– Não sei o *nome* dele – diz a mulher, rindo. – Ele também não quis me dizer o seu. Mas pelo menos consegui a sua foto. Nunca imaginei que fosse vir entregar em pessoa!

– Como é que isso… funciona? – Nicky toca o envelope. – Com Jack.

– Você deve saber, não?

– Finja que eu não sei.

– Ora, ele é um leiloeiro! E ex-funcionário, pelo visto, já que conhece alguém dentro da casa. Então ele consegue oferecer… bom, *vender*… uma seleção de objetos pessoais, como os chama. Nada de muito *valor*, claro. Um guardanapo com monograma, um par de abotoaduras. Uma foto de família. Mercadorias relacionadas a Cole são especialmente raras.

Ela sorri. Dentes pontiagudos.

– É possível fazer uma chamada de vídeo antes de dar os lances. Ele é tão teatral... – diz ela com carinho. – Velas, música e fotos pregadas no fundo como um quadro feito pela polícia para buscar um assassino. E ele usa aquela máscara *sinistra*. – Ela se livra do cardigã. – Foi Jack quem nos contou sobre o seu projeto. Que é *realmente* emocionante. Vamos conseguir enfim entender o que aconteceu.

– Como assim, o que aconteceu?

– Com Hope e Cole, claro. – Os olhos dela cintilam. A mulher pega uma jarra e um copo na mesa. – Água?

Nicky desconfia que qualquer coisa que ela toque algum dia vá virar uma prova. Faz que não com a cabeça.

– Sebastian Trapp está jogando um jogo com você. Desafiando-a a capturá-lo. Eu conheço uma ou duas coisinhas sobre a mente humana. – A mulher serve a água. – Faça a seguinte pergunta a si mesma: por que estou aqui, nesta casa, escrevendo essa história? Ele não pode escrever a *própria* história? Faça essa pergunta a si mesma. Em voz alta.

– Por que estou aqui escrevendo essa história? – pergunta Nicky, obediente.

– Fazer perguntas em voz alta nos força a pensar de maneira mais deliberada. Algum palpite?

– Estou escrevendo essa história porque fui convidada. É esse o meu palpite.

– E por que foi convidada?

– Porque...

– Faça a pergunta a si mesma.

Nicky suspira.

– Por que fui convidada? Fui convidada porque li os romances de Simon St. John e também porque...

– Foi convidada *porque Sebastian Trapp matou a mulher e o filho.* – Direta e reta como a linha do horizonte. A mulher não está mais sorrindo. – E o irmão também, tenho certeza. E ele está *morrendo* de vontade de contar pra alguém. Está morrendo no outro sentido também, isso todo mundo sabe... mas primeiro quer que o mundo saiba que *conseguiu se safar.* Ele *deve* ter dado alguma pista pra você.

– A senhora tem certeza?

– Como já disse, conheço a mente humana. Se posso *provar*? Poderia se estivesse dentro daquela casa, junto com aquele homem. Ele está jogando um jogo com você, quer saiba ou não.

– O que acontece se eu ganhar o jogo?

– Nesse caso, todos nós ganhamos. Mas agora faça a si mesma a seguinte pergunta: o que acontece se eu *perder*?

Nicky não faz essa pergunta a si mesma, não em voz alta. Pela claraboia, o sol do começo de tarde escorrega na direção delas como a lâmina de uma guilhotina.

– O que você ama neste mundo?

Nicky franze o cenho. *Meus amigos*, pensa. *Minha afilhada. Meu cachorro. Minha tia. Meus primos. Alguns alunos. Romances de mistério. Nadar à noite. Viajar de…*

– Pelo bem de qualquer coisa ou de qualquer pessoa em quem esteja pensando, tome muito, muito cuidado quando estiver com Sebastian Trapp – diz a mulher com um sorriso estreito. Ela estende a mão. – Minha foto, por favor.

Nicky segura com firmeza o envelope; sua anfitriã não vai gostar de descobrir que está vazio.

– Claro, mas… a senhora tem outras fotos minhas? – Torce para soar lisonjeada.

A mulher se levanta e a chama com um aceno. Nicky a segue até uma porta num canto pouco iluminado enquanto guarda o envelope na bolsa.

O closet abriga quatro arquivos que batem na cintura. A mulher se agacha e puxa uma das gavetas de baixo. Quando ergue os olhos, o rosto está brilhando.

– Minha coleção – diz, radiante.

Nicky a observa retirar de pastas recortes e manchetes de imprensa ("Tudo original") e dispô-los com todo o cuidado no chão. Ela mostra à convidada um exemplar de *Segundo Simon* ("Primeira edição autografada"). Em seguida, encontra um envelope e despeja uma foto impressa na mão de Nicky. ("Não deixe marcas de dedo.")

Nicky encara Diana com seu vestido vermelho, ladeada pela cunhada e pelo sobrinho. É a selfie que Simone compartilhou.

– Provavelmente foi a última foto tirada de Diana Trapp – diz a mulher, toda feliz. – Não parece uma suicida, não acha? – Ela retira uma segunda foto do envelope e fica de pé. – E *essa aqui* é você – finaliza, pressionando-a contra a mão de Nicky.

Um carro verde se afastando de uma calçada. O Jaguar de Sebastian, o próprio Sebastian, Nicky ao volante. Freddy os seguiu até o Baron Club. Freddy testemunhou a aula de direção dela.

– Não! *Não! Não!*

O grito parece um alarme de incêndio. A foto se dobra e se amassa na palma da mão de Nicky ("*Não! Não!*", repete a mulher ao mesmo tempo que tenta arranhá-la com as garras) enquanto ela se retira.

– *Pare!*

Mas Nicky está refazendo o caminho pelo chão de granito pelo qual chegou.

– Espere!

No alto da escada, a mulher corre para ultrapassá-la. Afasta os cabelos dos olhos e ajeita os óculos no nariz. Solta um suspiro.

– Será que você me daria o seu autógrafo? – pergunta ela.

No ar ameno do lado de fora, sentindo o frio se esvair da pele, Nicky gira o pescoço para ver se a anfitriã veio atrás dela. Repara numa plaquinha afixada ao lado da porta que não havia notado mais cedo.

DRA. ELIZABETH ROME

PSICOLOGIA COMPORTAMENTAL

Que inferno, como gostava de dizer Sebastian.

72.

– A que devo a honra? – pergunta Jonathan.

– Preciso ir ao banheiro – responde Madeleine.

Na verdade, ela só precisa do espelho para poder se encarar nos olhos e recordar os traços do próprio rosto antes de examinar o dele. Será possível o homem lá fora ser seu irmão? Bom, ele desenvolveu um interesse inexplicável por uma das moradoras da casa. E tem também o detalhe de Dorset.

Além do mais, alguém precisa ser o seu irmão.

Ela dá a descarga e passa água nas mãos para fazer de conta, então vai para a sala. Uma janela de pé-direito duplo, tijolos vermelho-cardeal, um par de bancos de igreja decepados: pelo visto, Madeleine se infiltrou numa antiga igreja, ressuscitada para uma nova vida como uma quitinete de solteiro. As estantes flutuantes das paredes estão vazias; uma espada-de--são-jorge espreita num vaso num dos cantos, as folhas parecendo línguas bifurcadas. Há uma mesa de centro baixa e de vidro sobre a qual farfalham papéis e recibos. E caixas de papelão por toda parte.

– Fiquei feliz por receber sua mensagem – diz Jonathan, manuseando o celular. Ele escondeu os cachos dos cabelos debaixo de um boné. A camiseta azul, com algum lema em latim no peito, faz seus olhos se acenderem feito bocas de um fogão a gás. O nariz, infelizmente, parece ter sido quebrado em algum momento da vida. – Eu gostaria de ter mais amigos aqui. Tem visto sua hóspede ultimamente?

– Não – mente Madeleine, porque não está ali para falar sobre Nicky.

– Entendi. Tudo bem se eu colocar pra tocar uma música das antigas?

Alto-falantes invisíveis começam a tocar uma canção da Motown. Ele abaixa o volume e sorri para ela.

– Desculpa a bagunça. Caixas e mais caixas.

Madeleine assente.

– Quer dizer que você vai ficar em São Francisco... por um tempo?

– Estou me acomodando, pelo menos. Você deveria fazer a mesma coisa. – Ela se senta no sofá. Ele escolhe a outra ponta. – Sinto muito mesmo pela sua madrasta. Um colega meu se suicidou e...

– Quem disse que foi suicídio?

– A sua… – Ele enruga a testa. – E não foi?

– Eu gostaria de saber.

As rugas se aprofundam.

– Um investigador ligou hoje de manhã. Hernandez, acho, ou Fernandez. Eu não esperava alguém tão loiro. E também não esperava que ele pedisse pra ver minha certidão de nascimento. Falei que mesmo se a certidão não estivesse na Inglaterra, eu não iria mostrar.

Quando Jonathan toca a mão dela, Madeleine se retrai. Olha para os dedos dele; examina a pele no ponto em que ele a tocou. Seria a temperatura do irmão que está sentindo?

– Meu banheiro é legal, mas será que vale a pena atravessar a cidade toda só para conhecê-lo? – diz ele num tom agradável.

Inspiração profunda.

– Eu achei que a gente deveria conversar pessoalmente.

Ele aguarda. Madeleine o encara, tenta remover vinte anos do rosto dele.

– Certo – anuncia ele, ficando de pé e enterrando mais o boné na cabeça. – Um copo de vinho branco? Tinto?

Graças a Deus.

– Tem cerveja?

– Assim meu coração não aguenta. Fica aí. Eu estava justamente a ponto de arrumar um prato bem bonito de frios só pra minha pessoa – diz ele e desaparece num corredor.

Através das janelas, a noite se assenta no parque, coagulando nas árvores e apagando a grama. Ao lado de Madeleine, em cima de uma mesa de apoio, dois porta-retratos estão virados de cabeça para baixo. Ela ergue um e depois o outro. Ambos vazios. O que estava esperando, uma foto de família? Da família dela?

Os alto-falantes então começam a tocar Four Seasons, e Jonathan cantarola da cozinha:

– *Walk like a man, talk like a man, walk like a man, my son…*

Incrível. O falsete dele poderia ser a voz de Frankie Valli.

Pendurada na parede de tijolos atrás de Madeleine há um pôster, em letras pretas grossas sobre uma bandeira do Reino Unido: QUI AUDET ADIPISCITUR, proclamam, e mais abaixo, em letras menores, [QUEM OUSA VENCE].

– Você fala latim? – pergunta ela. – Ou conhece o idioma?

A risada dele vem do corredor.

– Eu estou *usando* latim. O boné. O lema da universidade na camiseta. Sou uma língua morta-viva.

Madeleine se vira no sofá até ficar de frente para o pôster.

– Onde você cresceu mesmo?

Ele aparece no corredor, sorrindo, uma faca de açougueiro comprida na mão.

– Como eu disse na outra noite. – Ele gesticula com a lâmina para a bandeira na parede. – Em Dorset. Como a sua mãe.

– Quando?

– Quando passei minha infância lá? Por volta da época em que eu era criança. Mais ou menos.

– Fica perto de Wiltshire? – Ela sabe que não fica longe.

Ele inclina a cabeça.

– A região de onde vinha Diana Trapp?

Madeleine espera.

– Uma hora e meia de carro, dependendo do trânsito. Por quê? – Ainda sorridente. – Acha que as duas mulheres se conheceram em vidas passadas? Antes de qualquer uma das duas se casar com Sebastian Trapp?

– Minha mãe se mudou pra cá aos 24 anos.

– Então não.

Ele corre a ponta de um dedo pela ponta da faca. Então volta para a cozinha enquanto os tchu-bi-dus de uma banda feminina se derramam dos alto-falantes como tiras de papel de alumínio presas a um ventilador. "*One fine day...*"

– *... you-re gonna want me for your girl* – murmura Madeleine.

Ela olha para baixo e vê duas caixas de mudança atarracadas empilhadas rente ao encosto do sofá. A tampa da de cima não tem nada escrito; Madeleine se inclina para a frente de modo a inspecionar a lateral. REVISTAS, em caneta pilot preta, e na caixa de baixo XBOX. Cole nunca ligou muito para videogames. Pelo menos, não vinte anos atrás.

Ela ergue a tampa de REVISTAS. *The Economist* e *GQ* em pilhas de papel brilhante, mais um periódico sobre vela e uma publicação trimestral britânica de games. Ela decide ir velejar (a capa promete *paisagens do Caribe de tirar o fôlego!*, o que soa relaxante) e torna a se acomodar no sofá com a *Ahoy!* na mão. Vê-se refletida na tela da televisão. Sozinha.

Será que Jonathan tinha mesmo mandado vir tudo aquilo da Inglaterra? Ela verifica o endereço no rodapé da capa: uma rua de Londres. Lê o nome dele.

GRANT JONES

Esse não é o nome dele.

– Você tem um pseudônimo? – A boca dela foi mais rápida que o cérebro.

Ele para de cantar.

– Se eu tenho o quê?

Logo antes de ela responder, as Chiffons silenciam.

– Quem é Grant Jones? – pergunta ela.

Silêncio.

Madeleine fica pensando se ele a escutou, se está apenas preocupado em se mostrar hospitaleiro. Deveria dar uma olhada em outra revista.

Mas então vê, na tela da televisão, uma sombra escorregando pela parede do corredor, e Jonathan enfim aparece na sala.

Ele se detém, uma silhueta sem rosto atrás dela. Continua com a faca na mão.

– O que você perguntou?

Ele poderia ser qualquer um.

– Estava só olhando este exemplar aqui da *Ahoy!* e vi o nome Grant Jones na etiqueta – diz ela com uma voz casual enquanto finge observar as páginas da revista.

– Ah. – Voz casual. Madeleine se vira e finge surpresa ao se deparar com ele. *Será* que poderia ser? Sob a luz certa? – O Grant. Um amigo meu lá da Inglaterra. Ele sempre me dava as revistas dele depois de ler. Exceto as de sacanagem. – Mais uma vez, ele se retira. – Tá quase pronto – avisa. – Preciso amolar a faca.

Madeleine fica encarando o nome, então faz a *Ahoy!* bater contra a mesa de centro. Alguns papéis soltos esvoaçam. Ela se inclina para a frente: folhetos diversos de aluguéis de imóveis, todos endereçados a Grant Jones.

Notas fiscais também, no mesmo nome. De quantas identidades uma pessoa precisa? Duas?

Mais?

– Então, esta não é só uma visita social – anuncia ela.

Através do tampo de vidro, em cima do tapete, vê uma única folha branca, toda amassada, quase imperceptível por baixo da profusão de papéis em cima da mesa.

Ela pega o papel. A folha está em branco dos dois lados, mas muito vincada, como formatos de diamante dobrados e alisados outra vez. Madeleine pressiona as bordas, empurra os cantos. As dobras e vincos se articulam.

O papel se metamorfoseia numa borboleta.

– Tá bem ruim, eu sei.

Os olhos de Madeleine se viram depressa para ele, de pé, assomando com imponência sobre ela.

Ele coloca o prato de frios em cima da mesa e apoia ali também duas garrafas suadas.

– Os acontecimentos recentes me inspiraram um pouco. – Ele se senta ao lado dela e pega uma cerveja. – Tem um cisne por aí também. Enfim, era para ser um. Parecia tão fácil no vídeo.

Ele abre um sorriso tenso. Não bebe nada. Nem Madeleine. Aquele sotaque bem marcado. Cole sempre gostou de jogos.

– Olha aqui – diz ele com um suspiro. – É só um papel amassado. Nada de sinistro. Garanto pra você, como garanti pra aquele sujeito Ramirez, que não sou seu irmão que voltou dos mortos.

– Quem disse que ele morreu? – Ela engole a saliva. – E você por acaso, seja com que nome for, conheceu minha madrasta quando vocês dois moraram em Londres por muitos e muitos anos?

Jonathan coloca a garrafa dele no chão.

– Você tá mesmo dando a entender que eu posso ter tido algum... *envolvimento* na morte dela? De uma mulher que eu mal conhecia?

– E teve? – pergunta ela, empunhando a borboleta como se fosse uma arma. – Você se muda de Londres pra São Francisco e logo fica amigo do sobrinho de uma mulher que também se mudou de Londres pra São Francisco. E que pouco tempo depois aparece morta. Poderia ter ficado acampado na casa dela naquela noite. Poderia ter feito uma cópia da chave também. E tem um monte de correspondência em nome de Grant Jones na sua casa.

Mais uma vez, ela vasculha o rosto dele, os cabelos, os dentes tortos. Será que deveria tocá-lo outra vez? Tenta levar a mão à bochecha dele...

Jonathan a encara com raiva, os olhos escurecidos.

– Então quem sou eu exatamente? Um *amante*? Antigo ou atual? Ou talvez um confidente... "Foi isso mesmo que aconteceu com a família Trapp muito tempo atrás"? Supondo que ela soubesse, claro. É isso que eu sou? – Ele estala os dedos como se tivesse tido uma ideia. – Será que eu segui ela com a intenção de fazer uma chantagem? Ou vai ver sou algum *stalker* que ela não consegue reconhecer e que a tortura com dobraduras de papel? Me diga por favor, Madeleine: *quem você acha que eu sou?*

Ele está quase sem ar.

– Poderia ser qualquer um – diz ela.

A mão dele dá um bote que parece o de uma cobra e arranca a borboleta dos dedos dela. Na mesma hora ela se levanta, recolhe a bolsa do chão e segue marchando até a porta enquanto os Righteous Brothers reclamam que ela já não tem mais aquele sentimento de amor, com o refrão *"she's lost that lovin' feelin'"*.

Do lado de fora, no início de noite azul, ela atravessa a rua, mas faz um desvio no canteiro central. Recosta-se numa palmeira, sente a casca áspera nas costas. Respira fundo. Digita no celular com dois polegares trêmulos.

A internet está lotada de homens chamados Grant Jones. Principalmente no Reino Unido. E aquele Grant Jones nunca chegou a mencionar um empregador, chegou? Na festa, ele contou histórias mirabolantes sobre o mercado de ações, mencionou amigos com nomes como Hugo e Rafe, mas nunca disse para quem trabalhava. Ela tenta "grant jones" "lyme regis". A internet não retorna nada.

73.

Quem você acha que eu sou?

Madeleine freia com força junto ao meio-fio e sobe a passos largos o acesso até a casa. Lá dentro, uma máquina de escrever trina feito uma ave canora metálica.

No pé da escada, ela hesita e ergue os olhos para o quadro, para o semblante grave do pai.

O que ele está escrevendo?

E o que ele *sabe*?

Ela sente os nervos falharem como uma lâmpada que pisca. Refugia-se na cozinha, prepara um sanduíche – uma pena aqueles frios que não chegou a provar – e passa uma hora ensaiando as frases que durante vinte anos teve medo demais para dizer em voz alta:

Pai, a gente já deveria ter tido esta conversa há muito tempo.

Pai, tem uma coisa importante sobre a qual a gente precisa conversar.

Pai, sobre aquela noite...

A ave canora lá em cima se cala. Ele está indo para o quarto. Ela olha para o sanduíche que não comeu. A barriga está cheia de apreensão.

Quando Madeleine chega na porta do quarto dele, segurando um prato contendo um sanduíche de carne com queijo suíço, o cômodo está na penumbra, o terno, a camisa e a gravata, largados no tapete como se estivessem mortos. Ela percorre com os olhos o contorno do corpo do pai debaixo do cobertor.

– O que foi, Maddy?

Ela se sobressalta.

– Não queria acordar você.

– Não acordou. Sua tia veio mais cedo organizar as coisas em relação a Diana. Estou cansado e triste, mas cem por cento acordado. Entre, meu bem, entre.

Enquanto ele acende o abajur, Madeleine se senta na poltrona, coloca o prato ao lado dele.

– Fiz um sanduíche só pra você – E aponta para as roupas no chão. – Você se produziu hoje?

– Isso não é uma produção, Madeleine, é só o jeito como eu me visto.
– À luz do abajur, sob o abrigo formado pelo dossel da cama, ele parece parcialmente destruído: os lábios finos rachados, costeletas surgindo no queixo e nas bochechas; a pele dos ombros nus, que parece gesso.

– Escutei sua máquina de escrever – diz ela. – O que está escrevendo?

– O que *você* está escrevendo, minha menina? – Ele sorri quando ela franze o cenho. – Estive espiando você de vez em quando nessas últimas semanas, sabe? Bom, *não*, você não sabia. Fui silencioso feito uma sombra. Encontrei você curvada no seu computador.

– Ah. Eu... na verdade, queria te perguntar. – Melhor fazer isso logo. Ela limpa a garganta com um pigarro. – Então... quer dizer, eu já... mas... quem sabe um novo filme do Simon? – E antes que ele consiga fazer qualquer objeção. – Eu gostaria de adaptar os livros. O primeiro. Para o cinema. Outra vez.

As palavras escorrem da sua boca como fórmula para bebês. Ela se sente infantil.

Ele a encara por um instante. Então um sorriso espanta a surpresa dos lábios dele e a persegue até os olhos.

– Acho que é uma bela ideia, Maddy.

– Ah. – Ela começa a sentir o coração se animar. – Ah, que bom. Eu tinha certeza de que você iria odiar. Mas não vai precisar ver o filme.

– É, não vou. Mas essa na verdade não é a sua pergunta, é?

Ela baixa os olhos para próprio o colo. Queria que Watson estivesse ali. Olha para o pai.

– Pai, acho que a gente deveria conversar.

– Eu também acho, meu bem – diz ele.

74.

A PORTA MAL SE FECHA ATRÁS DE NICKY no hall de entrada escuro, os dedos dela mal se enterram atrás da orelha de Watson, quando...

– *Queria que viesse falar comigo aqui em cima, Srta. Hunter, por favor.*

Ela o encontra sentado na cama, travesseiros empilhados nas costas e Madeleine na cadeira ao lado. O abajur lança uma luz suave sobre o rosto de ambos: o dele cansado, porém alerta, o dela acetinado de lágrimas. Madeleine encara o abajur como se ele fosse uma fogueira de acampamento. Watson se aproxima e para perto dos pés dela.

Sebastian pigarreia.

– Poderia vir tomar café comigo amanhã de manhã, por favor? Eu dirijo. Só tenho mais algumas viagens naquele carro. Espero morrer nele, mas não amanhã.

Nicky faz que sim com a cabeça.

– Falando nisso, você deveria saber que decidi encerrar meu tratamento, como acabei de informar à minha filha.

Madeleine segue encarando o abajur. Nicky tem a sensação de que alguém lhe deu um chute na barriga, mas ela ainda não registrou a dor.

– Obrigado pelo seu comedimento – continua Sebastian. – Não gosto de cenas dramáticas.

Madeleine ergue os olhos vermelhos para Nicky.

– Você se importaria se eu ficasse com Watson hoje à noite?

Nicky consegue apenas balançar a cabeça. Madeleine levanta a cachorra no colo.

– Boa menina – murmura Sebastian. Não fica claro a quem está se referindo.

No sótão, Nicky toma um banho de chuveiro – os braços e as pernas estão sarapintados de hematomas; foi uma festa de rua e tanto – e se arrasta até a cama. Apaga o abajur. Olha para as constelações no teto. Fecha os olhos.

Abre de novo.

Acende o abajur. Puxa a bolsa do chão e observa as duas fotos: Nicky Hunter aprendendo a dirigir, segurando com força o volante do Jaguar de Sebastian em frente ao Baron Club; e Simone, Diana e Freddy fazendo uma selfie.

Ela remexe o maxilar.

… Não, nada aqui.

Volta a apagar a luz. Fecha os olhos mais uma vez. Pega no sono como quem despenca de um assoalho podre.

75.

A COISA FICA QUEIMANDO NO PUNHO de Madeleine até chegar lá embaixo. A mão dele estava fumegando quando lhe entregou? Quando chega ao seu quarto escurecido e a larga em cima da escrivaninha, ela imagina que a madeira vá soltar fumaça e ficar em brasa, imagina que vai encontrar a palma da mão chamuscada.

Dá um passo para trás, tremendo. Recua outro passo e mais outro, antes de virar as costas.

No espelho mal iluminado, o que vê é uma mulher assustada, de roupas desgastadas e cabelos descuidados. Fica se perguntando como essa mulher chegou ali.

As duas chegam mais perto uma da outra. Conforme a Madeleine do Espelho se aproxima, ambas baixam os olhos para o relicário em cima da penteadeira: globo de neve rachado. Cigarros sicilianos. Coleira de cachorro. Caixa de joias. Pequena concha cor-de-rosa. Peças de museu da sua vidinha.

Você é a última que sobrou. Diana tinha dito isso, naquele mesmo quarto. *Se você quiser fugir por um tempo, é bem-vinda para vir comigo.* Mas Diana tinha ido para um lugar aonde Madeleine não pode segui-la. O convite foi retirado. Ela está sozinha, irremediavelmente sozinha.

Seu olhar úmido se prende ao da mulher no espelho.

E de repente Madeleine corre um braço por cima do tampo da penteadeira, apagando aquela sua vidinha em meio a uma chuva de cacos de vidro e de concha, o globo de neve estourando, a concha se espatifando, e a caixa de joias se soltando na dobradiça e espalhando pelo chão seu tesouro cintilante.

Do outro lado do quarto, em cima da escrivaninha, o celular emite um grito de protesto.

Devagar, Madeleine vira a cabeça. Apenas uma pessoa tem mandado mensagem ultimamente.

O quarto parece se esticar e se estreitar, o piso se estende como um efeito especial num filme, fazendo a caminhada parecer durar semanas (passando pelo sofá, pelas estantes, as paredes imprensando-a de ambos os lados), e a cada minuto o celular emite uma nova notificação, até ela por fim estender o braço por cima da cadeira, da escrivaninha, da substância inflamável que o pai depositou na sua mão, e tocar a tela do aparelho.

Magdala.

O meu diário.

Você sabe onde encontrar.

Toma cuidado.

Madeleine espera por mais uma mensagem.

O que eu faço com ele?

Ele está digitando.

Faz o que você sempre fez.

Lê.

Quinta-feira, 25 de junho

76.

Sob o olhar grave de uma coruja, Sebastian agradece a uma sucessão de pessoas que vêm lhe dar os pêsames ("Quanta gentileza sua, Reynold"; "Não, Walker, a segunda vez com certeza não é mais fácil") enquanto Nicky confere discretamente o próprio celular:

> Topa um passeio pela
> Floresta de Muir nesta
> tarde nublada?
>
> Parece que fica inacreditável
> na bruma.

Três emojis foram acrescentados: a Golden Gate sob a névoa, uma árvore, um fantasma vesgo. *Do tipo que está escondendo alguma coisa*, tinha alertado Betty.

Os últimos a virem dar os pêsames estão se afastando da mesa, a mesma da primeira vez, no mesmo canto mal iluminado, só que nessa manhã quem está sentada na poltrona de veludo de encosto alto é Nicky, e seu anfitrião se encontra afundado em couro, vestido com um terno cinza-escuro e uma gravata vermelho-sangue. Ele envelheceu muito e mal desde a visita anterior daquelas pessoas.

– Os ovos devem estar frios a esta altura e a cerveja, quente. – Sebastian cutuca as gemas dos ovos no prato, assente, bebe um golinho da cerveja, assente de novo. – Mas fiquei contente com as suas últimas páginas – diz ele. – São melhores do que mereço. A família vai... – Os lábios ensaiam umas poucas sílabas. – O que sobrou da família vai gostar muito.

– Eu gostaria de terminar.

– Nós ainda temos tempo – diz ele, recostando-se. – Estou sendo gravado?

– Gostaria de ser?

– Não.

– Vou desligar.

Nicky desliza o dedo na tela, clica em gravar com as mãos trêmulas e coloca o celular de cabeça para baixo ao lado da vela. O que quer que ele conte, ela quer que fique gravado.

– Você entende – prossegue ele, então hesita por um segundo. – Entende que, depois dessa reviravolta inesperada no roteiro, não tenho mais certeza de como a nossa história termina.

– A sua história.

– A *nossa* história. Uma pessoa não é um laço... não se pode simplesmente puxar uma ponta e desembaraçá-la. A história dela está ligada de maneira insolúvel à dos outros. – Sebastian toma um gole de cerveja com as mãos tremendo. – A história de Madeleine, a de Diana, a de Hope. A sua também; você não está isenta por ter chegado depois. E agora não consigo prever como *essa* história vai terminar.

– E Cole?

Para Cole.

– A história do meu filho terminou há muito tempo – responde ele. – As borboletas são de certa forma uma continuação sinistra, mas não vou dizer que são do Cole.

– Você o odiava? – pergunta Nicky, surpreendendo a si mesma.

Ele passa vários segundos sem piscar, apenas encarando a convidada dele. Os olhos são como alçapões.

– Que pergunta – diz, por fim.

– Você não fala dele com muito... carinho.

Nicky encara aqueles olhos de alçapão e, enquanto ele fala, deixa-se tragar aos poucos por eles.

– Você deve se lembrar que eu tinha crescido e virado um menino durão na base militar – diz Sebastian. – E arruaceiro. E ambicioso e bastante inteligente, embora não gostasse muito das salas de aula. Eu gostava de meninas, de livros, de nadar, de suar. Gostava de levar socos porque isso era uma autorização para socar de volta. Não consigo me lembrar de algum dia ter sentido ansiedade a não ser no meu aniversário de 15 anos, quando uma prostituta gordinha chamada Greta me levou pra cama. Um ritual local.

A expressão dele se suaviza por um instante.

– E depois: a idade adulta. E os lobos vieram me cercar. Dia após dia, ano após ano, eu sobrevivi, ainda que por um triz. Então queria ter um filho...

Nicky mergulha mais fundo na escuridão atrás dos olhos dele.

Ele avança com cuidado, da mesma forma que se desce uma escada à noite:

– *Esperava* ter um filho que… não que *merecesse*, mas que *validasse* a minha sobrevivência, e que ele próprio sobrevivesse. E *vivesse*. Como eu não tinha vivido.

– Você não viveu?

– Não como eu teria desejado. Não como *qualquer um* teria desejado. Viver dói, Nicky.

O nome dela soa pouco familiar vestido na voz dele, e ela se dá conta de que é a primeira vez que ele o pronuncia na companhia dela. Bem devagar, ele contorna a borda do copo com o dedo. Ela o observa e fica escutando ele contar sua história.

– Na noite depois de resgatarmos Watson I, fiquei acordado até depois da meia-noite, até depois do amanhecer, observando-a subir e afundar em cima do meu peito como se estivesse flutuando na água. Fiquei observando aquilo com fascínio. Com alegria. Mas já temia por ela: tão vulnerável num mundo tão repleto de perigo, onde poderia perecer com muita facilidade.

Sombras se aproximam em volta. A chama da vela votiva se contorce.

– Madeleine me tranquilizou desde o útero. Ela chutava feito uma faixa preta. Uma bebê mandona, uma menina mandona, mandona onde quer que esteja agora. Já Cole… – Ele suspira, fecha os olhos. – Cesariana de emergência, prematuro, onze semanas adiantado. Dois quilos e uns trocados. Foi direto pra UTI. – Ele então olha para Nicky. – Antes mesmo de eu o conhecer, ele já tinha murchado feito uma folha.

Ele faz uma pausa.

– Demorou para andar, para falar. Demorou para ter dentes! Era pálido feito um fantasma, como se só estivesse parcialmente encarnado. Não sabia ler, não sabia escrever. Eu passava noites e mais noites avançando com esforço na leitura de algum livro com ele: livros de figuras, em capítulos… Ele… ele tentou, eu sei que sim, mas… – Levando a cerveja aos lábios. – Enfim, ele gostava das figuras.

Sem amargura, apenas cansaço. Com o olhar concentrado, Nicky ouve com atenção.

– Tentei mostrar a ele como competir. Eu o coloquei no futebol, na Liga Mirim. Na vela. Os outros meninos gozavam da cara dele. Outros pais também. Isso feria o meu orgulho. Um sentimento mesquinho, sem dúvida, mas feria o meu orgulho. Como pressupus que Cole não percebia, ou então não ligava, tentei ignorar aquilo também. Porque ele com certeza iria mudar, não? Com certeza iria evoluir para sobreviver... Tirar a cabeça das nuvens, largar o origami, fazer uns amigos...

Ele bebe, engole.

– Bom, ele não mudou. Também não cresceu. Perguntei para o médico dele sobre hormônios, mas minha esposa não quis nem ouvir falar. Então Cole continuou pequeno, e estranho, e sensível demais, como uma pessoa que perdeu a pele e está com todos os nervos expostos e os batimentos do coração visíveis. – Ele silencia por um instante. – Um dia, se você tiver filhos... e, mais uma vez, obrigado por se abrir comigo; espero de verdade que encontre um jeito, se decidir que é isso que quer... você vai descobrir que o ditado é verdadeiro: só se tem a felicidade do menos feliz dos seus filhos. Eu não conseguiria sobreviver ao nosso filho infeliz; ele iria me condenar. Eu *precisava* que ele mudasse. Pelo bem dele, com certeza, mas pelo meu também. Caso contrário, os lobos me arrastariam para dentro da mata e me devorariam até os ossos. E se eles começassem a caçar Cole? Como eu poderia defendê-lo se minha carcaça estivesse apodrecendo no chão da floresta?

Nicky sente o chão revestido de musgo debaixo dos pés. Sua descida termina ali, numa clareira mal iluminada... e sim, com um corpo no chão, e animais visíveis ao seu redor, em silêncio.

– Em Cole, eu via a fraqueza contra a qual havia passado tanto tempo lutando em mim mesmo. Ela agora estava na minha frente, me encarando.

Ele a encara. Mesmo assim, ela continua a fitá-lo, e observa o corpo na floresta à medida que se aproxima dele, com as folhas arranhando seus tornozelos.

– Eu não odiava o Cole. Eu tinha medo dele. Tinha medo *por* ele. Por mim, também. Então tentei desesperadamente esculpir o Cole para lhe dar um formato mais robusto... tentei torná-lo mais forte. Mesmo quando perdia a paciência, quando perdia a calma, eu pensava estar ajudando.

Ele segura o copo com a mão trêmula, e a bebida espuma lá dentro, uma tempestade dentro de um copo de cerveja.

– Queria ter conseguido fazer isso de outra forma. Queria ter entendido isso a tempo.

Lobos rosnam atrás de Nicky. Ela se aproxima do corpo.

Sebastian suspira e termina a bebida.

– Respondi às suas perguntas?

– Não todas. – Nicky estende a mão para remover as folhas que escondem o rosto do cadáver. – O que *sabe* sobre a sua esposa e o seu filho?

Ele coloca o copo na mesa de um jeito brusco. Um puxão por trás entre as escápulas, e ela é arrastada de volta pela clareira até o Baron Club. Os alçapões nos olhos de Sebastian se fecham de uma só vez com um estalo.

– Imagino que esteja se referindo ao desaparecimento deles – diz ele com calma.

– Você disse que talvez pudéssemos aproveitar para solucionar um mistério ou dois. A sua esposa e o seu filho… isso é um mistério. E talvez haja alguma ligação entre o que quer que tenha acontecido na época e Diana. Outro mistério.

Ele une as pontas dos dedos. Durante alguns segundos, mantém-se totalmente imóvel.

Por fim:

– Ah, vocês, fantasmas de tempos idos. Uma ocorrência no presente ecoa outra no passado. Com certeza, não se pode escrever um mistério tradicional sem isso. Mas, minha cara menina – diz ele com uma voz afetuosa porém ameaçadora, como ventos sussurrando a chegada de uma tempestade. – Você não está num mistério tradicional. Está num thriller psicológico.

Que frase mais boba, pensa Nicky, ao mesmo tempo que sente o sangue gelar.

– Esta é uma história sem heróis. Talvez sem vilões, também. – Os dentes cintilam quando ele os exibe. – Uma história em que as identidades são fugidias. – A gravata escorre vermelha do pescoço, como se a garganta estivesse cortada, e empoça em cima da mesa. – Em que o mistério e a violência estão principalmente dentro de você e em que as pistas conduzem de maneira quase inevitável a um lugar aonde não quer ir.

As centelhas nos olhos dele parecem pontas de faca. Mas então ele sorri de mansinho.

– Todos nós estamos nessa história. A vida é um *thriller*. O fim é fatal e a conclusão, definitiva.

Sebastian passa vários segundos observando o rosto dela até por fim tornar a se recostar.

– Você não aceita o suicídio – suspira ele, inspecionando o relógio de bolso. – Ora, talvez não devesse. Mas o que acha que *eu* sei? Que história gostaria que eu lhe contasse?

– Uma que seja verdade – diz Nicky.

– Bom dia.

Ela se vira. Lionel Lightfoot se materializou em silêncio ao lado da mesa, como um planeta errante.

– Eu só queria dizer pra você… quanto lamento.

O olhar de Sebastian é seco.

– Por algo específico?

– Por *Diana*. Ah. Ela era… *uma ave rara*.

Nicky checa o celular. A mensagem de texto chegou há três minutos: um mapa com um alfinete logo depois da Castro Street.

– Devo esperar mais uma ficção sobre a minha família? – pergunta Sebastian.

– Não, não… eu…

Nicky ergue os olhos, preparada para a carnificina… mas Sebastian está exibindo um sorriso tênue.

– Você não conseguiria mesmo escrever rápido o suficiente. Eu vou largar o vício em oxigênio antes disso.

– Ah. – Lionel assente. – Despencar sozinho pelas Cataratas de Reichenbach.

– A menos que queira se juntar a mim.

– Em breve, em breve.

– Você magoou a Maddy.

·Lionel se retrai, fazendo a pele ao redor dos olhos saltar; quando ele fala de novo, as palavras soam firmes.

– Eu me arrependo disso. Cassandra nunca me perdoou. Disse que foi o *pior*… Ah… minha jovem, será que eu poderia ter um momento a sós com nosso amigo aqui?

Nicky já se levantou.

– Por favor. Nós retomamos em breve. Obrigada pelo café.

Sebastian inclina a cabeça. Um minuto depois, um carro chega para levá-la até a bruma inacreditável.

77.

A PORTA DO SÓTÃO RANGE quando Madeleine a abre. Este não é o quarto de Nicky, raciocina; é o quarto de Cole. De Cole, que a quer ali.

E ela de fato sabe onde encontrar o diário dele.

Já leu o diário do irmão à medida que ele o escrevia, ou pelo menos as primeiras semanas; era o seu direito de irmã. O tema não a seduziu: *Hoje eu + Freddy fomos de bicecleta até Frot Point brincar de espião. Ou [indecifrá-vel] colou chiclete no meu cabelo, eu cortei com tezora e agora estou com uma falha numa parte da cabeça. Falei pra mamãe que tinha sido bricnadeira.* Et cetera.

Pelo visto, ele sabia desde o início. Será que ela deveria ter prestado mais atenção?

O celular vibra. Uma notificação: mais um anúncio fúnebre na internet. Mas a cobertura da imprensa diminuiu, e a maioria das matérias agora é mera atualização dos fatos, apenas moderadamente ameaçadoras. O pai dela não é mais tão interessante quanto era antes. Ou então o assassinato de uma esposa já não é mais tão interessante.

Em cima da escrivaninha há uma Bola Mágica coberta por uma fina camada de poeira, exceto no lugar em que dez pequenas impressões digitais se destacam como se fossem marcas. Madeleine a pega, sacode, e o triângulo azul aparece.

IMPOSSÍVEL PREVER AGORA.

Ela se esqueceu de fazer uma pergunta. Uma pausa, e então ouve a própria voz e sacode a bola de novo.

MELHOR NÃO CONTAR AGORA.

Madeleine franze o cenho e coloca a bola na escrivaninha. Brinquedo besta.

Ela atravessa a profusão enlouquecedora de caranguejos e flechas com ponta prateada – *o que* vai fazer com isso tudo quando chegar a hora? – e então, perto dos Watsons do passado, começa a pisar com cuidado, esperando que a tábua ceda sob seu pé.

Mas é estranho: Madeleine tem certeza, ou pelo menos quase, de que muito, muito tempo atrás, em algum momento depois de Cole desaparecer, ela procurou o diário dele, mas acabou que... bom, não conseguiu encontrá-lo. A polícia devia ter levado. Enfim, *alguém* devia ter levado. Mas, mesmo assim, Cole afirma que o diário está debaixo das tábuas do piso, um coração revelador e pulsante.

O piso cede. Madeleine se agacha e fica cara a cara com aquele moleque extremamente feio (*Uma criança*, informa a placa no pé da moldura, o que não esclarece nada), então ergue a tábua.

Uma borboleta vermelha colada na capa abre as asas diante dela. Madeleine tinha esquecido disso. Examina o inseto com desconfiança enquanto carrega o diário até a cama.

Ela se senta, os pés bem chapados no chão, e abre em *31 de dezembro de 1997. Favor não ler meu diáril!*

Como a escrita dele mudou.

Faz o que você sempre fez.

Lê.

Sob a luz da manhã, ela começa a leitura.

78.

– Estava esperando você, garotinha.

Luzes pintam as prateleiras de bebidas de um azul brilhante; as lâmpadas que alardeiam o nome dela também dão uma aura à peruca que está usando, um emaranhado de cachos no estilo Marilyn Monroe.

– Venham molhar o bico – chama Betty, pegando uma garrafa por cima de um par de copinhos de doses.

Nicky se aproxima do bar.

– O que vamos beber hoje?

– Hoje você vai beber bourbon. O cavalheiro também.

Nicky se vira e o vê no último reservado, rolando um copo pela mesa.

Ela desliza para se sentar de frente para ele e empurra um dos copinhos pelo tampo de vinil. Ele a espia de dentro da caverna do capuz. Tem as bochechas e o queixo cobertos de barba por fazer; a pele sob um olho vermelho se tingiu de um verde-acinzentado.

– Você arrombou meu apê – diz Freddy.

– Arrombei. Você é um trappmaníaco?

Ele a encara com raiva e coça as mãos.

– Eu não, droga. São aqueles abutres. Eu só pego o dinheiro deles. Estou ouvindo minhas próprias palavras, acredite.

– Ah, que bom. E há quanto tempo você vem se drogando?

Ele a encara, surpreso.

– Há quanto tempo você sabe?

Há *quanto* tempo ela sabe? Nicky desvia os olhos.

– Nove meses. – Freddy fala com uma voz oca para dentro do copinho. – Desde que machuquei o ombro. O médico receitou oxicodona por quinze dias. E, nossa, eu adorei. Só que na rua esse remédio custa uma nota em São Francisco. Tudo custa uma nota. – Ele coça as mãos. – Em fevereiro, comecei a roubar um pouco dele no trabalho... a gente guarda na enfermaria esportiva, para usar em emergências. Ninguém notou. Até o dia em que alguém notou. – Outro suspiro. – Em abril. O diretor de atletismo é meu amigo... enfim, era... então ele falou pra diretora que estava me mandando embora por comportamento instável.

"Dois dias depois, eu fui despejado. Foi uma semana difícil. Não podia voltar pra casa da Simone; acho incrível ela ainda não ter entendido o que está acontecendo. Além do mais, eu não suporto aqueles malditos gatos. Então me mudei pra... você viu. Aí Sebastian recebeu o diagnóstico e Diana pediu ajuda. Como o ano letivo estava terminando, ela imaginou que eu estivesse com tempo. Quer dizer, errada ela não tava." Ele coçou tanto os nós dos dedos que os deixou em carne viva. "Eu já sabia dos tais fãs desesperados por objetos contrabandeados ligados à família Trapp. Imaginei que ninguém fosse reclamar se uma fotografia sumisse, ou uma caneta-tinteiro, ou até um livro. Mas agora..." Ele suspira. "Agora estou precisando de grana. Muita grana. Foi por isso que saqueei a escrivaninha: imaginei que fosse ali que ele guardasse as coisas mais preciosas. Se não desse certo, e não deu, eu poderia só pegar qualquer coisa que estivesse à mão."

– Como aquele cubo de vidro.

– É, desculpa por isso.

– Desculpa também. – Ela o observa tocar o olho com cuidado. – Por que a máscara?

– Às vezes, os trappmaníacos querem trocar mensagens na internet pra inspecionar a mercadoria. Não posso mostrar meu rosto. Naquela noite na biblioteca, eu ia gravar um vídeo rápido. Você sabe: Jack diante da máquina de escrever de Sebastian Trapp, Jack em frente à lareira de Sebastian Trapp.

– E o seu apartamento? As paredes, as velas?

– É tudo teatro. A mesma coisa com a tatuagem. – Ele arregaça a manga. As letras já estão descascando. – Esses trappmaníacos... que nome mais besta. Pra eles é só uma espécie de espetáculo, de diversão. Eu proporciono uma *experiência*.

– Comercializando a tragédia da sua família.

Freddy fecha os olhos com força, assente... e começa a chorar.

– É – concorda ele, os ombros subindo e descendo.

Depois de alguns segundos, Nicky começa a mover a mão em direção à dele até que...

– Esse aqui é do bom, crianças.

Ambos erguem os olhos para Betty e terminam juntos suas doses.

– Mas é forte – acrescenta ela, servindo água enquanto Freddy esfrega o nariz.

Luzes invadem o recinto. Freddy se vira, os olhos agora bem abertos. No vão da porta está parado um casal de idosos, velhos o bastante para jogar golfe e usar camisas polo iguais.

– Aqueles dois estão perdidos – declara Betty.

Ela vai cumprimentá-los.

Freddy voltou a se esconder dentro do capuz.

– Antes eu costumava vir aqui tomar café – resmunga ele. – Ultimamente venho pra tomar qualquer coisa. Um conhecido meu é cuidador de idosos. Vários recebem receitas que não usam muito. O escritório dele fica aqui perto. Meus ossos estão coçando.

Ele se abraça. Nicky sente vontade de abraçá-lo também.

Não tão depressa: ela está ali por causa de Diana. Que Freddy beijou. Freddy, que é capaz de atos de violência.

– Ah – diz ele. – Escuta: um investigador da polícia me deixou um recado de voz. Queria dar uma palavrinha comigo sobre...

– Diana.

Ele balança a cabeça.

– Eu me senti quase... *fora do corpo*. Quando li sobre a morte dela. E numa sala de chat, ainda por cima.

Nicky não diz nada sobre Cole, nem está ligando para Cole nesse momento. Está ligando para Diana.

– Eu quero saber o que aconteceu com ela.

– Você não *sabe*? – Freddy inclina a cabeça. – Segundo o obituário, ela morreu de repente. O que dá a entender que... – Ele quase sussurra. – ... que ela mesma foi a responsável.

– E foi?

– Qual a alternativa? Assassinato?

– É o que a polícia acha. E você conhecia Diana. Conhece a casa.

– Meu tio também. As esposas não param de sair de cena antes da hora.

– Mas você beijou Diana. – Nicky faz uma pausa.

Se ele está surpreso, não deixa transparecer.

– Eu tava doidão.

– Pra ela isso não deve ter sido um grande consolo.

– Eu amava ela, sabe?

Nicky fica calada. Ela não sabia. Um *crush*, talvez, mas...

– Soube desde menino que iria amar aquela mulher pra sempre. Aí ela voltou e... quer dizer, tinha o Sebastian, claro. Mas isso sempre pareceu temporário. E agora eu nunca vou ficar com mais ninguém. – A voz dele é encorpada, suave e dolorosamente triste. – Nunca mais vou amar outra mulher, por mais que eu queira. Não como amo Diana. E isso é... é injusto com a pessoa. Viver assim, à sombra de alguém. – Ele enxuga os olhos. – Como Diana viveu.

Como a sua mãe vive, pensa Nicky enquanto o braço dele se sacode e derruba o copo de bebida no chão. Quantos itens de vidro será que Freddy destruiu nessa semana?

Ela escorrega para fora do reservado, se abaixa para catar os cacos e os empilha sobre o tampo da mesa. Observa-o com o capuz, trêmulo, choroso e assustado feito um menininho, e de repente se pega indo se sentar ao lado dele.

– Então, é pra eu ir conversar com esse tal investigador? – pergunta ele.

Nicky dá de ombros.

– Conversas só são um perigo para quem tem algo a esconder.

Ele assente de novo.

– Desculpa ter sido babaca com você.

– Você não foi babaca comigo.

Ela segura as mãos dele e as observa. Será que aquelas mãos golpearam Diana?

Os pulsos dele chacoalham.

– Tô com tremedeira – comenta, e quando ela aperta os dedos dele, Freddy abaixa a cabeça até o tampo da mesa e encosta a bochecha no vinil, os olhos cravados no bar. – A Betty vai me levar pra uma clínica hoje à tarde. Ela vê tudo.

– Vejo mesmo! – diz bem alto a dona do bar.

– E ouve tudo também.

– Você tem como pagar? – indaga Nicky.

Ele sorri.

– Quem vai pagar é São Francisco.

Ela coloca a mão dentro da bolsa, esvazia a carteira e empilha notas de 20 ao lado do nariz dele.

– Quem é que anda com dinheiro vivo? – resmunga ele.

– Vai querer ou não?

Ele se senta ereto.

– Por quê?

– Você cuidou bem de mim. Tô cuidando um pouco de você.

O celular dela emite um chiado: é Jonathan. Que ela não vê desde que os dois estiveram ali. Ela se levanta.

– Freddy, já aconteceu de você ter dúvidas em relação ao seu pai?

– Tipo, se ele foi pro céu?

– Não, tipo… quem…

– Ah… quem matou ele. Minha mãe às vezes me pergunta isso. Não. Quer dizer, eu *gostaria* de saber, mas, tipo, isso não vai pagar minhas contas, né? – Ele coça o pulso. – Algumas histórias simplesmente terminam sem a gente descobrir o que aconteceu. Sabe como é?

– Sei, sim – diz Nicky. – Eu não gosto dessas histórias.

79.

O IRMÃO CORTOU OS PULSOS em fevereiro de 1999. Madeleine nunca ficou sabendo.

Hoje a mamãe e eu fomos ver uma senhora que é pisicóloga e perguntou por que eu queria morrer. Eu disse que não queria mas que viver dói.

Ela olha na direção da janela. Ouve um pequeno chiado na própria garganta.

As costas dela doem. Mesmo assim, continua lendo, o diário apoiado nas coxas e os pés no chão.

O pessoal na escola vive disendo pra eu me matar. Por que você está vivo sua aberação?

Se mata, tem bulling demais na escola.

Eles inventam histórias sobre mim e me chamam de mané, de esquizito. Eles me machucam. Semana passada, falei que eu tinha sido campeão de luta-lirve na colônia de férias pra asustar eles e 3 lutadores me encuralaram no banheiro e diseram OLHA PRA GENTE VIADO e eu mordi a língua com tanta força que sangrou.

Sei como esrceve viado porque vejo esrcito no meu armário toda ora.

O sangue dela borbulha. Página seguinte.

Como eu falei com a pisicólga papai vive frusrtado comigo. Eu decepsiono ele.

Eu sou um peso. Disse isso para a pisicolga e também que me sentia impotente. Eu existo pra ser humilhado. Eu não tenho lugar.

TEM AGLUMA COISA ERRADA COMIGO

Madeleine se retrai ao ver a sequência de maiúsculas. Fecha os olhos com força. Abre.

Magdala disse antes do Natal que eu tenho que ser diferetne. Ela me disse pra

pretsar atenção no que os ourtos dizem sobre mim.

Ela não se lembra disso. Disse mesmo isso?

Eu sou um cosntrangimento pro meu pai e pra minha irmã

Página seguinte.

Magdala disse isso.

Ela disse *mesmo*?!

Hoje a moça pegruntou por que papai não vem, mamãe disse que ele viajou. Não é verdade, hoje de manhã eu ouvi ele dizer pra mamãe que se eu tivesse deixado um bilete de suicídio niguém iria cosneguir ler.

A tarde de Madeleine vai passando, e com ela os meses seguintes de Cole. Ele pega emprestadas palavras desoladas de *O conde de Monte Cristo*, que, é claro, estava lendo para agradar ao pai. (*Vou terminar.*) A letra dele vai ficando mais inclinada e ele vai desenhando menos. Ele escreve cada vez menos; escreve mais que o suficiente.

Ela vira a página e chega ao mês de junho.

Apenas cinco palavras: *Está acontecendo uma coisa empougante!!*

A página seguinte está em branco. E a seguinte também: não está acontecendo nada ali, *empougante* ou não. Seis meses antes de sumir, Cole simplesmente parou de escrever.

Ela liberta o celular do bolso.

Eu li.

Não tinha noção de como era ruim pra você.

Lá embaixo, é possível ouvir as pontadas irregulares da máquina de escrever.

> Não sabia como papai era
> duro com

Ela deleta as últimas palavras. Sabia o suficiente.

> Mesmo que eu esteja dizendo isso
> tarde demais.

Ela espera. Nenhum sinal de vida.
Até mesmo a Remington se cala.
Alguns segundos depois:

É por isso que eu preciso de você.

Não por causa do que ele fazia comigo.

Mas por causa do que isso fez com
ele e a mamãe

> Estava destruindo eles

Sim.

Ele estava matando o casamento deles.
Não conseguia se controlar.

Mas também não conseguia deixar ela ir embora.

> Você acha que ele não matou só
> o casamento?

Sim de novo.

Como?

Preciso que você dê uma chacoalhada nele.
Pergunta o que ele sabe
sobre a noite de ano-novo.

Faltou me dizer o que
VOCÊ sabe!

Sei que você não acredita em mim.
Ou no mínimo tem dúvidas.

Porque, se acreditasse,
estaria com medo.

Por favor, Magdala, acredita em mim.

Por favor, fica com medo.

Trrrat-tat-rat tat-Trapp!
Ela baixa os olhos para o diário a seu lado. *Está acontecendo uma coisa empougante!!*
Quando o ergue até o colo, as páginas caem todas para a esquerda. No verso da última folha, Cole anotou um último registro.

31 de dezembro de 1999.

Véspera de ano-novo, esclarece ele.
A caligrafia dele foi se modificando com o tempo, as letras ficando mais altas, as curvas, mais afiadas. Dessa vez, está segura e a ortografia é perfeita:

"Morrer? Ah, não...", exclamou ele. "Morrer agora não, depois de ter vivido e sofrido tanto e por tanto tempo!"
     O conde de Monte Cristo
         (terminei)

Madeleine fica olhando o papelão vermelho da contracapa. Tamborila os dedos ali.

Sente uma saliência sob o papel.

Seus olhos se estreitam. Ela examina mais de perto.

Vê que a saliência corre em paralelo ao comprimento da capa e também ao longo das bordas superior e inferior. As bordas do papel que forra a contracapa estão ligeiramente onduladas, como se alguém as houvesse cortado com todo o cuidado antes de colá-las outra vez.

A unha cutuca o papel até conseguir descolá-lo feito uma aba. Lá dentro, está encaixado um postal: um brilhante cardume de peixes-palhaço, brancos e laranja. Madeleine remove o postal do diário e o vira.

3 de junho de 1999 (um garrancho que mal dá para ler)

> *Querido Cole,*
> *Valeu pela maravilhosa maquete de bonde! A gente com certeza não tem isso aqui em Seattle. Coisas boas nos esperam!*

Assinado naquele mesmo garrancho digno de um detector de mentiras: *Com carinho, Sam Turner.*

O nome é desconhecido para Madeleine.

Por que aquele homem teria mandado um postal para o seu irmão de 13 anos? Por que Cole o esconderia numa dobra secreta do diário? O coração dela acelera.

Ela poderia perguntar.

Mas não faz isso.

Morde a unha do polegar. Afunda sobre o travesseiro.

Seattle.

Cole registrou no diário meia dúzia de viagens de carro com a mãe – Los Angeles, Lake Tahoe, até Las Vegas –, mas nunca Seattle, e nada depois da tentativa de suicídio. Será que eles ficaram sem viajar o ano de 1999 inteiro...? Bom, como Madeleine poderia saber? Afinal, ela passou a primavera e o outono em Berkeley, e o verão inteiro numa colônia de tênis na Flórida.

Mesmo assim: se eles *de fato* viajaram, por que não mencionar nada?

Do outro lado da porta entreaberta, vêm os arranhões e o chiado de um animal asmático subindo depressa uma escada. Watson espia para dentro do sótão com um sorriso de Coringa, e Madeleine se abranda.

– Oi, monstrinho – diz, fechando o diário com um estalo. – Vamos dar o fora daqui.

Ela alisa a cama, recoloca a tábua do piso no lugar, carrega a cachorra e o diário escada abaixo. No seu quarto, digita sam samuel turner seattle numa lista telefônica do estado de Washington. Aparecem 31 ocorrências na grande Seattle, 22 números de telefone.

Uma ocorrência para samantha turner seattle.

Já passa das dez da noite, tarde demais para ligar e cedo demais para ela reunir a coragem necessária. Em vez disso, Madeleine digita uma mensagem para o primo:

> Você conhece algum(a) Sam
> Turner em Seattle?
>
> E também, pela última vez: pf
> volta pra casa. Ninguém tá bravo
> com você.

– Tô muito brava com ele – diz ela para Watson.

Na cama, Madeleine fica observando o postal, a letra pontuda. Não vai comentar nada com Cole.

Porque não tem certeza se ele se lembra do cartão. E isso significa que ela talvez saiba algo que ele não sabe.

Sexta-feira, 26 de junho

80.

NICKY SAI DO CHUVEIRO FUMEGANTE feito uma floresta tropical e vê seu celular vibrar sobre a bancada e cair dentro da pia. Pega o aparelho e desliza o dedo pela tela. Dá uma topada no pé em forma de garra da banheira.

– Srta. Hunter?

É um homem, mas Nicky mal percebe; está mordendo o lábio e sorvendo o ar por entre os dentes.

– Pois não? – sibila.

– Investigador Timbo Martinez. Acabei de ligar para a Srta. Trapp, mas ela não atendeu. O primo dela esteve na delegacia ontem à noite. Disse que alguém tinha recomendado que me procurasse. Não disse quem.

Nicky pula numa perna só até a privada, onde embola papel higiênico em cima do dedo machucado.

– Frederick admite ter roubado objetos pessoais da residência do tio. Ele não tem álibi para depois da festa, após ter fugido da casa.

Uma pausa.

– Ele insiste que não tem se comunicado com Cole Trapp. Alega ter encontrado a caixa com a borboleta na porta da frente, mas ninguém é capaz de confirmar isso. Frederick pode ter feito ele mesmo as borboletas, mas… sabe, Srta. Hunter, estou lhe contando tudo isso na esperança de que a senhorita possa me ajudar.

– Onde está o Freddy agora?

Um suspiro.

– A mãe foi buscá-lo na delegacia. Foi bem dramático. Acho que a próxima parada dele é a clínica de reabilitação. Por favor, faça com que Madeleine Trapp retorne a minha ligação. É importante.

Ele desliga.

Nicky se veste às pressas. O banho de chuveiro não a acalmou. Está com a sensação de um mau presságio, conforme previu seu calendário. Uma sensação de fim, até.

A vida é um thriller, lhe dissera Sebastian na véspera. *O fim é fatal.*

E então: *Que história gostaria que eu lhe contasse?*

Uma que seja verdade, respondera ela.

Nicky quer essa história verdadeira. E quer hoje. Vai encontrá-lo e...

... mais uma vez, o celular grita por atenção. Nicky olha a tela: Jonathan.

Ignora. Ele vai sobreviver. Ao contrário de outros.

Por baixo da porta do sótão, há um bilhete dobrado. Nicky o pega: um papel de carta azul, letras pretas datilografadas.

Revólveres ao amanhecer. Biblioteca.

E então a curva e a cruz das iniciais dele.

Já passa muito do amanhecer, claro. De toda forma, Nicky tinha planos de passar algum tempo com Sebastian nesse dia. Não contou para Julia que continua dormindo no sótão, nem para Irwin... na verdade, não contou para ninguém. Ela agora pertence mais a esse mundo do que ao mundo deles, percebe, e esse pensamento a assusta.

Quando está descendo a escada, a máquina de escrever inicia um rufar repentino, como se estivesse apresentando um prêmio ou pisando num cadafalso. O som se acelera a cada passo que Nicky dá pelo corredor iluminado pelo sol, até que, bem na hora em que ela ergue o aro de metal da aldraba de caveira, o barulho cessa. O vencedor foi anunciado. O prisioneiro foi enforcado.

– Pode entrar!

A manhã clareou o recinto. Pelas janelas, a Golden Gate cintila como se tivesse acabado de ser enxaguada, com algumas flâmulas de névoa tremulando das torres.

Diante da escrivaninha, de paletó (marfim) e gravata (azul-marinho), Sebastian dá uma pitada em seu cachimbo e parece notavelmente bem-vestido para um homem que ficou viúvo há tão pouco tempo. Mas ele tem experiência nisso, claro.

– Como sabia que eu estava na porta? – indaga Nicky.

– Eu não sabia. – A fumaça se desprende da boca dele. – De vez em quando, eu descansava os dedos e gritava, para o caso de você estar à espreita do lado de fora.

Ela ocupa a cadeira na frente dele, da mesma forma que fez na noite em que chegou. Só que agora, de perto... ele parece muito *cansado*, como uma bola de papel que alguém tentou desamassar. A pele branca ficou mais cinza, os cabelos grisalhos, mais brancos; os lábios estão secos, as sobrancelhas, desgrenhadas. Ela repara nos vincos da roupa dele, pequenas rachaduras num quadro a óleo; o nó torto da gravata, o lenço murcho... até o relógio de bolso na palma da mão parece opaco. Talvez o melhor dos assassinos não seja o tempo. Talvez seja a tristeza.

– O luto não me cai bem – diz Sebastian, e Nicky se retrai, com o susto de encontrá-lo dentro dos próprios pensamentos sem que ele deixe de estar sentado à sua frente.

Atrás dele, as chamas na lareira dançam uma música lenta, como se estivessem exaustas.

– O luto é parecido com o medo. Aprendi a viver com o medo muito tempo atrás. Deveria me sentir mais à vontade com o luto. E você?

Nicky pisca os olhos.

– Se eu me sinto à vontade com o luto?

Ele assente.

– Eu... – Por um instante, ela não sabe o que dizer. Então, bem devagar: – Acho que, se estou de luto, então é porque devo ter amado seja lá o que eu tenha perdido, seja lá como tiver perdido. Acho que... o luto é como uma cicatriz pra me lembrar da aventura que eu tive. Ou como os créditos finais de um filme maravilhoso. Então... não, não me sinto à vontade com ele, mas me sinto grata. – Ela pensa um pouco. – O luto pode ser parecido com o medo, mas também é parecido com a lembrança, e nesse caso não há... uma história não termina.

Ela pensa se o que está dizendo soa bobo. Olha para ele, para os cabelos sem vida e os lábios contraídos; apenas os olhos estão vivos, escuros e argutos ao percorrer o rosto dela.

– Toda história termina – diz ele.

Então se inclina para a frente e repousa a mão sobre uma pilha baixa de papéis. Quando torna a falar, sua voz se reergueu do chão.

– Seu trabalho está excelente – diz, batendo com a mão na pilha de papéis. – Arrebatador, na verdade. As cataratas no Peru: consigo até ouvi-las rugir. Quando escrevi aqueles primeiros romances: consigo ouvir a máquina de escrever. Um dia na praia: consigo ouvir o som estridente das crianças, mesmo que bem de leve.

Nicky sorri.

– Pra mim é muito importante ouvir isso.

– Eu sangrei um pouco no texto… digo, com tinta vermelha… então dê uma olhada nas minhas emendas.

Ele faz os papéis deslizarem pela escrivaninha: hieróglifos e anotações indecifráveis coalham as margens. Sebastian sangrou bem mais do que só um pouco: em algumas páginas, Nicky vê que ele rompeu uma veia… mas está satisfeita. *Seu trabalho está excelente.*

Ele boceja e esconde o rosto com a mão.

– Me perdoe. Esses últimos tempos têm sido atribulados para mim. Ouso dizer que têm sido atribulados para *você*. – Ele faz uma careta. – "Ouso dizer", meu Deus. Se passar tempo suficiente escrevendo romances históricos, ouso dizer, você também vai morrer falando assim.

– Tem sido *mesmo* atribulado – concorda Nicky.

– É como eu disse. Você teve direito a uma festa de máscaras, com tentativa de roubo e tudo. E depois uma *briga*! Em seguida, o assassinato em massa de centenas de taças de champanhe. Teve uma aula de direção. Recebeu cartas ameaçadoras… bom, tecnicamente quem as recebeu fui eu. Teve dois cafés da manhã num clube exclusivo para homens sem precisar sequer se disfarçar. Nem é preciso dizer que teve o conhecimento e o incentivo de Watson VII. Viu o labirinto onde a vida do meu filho começou e o lago onde a vida da minha esposa terminou. Sofreu uma tragédia conosco. – Ele bafora. – Ah, minha jovem… onde você foi se meter?

Será que ele está arrependido do convite?, pensa Nicky. Será que ela vai morrer de febre detetivesca?

– Já entendeu o que está acontecendo? – pergunta Sebastian. – Já desvendou a trama?

– Não.

– Mas a esta altura você já deve saber, minha cara menina. Estamos praticamente no final do livro.

Sebastian pega uma lupa em cima do mata-borrão, a mesma que Nicky lhe deu de presente uma semana antes, e começa a girá-la devagar. Por um brilhante segundo, o arsenal que os separa se acende como um raio distante: a adaga, o frasco de veneno, o revólver, o candelabro, todos se iluminam, um depois do outro.

O estômago de Nicky reclama.

– Desculpe. Eu precisava comer alguma coisa.

– Se Adelina estiver lá embaixo…

– Vou fazer um chá e umas torradas. – Ela se levanta depressa. – Gostaria de algo assim?

Ele ergue os olhos para ela.

– Eu gostaria das duas coisas.

Atrás de si, ela ouve os estalos e pipocos da máquina de escrever.

Quando retorna, ele a convida para se sentar diante da lareira. Então ela se ajoelha ali, feito uma criança, e fica olhando as chamas, esperando.

– Uma questão que deixamos passar. – Ele mergulha a torrada no chá. – Sabe por que desisti de Simon St. John depois daquele último livro? É claro que não – diz, antes que ela consiga fazer que não com a cabeça. – Bom, não é que tivesse me cansado dele. Eu só não conseguia passar mais tempo na companhia de alguém que encontrava respostas para todo e qualquer problema que enfrentasse sem jamais falhar. Porque eu não conseguia solucionar o *meu* mistério. E não conseguia ver Simon vestir um novo disfarce e solucionar o *dele*. – Ele espia dentro da própria xícara. – Eu tentei, é claro. Em *O homem torto*. Mas aí Dominic… – Um suspiro. – Outro crime sem esperança de solução. De modo que aposentei Simon St. John. E me aposentei.

Enquanto morde a torrada, Nicky observa os dedos dos pés dele se remexerem dentro das meias, perto o bastante das chamas para soltarem vapor por caso estivessem úmidos. Atrás dela, uma chuva repentina tamborila os dedos nas janelas.

– Diana me guiou de volta à Remington alguns meses atrás, depois de os médicos me desenganarem. A máquina de sonhos de metal, como ela chamava.

– Sobre Diana…

– Eu às vezes tirava a poeira dela para correspondências diversas e coisas assim… como a sua comigo, por exemplo. Mas minha graciosa esposa me incentivou a escrever uma nova história. Colocou meus dedos em cima das teclas e se recusou a sair antes de eu ter apertado uma. Então eu apertei "1". E bem ali, em preto e branco, acabara de anunciar meu primeiro capítulo. Anunciar a volta de Simon.

– Está trabalhando num novo romance?

Nicky está pasma. Um testamento, instruções para o próprio funeral, cartas... talvez até uma confissão às portas da morte: ela tinha certeza de que uma dessas coisas, ou várias, era o que vinha fazendo as teclas sapatearem pelos corredores e pelos assoalhos da casa naquelas últimas semanas. Aquilo, porém, nunca tinha lhe ocorrido: um último mistério. Embora ele tivesse lhe dito que desejava embrulhar aquilo para presente... tudo aquilo.

– Posso ler?

Sebastian serve chá.

– Calma lá, garota. Não tem muita coisa para ler. Só algumas ideias disparando no meu cérebro moribundo. Umas poucas chamas dando os últimos suspiros depois que se fecha o gás. Além do mais, ainda preciso resolver o final – diz ele, levando a xícara aos lábios. – O meu, também. O fim da minha história. – Ele a esvazia. – Felizmente, trabalho melhor quando tenho um prazo. Você e Tácito já tiveram um tête-à-tête, não? – finaliza, inclinando a cabeça na direção da escrivaninha.

Nicky olha por cima do ombro para o cubo de vidro. A luz do fogo sobe e desce, rastejando pelas faces do objeto.

– "É próprio da natureza humana"... – recita ela devagar.

– ... "odiar quem você feriu."

Eles ficam sentados em silêncio.

– Mas agora preciso tirar uma soneca – anuncia ele. – Quando será que vence o aluguel daquela máquina de hemodiálise? Queria deixá-la em testamento para o Freddy. Imagino que ele vá tentar usar no próprio pênis.

– Por quê?

Sebastian dá de ombros.

– Porque ele é homem.

Um trovão ruge quando ele se levanta. A xícara de chá foge dos dedos dele e mergulha em direção à própria morte sobre a ardósia negra da lareira.

– Droga – diz Sebastian, voltando a se sentar.

Nicky recolhe os restos mortais.

– Posso te ajudar a subir?

– Por favor – responde ele de forma inesperada. – De repente, estou me sentindo muito cansado.

81.

JUNTOS, ELES SAEM DA BIBLIOTECA, Sebastian segurando o ombro de Nicky. Em silêncio, os dois seguem o corredor, as janelas lustrosas da chuva, e entram no hall; cada passo parece esgotá-lo um pouco mais, como se ele estivesse vazando algum fluido vital no carpete.

– Será que é melhor pegarmos o elevador? – indaga Nicky, preocupada.

Ela chama o elevador. Ele desce, teimoso e em meio a protestos; quando chega, ela abre a porta pantográfica, entra na cabine com Sebastian e a fecha. Aperta o botão do terceiro andar.

Estala. Escorrega. Geme.

Ele a soltou, embora ela possa ouvi-lo respirar enquanto o elevador se sacode e sobe rumo à escuridão. Nicky olha para baixo e vê a própria mão sumir. Em seguida, as canelas. Depois, os pés.

Por alguns instantes, naquela ascensão às escuras, ela fecha os olhos (ou será que fecha mesmo? Não há como saber) e pensa no que vai acontecer a seguir.

O que acontece a seguir é um estrondo descomunal, como se a cúpula do céu tivesse se estilhaçado. O mecanismo do elevador estala-escorrega-*geeeme*, solta um grito, e então a cabine freia com tanta força que Nicky perde o equilíbrio e agita os braços até os pulsos se encaixarem certinho no torno seco do aperto da mão de Sebastian.

– Queda de energia. – A voz dele soa raspada do fundo da garganta.

Na escuridão digna do espaço sideral, Nicky se sente sem peso, como se apenas a mão dele a prendesse à Terra.

– O gerador deve ser acionado a qualquer momento.

Ela não diz nada. A trovoada retorna, mais baixo dessa vez, como se estivesse dizendo algo que se esqueceu de mencionar antes, mas ainda zangado.

Devagar, os dedos dele vão escorregando para baixo, apertando com força, até por fim chegarem à palma da mão dela e entrarem com cuidado nos espaços entre os dedos dela. Juntos, eles se fecham e se curvam, entrelaçando as articulações.

Por quanto tempo ficam flutuando ali, naquela caixa escura? A mão de

Sebastian começa a tremer dentro da dela; a respiração dele arranha o peito de Nicky.

– Está ouvindo isso? – pergunta ela de repente.

Não há resposta.

– Passos? No corredor? – Ela ouve a hesitação na própria voz.

Os dedos dele se movem.

Bem na hora que os lábios dela se abrem, abre-se também o céu, mais uma violenta ruptura em seus ouvidos, um tecido rasgado com força e depressa. Dedos esmagam a mão dela, torcendo-a...

... e então, com um estremecimento, o elevador retoma seu rastejar vertical, arrastando-se para cima até uma lenta cascata de luz recair sobre eles, cinza e sombria.

A cabine para. Pelos espaços em formato de diamante da porta pantográfica, Nicky espia o corredor comprido do segundo andar.

– Por um minuto, eu me senti um tanto inseguro – diz Sebastian.

Os dedos se soltam, e ela o encara. Está mais velho que o homem que embarcou no elevador, como se tivesse atravessado um túnel do tempo.

Ele abre um sorriso fraco para ela.

– Estava tentando me assustar, minha jovem?

Ela abre a grade da porta e o segura pelo cotovelo, pronta para guiá-lo até o quarto.

Porém, no instante em que saem do elevador, Sebastian dá um arquejo, e então as pernas dele cedem e o homem desaba por cima de Nicky, desmoronando no chão e a arrastando consigo até ela ficar enterrada debaixo da aba do paletó dele, com a cabeça imprensada contra seu corpo.

– Não posso te contar! – grita ele enquanto ela escuta seu corpo. A voz parece ressoar dentro dele.

Nicky o livra do paletó e o examina: cabelos prateados caídos em frente à testa, olhos prateados desvairados. Baixa os olhos pela manga do braço estendido, para além do dedo que aponta bem para a frente.

Pousada sobre o estreito tapete do corredor, com as asas abertas numa saudação, está uma borboleta de papel vermelho-viva.

Mesmo na penumbra, ela consegue ver um texto miúdo datilografado nas asas.

Nicky se levanta até ficar de joelhos, curva-se na direção do inseto – chifres de demônio na cabeça, tórax serrilhado, mais arma que brinquedo – e então o ergue até os olhos.

Olha por cima do ombro para Sebastian.

– "ÚLTIMA CHANCE" – recita ela.

Ele larga os braços no colo.

– Não posso.

Bem mais adiante no corredor, em algum lugar da casa, passos ressoam com força na escada.

82.

Madeleine atravessa depressa o estacionamento da biblioteca debaixo da chuva, o celular encaixado na orelha. O investigador Timbo Martinez deseja que ela retorne a ligação dele assim que possível. No presente momento, isso não é particularmente possível, e a voz dele até que parece calma, mas, como ele deve ser o tipo de cara que medita enquanto o avião está despencando, Madeleine toma coragem e liga.

Ele a atualiza enquanto uma trovoada lambe o teto do carro: Freddy, delegacia, confissão ("É claro que não vamos dar queixa", diz ela, ríspida), nenhum motivo para crer que ele esteja mancomunado com o irmão dela.

– Tampouco temos motivo para acreditar na existência de tal pessoa.

A mão dela agarra a alavanca do câmbio.

– Vocês têm motivo para acreditar que a morte da minha madrasta foi suspeita? Motivos reais, que se sustentem num tribunal?

– Ainda não.

– Ainda não ou não e ponto?

– Infelizmente, no momento não vejo diferença. Srta. Trapp, entendo que Frederick seja seu primo, mas, por favor, tenha cautela.

Um escoteiro e tanto. Madeleine o imagina indo se deitar toda noite vestido com o uniforme completo.

Uma trovoada titânica lhe dá um susto tamanho que ela quase encalha no parque Alta Plaza.

– Meu Deus do céu – resmunga ela. – Desculpa.

Timbo já desligou. Madeleine conduz o carro de volta à rua, com os limpadores de para-brisa oscilando depressa.

Tampouco temos motivo para acreditar na existência de tal pessoa. Ah, mas ela acredita. Só que a pessoa que está passeando nesse exato momento pelo cérebro dela – sem forma, porém não sem ruído, como o visitante de um museu cujos passos se podem ouvir na galeria seguinte, sempre uma exibição à frente – é Sam Turner, de Seattle.

Ela estaciona junto ao meio-fio e sai para debaixo da chuva. Sobe correndo o acesso de carros da casa e entra pela porta da frente.

– *Não posso te contar!*

As chaves dela caem no chão.

Os sapatos derrapam no mármore, a bolsa é largada na escada, as coxas queimam quando ela entra e sai da biblioteca, os pulmões ardem quando sobe aos trancos e barrancos mais um andar... mas ali, bem no final do corredor... ali ela encontra os dois.

Segue em frente, trotando, aos arquejos, e Nicky se levanta com uma estrela vermelha na mão. Não: uma borboleta.

Madeleine olha para as asas da borboleta, para Nicky, então se abaixa até a bétula caída que é seu pai, um emaranhado de galhos brancos no chão. Nicky a ajuda a empilhá-lo outra vez sobre as próprias pernas. Juntas, elas arrastam Sebastian, passando pelo quarto de Diana até o dele, onde arrancam o paletó e o fazem emborcar sobre o colchão.

Será que é assim que ele vai viver agora?, pensa Madeleine. Um choque dia sim, dia não – um cadáver entre os peixes dourados, uma borboleta no corredor; um elenco rotativo para ajudá-la a descarregá-lo na cama – até morrer?

– Polícia – diz ela.

Nicky obedece e vai até o corredor com o celular na mão.

Madeleine a ouve narrar os dez últimos minutos – cansaço, elevador, blecaute, passos, origami – enquanto desfaz o nó da gravata do pai, abre as abotoaduras. A camisa dele está opaca de suor.

Ela se ajoelha ao lado dele, acaricia seus dedos. Estão tremendo, assim como os dela.

Sebastian a encara com um olho só; o branco dele é apenas um tom mais pálido do que o da pele.

E só então, depois de as palavras ficarem boiando por um breve período na superfície do cérebro de Madeleine, é que ela registra o que Nicky falou:

– Passos? – pergunta.

83.

– Martinez está vindo – anuncia Nicky ao entrar no quarto onde Madeleine está agachada ao lado do pai.

Sebastian parece um espectro.

– Dei uma jujuba de maconha pra ele – diz Madeleine. – Quer uma?

O celular de Nicky vibra. Ela verifica a tela e retorna ao corredor.

– Oi. Escuta…

– Tá difícil escutar – grita Jonathan. – Tô bem aqui na esquina, no Bar do Harry. Sabia que dá pra pedir literalmente uma banheira de cerveja aqui? De porcelana, com 24 garrafas à sua escolha.

– Agora não é…

– Eu sou britânico, mas não sou *tão*…

– Deixa eu te ligar mais tarde.

Uma pausa.

– Tá tudo bem? Já faz um tempo.

– A manhã foi atribulada.

– O que tá acontecendo? Quer que eu dê uma passada aí?

– Não. Por favor.

– Você tá sozinha?

Ela hesita. Que resposta ele espera receber?

– Eu te mando mensagem – mente ela.

A campainha toca no térreo. Madeleine chama Nicky.

– Olha – diz Jonathan. – Se você não estiver interessada em…

Nicky desliga.

Na porta da frente, segurando a bolsa e as chaves de Madeleine, Nicky dá um passo de lado para deixar passar o investigador Martinez, todo anguloso num terno cinza elegante, seguido pela investigadora Springer, com um suéter de gola rulê de lã mohair, um blazer preto e zero sorriso.

– Onde está o Sr. Trapp? – pergunta Timbo.

– No quarto.

– Vocês ouviram passos? Vindos de onde?

– Não sei e não sei. – Os nervos de Nicky estão zunindo.

– Então não ouviram passos? – insiste Timbo.

– Pouco importa quem ouviu o quê e quando – diz B. B. – Alguém esteve nesta casa. Talvez ainda esteja aqui.

Nicky fica encarando os dois.

Timbo avança sem fazer barulho até o escritório enquanto B. B. se aproxima da sala dos quebra-cabeças, com a mão pairando junto ao quadril.

– Srta. Hunter... – Sem virar a cabeça. – Por favor, fique perto da porta da frente, muito obrigada.

Ela bate no batente e entra. Retorna um instante depois e acena para Nicky ficar onde está enquanto vai até os fundos da casa.

Nicky fica escutando os últimos tremores da chuva nas janelas. Visualiza a expressão de Madeleine segundos antes, lívida e exausta, e deseja poder ajudar. Quando o relógio bate quatro da tarde, ela quase uiva.

Os investigadores reaparecem.

– Então, onde fica o famoso elevador? – pergunta B. B.

No andar superior, Timbo calça uma luva de plástico até o pulso e com toda a delicadeza pega a borboleta de cima do tapete. Nicky observa a cabeça dele se inclinar em direção à de B. B. quando os dois leem as letras miúdas.

– Alguém esteve em casa hoje de manhã? Ou ontem à noite? – indaga B. B.

– Não.

Timbo inspeciona o elevador usando o celular para lançar uma luz forte nos cantos da cabine.

– A borboleta estava lá quando a senhorita desceu hoje de manhã?

– Eu usei a outra escada. No final do corredor. Sempre uso.

Timbo coloca a prova dentro de um saco plástico e eles seguem até o quarto de Sebastian, onde Madeleine está sentada ao lado do pai. Nicky vai até a janela, cujo vidro está salpicado de gotas de chuva.

– Vocês outra vez – diz Sebastian num arquejo fraco quando Timbo surge em seu campo de visão.

– Pelo visto, o senhor está com um problema com insetos – diz B. B. – Então vou perguntar mais uma vez: alguém teve notícias do artista anteriormente conhecido como Cole Trapp?

Nicky não se atreve a olhar para Madeleine.

– Que decepção – diz B. B.

– Eu já deveria ter embrulhado isso para presente faz tempo – resmunga Sebastian, fechando os olhos.

Timbo avança mais um pouco.

– O quê? – Pela primeira vez desde que Nicky o conheceu, a voz dele soa viva.

– É uma frase dos livros – explica Nicky. – Simon St. John diz isso.

– Eu li os livros. Sei o que Simon St. John diz. Quero saber por que o Sr. Trapp está falando isso.

Ainda preciso resolver o final. O fim da minha história.

B. B. tenta mais uma vez:

– A Srta. Hunter mencionou passos, foi isso?

O paciente assente.

– Sim. Correndo para longe do elevador, acho.

– Em direção à outra escada. Srta. Trapp, tinha alguém descendo quando a senhorita estava subindo?

– Claro. A gente parou para bater papo, fofocar um pouco.

– Eu precisava perguntar. Quer dizer que a Srta. Hunter ouviu passos e depois viu a borboleta...

Sebastian não diz nada.

– Alguns segundos depois – conclui Nicky.

– Bem na hora que eu estava entrando em casa – diz Madeleine.

Ela esfrega a mão do pai. Nicky sente uma pena intensa dela.

– Então, se quem produziu os passos não trocou cumprimentos com a Srta. Trapp aqui, e se nós não o encontramos lá embaixo agorinha, ou ele já tinha fugido pelos fundos quando as portas do elevador se abriram, ou então subiu para o sótão. – B. B. recolhe um fiapo do suéter. – Me digam, alguma das senhoras teve notícias do Sr. Grant?

– Acabei de falar com ele – diz Nicky. – Ele está no Bar do Harry.

– Bem aqui na esquina. Que conveniente. Que fácil de chegar. Você conhece esse bar, Tim?

– O da banheira de cerveja – murmura Timbo.

– Eles ainda fazem isso? Que bom pra eles. Estou pensando que a gente pode dar um pulo lá, já que é tão fácil de chegar.

– Estou pensando que a gente deveria ir primeiro lá em cima e terminar nossa busca.

B. B. encara os presentes.

– Srta. Trapp, será que se importaria de… eu gostaria de falar sobre segurança.

Madeleine e os investigadores passam para o corredor. Nicky olha pela janela. A chuva já passou.

Quando ela olha de volta, ele a observa.

– Você consegue fazer isso parar? – murmura ele, fraco e cansado.

Nicky passa um instante observando-o. Vai até Sebastian devagar e toca o ombro dele. Por fim, sussurra:

– Não sei como fazer isso. – A frase soa quase como um pedido de desculpas.

84.

DURANTE HORAS, CURVADA ACIMA da escrivaninha enquanto o pai dorme no andar de cima, Madeleine fala ou deixa recado para quase 25 pessoas chamadas Sam Turner.

– Estou procurando informações sobre um menino chamado Cole – explica ela, vaga; nunca se sabe quem poderia ser um fã de crimes da vida real.

Algumas pessoas são jovens demais para poderem ajudar; outras estão mortas demais.

Ela então começa a caçar essa pessoa nas redes sociais: será que ela já mandou alguma mensagem, postou algum comentário, deu algum like? Percorre galerias do Instagram, encara as profundezas do Twitter, passa o pente-fino no Facebook.

É como olhar pelo lado de fora das janelas de uma festa para a qual não foi convidada e da qual não gostaria de participar. Madeleine vai fechando uma por uma.

Na última rede social, um clone qualquer do Instagram, Bissie e Ben Bentley posam radiantes feito um casal de mórmons enquanto o filho deles toca a barriga já grandinha da mãe. Estão todos os três de rosa.

Madeleine olha a tela até a visão ficar embaçada. Deleta a conta.

Então, apesar de os investigadores terem revistado a casa, ela se vira na cadeira. *Alguém muito perigoso está parado bem atrás de você*, tinha brincado ela com Nicky naquela primeira noite. Agora não é mais brincadeira.

Dez da noite. Encontra Watson na sala, acampada ao pé da estante. O nome de Rebecca reluz quando ela leva um dedo à lombada do livro. Um empurrão, e Madeleine poderia adentrar um portal, descansar no divã, enganar o tempo.

A cachorra suspira. Madeleine também.

Na cama, sente o sono cobri-la aos poucos como se fosse neve. Antes de ser enterrada, digita uma mensagem no celular:

Por favor, me diz onde você está.

Precisava tentar. ÚLTIMA CHANCE.

85.

NICKY SEGURA COM FORÇA um copo de leite e fica olhando Sebastian dormir.

É sinistro (ela sabe), sinistro e difícil: as cortinas estão parcialmente fechadas, o quarto é uma tela de sombras. Mas como foram raras as vezes em que ela o observou assim, em paz! Ele não parece grande coisa debaixo do edredom: apenas um cume branco, comprido e acidentado, uma distante cordilheira invernal, e o rosto inclinado na direção dela. O barulho que ele emite também não é grande coisa: ela só consegue ouvir o ar fresco se desculpando ao sair pelos dutos de ventilação.

Sem fazer barulho, ela sobe a escada até o sótão. Senta-se diante da escrivaninha, puxa a cordinha da luminária, bebe todo o leite. Tira o laptop da bolsa. Dois pedacinhos de papel caem no chão.

Nicky os recolhe e coloca sobre a escrivaninha. As fotos que ela pegou da trappmaníaca: ela e Sebastian no Jaguar, Freddy, Diana e Simone na festa.

Um rangido soa atrás dela.

Nicky se vira depressa, prende a respiração, corre os olhos pelo sótão.

Nada. Apenas a casa estalando as articulações ao se preparar para ir dormir.

No escuro, *Uma criança* exibe seu sorriso travesso, inocente porém cúmplice.

Quando volta a olhar para as fotos e descobre a pista – pois é disso mesmo que se trata, uma pista de verdade –, Nicky se levanta, chocada. É tão óbvio quanto marcas de mão numa janela, quanto uma gravação em relevo num vidro.

– Puxa – diz ela.

Na gaveta, encontra a lupa de brinquedo e a suspende até um dos olhos. Inclina-se mais para perto.

Cherchez la femme, de fato.

As pernas se desintegram debaixo dela. Ela desaba na cadeira.

Não: aquilo não prova nada. Com certeza, não prova o que ela quer provar. Então é a isso que toda a investigação que fez a levou? É esse o fim da história?

Ela apaga a luz e fica de pé. Ao dar a volta na escrivaninha, o quadril roça a Bola Mágica pintada com o 8 em cima da mesa. A bola cai pela borda, acerta a madeira do piso e rola para longe. Vai se alojar num canto. Um símbolo azul-néon brilha dentro do visor.

MELHOR NÃO CONTAR AGORA.

Nicky se acomoda no banco abaixo da janela e inclina a cabeça até encostá-la no vidro. Pensa naquele homem prateado no quarto, dormindo em silêncio.

Só depois é que vai se lembrar de que Sebastian Trapp ronca quando dorme.

Sábado, 27 de junho

86.

Watson se agita em meio aos lençóis e bufa baixinho.

Madeleine se senta na cama, meio acordada. Não é sempre que Watson bufa.

Ela checa o celular: 4h05. Estreita os olhos para a cachorra.

O homem junto à cama sussurra o nome dela antes de Madeleine conseguir gritar.

No banco sob a janela, Nicky sonha com teclas de máquina de escrever batendo mais forte do que antes, alto o suficiente para fazer dançar as tábuas do piso, para arrancar pregos da madeira. Sonha com Sebastian Trapp dormindo em silêncio...

Ela se mexe.

... Sebastian Trapp ronca quando dorme. Apesar disso, não havia som algum na escuridão do quarto dele.

Ela começa a acordar.

Por que ele ficaria ali deitado, com os olhos fechados, virado para a porta, sabendo que ela estava do outro lado, mas sem dizer nada? Ele não é do tipo que se isola. Não há um só cômodo no qual não a tenha convidado a entrar.

O que está acontecendo?

– Vamos lá.

Sebastian reluz na escuridão vestido com um terno cor de osso, o preferido dele, como Madeleine bem sabe, feito de linho irlandês e forrado de azul. A camisa é branca. A gravata, lilás.

– Há séculos não assistimos a um nascer do sol. Não me restam muitos agora. Vamos, vamos. Nosso lugar de sempre! Vou ligando o Jaguar.

– Por que tão cedo? – A voz dela soa enferrujada.

– Estou inquieto. Não se demore. Vamos alvorecer!

Ele desaparece do quarto como uma estrela.

Nicky abre um olho e espia pela janela.

Franze o cenho para o carro do outro lado da rua.

Logo depois do poste, onde um tênue facho de luz banha a calçada.

Em dez dias, nunca viu nenhum carro parado ali antes.

No guarda-roupa, Madeleine tira um suéter de uma gaveta. O celular lhe diz que são 4h10. Ela se examina no espelho. O rosto lhe diz que são 4h10.

Sua mão paira em cima da caixa de joias. Ela sabe o que está lá dentro, esperando.

Ergue a tampa, pega, enfia no bolso de trás.

– Fica – lembra ela a Watson, que não fez nada senão ficar, enquanto sai apressada do quarto.

Nicky pega o celular e dá um zoom no carro, na janela do motorista.

Então percebe movimento nos andares de baixo.

O ar frio da noite entra como se estivesse escorado na porta da frente. Madeleine desce depressa os degraus, a calça jeans estalando nos joelhos, e se espreme no banco do carona. Ao lado dela, Sebastian está pitando um cachimbo.

– Trouxe laranjas e uma água que um dia já teve gás – diz ele.

Madeleine se vira e distingue a bolsa mensageiro de couro surrada do pai no banco de trás.

– E um pacote de Oreos molengas também – acrescenta ele. – O café da manhã dos campeões. Agora, se prepare! E coloque o cinto também.

Ele enfia a chave na ignição e a gira.

Nicky encosta o rosto na vidraça ao mesmo tempo que o Jaguar abre seus olhos brancos e se afasta escorregando pelo acesso de carros da casa. Foi Madeleine quem embarcou?

Ela enfia os pés num par de tênis, se contorce toda para vestir um moletom de capuz e segue apressada até a porta. Pisa no envelope.

– Liga esse telefone, Maddy – diz o pai enquanto gira o volante e eles entram na rua. – Coloca para tocar umas músicas das antigas. Vamos voltar no tempo.

Madeleine passa o cinto de segurança em frente ao peito e lança um olhar pesaroso na direção da casa antes de as sebes a ocultarem.

Nicky se vira na direção do luar. Suas iniciais estão arranhadas no papel.

A carta, claro, está datilografada.

> Cara Srta. Hunter,
>
> Este não vai ser um longo adeus. Estou na minha biblioteca, tarde da noite... já passa tanto das doze que estamos quase em treze.
>
> Não faz muito tempo, eu disse a você (duas vezes!) que juntos poderíamos solucionar um mistério antigo (ou dois!).
>
> Mas reconheço que o trabalho de detetive é mais fácil por escrito. Não há becos sem saída nem personagens supérfluos, e tudo vem embrulhado para presente.
>
> De modo que vou fazer o que os leitores mais detestam: vou estragar o mistério para você. Se não quiser mesmo saber, pare de ler agora.
>
> Parou de ler?
>
> (Achei mesmo que não iria.)
>
> Então:
> Por mais impossível que possa parecer, eu tirei a vida da minha esposa e da minha cria.
>
> Se quiser continuar seu relato sobre a minha vida, eu lhe dou a minha bênção.

Nicky fica olhando para a carta, aturdida.

Então o chão cede sob seus pés. Ela despenca um andar, e outro, e aterrissa na cadeira diante da escrivaninha dele, duas semanas antes.

Sebastian sorri para ela por cima da máquina de escrever.

– Tomara que consiga encontrar meu lado bom – diz ele. – E tomara que não precise procurar muito.

Aquilo não é real, ela sabe – foi o choque que a arrastou por aqueles dois andares e que a pregou naquela cadeira; o Sebastian na frente dela, a biblioteca atrás: são apenas lembranças –, mas, mesmo assim, ela ergue os olhos em seu sonho desperto, espia pelo buraco no teto, depois pelo buraco no teto seguinte até onde se encontra agora, na escuridão do sótão, com a confissão de Sebastian Trapp apertada na mão e quase nenhum lado bom para encontrar.

Dobra o rodapé da página para trás.

Obs.: Uma parte do meu legado ainda está inacabada.
Você vai encontrar as pistas em cima desta carta.

Não há nada em cima da carta. A menos que ele esteja se referindo ao envelope... Com o nome dela escrito...

Não há tempo. A confissão dele está enfim nas suas mãos. Agora tudo que ela precisa fazer é pegá-lo.

87.

Sebastian não é nenhum Righteous Brother. Madeleine sempre se espantou com o fato de o pai cantar tão mal. A voz dele deveria ser um barítono capaz de chamar a atenção de um bar lotado, robusta o suficiente para erguer copos de cerveja, não aquele chiado que mais parece uma gaita de foles furada.

O vapor se derrama da boca dele e sai pela janela. Madeleine se vira para a própria janela e se vê refletida ali: pestanas eriçadas, lábios secos. Enquanto as cordas vibram e os sopros jorram, ele a cutuca com o cotovelo.

– Você sabe a letra!

E ela começa a cantar baixinho. Sabe mesmo a letra.

– É isso aí, menina – diz ele, radiante, enquanto coloca o cachimbo de lado e canta junto.

A bateria troveja. Ela sente o coração subir pelo peito e levitar enquanto o Jaguar avança acelerando pela escuridão. Por um instante que a deixa tonta, eles correm à frente das duas últimas semanas, das duas últimas décadas; ela ouve os anos chacoalharem atrás deles feito latas amarradas no carro de dois recém-casados.

– *So don't...* – Mais depressa.

– *Don't...* – Mais alto.

– *Don't...* – Ela está gritando junto com o pai, as vozes galgando os degraus da melodia.

– *Don't let it slip away* – rugem os dois, e então cantarolam o verso um para o outro com júbilo, e só quando a música acabar, dali a um minuto e quinze segundos, é que vai ocorrer a Madeleine que aquele não é o caminho para Lands End.

Nicky entra correndo nos quartos dos dois. A cama de Sebastian está feita com perfeição; a de Madeleine está uma bagunça. Ambas estão vazias.

Nicky não espera encontrar ninguém na biblioteca, mas aquelas teclas pipocando em seus sonhos... essas eram reais e recentes. A trilha começa ali.

A aldraba de caveira e ossos cruzados a encara, rindo. Ela pressiona a palma ali e empurra.

Pelas janelas, vê as torres iluminadas da ponte. A confissão esvoaça na mão dela enquanto Nicky percorre a penumbra no outro extremo do cômodo, as letras douradas dos livros cintilando como olhos numa floresta. Atrás da escrivaninha, onde dentes brilhantes antes estalavam na lareira, o espaço vazio não poderia ser mais negro. A chama se apagou.

A lanterna do celular examina a máquina de escrever – sem papel –, em seguida vasculha o tampo da mesa: adaga, frasco de veneno, candelabro, nó de forca. O cubo de vidro. As borboletas adormecidas sob a superfície.

Nicky estremece.

No térreo, colado na geladeira, encontra um bilhete rabiscado no verso de uma nota fiscal:

Fui ver o sol nascer no labirinto de Lands End.
Pf leve Watson lá fora quando ler isto.

Timbo Martinez atende no segundo toque.

– Srta. Hunter. – Inesperadamente alerta.

– Eles saíram de casa – conta ela.

– Eu sei.

– Sabe como?

– Porque estou bem aqui na frente.

A MÚSICA ESTÁ TRAVADA NUM LOOP quando o Jaguar se esgueira para dentro de Presidio e os faróis baixos mal iluminam a estrada sinuosa à sua frente. Em algum lugar entre os bangalôs e o quartel, ficam o campo de golfe onde Madeleine fumou seu primeiro baseado e o clube de oficiais onde beijou um garoto pela primeira vez. Enquanto margeiam a floresta profunda e escura, com árvores de ambos os lados da estrada se dando as mãos lá em cima e a bruma prateada parecendo uma rede entre os troncos, bancos de areia, lajotas espanholas e cemitérios parecem pertencer a outro lugar, a outra época.

Ela abaixa a janela e fecha os olhos. O ar adquire um forte cheiro de eucalipto. Os cabelos se agitam ao redor dos ombros e do rosto. O corpo se balança junto com a estrada.

Então sente no nariz a ardência da maresia. À direita, ela sabe, fica Crissy Field, um campo de pouso transformado em terreno baldio e depois em estacionamento às margens da baía; depois disso, vem o cais de Torpedo Wharf, onde a família certa vez passou a manhã pegando caranguejos, ela, o pai e a mãe suspendendo armadilhas em forma de caixotes enquanto Cole, perto do balde, anunciava que os bichos estavam atacando uns aos outros tamanho o pânico deles. Por fim, quase chorando, ele despejou todos os caranguejos de volta no mar. Sebastian perdeu a paciência; Hope acompanhou Cole de volta até o Oldsmobile. Quando Madeleine encontrou um caranguejo retardatário à espreita no fundo do balde, será que… será que o jogou no mar? Será que o devolveu para as armadilhas? Ela não consegue se lembrar.

O carro diminui a velocidade e para. A música cessa. Os olhos dela se abrem.

Bem à frente, colado na baía, um vulto imenso debaixo da rampa de acesso da Golden Gate, está Fort Point.

Do lado de fora da casa, no alto dos degraus da frente, Nicky inspeciona a rua. Nenhum sinal de Timbo. Nenhum sinal de ninguém… apenas a névoa sedosa e fria, e aquele carro estranho.

Cujos faróis piscam duas vezes.

Cuja porta se abre.

Nicky dá um passo para trás, e Timbo salta do carro, vestido com uma calça jeans de barra justa e um suéter de moletom preto com UNIVERSIDADE DE WASHINGTON bordado na frente, os cabelos irradiando do couro cabeludo como projeções solares sob a luz do poste da rua.

– O Sr. Trapp não queria ninguém vigiando a casa – diz ele. – Eu discordei.

– Não foi atrás deles?

– Estou preocupado com quem entra, não com quem sai. Além disso, não consegui ver quem estava dirigindo.

Nicky fecha a porta da frente e desce apressada os degraus. Timbo espera. Ela lhe mostra o bilhete de Madeleine e olha para a arma que produz uma saliência no quadril dele.

– E também isso aqui – acrescenta, entregando-lhe a confissão.

Ela o observa lendo a carta. Aquele não é o mistério de Timbo, claro. Mas ela precisa de uma carona e precisa de um policial. E precisa ouvir alguém dizer...

– Foi ele quem matou os dois. – Timbo soa quase intrigado.

– Precisamos ir até Lands End.

Ele franze o cenho.

– Acha que ele machucaria a filha? Por quê?

– Pergunta pra esposa dele – replica Nicky.

MADELEINE OUVE APENAS O RUÍDO do motor, ainda ligado, e o murmúrio das ondas.

A bruma se insinua por entre os faróis baixos como raposas cinzentas. De um lado, há uma saliência acidentada de rocha com um canhão de luz aninhado lá dentro; do outro, a baía; enfileiradas à frente estão as grossas muralhas de tijolos do forte, recortadas por seteiras e fracamente iluminadas. Do estacionamento, Madeleine não consegue ver o farol no telhado – já faz quase um século que ele está apagado mesmo –, mas o arco da Golden Gate está suspenso bem lá em cima, a ponte entrecortada de luzes e as torres mergulhadas na névoa até cintura.

– Que maravilha o clima esta manhã – observa Sebastian ao dar uma baforada no cachimbo.

A tela de tijolos pisca. O canhão de luz está se apagando. Madeleine vira a cabeça na direção do quebra-mar e das correntes grossas e enferrujadas dispostas como redes de dormir entre estacas grossas e enferrujadas.

O pai aponta para o outro extremo do estacionamento, que se projeta para dentro do mar.

– *Um corpo que cai* foi filmado aqui, sabia? – Ele sabe que ela sabe.

– A moça pula e tenta se afogar. Aquela loira do Hitchcock... qual era o nome dela?

– Kim Novak.

– Não, a personagem.

Ela sabe que ele sabe.

– Madeleine.

Na escuridão do carro, ela pode senti-lo sorrir de leve.

– Madeleine. Claro.

O canhão de luz torna a engasgar. A muralha do forte pisca feito o obturador de uma câmera.

– Eu teria gostado deste lugar quando garoto – diz Sebastian. – Passagens secretas e escadas em espiral. Esconde-esconde, brincadeiras de espionagem. O Cole gostava deste lugar. – Uma nuvem de fumaça. – O Cole gostava de jogos.

Madeleine observa as correntes, a água negra. Imagina como está o rosto do pai à luz cada vez mais fraca das lâmpadas e à luz cada vez mais forte do sol nascente; imagina o que ele está pensando, o que, no caso de Sebastian Trapp, talvez seja bem diferente daquilo que está dizendo.

Por que eles foram até ali? Ela percebe que pela primeira vez em seus 40 anos está sentindo medo na presença do pai; é um choque, algo antinatural, como tremer de frio em frente a um fogo alto.

– "Os franceses têm uma expressão para isso" – diz Sebastian. – "Os desgraçados têm uma expressão para tudo e estão sempre certos."

Mais palavras emprestadas. Mas Madeleine gostaria de saber em relação a que os desgraçados estão certos dessa vez.

– "Despedir-se é morrer um pouco."

Dentro do Jaguar, no silêncio, ela subtrai as despedidas do total de sua vida. Fecha os olhos.

– Está quase amanhecendo – diz.

Sinais de trânsito pendem como lanternas chinesas por toda a extensão da avenida, um olho malvado vermelho brilhando em cada um; um por um, o carro de Timbo dá um susto neles que os faz ficarem verdes. Nicky vê o velocímetro passar dos 65, dos 70, ir traçando um arco para lá de 80.

Ela morde a unha do polegar e olha pela janela. Centros comerciais de rua, condomínios, todos com um ar de cansaço sob um céu azul-arroxeado, como se soubessem que está muito cedo.

Os dedos alisam a confissão no colo dela. Quatro palavras não deveriam estar ali.

Ela fecha os olhos, vê as teclas pulando até a página com ele sentado diante da escrivaninha, aquelas quatro palavras impossíveis... e então uma minúscula pergunta se acende no cérebro dela, um pequeno vaga-lume: o que tinha sumido da biblioteca? *Alguma coisa:* uma coisa pequena, mas com certeza ausente, como a peça que faltava de um quebra-cabeça.

– O que seu amigo Jonathan lhe contou a respeito dele? – pergunta Timbo.

Nicky não está ligando muito para Jonathan nesse momento, não está ligando para nada exceto o Jaguar, Lands End e `Por mais impossível que possa parecer, eu tirei a vida da minha esposa e da minha cria`, mas precisa falar mais alto do que *as batidas horríveis no alto da cabeça.*

– Que foi criado em Dorset. Que morou em Londres. Que trabalhava com finanças.

– Uma verdade em três. Ele morava em Londres, que é a cidade natal dele, e é jornalista. Freelancer. Jonathan Grant não é nem o nome verdadeiro dele.

Quando Nicky abre os olhos e se vira para Timbo, ele desatarraxa a tampa de uma garrafa d'água e toma um gole, fazendo o pescoço esguio se mover.

– Descobrimos tudo ontem à noite. Uns dois meses atrás, um tal de Grant Jones ficou sabendo que o Sr. Trapp estava nas últimas, então decidiu vir se instalar em São Francisco e desvendar o mistério do "Truque de Desaparecimento"... Esse é o título da reportagem dele. Quer solucionar o caso antes do prazo. Por assim dizer. Então se muda para o apartamento vazio de um primo... pelo que entendo, a família tem dinheiro... e tenta estabelecer contato com velhos conhecidos do Sr.

Trapp. Diz para as pessoas que se chama Jonathan Grant, um financista esgotado pelo excesso de trabalho que está recarregando as baterias. Entra para uma liga de futebol para ficar amigo de Frederick, cuja utilidade se revela limitada. Então repara na senhorita. Você está sangrando em cima da prova.

Nicky olha para o próprio colo, onde quatro manchas vermelho-vivas marcam o papel.

O CARRO ENTÃO ACELERA. A estrada faz uma curva e depois uma reta, se dobra e se desdobra, uma sequência de pontos de interrogação. Eles vão seguindo depressa na direção oeste e passam pelos túneis de folhas de Presidio, até de repente a água surgir ao lado deles, cinza-ferro e inquieta... e então, com um ronco, o Jaguar acelera mais ainda, passando por árvores desgrenhadas que logo se juntam e bloqueiam a vista. Madeleine vê mansões brotarem do chão em Sea Cliff; o pai passa por elas sem erguer o dedo do meio para Lionel, para variar, e por fim, novamente junto ao mar, eles sobem o aclive que vai dar em Lands End.

Ela morde a unha do polegar e sente gosto de sangue. Está acontecendo alguma coisa. Deseja que o sol se apresse, que chegue antes deles ao oceano. *Ah, puxa... vamos voltar pra casa, então.*

A Legião de Honra vai passando, uma rígida floresta de pedra formada por colunas e arcos. No final de uma estrada com o formato de metade de um coração, depois do museu, Sebastian desliga o motor.

Madeleine se vira. A estrada atrás deles parece tão erma quanto o caminho à frente.

O pai consulta o relógio de bolso e sai do Jaguar.

– Vamos, vamos... – diz ele, abrindo a porta de trás.

Ele coloca a bolsa mensageiro em um nos ombros. Madeleine não se mexe.

– O sol é conhecido por ser pontual, filha minha – diz Sebastian por cima do ombro ao partir para o meio da vegetação rasteira.

Ela vê o terno branco do pai desaparecer como um fantasma fujão, a bolsa flutuando no braço como se ele estivesse escapulindo com seu último bem terreno.

– Sinto muito lhe contar isso – diz Timbo. – A senhorita parecia gostar dele.

Do tipo que está escondendo alguma coisa. Nicky se sente um pouco magoada – será que aquele beijo no sótão foi de verdade? –, mas não consegue reunir muita indignação. Mais tarde, quem sabe, vai dar um fora em Jonathan Grant ou seja lá quem for (ele não estava brincando: o sujeito de fato *podia* ser qualquer um); nesse momento, não liga para ninguém exceto Sebastian Trapp.

A estrada cinza à frente segue reta para dentro do cinza à distância. Ela deseja que o sol nasça mais devagar.

O investigador engole um soluço. Nicky olha para ele, para a bochecha pontuada por tênues cicatrizes, e mais uma vez pensa num Timbo Martinez jovem, inseguro e infeliz com o próprio rosto, talvez infeliz consigo mesmo.

Quando olha na direção dela, com os cabelos despenteados e aqueles olhos azuis-bebê, ele parece um menininho.

Ela fecha os olhos de novo e volta à biblioteca. Segue o vaga-lume pelas prateleiras até a lareira, ao redor da escrivaninha…

E é então que vê, na verdade vê que não há nada lá, e quando se vira para o investigador e conta o que viu, ele olha depressa para o sinal vermelho mais adiante, oscilando na brisa, e o fura tão depressa que um ciclista ali perto quase cai da bicicleta.

O pai a conduz por baixo dos beirais de folhas pretas, e os dois descem um lance de degraus curtos enquanto a bolsa dele fica balançando no braço; então, na escuridão cada vez mais clara, os dois se viram para subir uma trilha de terra batida coberta de vegetação até a altura dos olhos. A cada passo, a forma dele vai rodeando cada vez mais a barreira verde até por fim desaparecer.

Madeleine o encontra no alto de um aclive acentuado onde algumas trilhas se encontram, se misturam e se embaralham, e segue em frente. Uma encosta verde comprida flui em direção à praia de Mile Rock e ao mar agitado mais além.

– Olha só para isso – exclama Sebastian, maravilhado, olhando ofegante para a paisagem com o terno parecendo uma risca branca contra o céu cada vez mais claro.

E então ele volta a andar, com Madeleine em seu encalço.

Depois de cinco dezenas de passos pela terra batida, ela se curva debaixo de um feixe de galhos de cipreste, tentando recuperar o fôlego. A água ronca mais atrás.

Ela levanta a cabeça na direção da ponte distante e da baía, onde os cumes das ondas cintilam como se fossem dentes. Vê o pai andando na corda bamba de uma estreita crista de pedra.

Seu celular informa 5h11. Sem sinal.

Ela avança aos poucos pela crista. Escorrega com cautela por uma trilha espremida entre uma imensa pedra que se projeta do penhasco e uma queda assassina até as pedras negras bem lá embaixo e ao mar fervendo à volta deles.

O penhasco é a ponta de uma flecha apontada para o noroeste, e em seu centro rodopia um redemoinho feito de pequenas pedras, cada qual do tamanho de um coração humano, dispostas em caminhos, curvas e becos sem saída. O labirinto oculto, espiralado numa saliência secreta projetada para dentro do mar.

O pai abre um cobertor xadrez no chão ao lado do labirinto e o prende com a bolsa. Quando ele se vira para Madeleine e a chama com um aceno, ela obedece, passando uma das mangas pela testa suada.

O CARRO ATRAVESSA O ESTACIONAMENTO E FREIA. Nicky salta depressa do banco do carona, o celular colado no ouvido.

– Caixa postal – informa ela pela terceira vez. – Aqui não pega – acrescenta, também pela terceira vez.

– Mande outra mensagem. – Timbo fecha a porta do lado dele. – Tem certeza de que eles estão no tal labirinto? O estacionamento está vazio.

O polegar de Nicky desliza pela tela do telefone. Na mão direita, a confissão de Sebastian estala com o vento.

– Então eles estacionaram em outro lugar. – *Quando eu trazia meus filhos aqui, nós deixávamos o carro num lugarzinho escondido perto do museu.*

Eles atravessam depressa o passeio e descem os degraus até dar na Trilha Costeira, onde Nicky ergue os olhos para a vista que admirou não muito tempo antes, naquele instante em câmera lenta ao lado de Sebastian: as ondas cintilantes, as nuvens que pareciam desenhadas, os promontórios... Só que nesse dia o mar está levantando os dentes para morder, a bocarra espumando; o céu ainda não revelou suas verdadeiras cores, e...

– Só fique para trás quando eu mandar. Como está seu preparo físico?

Nicky arregaça as mangas do moletom e o segue enquanto ele sai trotando na direção leste por aquela mesma trilha colada às curvas do penhasco. As mesmas árvores debruçadas na borda, agitando seus galhos. Os mesmos rochedos teimosos na baía. O passado transformado em presente.

O passado é um lugar estranho. O meu, pelo menos. E o seu?

Mas o passado ficou para trás.

Ah, não. E o sorriso dele estava tão triste que ela teria sido capaz de chorar. *O passado não ficou para trás. Está só à espera.*

88.

O SOL ESTÁ QUASE NASCENDO.

Já faz algum tempo que eles estão sentados em silêncio diante do labirinto. Descalço, Sebastian fita calmamente o oceano; Madeleine observa a ponte salpicada de minúsculos faróis que parecem pedrinhas de strass.

– Houve duzentos naufrágios aqui, sabia?

Ela sorri.

– O SS *Cidade do Rio de Janeiro*. Na virada do século. Do século passado. Uma manhã nublada, logo antes do amanhecer. Ele se espatifou num recife, afundou em questão de minutos. Centenas morreram afogados.

Madeleine lembra que foram 130 pessoas, mas deixa o pai inflar o número de mortos; ele já matou tantos ao longo dos anos…

– Os corpos passaram meses indo dar na costa. A maioria era de imigrantes chineses, muito triste, mas um era o do capitão… Sabe como ele foi identificado?

Ela sabe. Com delicadeza, faz que não com a cabeça.

– O relógio de bolso de prata. – Ele tira o próprio do colete. – A corrente tinha se emaranhado nas costelas ele. Então eles conseguiram recuperar o relógio. Mas…

– … nunca conseguiram recuperar a cabeça – murmura Madeleine.

– Não, nunca. – Um suspiro. – Imagine tudo que aconteceu dentro daquela cabeça enquanto o dono dela viveu. Aposto que era mais interessante do que o mecanismo de um relógio. Rapaz, olhe só para isso.

Ela estreita os olhos na direção das torres da ponte, duas tochas gêmeas, a névoa se agitando em volta como fogo.

– Uma vez, pensei em acabar com minha própria vida aqui – diz o pai dela, num tom brando.

Quando ela se vira para encará-lo, ele está falando com as montanhas.

– Uma noite, anos atrás… num abril muito gelado… eu vim de carro até Lands End. Estava pensando em G. K. Chesterton. "Aquilo que mais tememos é um labirinto sem centro."

Ela está sem palavras. Primeiro Cole, agora o pai.

– Foi assim para mim naquela noite. É assim para mim em muitas noites. Durante toda a minha vida. – O pomo de adão estremece no pescoço dele. – Talvez eu tenha achado que poderia ajudar ver um labirinto com centro. Com um destino, até. Porque eu não podia ficar a vida inteira topando com becos sem saída.

De repente, a baía troveja como uma criatura que enfim desperta, bocejando, se espreguiçando e irrompendo da cama. Os olhos de Madeleine disparam para além do labirinto, além da borda do penhasco, em direção às pontas de rocha negra da baía que brotam das profundezas, recobertas pela espuma do mar.

Sebastian tira os sapatos.

– Sua mãe solucionou com grande facilidade O Misterioso Caso de Para Onde Eu Tinha Ido… Parece que eu tinha comentado sobre labirintos várias vezes nos últimos tempos.

Ele sorri.

– Ela me encontrou parado bem ali. – Ele indica a ponta da flecha com a cabeça. – No escuro, debaixo da garoa. Olhando para o mar. Eu a ouvi chamar meu nome. – Ele então aponta para a curva mais próxima do labirinto – Ficou justo do lado de fora do labirinto, de frente para mim, e só escutou. E… – A voz dele se encolhe na garganta. – … e o que ela deve ter pensado ao escutar aquilo! Ouvir aquelas palavras serem cuspidas por alguém que amava. Ouvi-las serem distorcidas e rasgadas pelo vento e pela água.

O céu está enxaguado de azul e rosa-claro. São as cores mais belas que Madeleine já viu.

– A impressão foi que passamos a primavera inteira lá, mas imagino que tenha sido só uma hora. Seja como for, fiquei exausto. Não sei quão determinado estava na primeira vez que ela falou comigo… acho que ninguém sabe, não é, só depois de fazer… mas, quando ela tornou a falar, quando tornou a chamar meu nome, não tive mais vontade de me jogar daquele penhasco. Deste penhasco. – Ele faz uma pausa antes de prosseguir. – Sua mãe me pediu para dar um passo na direção dela para cada passo que ela desse na minha direção. E assim fomos atravessando o labirinto, círculo por círculo, até enfim nos encontramos no centro e cairmos de joelhos. Ela estendeu o casaco dela no chão, e ficamos ali deitados um tempo, e então eu adormeci. Quando acordei, o céu estava limpo e ela estava olhando as estrelas. Não tinha se mexido, nem mesmo com o meu crânio colossal em cima do peito dela.

Um suspiro. Sebastian fecha os olhos.

– Eu me senti vivo. Me senti *animado*. – Os dedos dele sobem até a gravata e a soltam; descem até o colarinho e o desabotoam. – E seis meses depois, seu irmão apareceu.

Ele tira um cantil fino da bolsa mensageiro.

– Concebido num labirinto. – Desatarraxa a tampa. – Vamos fazer um brinde ao Cole. – Ele leva o cantil à boca e o vira. Estala os lábios e estende o cantil para ela. – Será que uísque estraga?

Madeleine toma um gole e devolve o cantil.

– Convenhamos que já nasceu estragado.

– É, convenhamos – concorda ele, e bebe.

– O Cole foi… concebido aqui? E eu, fui concebida onde?

– Estava tentando lembrar. Queria dizer que foi numa vala.

– É isso que você *queria* dizer?

– Ou na traseira de uma van do correio abandonada perto de Las Vegas. Nosso carro tinha morrido no deserto.

– Ah.

– Desculpe.

Na frente deles, a luz descola as sombras das pedras como se fossem cascas de fruta. O oceano ruge.

– Pai, você tem medo de morrer?

Ele guarda o cantil e pigarreia.

– Durante toda a minha vida, desde que a minha mãe morreu, eu vivi com medo. O medo se tornou meu companheiro; eu noto quando ele se afasta de mim e sinto saudades. – Ele observa o vento soprar poeira pelo penhasco. – Ter medo não é uma coisa tão ruim assim, Maddy. Não é uma coisa tão ruim viver com medo.

Silêncio.

– Você gostaria de ter um filho?

Ele faz a pergunta como quem oferece um tira-gosto. Madeleine o encara com fúria.

– O que foi? Você seria a melhor das mães. Tem tanto *amor* para dar. Além do mais, eu gosto de pensar numa nova geração de Trapps.

– Pai, os homens me olham como se eu fosse uma bagagem suspeita.

– Os homens. – Ele dá um muxoxo. – Os homens são o ponto em que a evolução ficou encurralada num canto.

Ela assente.

O pai faz o relógio de bolso escorregar até a palma da mão.

– Dez para as seis. – Ele sorri.

O sol continua escondido atrás dos morros de Berkeley; mesmo assim, Madeleine imagina a luz se derramando em direção à baía, indo para o oeste, passando depressa por Treasure Island, escorrendo pelas janelas gradeadas de Alcatraz e por fim saltando de onda em onda debaixo da ponte e pelo estreito de Golden Gate, deixando um rastro de cristas douradas e mar coruscante.

Depois de alguns minutos, o pai se vira para ela.

– Minha querida, leve o Jaguar.

Ele deixa as chaves caírem na palma da mão dela.

– E o nascer do sol?

– O sol vai nascer amanhã. É uma estrela muito persistente. Quero ficar um tempo sentado aqui.

– Eu posso ficar aqui sentada com você – sugere ela. – Estou com o dia livre hoje.

Ele se inclina na direção da filha, segurando a cabeça dela e encostando os lábios secos na testa dela. Madeleine fecha os olhos; consegue sentir o cheiro do perfume Floris no pescoço dele.

Ele se afasta.

– Cuidado ao volante. Eu amo você e amo aquele carro.

Madeleine se levanta com esforço.

– Como você vai voltar pra casa?

– Ah, eu chamo um carro da Legião.

Ela se vira e sai andando, dando a volta na massa de pedra que se ergue do penhasco enquanto o mar e a costa tocam sua música de adeus. Olha por cima do ombro. A pedra está escondendo seu pai; Madeleine só vê o canto do cobertor, esvoaçando ao vento.

Está subindo a mesma encosta onde tropeçou antes, tentando calcular quantos degraus vai ter que subir no trajeto de volta, quando sente o celular vibrar no bolso. O sinal voltou.

Ela pega o aparelho e toca na tela.

Franze o cenho.

Apressada, volta a descer até o penhasco.

Ao dar a volta no rochedo outra vez, vê o pai descalço, parado na borda mais próxima do labirinto, com a bolsa mensageiro apoiada no quadril. Preso pelos sapatos dele no chão, o cobertor estremece.

– Pai? – chama ela.

Com a mão na bolsa, ele se retesa.

Madeleine tenta rir.

– Você tá com uma…

Bem devagar, ele se vira para encará-la. Os cabelos esvoaçam na frente dos olhos.

– Infelizmente sim, querida – responde ele com o revólver Webley prateado-escuro na mão ossuda, soando decepcionado consigo mesmo.

89.

O QUEIXO DE MADDY DESPENCA FEITO UMA ÂNCORA.

– Por que você não foi para casa? – grita o pai, como se ela tivesse cometido um erro terrível. – Vai – implora ele. – Vai pra casa, Maddy.

O braço dele se move para longe dela até apontar a arma para fora do palco, e a voz se torna fria.

– Por favor, solte a arma, investigador.

Madeleine vira a cabeça. A menos de 15 metros de distância, do outro lado da superfície plana de cascalho e terra batida, Timbo Martinez adentra o alto do penhasco de moletom, calça jeans e coldre de quadril, segurando com a mão esquerda seu revólver de serviço.

– E quem sabe possa ter a bondade de acompanhar minha filha de volta até Pacific Heights – acrescenta Sebastian.

– Por que não voltamos todos juntos para casa, Sr. Trapp? – retruca Timbo. – Temos muitos assuntos a colocar em dia.

O triângulo que eles formam vai mudando de forma à medida que ele avança.

– Pai – diz Madeleine, falando para o vento com a maior calma de que é capaz. – Eu preciso falar com você sobre o Cole. Isso tem a ver com o Cole.

– Tudo *sempre* teve a ver com o Cole! – A voz de Sebastian falha e uma risada se derrama, sonora e amarga, ao mesmo tempo que ele recua até o anel mais externo do labirinto. – Pare onde está, investigador. Agora, jogue sua arma em cima do cobertor. Isso. Obrigado.

Timbo levanta as mãos com as palmas para a frente.

– É uma peça muito bonita, Sr. Trapp – diz ele. – Reparei nela em cima da sua escrivaninha. Um Webley-Fosbery semiautomático.

E então, em uníssono com Sebastian:

– Seis tiros de calibre .455.

– Eu li todos os seus livros. – O investigador começa a avançar. – Mas um revólver antigo assim… ele não vai disparar, senhor.

O tiro é tão violento que o eco parece uma chuva de detritos. Madeleine sufoca um grito; Sebastian torna a mirar a arma em Timbo e dá um passo para trás, para dentro do anel seguinte. O sexto.

Madeleine expira. Contou sete círculos mais cedo, sete ondulações concêntricas, com um raio de pouco menos de 20 metros. O redemoinho está puxando os calcanhares dele.

Ela se descola do rochedo e estende o braço para o pai. O Webley se move por um instante na direção dela – apenas uma olhada rápida; já está mirado outra vez no investigador –, mas o choque a faz dar um passo para trás.

Sebastian Trapp, o famoso, lendário e poderoso Trapp, está nervoso.

Mas a voz dele está firme o suficiente.

– Eu mandei restaurar em 92 para um evento de publicidade. Acabei me revelando um atirador muito bom.

– Talvez o senhor queira falar com alguém? – sugere Timbo. – Posso chamar quem o senhor quiser.

– Quem eu quiser – diz Sebastian de forma automática, mas os olhos cintilam sob as sobrancelhas.

Madeleine sabe que ele está refletindo. Bolando uma solução. Enquanto o vento varre o penhasco, ela pensa se o pai poderia – que ela se lembre, pela primeira vez – recuar: guardar o Webley, fechar a bolsa, sair do labirinto, segurar a mão dela...

Mas sabe que agora é tarde; de alguma forma, sabe que é.

E ele então sorri, um sorriso inescrutável, como o de alguém satisfeito de um jeito sombrio, e diz:

– Já está todo mundo aqui.

Madeleine olha de esguelha para Timbo e o vê olhar na direção dela.

Nesse exato instante, o vento cede. Os cabelos de Madeleine se acomodam em volta do rosto. O cobertor se acomoda no chão. A poeira se acomoda em cima das pedras.

Atrás do detetive, surge uma criança que fugiu da cama. Um pijama folgado no quadril, os braços cobertos até a ponta dos dedos por mangas compridas. Com uma folha de papel azul numa das mãos.

Timbo se vira.

– Eu falei para a senhorita ficar longe – ladra ele, apontando com a cabeça em direção à trilha, e Madeleine quase dá um passo para trás de tão áspera que soa a voz do investigador.

Mas Nicky continua a andar pela outra borda do labirinto, calma porém alerta, como uma caçadora.

90.

Como se estivesse aguardando a entrada dela, o vento se move, e Nicky sente os cabelos se afastarem do rosto.

Mesmo com a imensidão de água e ar ao fundo, ele se avulta, imenso; diante das encostas inclinadas dos promontórios e dos cabos frouxos que sustentam a ponte, os ângulos dele se destacam ainda mais, se dobram com ainda mais força. O Webley a encara conforme ela caminha.

– Bom dia, Srta. Hunter – cumprimenta ele.

– "Um dos meus nomes" – diz ela – "é Nêmesis."

O sorriso dele se afia feito uma faca: o sujeito é especialista em Agatha Christie.

– E isso significa o quê?

– Acho que você sabe. A Nêmesis às vezes se atrasa muito, mas, no final, ela chega.

Ele inclina a cabeça.

– Vai embora – rosna Timbo. – Agora.

– A Srta. Hunter é muito tenaz, investigador. – Os olhos de Sebastian estão cravados nos de Nicky. – Ela veio me buscar agora.

Nicky inspira fundo. É assim que se sente ao se aproximar dos últimos capítulos de um mistério... a cortina, o problema final, o fim da história: seu sangue zumbe, os olhos brilham; a quentura na boca do estômago, as batidas no alto da cabeça... a febre detetivesca está no auge.

O papel farfalha na mão dela. Aqueles detetives de tinta apresentando suas soluções a grandes elencos de personagens em vagões de trem e suítes de hotel, expondo as pistas como as cartas de um baralho... será que os nervos dela também estavam em chamas?

Sebastian a observa. *Você está num thriller psicológico... Em que as pistas conduzem de maneira quase inevitável a um lugar aonde não quer ir.*

Não. Ela quer ir a esse lugar, sim. Solucionar o problema final, baixar a cortina. Terminar a história.

Empurra o papel na direção dele. A folha estala no ar frio.

– O seu bilhete.

Sebastian aquiesce.

– Escrito na sua máquina de escrever.

Ele aquiesce mais uma vez.

– Assinado com a sua letra.

A bolsa escorrega pelo braço de Sebastian e cai no chão. Na curva mais distante do labirinto, a sete órbitas de distância, Madeleine observa a cena com uma luz estranha no olhar.

– Você confessa ter assassinado sua esposa – diz Nicky.

Será que ele não se lembra?

Madeleine então arqueja como se o ar tivesse sido expulso do corpo dela, na mesma hora que Timbo manda Sebastian colocar a arma no chão, bem devagar. Uma rajada de vento atinge o penhasco, e Nicky abre a boca...

E então o Webley dispara.

91.

No SEGUNDO ANTERIOR AO TIRO, Madeleine vê o cobertor se erguer e começar a levitar, um tapete mágico... e então, quando a bala o atravessa, o pano rodopia no ar e cai no chão ao lado dos sapatos virados. A arma de serviço vai parar uns poucos metros mais perto de Timbo.

Ela olha para o pai, para o punho de fumaça no pulso dele; então olha para o cobertor como teria encarado uma coisa viva – algo que um dia fora vivo –, como se tivesse acabado de ver Sebastian matar.

– O senhor está parecendo bem nervoso, Sr. Trapp – diz o investigador. Ele inclina a cabeça na direção de Nicky. – Datilografou uma confissão. Escreveu também aqueles outros bilhetes? E as borboletas?

Sebastian faz que não com a cabeça.

– Foi o Cole.

– O senhor sabe isso?

– Tenho certeza.

– Não é a mesma coisa, senhor.

– Na condição de pessoa mais velha e mais bem-vestida aqui, eu discordo.

– Cole entrou em contato com o senhor?

As palavras jorram da boca de Madeleine como se ela estivesse vomitando veneno:

– Ele entrou em contato comigo. – Ela engole a saliva, encara o pai com vergonha. – Queria descobrir o que tinha acontecido com a nossa mãe. – Seu olhar passa por ele e vai até onde, todas aquelas órbitas depois, Nicky está segurando a confissão com dedos nervosos. – Ele me disse pra tentar... remexer o passado – conta Madeleine.

A frase soa dramática, mas o vento que os rodeia feito lobos também.

– E eu *estive* com ele! – grita ela com a voz de outro alguém, uma voz descontrolada que é quase a de uma fera, conforme seu olhar se torna desvairado. – Não sei quando nem onde nem *quem*... mas sei que estive.

A verdade está vazando dela; Madeleine se sente solta, tonta, uma mergulhadora em rápida ascensão.

Quando o vento se acalma, ela se vira para Timbo, vê o fogo pálido que irradia da pele dele, sente o calor familiar.

– Pensei que pudesse ser você – diz ela, tímida.

Ele a encara.

– É você? – pergunta ela. – Você é o...

Ele não se mexe.

– Por favor – insiste Madeleine.

No ar salgado, sob um céu cada vez mais claro, ela consegue ver Timbo com clareza: o rosto franco, as íris azuis, os cabelos loiros bagunçados. O pescoço dele se contrai e relaxa. E então ela sabe que ele é Cole, sabe com tanta certeza que poderia abraçá-lo ali mesmo, junto ao labirinto no qual ele foi concebido, enquanto a brisa desperta e o ar se move junto a seus pés. O pai também vê: ele está balançando a cabeça, assombrado.

– Me diz que você me perdoa – pede ela, chorosa, inclinando a cabeça, em seguida dando de ombros, e por fim sorrindo. – Ou me diz que não.

– Eu te perdoo.

Os nervos de Madeleine faíscam como fios desencapados. Mas não foi Timbo quem falou.

O vento a cutuca por trás, passando por ela, veloz feito um coelho, atrasado e apressado. Ela o vê bagunçar primeiro o cobertor assassinado, em seguida a calça de Sebastian, depois assustar um pouco de poeira do chão; vê o vento correr até...

... até onde Nicky está, fazendo esvoaçar as dobras do pijama e afastando os cabelos do rosto dela.

Mas, nas mãos dela, a borboleta nem sequer estremece. Apenas flutua acima da palma enquanto ela dobra uma última vez uma asa azul.

92.

– EU TINHA 14 ANOS QUANDO DISSE pra mamãe que estava vivendo no corpo errado.

Afio minha voz no vento e endireito os ombros para olhar para ele. Ensaiei minha fala; quero ser ouvida.

– Foi em fevereiro de 1999. Naquela manhã, eu tinha cortado os pulsos com a sua navalha no banheiro do sótão. Estava acabando com a família... a Maddy tinha me dito isso. Só que eu cortei no sentido errado. "Nem se matar direito ele consegue", você disse mais tarde.

Puxo a manga direita e exponho o antebraço. Os pequenos riscos das cicatrizes são fracos; mesmo assim, passei as últimas duas semanas de mangas compridas. Esteja sempre alerta: no final das contas, ter sido escoteira serviu para alguma coisa.

– Mamãe me levou a um psicólogo infantil. Na época "esse tipo de terapia"... ele estava se referindo ao tratamento para crianças com disforia de gênero... esse tipo de terapia não era tão comum. Mas ele recomendou um médico em Seattle. Eu não gostava de andar de avião, como você talvez se lembre, nem mamãe, então fomos de trem, embora só a viagem de ida demore 23 horas. Dissemos a você que era um dos nossos finais de semana prolongados. À noite, eu ficava deitada na cama do meu compartimento no trem e imaginava que alguém, ou uma dúzia de alguéns, poderia entrar de fininho e me assassinar, como no *Expresso do Oriente*. MENINO DE 14 ANOS ENCONTRADO MORTO EM VAGÃO-LEITO COM DOZE FACADAS. DOZE TESTEMUNHAS NÃO VIRAM NADA.

Ele me encara com um olhar firme, a gravata esvoaçando ao vento, o revólver na mão.

– Ser chamada de "menino" me parecia mais antinatural do que estar morta. – acrescentei, remexendo o maxilar.

Você vai deslocar esse negócio, ele me alertava. Não está fazendo isso agora.

– O médico de Seattle era especialista em psiquiatria de adolescentes. Ele não me olhou com o queixo caído; não me olhou com raiva. Ele escutou quando me descrevi para ele. Aberração. Anormal. Repugnante. – Meus olhos o fulminam. – Um constrangimento.

Ele nem pisca. Mesmo assim, as palavras escorrem dos meus lábios:

– Viado. Maricas. Menininha.

Engulo em seco.

– Essa doía, porque eu era *mesmo* uma menina, ainda que ninguém *acreditasse* de verdade nisso. Ninguém a não ser Sam Turner. Antes de nos despedirmos, ele perguntou qual era o meu verdadeiro nome, e eu respondi: "Nicole." – Faço uma pausa. – De Nicholas para Nicole. Acho que não tive muita imaginação.

Olho na direção de Timbo. Mesmo duas décadas depois, eu me preparo para ser julgada; mas ele só faz me encarar com um ar pensativo. Atrás dele, o vento faz os cabelos de Madeleine explodirem na cabeça dela. Ela parece tão atônita quanto estou me sentindo.

– Sam Turner me viu como quem eu era e sempre tinha sido. E me ouviu também, como alguém que fosse fluente em um idioma que ninguém a não ser a gente entendia. – Essas são minhas falas, mas estou nervosa; faço uma pausa e respiro. – Ele me apresentou a outro médico. Eu tinha 14 anos… a puberdade não iria esperar pra sempre. A gente poderia contar para o pai depois.

"O processo não era muito eficiente no final dos anos 1990, mas mesmo assim exigia muita psicoterapia antes. Mamãe fez um cartão de crédito separado. Depois de eu receber o sinal verde, passamos a ir pra Seattle a cada oito semanas para o tratamento. A gente pegava o Coast Starlight em Jack London Square e chegávamos na estação King Street quase um dia inteiro depois. Era bem fora de mão, até eu sabia disso, mas pelo menos conseguíamos sair de São Francisco e ficar longe de qualquer um que pudesse reparar na esposa e no filho de Sebastian Trapp entrando num hospital. E desse jeito não havia registro nenhum de termos pegado um avião.

"Conhecemos a esposa do Sam. Millie. Sessenta e poucos anos como ele, sem filhos. Ficávamos hospedados na casa de hóspedes deles. Fazíamos as refeições juntos, víamos filmes, jogávamos jogos. Era como estar em casa. Só que não na minha.

"Na escola, tinham me dado uma correspondente para um projeto de conservacionismo, mas ela nunca me respondeu. Então Sam sugeriu que em vez disso eu escrevesse cartas para o meu futuro eu. Fazendo perguntas para ela, lembrando a ela o que era importante para mim, o que eu gostaria que acontecesse. Comecei a mandar postais para mim mesma em Seattle uma vez por mês. Nicky não respondia, claro, mas toda vez que eu chegava na casa de Sam e Millie, tinha um ou dois recados me incentivando a prosseguir. Percebi que eu gostava do Cole. Ele era doce, sincero e palhaço, e merecia ser feliz. Guardei esses postais. O bicho-preguiça. O escorpião. A borboleta.

"Então chegou o dia do Natal. Fazia sete meses que eu estava em tratamento, mas ninguém parecia estar reparando. O Papai Noel tinha me trazido folhas de papel de origami. Até hoje não sei por que você ficou tão bravo: se eu disse a coisa errada, se ri do jeito errado ou se... Só mais tarde percebi isso... que o problema poderia ser você, não eu. Mas, naquela tarde, você subiu marchando até o sótão com meu papel, e quando cheguei lá em cima, você estava no banheiro, a pia pegando fogo. Você tinha queimado todos os papéis. O azul acetinado, o vermelho *yuzen*... estava tudo queimando na pia."

Consigo ver a cena, a fogueira de arco-íris, o papel estalando sob as minhas mãos.

– Depois que você foi embora, só fiquei ali, encarando os restos. Na manhã seguinte, a mamãe encaixotou algumas roupas e despachou para Seattle. Eu fazia borboletas porque queria ser igual a *você*, sabe? Até o dia que eu não quis mais.

Ele olha para além de mim, para o oceano.

– Na véspera de ano-novo, antes do jantar de aniversário dela, fui falar com a mamãe no quarto dela. Ela me deu uma caixa vermelha redonda. Dentro da caixa, havia uma peruca, loira, comprida e simples. E, debaixo dela, um suéter xadrez de losangos e uma saia lisa. Ela não me deixou experimentar nada, não dentro de casa, nem por um minuto sequer, então coloquei tudo na minha bolsa de viagem – peruca, suéter, saia, doces, livros, 400 dólares que eu tinha guardado, uma muda de roupa pra mamãe – e nós revisamos nosso plano de fuga: às três da manhã, iríamos nos encontrar em Fort Point, meu lugar preferido de São Francisco. Era um bom lugar para começar uma aventura, e dava para ir de bicicleta da casa do Freddy. Mamãe tinha que andar meia hora na direção contrária e depois gastar mais meia hora de táxi até a estação de trem, mas assim podíamos ter certeza de que ninguém iria nos seguir... e o Cole poderia se despedir do forte e da ponte.

"'A noite vai ser longa, minha doce menina', foi o que ela me disse. Aí nós descemos para a sala de jantar."

Hesito. *Você é fraco, filho. Você não é como eu esperava.*

O vento está mordendo a ponta dos meus dedos.

– Depois do jantar, Diana me levou de carro com Freddy até a casa dele. Pedi pra dormir no beliche de cima, para o caso de alguém ir olhar a gente depois de eu sair. O Fred apagou na hora; eu não consegui nem fechar o olho. O Dom e a Simone chegaram e espiaram dentro do quarto, o que era a minha deixa para sair, mas eles ainda ficaram acordados mais de uma hora enquanto eu suava no meio dos lençóis. Assim que ouvi a porta do quarto deles fechar, saí de fininho e empurrei a velha bicicleta pequena demais do Freddy para fora da garagem. Já tinha escolhido aquela bicicleta semanas antes; sabia que ele não iria notar.

"A noite estava fria mas clara, e fui pedalando por Presidio até o forte. Não havia sinal de pessoa alguma, nem da mamãe, então abri minha bolsa, troquei de roupa e coloquei meu cabelo novo. Me senti natural. Poderosa, até."

Por um segundo, vejo Nicole, de saia e suéter, os cabelos loiros caindo pelas costas; ela sorri sob a lua cheia.

– Fiquei esperando por ela. Esperei, esperei. Duas horas mais tarde, às cinco da manhã, peguei um táxi em Lake Street. Botei a bicicleta no porta-malas e larguei lá quando paguei o taxista na estação.

Olho na direção de Timbo, que está com as mãos erguidas, e na da minha irmã, com os braços pendentes e um punho cerrado.

– Torci pra encontrar a mamãe. Mas não encontrei. Talvez ela tivesse ido pra casa, mas eu não podia. Os Turners saberiam o que fazer. Lembro que o funcionário do trem que veio conferir a passagem me chamou de "minha jovem". Lembro de perceber que tinha esquecido meu diário. Lembro da parada em Sacramento, onde mamãe planejava te ligar antes de você reparar no nosso sumiço.

"Sam e Millie foram me buscar em King Street no dia seguinte. Na próxima manhã, terceira página do jornal: a polícia tinha declarado nosso desaparecimento. A matéria dizia que eu era pequena, loira e que era um menino. Ninguém que tenha visto as imagens de segurança daquela noite, dos aeroportos e estações de trem, iria ver Cole Trapp: veriam uma menina de cabelos compridos e de saia.

"Sam queria ligar para você. Mas Millie o convenceu a não fazer isso: e se você tivesse machucado a mamãe? Então a gente continuou com o tratamento enquanto esperava por ela, por notícias. Aí você se tornou recluso. E a gente parou de esperar.

"Os Turners me criaram. Eu fui a filha que eles queriam ter. Ou, se não fui, jamais desconfiei. Millie e a irmã dela, Julia, me deram aulas em casa até o final daquele ano. Julia era professora de inglês, e acabei descobrindo que tinha dislexia. Não é uma coisa incomum. É bem tratável. Treinei com livros de mistério antigos: livros curtos, histórias divertidas, linguagem fácil. E em setembro a aluna transferida Nicole Hunter se matriculou no ensino médio. Quatro anos depois ela se formou, com menção honrosa e inclusive alguns amigos. Terminou a faculdade uma semana antes de Millie morrer. Continuou devorando histórias de detetive, porque elas me reconfortavam e porque desafiavam meu cérebro agitado. E porque..." Dou de ombros. "... está no meu sangue."

Esse sangue então me sobe à cabeça.

– E também beijei meninos, atravessei o país de carro com duas amigas, voei de asa-delta, fiz trilhas pela América do Sul, tive aulas de culinária durante um ano, passei um verão trabalhando como bartender em Amsterdã, li muitos livros, quebrei o polegar de um cara que não gostou de ouvir *não*, viajei pelo Leste Europeu, tentei tocar violino, bombei no exame de direção três vezes, sofri por amor, nunca passei um dia de Ação de Graças sozinha e fiz mais amigos, amigos *de verdade*, amigos que tenho até hoje, que sentem *orgulho* de mim pelo simples fato de eu ser *eu mesma*, que se tornaram a minha família do mesmo jeito que me tornei a deles. Tenho uma afilhada. Pago a hipoteca da minha casa própria. Tenho meu próprio buldogue. E até hoje faço origami. O origami e as histórias de detetive... essas duas coisas sobreviveram ao Cole.

Então declaro:

– Eu vivi. Mesmo que este penhasco se *desintegre*, mesmo que você me dê um *tiro*, eu vivi. Vivi como eu mesma. – A borboleta se agita na minha mão; eu a belisco, mas com delicadeza, para não esmagá-la. – Mas só depois de sair da sua casa.

Mais uma vez, lanço um olhar na direção de Maddy, depois na de Timbo. Vejo-os vasculhando meu rosto em busca de algum vestígio de quem eu era.

– Fiquei imaginando o que tinha acontecido com a mamãe, claro. No início, sem parar, depois um pouco menos, à medida que minha vida ia mudando, que eu ia mudando. Meus amigos não sabem quem eu era antes. Eles sabem que eu vivia no corpo errado, mas não sabem no corpo de quem. Por que deveriam saber? Só que não consegui aceitar esse fim inacabado. Quando estava a bordo daquele trem para Seattle, torcendo para ela irromper vagão adentro, mas com quase certeza de que isso não iria acontecer, eu já desconfiava que você, que tinha passado tanto tempo discutindo com ela, talvez tivesse descoberto nosso plano, você, que tinha bolado tantas mortes e inventado tantos álibis... Eu desconfiava que você tivesse conseguido se safar depois de cometer assassinato.

Com o vento, no frio, no alto de um penhasco à beira-mar, é um esforço lembrar minhas falas. Essas últimas palavras me surpreendem: apenas um detetive de ficção diria isso.

Só que não sou uma detetive de ficção. Este lugar não é um cenário, e sim um local. Essas pessoas não são personagens. Meu coração disparado é real. As lágrimas da minha irmã são reais. A arma do meu pai é real.

93.

– Cinco anos atrás, no funeral do Sam, eu passei a noite no quarto de hóspedes. Na estante, encontrei Simon St. John. Os Turners não eram grandes fãs, como você pode imaginar... os livros deviam ser de alguma visita. Eu li no voo para a Costa Leste. *O menino triste* – acrescento. – Dedicado a mim. Sempre tinha adorado seus livros; no começo, porque você era meu pai, e depois, apesar disso. Adorava o Simon. Isso não era fingimento. E nesse dia comecei a adorá-lo outra vez.

"Não acredito em sinais, mas aquilo me parecia bem próximo. Então, lá de Nova York, escrevi uma carta pra você. Meu primeiro pai."

Timbo pigarreia.

– Por quê?

Meu primeiro pai não disse uma única palavra, então tudo bem: perguntas da plateia.

– Eu tinha achado um erro. Essa foi minha desculpa. Mas... provavelmente por tristeza. Eu tinha perdido minha família; acho que queria olhar pela janela da vida que tinha vivido antes.

Mais uma vez, me dirijo a ele.

– Para pôr no correio, escolhi um selo de um rolo que você tinha me comprado décadas antes num museu. Essa tarde foi uma das boas; acho que eu quis guardar um pedacinho de você.

"Aí, surpresa: você respondeu. E foi assim que começou. Fiquei pensando até onde poderia abusar da sorte, imaginando o que você poderia me falar, digamos, sobre a sua esposa desaparecida. Porque eu *sabia*..." Por um segundo, me sinto quase sufocada de tanta raiva, um sentimento tão forte que poderia deixar hematomas no meu pescoço. "Eu *sabia* que você ia falar."

Ondas arrebentam nas pedras lá embaixo. O vento puxa a borboleta nas minhas mãos.

– De vez em quando, eu fazia alguma pergunta de duplo sentido sobre a mamãe... e sobre Cole também. Você mal mordia a isca. Colecionei suas cartas como se fossem bilhetes de amor, e as relia como se fossem cifradas. Mas o que eu mais queria era uma chance de confrontar você. Se ao menos conseguisse dar um jeito de...

"Aí você deu um jeito pra mim. 'Estas são as palavras de um homem morto', você escreveu. 'Venha até São Francisco.' E, em pouco tempo, me vi no meu quarto de criança, um andar acima da minha irmã, bebericando chá com a antiga assistente da minha mãe, visitando minha tia e meu primo. E nenhum de vocês... *nenhum de vocês* me reconheceu!" Até nesse momento, isso me deixa estarrecida, empolgada. "Eu era o conde de Monte Cristo, ressuscitado e armado com um plano, com o olhar um pouco mais arguto e o coração um pouco mais frio."

Estou falando igual a ele. Não me importo.

– "Quem sabe você e eu podemos aproveitar para solucionar um mistério antigo, ou dois", você disse quando nos conhecemos. Me desafiando. Então eu escutei... qualquer um que falasse comigo, mas especialmente você. Prestei atenção nas pistas. Afinal, era um mistério: o que você tinha feito com ela?

"E eu... meu coração..."

Minha garganta se fecha por um instante, meus olhos também; quando os reabro, estou olhando para o céu, azul-claro e rosa desbotado. São as cores mais lindas que já vi.

Que coração frio, que nada!

– Meu coração arrebentou – grito. – Pelo fato de ver todos eles... pelo *simples fato* de ver todos eles, mas de ver *daquele jeito*.

"Encontrei até meu antigo diário no esconderijo de sempre... fiquei chocada que a polícia nunca tivesse encontrado. Ele não me revelou muita coisa, mas clareou meus pensamentos. Eu tinha quase começado a esquecer quem você era de verdade, como eu me sentia indesejada na minha própria..."

O vento parece um tapa. Estreito os olhos, ajusto o foco.

– Você me disse que eu daria uma psicanalista e tanto, que tenho um jeito um pouco confessional. Já tinha tentado estimular você; então estimulei um pouco mais. Na volta da casa da Simone, passei numa papelaria. Você pode adivinhar o que eu comprei. Logo antes de entrar na casa, logo antes de você me cumprimentar, dobrei a borboleta e a coloquei dentro de uma caixa nos degraus em frente à porta.

Inspiração funda, costas retas.

– Mas, se você titubeou, eu não vi. Então recrutei uma aliada. Baixei um aplicativo de número anônimo e comecei a mandar mensagens pra Maddy. De Magdala para Magdala.

Magdala, que agora encara o chão com raiva.

Eu deveria pedir desculpas, eu *vou* pedir desculpas, mas primeiro:

– Eu precisava de *provas* – digo bem alto para ela. – Você podia confrontar ele nos pontos em que eu não podia. Foi por isso que te indiquei o caminho do diário. Precisava que você visse *por que* eu...

Ela não ergue a cabeça. Tento de novo.

– Enquanto você perseguia Cole, enquanto *todo mundo* perseguia Cole, eu podia me concentrar em...

A culpa tem um gosto ácido na minha garganta. Empurro-a para baixo e a engulo, quente e repugnante. Então me viro para ele.

– "Acha que eles ainda estão vivos?", eu te perguntei... bem aqui, neste labirinto. "Esperar e torcer", você respondeu. Justamente o que eu *não podia* fazer. Então a hora de estimular passou. Decidi sacudir a casa como se fosse um globo de neve; não sabia como ela ficaria depois, mas sabia que ficaria diferente. E Diana era um ponto de interrogação: talvez ela não soubesse de nada, talvez soubesse de tudo.

Ele me observa, os cabelos revoltos acima da cabeça.

– Eu tinha datilografado um recado na Remington depois de voltarmos da praia. Fiquei com o papel durante a festa para poder deixar em cima das teclas e você encontrar no dia seguinte... mas aí o Jonathan pediu pra conhecer a biblioteca. – O que veio a calhar para Grant Jones, claro. – O que veio a calhar para mim, claro. Porque eu coloquei a borboleta no lugar antes de você chegar na escrivaninha. Todo mundo viu você desabar. E, com Freddy foragido, você agora tinha um suspeito. Um falso suspeito.

Freddy: mais um pedido de desculpas. Balanço a cabeça para desanuviá-la.

– Então uma reviravolta que eu não vi chegar: Diana no lago de peixes. – Brutal, sim. Trata-se de um acerto de contas, não de um tributo. – Era evidente que o responsável tinha sido meu pai... por força do hábito... mas e o bilhete? E a *motivação*? Por que se dar ao trabalho de matar mais uma esposa? Principalmente tão perto do próprio fim? – Um levíssimo recuo. – Uma queda daquelas não me parecia uma morte garantida, mas, enfim,

432

nem de me matar direito eu fui capaz. Então talvez a culpa tivesse empurrado Diana da janela. Era o que ela dizia no bilhete. Mas culpa por quê?

"Chegam então os investigadores. Eles sabiam sobre a segunda borboleta, então contei a eles sobre a primeira... logo eles iriam descobrir mesmo, e de toda forma não era *eu* quem tinha feito mal a Diana. Eles levaram esse indício mais a sério do que eu imaginava. Já nessa primeira manhã, o nariz da investigadora Springer começou a se agitar. Maddy me alertou. Eu disse a ela pra ficar quieta."

SHHH.

– Ela me disse que estava com medo, mas eu disse que não estava com medo suficiente. Diana estava morta. Ninguém sabia como nem por quê. Jonathan Grant, ou seja lá quem ele for, tinha surgido do nada. E Freddy tinha dado um beijo nela, ainda que o Freddy seja um bom menino. Sempre foi.

Meu pai arqueia uma sobrancelha.

– A imprensa apareceu. Eu espantei todo mundo... essa investigação era minha, não deles. E... – Outra inspiração funda; eu me contraio. – Durante esse tempo todo, eu vinha escrevendo a história da sua vida, peneirando essa história em busca de dicas, de pistas. E eu gostava da sua vida. Gostava das suas histórias. Gostava de como você me *olhava*... você nunca tinha olhado pra mim antes, não sem um suspiro ou uma careta.

"Mas pelo visto não sou uma detetive muito boa. De repente, você quis morrer mais cedo. Hora de uma terceira borboleta. Eu a deixei no corredor de cima antes de ir falar com você na biblioteca. Na cozinha, coloquei um sedativo no seu chá... Eu tenho receita médica, não consigo pegar um avião sem isso... E quando você ficou cansado, te levei até o elevador. Fingi ter ouvido passos só pra te despistar. E quando as portas se abriram..."

– "Não posso te contar" – diz ele com a voz oca e o olhar triste. – Eu disse: "Não posso te contar."

– Mas agora contou. – A borboleta estremece nas minhas mãos, as pontas espetando a pele, as asas tatuadas com as palavras dele. – "Eu tirei a vida da minha esposa e da minha cria", você escreveu.

Atrás dele, o vento espalha lágrimas pelas bochechas de Maddy.

– Embora não tenha tirado – reconheço. – Não a *minha* vida. – Ele me encara com firmeza. – Essas palavras não têm razão de ser. Então que tipo de jogo é esse? Porque *é* um jogo, não? Ou um truque, ou sei lá o quê?

– Sei lá o quê – responde meu pai.

– Eu sabia que você tinha voltado. – A voz de Madeleine percorre o labirinto aos tropeços. – Dava para sentir. Só não sabia que você era você.

A culpa tem um sabor ácido na minha língua.

– Eu precisava saber a história. Você não?

Os ombros dela afundam.

E então me viro para ele uma última vez.

– O passado não ficou para trás, você disse: ele só está à espera. – Mais uma vez, ergo a borboleta. – Então vamos ver o que está à nossa espera aqui.

Ondas explodem atrás dele como fogos de artifício. Espero que se apaguem.

– Quando você despe e esfola alguém até a pessoa se sentir um nada... se sentir aquilo que desde o começo você dizia que ela era: um *nada*... não deveria se espantar ao descobrir que no final fez dela uma ponta afiada. Fez dela uma *arma*. Uma pessoa *perigosa*. E quando você arranca tudo dela, essa pessoa não precisa de nada exceto ar para respirar e o seu coração para transpassar. Então, meus parabéns: você esculpiu sua própria nêmesis, armou-a, instilou nela um único objetivo. E aqui estou eu.

O vento e o mar se calam quando falo. Eu controlo os elementos.

Encaro-o bem nos olhos.

Ele pisca, enfim.

– Aqui está você – concorda ele com um meneio de cabeça educado. – Como eu sabia que estaria.

94.

O PENHASCO SE INCLINA DE LEVE, mergulhando em direção ao mar atrás de mim.

– Eu posso ser excêntrico, Srta. Hunter, mas quem é que convida uma total desconhecida para se hospedar no último andar da própria casa e bisbilhotar seu passado? Principalmente quando se tem um passado com tanta coisa para bisbilhotar quanto o meu?

A voz dele entala nos meus ouvidos, densa e indistinta. Balanço a cabeça muito de leve até as palavras se tornarem nítidas, até minha mente por fim sintonizar a frequência certa.

– "Traga a menina aqui", foi o que eu falei quando você chegou. – Um sorriso encabulado. – É claro que ainda não tinha *certeza*. Não antes de termos nos encontrado.

Isso é um blefe? *Como?*

– *Limenitis archippus.*

Eu o encaro, aturdida.

– No Museu de História Natural, quando você tinha 12 anos – diz ele. – Nós dois ficamos sozinhos perto da vitrine das borboletas. "Essa aqui é a monarca", você anunciou. "Ela é venenosa. Cuidado." O que eu achei um tanto encantador.

A sala escura, a vitrine brilhante, as borboletas dispostas sob o vidro feito pedras preciosas. Eu me lembro, sim.

– Só que a monarca era maior, expliquei, com as partes pretas mais marcadas. Você tinha apontado para uma inofensiva vice-rei, que tinha evoluído para *imitar* a monarca. E assim nós passamos uma hora ali no museu. "Qual é essa aqui?", você perguntou. Eu disse que era a *Diaethria anna*, a "Borboleta 88", que tem desenhos na asa parecidos com números. E conforme você ia apontando para as borboletas e eu contando histórias sobre elas, comecei a achar aquilo parecido com uma brincadeira de pega-pega. – Os cabelos dele se derramam pela testa; ele os afasta, os olhos cravados em mim. – Depois, na loja do museu, você me pediu um rolo de selos da vice-rei.

Porque eu esperava escrever cartas para amigos um dia, como você escrevia, quando soubesse escrever melhor e quando tivesse amigos.

– Cinco anos atrás, quando recebi sua carta, reconheci o selo antes mesmo de ler meu nome. *Limenitis archippus*. O jogo tinha começado.

O penhasco se inclina mais um pouco. Logo, pedras vão rolar na minha direção.

– Peguei emprestado o laptop de Diana, persegui você por alguns becos sem saída… a maioria das Nicky Hunters parecia ser mulher. Voltei, tentei Nicholas, Nick, Nicky outra vez. Até enfim encontrar seu perfil de docente na faculdade e ver seu rosto… o seu, não o de Cole – acrescenta ele. – Mas feito do mesmo material.

– Como você conseguiu se lembrar de um selo? – Minha voz soa distante.

Ele semicerra os olhos, como se a resposta devesse ser óbvia.

– Eu tinha passado uma tarde feliz com meu filho. Como poderia esquecer?

A borboleta estremece nas minhas mãos. Ondas fustigam o penhasco. Ele espera que elas estourem.

– O que fazer? Será que eu deveria confrontar você? Escrever seu nome no envelope… o nome que eu conhecia?

Imagino o choque que seria ler isso: NICHOLAS TRAPP escrito no papel como se fosse uma ameaça.

– Não. Havia um *mistério* a ser solucionado! Uma *antologia* de mistérios! Por que você estava escrevendo, e por que agora? Como *você* tinha evoluído? Então eu respondi.

(*Sr. ou Sra. Nicky Hunter*. Eu olhei a aba do envelope, o endereço de São Francisco. Sorri de leve.)

– E assim começou, como você disse. Pude sentir quando fechamos os dedos ao redor da corda, senti um puxão no fio. Você estava em busca de algo… tinha saído do passado para encontrar…

– A verdade.

A borboleta bate as asas.

– Sr. Trapp. – Eu quase tinha esquecido a presença de Timbo. – *Por que* convidar a Srta. Hunter para vir aqui bisbilhotar?

Ele une as sobrancelhas.

– Porque ela é minha cria – diz ele. – E porque eu achei que a Srta. Hunter talvez soubesse algo de *meu* interesse.

– E o que poderia ser isso, senhor?

– A minha motivação? Como eu sempre digo... eu sempre digo isso, mesmo – garante ele à minha irmã e ao policial. – O motivo é onde reside o mistério.

Os outros ficam borrados no meu campo de visão quando ele se vira para mim. A única coisa que vejo é o homem que matou minha mãe.

– Eu gostaria de dizer a você... *estou* dizendo a você... que gostei da nossa troca de cartas. De verdade. Você tem uma escrita maravilhosa.

Desvio os olhos, fico olhando as ondas quebrando. Os enigmas, as soluções, os vislumbres de vida que saltavam das páginas: acho que eu também gostei de tudo isso. Quero perguntar a ele como é a minha escrita. Mas não tanto quanto quero ouvi-lo confessar.

De modo que apenas espero. Sou boa nisso.

– Em pouco tempo, ouvi também o tique-taque do meu relógio mortal. Durante um mês ou dois, pensei sobre o que fazer com você... será que eu deveria não dizer nada? Deixá-la ser surpreendida pelo obituário? Isso me pareceu um pouco brusco. Então dobrei os dedos, segurei firme a corda e a puxei do outro lado do país para vir se juntar a mim em minhas últimas horas. Eu queria encontrar você. Mais do que isso: queria *conhecer* você. E que você me conhecesse. Foi por isso que a trouxe aqui naquela manhã. – Ele move um braço para indicar o penhasco. – Para lhe contar a história da sua origem.

Quando olho para ele, sinto minha boca formar as palavras, embora não as escute.

– *Por quê?* Eu já disse por quê.

Engulo em seco.

– Ficou claro para mim, durante nosso primeiro encontro na biblioteca, que você acreditava que eu não tivesse a menor ideia de quem era. Mesmo enquanto remexia o maxilar para mim. A vantagem estava comigo. Eu já tinha preparado o álbum de fotografias, já tinha plantado seu diário.

Não estou acreditando nisso.

– É claro que a polícia encontrou – continua ele, respondendo ao meu olhar. – Você tinha escondido debaixo de uma tábua solta, afinal. Depois de eles me devolverem, eu o estudei em busca de respostas; mas, como você mesma disse, vocês duas tomaram cuidado. Um dia antes de você chegar, eu devolvi o diário à cripta dele. Salpiquei um pouco de poeira na capa como adereço de cena. Cheguei a arrastar o retrato lá para cima para ficar vigiando. Uma criança sem gênero definido... provavelmente foi de mau gosto.

"Então foram só uma ou duas picadinhas de abelha para instigar você. Eu não tinha previsto que você também fosse picar, e picar mais fundo.

"Aquela borboleta na caixa... muito ousado. Inescrutável, também. O que acabei de dizer sobre motivação? Não consegui imaginar qual poderia ser a sua. Mesmo assim, gostei do desafio; achei que tinha boas chances de descobrir. Trouxe você aqui, onde estamos, e praticamente a desafiei a se revelar. Você recusou.

"Então: *Conta pra eles o que você fez com ela.* Fiquei estarrecido. (Como você viu.) Eu tinha passado dias, *anos* me perguntando *por que* você tinha me escrito, o que estava procurando..."

– O que mais eu poderia estar procurando a não ser...

– *Aí* você colocou remédio no meu chá. Só desconfiei muito tarde; não achei que você seria capaz. A tempestade foi uma feliz coincidência, mas aqueles passos fantasmagóricos... um toque de mestre. Você quase me estilhaçou. "Não posso te contar", eu disse. "Faz isso parar", pedi.

Não sei como, eu tinha respondido.

– E eu entrei no jogo – acrescenta ele. – Eu também não queria que a polícia chegasse perto de você.

Chega. Chega. Maddy e Timbo nesse momento voltam a entrar em foco; o policial parece ter chegado mais perto da arma dele, caída no chão.

– Você *confessou*! – grito, com o papel sujo de sangue se debatendo nas minhas mãos. – Disse que *matou*...

De repente, ele ruge:

– Eu disse que *tirei*...

– Me fala *como*. – Sinto como tivesse uma corrente elétrica na garganta. – A Simone te ajudou?

– Simone?

A gravata dele esvoaça, as barras da calça estalam. A arma treme na mão dele. O redemoinho a seus pés o puxou para dentro do quinto anel.

– Eu encontrei uma pista – digo, e pareço uma investigadora novata falando, mas não ligo. – Numa foto. Encontrei o *colar*. – Falo tão alto que

Maddy dá um passo para trás. – Eu dei um colar pra mamãe na noite em que ela desapareceu. Um disco de prata gravado numa corrente de prata. Como é que ele foi parar numa foto, no pescoço da sua cunhada, numa festa vinte anos depois?

Mas ele não responde; parece apenas… triste.

Em vez disso, quem fala é Maddy… é Maddy quem dá um passo à frente, segurando um fio de metal.

– Porque eu peguei depois que matei ela – diz minha irmã.

95.

Uma hora e 31 minutos depois de iniciado o novo ano, Hope Trapp levantou o pé do meio-fio em frente à sua casa e pisou no banco de trás do Saturn do cunhado. O macacão dela cintilou feito uma chama; então a porta se fechou e o carro se afastou.

No final do quarteirão, ao volante de um jipe surrado, Madeleine franziu a testa. Tinha chegado em casa cedo de Berkeley com o intuito de fazer uma surpresa para os pais quando eles acordassem ou quando ela acordasse, o que quer que acontecesse por último; em vez disso, viu a anfitriã fugindo da própria festa.

Madeleine estava meio doidona. Mas ficou muito curiosa.

Seis minutos mais tarde, numa loja de bebidas de Marina District, a mãe dela saltou do carro vestindo um casaco escuro. Um braço se esticou pela janela do carona, com braceletes pesados ao redor do pulso e peônias brancas nas mãos.

– Ah, por que não fica com elas? – pediu Hope com uma voz que subiu quicando a rua como se fosse uma bola, mas Simone ficou apenas sacudindo o buquê. Por fim, Hope cedeu e acenou para o carro partir. – Vai pra casa! – disse ela, rindo. – Eu chamo um táxi. Ou vou a pé, se estiver com vontade. Dá um beijo no Cole, dá um beijo no Cole!

Enquanto o Saturn desaparecia ano-novo adentro, Madeleine ficou olhando a mãe andar na direção da Better Liquor Fast, de onde Madeleine fora banida anos antes após diversos mal-entendidos envolvendo sua carteira de identidade falsificada. Ela agora havia surpreendido a mãe indo comprar cerveja. Desligou o motor do carro, pensou se deveria armar um pequeno encontro no corredor três... mas então, junto a um solitário telefone público, Hope diminuiu o passo, olhou por cima do ombro e parou.

E seguiu em direção à rua.

Madeleine saltou do carro. Respirou fundo, pronta para catapultar o nome da mãe quarteirão abaixo.

... Mas *o que* Hope Trapp estava fazendo?

Madeleine trancou a porta do jipe, alisou o casaco de moletom (FESTA

DOS EX-ALUNOS 1999, dizia o bordado ainda brilhoso) e, sob uma lua cheia, começou a seguir a mãe pela calçada margeada de árvores. Iria abordá-la antes de ela chegar à esquina.

Hope chegou à esquina. Hope passou da esquina também e atravessou um bulevar deserto, enquanto Madeleine se manteve mais atrás. A mãe cortou caminho por um iate clube cheio de veleiros adormecidos em suas vagas, por um pátio de concreto cujos degraus desciam até a praia prateada e a baía negra.

Quase 200 metros atrás dela, Madeleine se perguntou, em voz alta:

– O que está acontecendo?

Estava meio doidona, sim, mas bem mais do que meio confusa.

Perto da praia, a mãe tirou o casaco – o ar estava fresco, não frio – e o dobrou por cima do braço. Madeleine viu o veludo reluzir ao luar. Olhou para cima: os fogos de artifício do ano-novo tinham esmurrado o céu com tanta força que a noite parecia coberta de hematomas.

Por fim, Hope entrou numa trilha larga de areia que acompanhava o contorno da baía, entre um estacionamento fantasma e um berçário de dunas bebês. Só que as pequenas dunas em pouco tempo cederam lugar à praia, o estacionamento se rendeu à grama... e então Madeleine estava seguindo a mãe em uma ponte de tábuas por um terreno alagado pelo mar, com a água quase a cobri-lo de ambos os lados.

Em determinado momento, Hope tirou os sapatos de salto e os pendurou nos dedos, enquanto continuava segurando o buquê com a outra mão.

Madeleine ficou esperando ela se virar, esperando Hope vê-la.

Mas ela não se virou. Ela não a viu.

Madeleine inclinou a cabeça na direção das estrelas, viu a si mesma lá de cima – a mãe também – enquanto as duas avançavam: à esquerda, a água enrugada da zona encharcada refletindo a lua; à direita, pequenos trechos de flora das dunas – arbustos e flores silvestres envoltos por cercas de arame baixas – e depois disso a praia e a baía escuras. Viu a trilha fazer uma curva ao passar por uma caserna espanhola vazia havia tempos, por uma colônia de hangares de avião abandonados... e quando a praia se estreitou para formar uma franja rochosa, viu a Golden Gate, fluindo lá em cima como se fosse um rio no céu.

Hope agora passava flutuando em frente ao cais onde a família costumava pescar e catar caranguejos. Madeleine olhou desconfiada para o final do píer, como se talvez fosse surpreender si mesma ali, surpreender o irmão e os pais também.

.A trilha dobrou para o norte e se juntou a uma rua de duas pistas entre uma subida íngreme e o mar. Correntes grossas e enferrujadas pendiam feito redes de dormir de estacas grossas e enferrujadas. Madeleine escutou as ondas batendo no quebra-mar. Àquela altura, já sabia para onde a mãe a guiava.

Ali, na ponta da península, banhada pelo luar: a fortaleza abandonada. Fort Point.

Agachada debaixo da ponte, muralhas de pedra, seteiras. Sem luz alguma, dentro ou fora, mas, conforme Hope foi se aproximando do estacionamento com chão de cimento, Madeleine encontrou abrigo atrás de um pequeno barracão de ferramentas; podia ouvir o próprio coração batendo, embora as ondas pedissem *shhh, shhh.*

Viu Hope diminuir o passo, parar. Olhar para o pulso. Madeleine fez o mesmo. Eram 2h19.

Ela havia passado quase metade do novo ano no encalço da mãe. Provavelmente seria uma daquelas histórias das quais todo mundo riria depois.

Hope ficou girando no mesmo lugar, como se buscasse algo que sabia que não iria encontrar. Então foi andando sem pressa, com os sapatos, o casaco e as flores, até o final do estacionamento, onde os muros da fortaleza se encontravam e se projetavam até quase a beira d'água.

Então ela sumiu.

Madeleine pulou de trás do barracão. Atravessou correndo o estacionamento até a quina de tijolos onde a mãe tinha desaparecido.

Baixou os olhos para uma estreita tira de asfalto, com 1,20 metro de largura e 12 de comprimento, tudo que separava o forte do mar, pontuada por aqueles mesmas estacas baixas, por aquelas mesmas correntes caídas. Rochas negras se empilhavam contra a mureta; a baía estourava em cima delas.

Nem sinal de Hope.

Com uma das mãos apoiada nos tijolos, Madeleine percorreu o caminho até ele fazer uma curva mais adiante. Ela fez a curva também. No ponto em que o caminho se abria para uma alcova atrás do forte, um largo espaço calçado, enxergou um montinho irregular: os sapatos e o casaco da mãe. Hope tinha largado as roupas e agora patrulhava devagar a mureta enquanto despetalava as flores e jogava as pétalas na baía.

– Mãe?

– *Que porcaria...* – exclamou Hope com um guincho, dando meia-volta com a mão no coração e uma expressão de surpresa no rosto. – Meu bem! O que você está fazendo aqui?

– O que *você* está fazendo aqui? – perguntou Madeleine.

– Achei que você só chegasse segunda.

– Eu vim antes. Aí a sua carona se afastou da casa, e eu segui você. – Uma pausa. – Até uma loja de bebidas.

O sorriso de Hope se apagou.

– O que você tá fazendo, mãe?

Depois de alguns segundos, a mãe afastou os olhos na direção da água.

– Aquela loja vende mezcal contrabandeado nos fundos. Com o vermezinho gordo e tudo. Eu disse que ia buscar umas garrafas e logo voltava.

– Mas não buscou – observou Madeleine. – E não voltou.

– Não – concordou Hope, esfregando o pé.

Ondas bateram contra a mureta. Uma apreensão se enrodilhou nas entranhas de Madeleine e começou a sibilar.

Hope se lembrou das flores.

– Sua tia trouxe estas flores hoje à noite. Deixou no carro a noite inteira, insistiu para eu levar. Eu nunca sei como a Simone vai se comportar.

Devagar, ela torceu a cabeça de uma peônia e a atirou na baía. Suspirou mais uma vez, então se virou para Madeleine.

– Eu vou levar seu irmão embora.

Madeleine só a encarou.

– Você deveria ter visto o seu pai hoje à noite. Não... *não deveria* ter visto. Ele humilhou o filho por causa de uma *borboleta*. Disse que ele era *fraco*.

– O Cole *é* fraco – disse Madeleine.

– Então é dever do pai ser forte por ele. – Hope arrancou uma pétala, atirou-a nas ondas. – Mas você está errada – acrescentou ela após um instante. – O Cole é o mais forte de nós.

– Então cadê ele? – Madeleine gesticulou na direção da baía, da ponte lá em cima. – Vai chegar remando pra te buscar? Todos a bordo rumo a... aonde, exatamente?

– Chega, já chega. Eu ligo amanhã de manhã. Ou melhor, hoje de manhã.

– Acha que o meu pai não vai reparar que você foi embora?

– Não hoje à noite. – Ela já tinha pensado naquilo, o que irritou Madeleine. – A festa ainda está um pouco agitada. Ele vai subir cambaleando para o quarto achando que eu subi cambaleando para o meu. Ou que estou dormindo na casa do Dominic para curar o porre. Eu ligo hoje, mais tarde. Mas *não quero você* envolvida nisso.

Ela falou aquilo com uma calma razoável, mas os nós dos dedos estavam brancos como as peônias.

– Meu bem – disse Hope com a voz mais branda. – Volta pro campus. Vai pra casa de tarde... seu pai e eu já vamos ter conversado.

– Por que você não conversa com ele agora? – indagou Madeleine, e ouviu a mágoa na própria voz. A raiva também.

A mãe sorriu com tristeza.

– É mais complicado do que você imagina, meu amor.

Linhas repuxavam os cantos dos lábios dela; a brisa arrastava fios de cabelo para a frente do seu rosto. Ela parecia *velha*. Mas os olhos brilhavam à luz da lua e o colar no pescoço, também. Madeleine a fuzilou com o olhar.

– Ele me mostrou isso no Natal. *Cherchez la femme*. Não é só isso que ele faz? Procurar a mamãe dele?

Hope se retraiu. A apreensão nas entranhas de Madeleine se enrodilhou mais ainda e sibilou mais alto.

– Você vive tratando ele feito um *bebê*. Ele vive te seguindo como se fosse o Watson. Essas feriazinhas de mãe e filho. São tão... *estranhas*.

– Para com isso. Eu já ouço essa conversa o suficiente do seu pai.

– Então por que nunca escuta? – gritou Madeleine. – Por que você *nunca* fica do lado do *papai*? Ele só quer que o Cole cresça! Está tentando *ajudar* ele!

– Não – respondeu Hope, áspera. – Ele está tentando transformar o Cole em alguém que ele...

– Que ele *não é*? Justamente! Você quer que ele seja quem é? Um menino esquisito, fraco...

– *Para com isso*, Mad...

– Que fica pulando de escola em escola e por algum motivo nunca aprende a ler, nunca faz um amigo...

– *Madeleine* – disse, tão incisiva que até ela própria pareceu se espantar. Então chegou mais perto. – Vai embora. Agora. Onde quer que você tenha estacionado o carro, volta pra faculdade, e não me ouse falar...

– Como você pode escolher o *Cole* em vez da *gente*? – berrou Madeleine.

– Ele é uma *aberração*!

O impacto da palma da mão da mãe na bochecha dela soou como um tiro. A sensação também foi a de um tiro. Antes mesmo de a pele poder arder, ela já estava encarando Hope, chocada.

O tapa pareceu chacoalhá-la para fora do próprio corpo. Ela foi capaz de assistir à cena como alguma testemunha impossível: a mãe estendendo a mão, dizendo duas palavras: "Mad, desculpa." E Madeleine estendendo as duas mãos para a frente, uma rápida colisão de palmas e ombros.

Outro estalo... só que dessa vez é a cabeça de Hope resvalando numa das estacas baixas da mureta. Ela se desconjuntou no chão; uma chuva de pétalas brancas saiu flutuando pela escuridão.

Madeleine viu a si mesma de uma certa distância, lá no final da faixa escura de asfalto rente ao forte, olhando para a mãe, uma trouxa de sombras alaranjadas e pretas, como uma fogueira que se apaga.

Viu-se de mais longe ainda, tentando sacudir a mãe para acordá-la. Sacudindo com mais força.

Encostando a boca na da mãe, soprando.

Ajoelhando-se ao lado dela, abraçando-a, as duas se balançando para a frente e para trás. Madeleine soluçando sem produzir som algum.

E então ela estava correndo pelo estacionamento. Passou pelo cais com a respiração acelerada, pela zona alagada onde vomitou de cima da ponte. Atravessou correndo a marina em direção à loja de bebidas escura. Ao telefone público.

Entrou desabalada, tirou o fone do gancho com a mão tremendo. Revirou os próprios bolsos, repetindo:

– Papai, papai, papai...

Forçou uma moeda para dentro do aparelho. Começou a discar o número de casa.

Então olhou para o painel, para os botões pintados de vermelho-escuro. Olhou para os próprios dedos.

Deixou cair o fone. Viu-o ficar se balançando na ponta da cordinha como se fosse um peixe. Pegou-o, recolocou-o no gancho. Esfregou o painel dos botões com a manga. Recuou para fora da cabine, aterrorizada.

E olhou por cima do ombro na direção do seu jipe, estacionado junto ao meio-fio a meio quarteirão dali.

Quinze minutos mais tarde, estava de pé, junto da mãe. Os olhos de Hope estavam semicerrados, os cabelos espalhados ao redor da cabeça. Pétalas coalhavam o chão à sua volta: ela parecia um anjo de neve. Exceto pela ferida na testa, vermelha contra a pele clara.

Lágrimas rolaram pelas bochechas de Madeleine. Ela arrastou as mangas pelo rosto, enganchou os braços nas axilas da mãe e começou a puxá-la em direção ao estacionamento, onde o jipe as aguardava com a porta de trás aberta.

Freou algumas casas antes de chegar à sua. Seis ou sete carros continuavam encostados no meio-fio.

Verificou o relógio: 3h24.

Uma batida na janela.

– O que você fez com ela? – perguntou o pai, horrorizado.

Madeleine fechou os olhos com força. Quando os abriu, ele não estava ali. (É claro que não estava.) Mordeu a unha do polegar.

– Me diz o que você fez com ela! – gritou ele.

Ela se virou para o banco do carona. Vazio. (É claro que estava vazio.). Mordeu um fio de cabelo.

– Madeleine…

Sabia que ele não estava atrás dela, mas mesmo assim se virou. O banco de trás abaixado estava vazio.

A não ser pelo corpo da mãe, cuidadosamente deitado sobre o tapete do carro, com a cabeça apoiada no moletom de Madeleine. Ela não conseguiu suportar sujar de sangue o belo casaco da mãe.

Então, tremendo de frio só de camiseta de manga comprida, ela tornou a verificar o relógio. 3h27.

O jipe foi embora.

Mais tarde, ela não se lembraria de como estava se sentindo, do que estava pensando enquanto dirigia; só se imaginou outra vez vista de cima, como se uma silenciosa equipe estivesse acompanhando sua fuga no céu machucado de um novo ano.

Viu o carro seguir na direção oeste, passando pelas catedrais russas ortodoxas e pelas mercearias chinesas.

Viu-o seguir velozmente para o sul pela Pacific Coast Highway, famosa e fatal. Casas se afastavam e se espaçavam para o leste à medida que largas praias e extensões de grama cinzenta se desdobravam junto ao mar.

Perdeu o jipe de vista quando ele mergulhou numa súbita floresta espectral, os faróis tirando raios x das árvores. A estrada começou a serpentear e a se dobrar.

O carro então reapareceu bem na hora que uma massa repentina de rocha se elevou à esquerda, empilhada bem alto acima dela como uma onda congelada. E à direita, depois de um guarda-corpo inútil e 45 metros abaixo: o oceano.

E por fim ela encarou a borda escarpada do mar, uma série de penhascos despontando da costa como espinhos, as bases cobertas de espuma. Devil's Slide.

Os faróis altos eram duas cabeças de alfinete brilhantes.

Ela parou o carro com um tranco ao lado da estrada, onde o guarda-corpo terminava. Apagou os faróis e saltou do banco do motorista. O rugido de concha do mar enchia seus ouvidos.

Ela abriu a porta de trás.

Quando se afastou do carro, a mãe estava no seu colo como uma criança, o casaco por cima do peito, a cabeça ainda enrolada no moletom da festa de ex-alunos. Hope era mais alta, mas Madeleine era mais larga, mais forte, uma atleta universitária. Estava também energizada pela adrenalina. Conseguiria percorrer cem metros ou algo assim.

Passou da terra batida para a grama baixa que cobria o penhasco. Mais abaixo, na costa, a lua observava.

Madeleine olhou para a cabeça da mãe apoiada no seu ombro. Observou a testa intacta. Hope parecia estar dormindo.

Com passos hesitantes, desceu pela borda. Os morros atrás, os arbustos a seus pés, a face do penhasco à frente e o mar lá embaixo: tudo cinza como pedra, negro como ferro, prateado e perolado... exceto o veludo da mãe, ainda fumegando com um laranja tímido, enfumaçado.

A borda descia numa encosta íngreme em direção ao mar. Madeleine desceu com cuidado, os tênis se firmando com força no chão por causa do declive. Ouviu as ondas estourando bem lá embaixo.

Por um instante, parou.

Então seguiu em frente, abraçando a mãe com mais força, até as duas se aproximarem da borda do penhasco. Mais uma vez, Madeleine caiu de joelhos, com Hope aninhada entre os braços e as coxas. A apenas um passo e uma queda de distância, água negra e espuma branca se revolviam num buraco escavado na rocha.

Em silêncio, Madeleine saiu do próprio corpo. Viu a si mesma como um cineasta a teria visto, como se aquilo não passasse de uma cena num filme de terror.

Flutuando em algum lugar além da borda do penhasco, viu-se inclinar a cabeça para junto da de Hope, viu-se beijar a ponta do nariz da mãe, bem de leve. Quando ergueu a cabeça, as bochechas de Hope estavam úmidas.

O ronco do mar diminuiu de volume quando a câmera se fechou, passando pela grama, por seus joelhos e pela mulher que estava segurando. Madeleine começou a encher o quadro. Seu rosto brilhava. Seus olhos brilhavam.

Ela estava olhando bem para a frente, não para uma plateia, não para uma lente imaginária: estava olhando para as escuras e amotinadas ondas do Pacífico. As mesmas ondas que já não conseguia escutar.

Silêncio.

Só seus ombros agora, e só o rosto. Fios soltos de cabelo roçavam a testa dela. Madeleine fechou os olhos.

Imobilidade.

Mas, por fim, com delicadeza, uma mão puxou o cabelo. E a câmera recuou devagar, e mais uma vez veio o barulho da água. A outra mão dela esfregou o nariz, a bochecha.

O mar foi ficando mais alto à medida que a câmera recuava, dando lugar ao colo dela, vazio.

Madeleine então abriu os olhos, retornou ao próprio corpo. Viu o mar varrido por ondas fortes e viu a lua fria.

O relógio de pulso indicava 4h35.

Ao lado dela, algo cintilou na grama baixa.

Ela o puxou: era uma corrente de metal. Madeleine a ficou encarando. Prendeu a respiração. A corrente se encaixou nas dobras da palma da sua mão.

Ela tornou a olhar para o oceano. Mas, em pouco tempo, a mão se fechou, e a corrente escorreu do punho dela feito água.

96.

A CORRENTE ESCORREU DO PUNHO DELA FEITO ÁGUA.

– Eu guardei. – A voz de Madeleine sobreviveu à história, machucada, mas em condições de uso. – Exatamente o que não se deve fazer, eu sei. Mas guardei. E, vinte anos depois, trouxe até aqui pra... pra jogar no mar.

A uma curva de distância, o semblante de Timbo se abranda... uma fração apenas, mas aquilo o transforma.

Na frente dela, Nicky... Cole... a encara boquiaberta, horrorizada.

O pai olha na direção da borda do labirinto, onde o cobertor baleado se acomodou com as franjas esvoaçando como os dedos de um moribundo. Ela o ouvira gritar, pensa Madeleine, quando ela pronunciou aquelas palavras – *eu peguei depois que matei ela* –, mas a voz dele foi abafada pelo vento, um rugido dentro da espiral de uma concha.

– Por que não deixou sua mãe na baía? – pergunta Timbo.

Essa era fácil.

– Eu já tinha pesquisado os padrões da maré para uma história que meu pai tinha escrito. Sabia que um corpo na baía poderia chegar na costa, mas um corpo no mar mais ao sul...

Ela estremeceu.

– Então peguei o carro e voltei pra faculdade. Exatamente como tinha sido mandada. Minha colega de quarto tinha combinado de ir para o grêmio do namorado.

Madeleine se lembra de largar o casaco e os sapatos junto à porta da frente. Lembra-se de ficar ali parada, de meias. Lembra-se de se aproximar do banheiro no exato instante em que um homem nu saía de lá.

– Mas ela tinha levado o namorado para o nosso apartamento.

Os dois haviam recuado depressa, a mão dela apertando a palma em volta do colar e a dele tapando o próprio sexo.

Não sabia que você ainda estava em casa.

O punho dela latejava tamanha a força com que estava apertando.

Eu estava dormindo. Deve ser alguma gripe de inverno.

Bom, volta pra cama, campeã. Ele colocou a outra mão por cima da primeira e passou por ela. *São tipo três da manhã.*

(Na verdade, eram tipo quase cinco da manhã. Mas, quando a investigadora B. B. Springer, dos cabelos verde-limão, pediu para a colega de quarto confirmar o paradeiro de Madeleine na noite de ano-novo, o namorado se lembrava muito bem do diálogo em frente ao banheiro: três da manhã. Menos de uma hora depois de os cunhados de Hope Trapp se despedirem dela.)

E Feliz Ano Novo. As palavras tinham escorregado porta afora antes que ela se fechasse, parecendo ecoar pelos ladrilhos da parede. Ela ligou a luz. No espelho, uma mulher assustada a cumprimentou, roupas em mau estado, cabelos desmilinguidos.

O punho da mulher se abriu. O colar estava enrolado na palma da mão. Madeleine pigarreia.

– Eu fui pra casa mais tarde. De novo. Quando cheguei lá, o Dom já tinha dado o alarme.

O pai continua encarando o chão.

– Eu guardei – repete ela. – De vez em quando, trancava a porta do meu quarto a chave, abria minha caixa de joias e ficava olhando... o colar. Umas poucas vezes, cheguei até a pôr no pescoço. Mas, na maior parte do tempo, ele ficou só... hibernando. Por vinte anos. – Ela sente o disco penetrar a pele da palma da mão e aperta com mais força. Então se dirige ao pai. – Acho que isso me ajudou a aprender a viver com medo.

Ondas trovejam logo além da borda do penhasco, mas Madeleine mal as escuta. Ele a observa com um ar pesaroso. Ela sabe que poderia ter ficado calada; mas, ah, como estava cansada do silêncio.

– Duvido que tenha posto os olhos nele nos últimos cinco anos. – Ela põe os olhos nele agora. – Mas minha tia, sim. Antes da festa. Ela quis pegar umas joias emprestadas. Só que eu não estava no quarto.

Só cinco dias atrás! Ela quase solta uma exclamação de assombro. O mundo desde então se deslocou no eixo, rolou feito uma bola mágica para dentro de um universo paralelo. Vidas se encerraram. A de Diana. A de Madeleine também.

– Então ela pegou o que queria. Mal prestei atenção nela a noite inteira. Na verdade, tentei evitá-la. E depois que a festa acabou...

O pai ergue os olhos para os dela, e nesse instante ela compreende: ele vai escrever o último capítulo. Sebastian Trapp sempre foi aclamado por seus finais.

– Depois de enxotar todo mundo da casa, Simone foi bater na minha porta. Eu deveria ter atendido. – Madeleine engole em seco. – Porque, como não atendi, ela deixou o colar com Diana.

Timbo parece levantar uma mão mais alto, como quem pede a atenção de uma professora.

– Como sabe disso?

E Sebastian, erguendo o pé calçado com a meia, diz:

– Permitam-me explicar.

Ele fala isso com o vigor do último suspiro de um homem muito cansado, ao mesmo tempo que dá um passo para trás.

97.

ESSE É O FINAL ERRADO.

Mamãe está morta e Magdala a matou?

Já achava que mamãe tivesse morrido. Achava que *ele* a tivesse matado.

– Depois daquela cena na biblioteca, e foi mesmo uma cena, montada e interpretada... depois disso, Maddy me levou para o quarto – diz ele. – Passei uma hora deitado na cama, encucado com o Mistério "não tão misterioso assim" de Cole. Em cima do meu peito, estava o cubo de vidro que não conseguira nocautear a Srta. Hunter quando aquele palerma do Frederick a golpeou com ele.

"Já a Srta. Hunter tinha *me* nocauteado com um pedaço de papel. Ela imaginava que eu soubesse o que tinha acontecido com a minha esposa. Estava longe de ser a primeira a pensar isso. *Eu* imaginava que *ela* soubesse, já que tinha desaparecido ao mesmo tempo... imaginava que talvez pudesse solucionar um mistério antigo, ou dois. Mas quando li aquelas asas junto à lareira, *Conta pra eles o que você fez com ela*, entendi que estávamos os dois no escuro. Só que agora um de nós sabia disso."

Um sorriso triste para mim. Minha vontade é gritar.

Passei todo esse tempo culpando-o, *odiando-o*. Mas, pela minha irmã, encolhida ali com os nós dos dedos envoltos em prata, só sinto tristeza. Eu me lembro dela na época e a olho agora, do outro lado do labirinto, vinte anos depois. *Isso não ficaria na sua cabeça? Tirar uma vida*, havia me perguntado Simone.

Tinha ficado na cabeça de Madeleine.

– Então, logo depois da meia-noite, Diana foi me fazer uma visita, com o colar pendurado nos dedos. "Já vi este colar duas vezes hoje", disse ela. "Vi o Cole dar o colar de presente pra Hope na véspera de ano-novo. Vinte anos atrás. Vinte *minutos* atrás, Simone o entregou pra *mim*. Tinha pegado emprestado com Madeleine."

"Eu peguei o colar, estreitei os olhos para a gravação no pingente: *Cherchez la...* bom, a esta altura, todos nós já conhecemos a gravação, não? Eu escrevo justo esse tipo de história, e consegui fazer as deduções corretas. A solução se formou.

"Diana parecia… *em transe*. Como se tivesse visto um rosto novo num retrato de família. Com certeza, era assim que eu estava me sentindo, embora tenha protestado. 'Vamos perguntar para ela onde o encontrou', falei, ainda que nós dois soubéssemos *como*, ou pelo menos *com quem*, o que nos dava uma noção bem clara de *por que* Madeleine o havia guardado sem nunca dizer nada.

"Mas Diana continuou. 'É a Madeleine', sussurrou ela. 'A Madeleine sabe o que aconteceu com…'

"'Você está nervosa', falei… estava desesperado para prendê-la no presente, onde eu sabia que Maddy era inocente. 'É essa história do Cole. Borboletas sendo largadas por toda parte, e…'"

Uma rajada de vento, e a borboleta se agita nas minhas mãos. Meus dedos apertam o papel, deixam marcas; os cantos laceram a palma das minhas mãos.

– Mas entendi que era tarde demais; por algum motivo, entendi que era tarde demais. "Eu não dou a mínima pro *Cole*", sibilou ela. "Eu ligo para o que aconteceu *naquele dia*, isso sim. Ligo para o motivo pelo qual ela está com *este colar*." Foi então que vi um homem no espelho rachado da penteadeira, de pijama azul e com o rosto muito pálido, com uma correntinha de metal numa das mãos e um pedacinho de vidro na outra. Eu o vi se aproximar, com Diana atrás dele, apenas uma chama alaranjada tremeluzindo, com a voz borrada. – Ele fecha os olhos. – Vi a caixa de abotoaduras debaixo do espelho, abarrotada com… ah, só minhas abotoaduras, alguns prendedores de gravata. E presa na costura da tampa havia… ainda há… uma foto de passaporte: minha filha aos 4 anos de idade. Ela mal conseguiu segurar o sorriso naquele dia. – Ele abre os olhos; estão brilhando. – Todo dia de manhã, durante mais de 35 anos, na hora em que decido me enfeitar e decorar meus punhos, lá está Madeleine, tentando não rir para mim.

Madeleine está tentando não chorar.

– Então ela falou em polícia. Eu não consegui *pensar*. Será que deveria alegar que aquilo era uma réplica? Ou enfiar Maddy no Jaguar e correr para o aeroporto? Minha cabeça, meu *coração*… Mas quando a vi no espelho, Diana me disse: "Eu vou falar com a polícia." A voz dela estava fria como aço. Fiquei apenas olhando para aquela fotografia, para a minha menininha, que não conseguia ouvir a encrenca em que estava metida.

A gravata estala no ar frio e esvoaça na direção de Madeleine; a arma estremece na mão dele.

– "Agora, por favor"... sim, ela disse *por favor*... "me devolve o colar." Fechei os olhos com força. Com certeza, ninguém mais tinha reparado... nem mesmo Simone o havia reconhecido. Se Diana pudesse apenas...

"Então ela pediu de novo. Dessa vez, sem o *por favor*. Olhei para cima e a vi atrás de mim, com a mão estendida. Meu coração abriu um buraco no meu peito, e eu girei o corpo e golpeei com a mão."

Uma pausa.

– Não a mão que estava segurando o colar – acrescenta ele. – A mão que estava segurando o cubo de vidro.

Esse é o fim errado.

– Certa vez, vi um passarinho morrer em pleno voo. Foi num safári. Um martim-pescador. Penas de um azul puríssimo, peito laranja-vivo. Estava seguindo a ave com meu binóculo quando ela apenas despencou das nuvens do Congo. Como se uma corrente elétrica tivesse sido interrompida. Ver aquilo parou meu coração. – Ele topa com o calcanhar numa pedra e dá um passo distraído para trás, para dentro do terceiro círculo. – Foi assim que Diana caiu. Antes mesmo de ela bater no chão, eu sabia que a tinha matado. Ela caiu de lado, em cima do paletó do meu terno. Esse terno já sumiu faz tempo, investigador.

Timbo aquiesce.

Ele move os olhos para mim tão depressa que dou um passo para trás.

– Eu me ajoelhei ao lado da cama. O belo rosto de Diana estava inclinado na minha direção, os belos olhos dela vidrados. Pensei em todas as vidas que eu tinha eliminado nos meus livros. Em todos os assassinos. Agora eu tinha passado a integrar essa fraternidade; tinha me tornado o assassino que metade do mundo jurava que eu já era. E como aquilo me pareceu absurdo de repente: não uma pessoa ser capaz de acabar com outra, mas que sequer pudesse acreditar que essa morte não poria fim a ela própria também. Que personagens bobos eu tinha inventado.

Em algum lugar, uma gaivota solta um lamento de tristeza. Em breve, o mar vai pegar fogo.

– Mesmo assim, agi como poderia ter agido um dos meus assassinos. Coloquei uma toalha debaixo da cabeça dela. Verifiquei os bolsos: dois brinquinhos redondos, de Madeleine. Guardei o colar na minha caixa de abotoaduras. E depois? Eu já tinha dissolvido corpos em cal; já tinha envenenado um xerez com uma dose indetectável de cicuta. Jamais, em dezessete romances, havia imaginado um jeito plausível de disfarçar o assassinato de uma mulher com um ferimento na cabeça.

"Uma queda da escada? Mas aqueles degraus de mármore têm as bordas arredondadas, e se alguém estivesse na cozinha de madrugada? Eu precisava afastar a hora da morte da descoberta do... dela. Quanto mais pontos existem, mais difícil é ligá-los."

Um soluço pontua sua voz quando ele diz:

– A alternativa ao acidente era um suicídio. – Ele faz uma pausa. – Essa opção não me agradava, mas nada naquilo me agradava, afinal. Abri minha porta... meu Deus, como temi aquela escuridão! E muito, muito devagar, fui até o quarto de Diana. Assim como a Srta. Hunter, não sou muito de acreditar em sinais... mas, de um jeito muito auspicioso, a janela já estava aberta.

"Não era uma forma infalível de morrer, fosse ela autoinfligida, acidental ou de outro tipo, pelos exatos motivos que aquela investigadora irritante destacou. Aquilo não seria de todo convincente. Então me lembrei de um enredo que certa vez tinha abandonado, e me lembrei também do diário de Diana, aposentado tempos antes, no qual, depois do acidente, ela havia registrado a dor dela, o desespero e a vergonha que sentira depois de perder a filha e o marido. A família dela."

É um clichê horrível, mas eu não aguento mais. A culpa vai me arrastar e me afogar.

– Ela havia me deixado ler o diário antes de nos casarmos... tinha se permitido ficar vulnerável, e eu a amei por isso. Então sabia onde ela o guardava: na escrivaninha, ao alcance da mão. Auspicioso também. Não passei muito tempo folheando as páginas... a culpa teria me arrastado... e a história de se afogar foi pura sorte. Ela havia escrito mais naquela mesma página, mas o que vocês leram era tudo de que eu precisava; rasguei o papel e deixei em cima da cadeira. Será que aquilo resolveria? Não para a investigadora irritante. Mas é difícil argumentar com um bilhete autêntico na forma, ainda que não no espírito. Difícil estabelecer o horário da morte com um corpo que ficou submerso.

"Quase esperava que Diana tivesse recobrado os sentidos quando voltei para o quarto. Não tinha. Eu a peguei no colo… o corpo dela ainda estava macio, ainda horrivelmente morno… e a levei até o corredor e escada abaixo. Era o dia do nosso casamento ao contrário. Passamos debaixo do retrato de família, o retrato que eu deixava ali para me lembrar do que havia perdido. Deitei-a no sofá da sala, abri as portas envidraçadas. Quando me virei de volta, a cachorra estava lambendo a ponta dos dedos dela. Quase chorei.

"Levei-a para fora. Eu entrei… entrei na água, então me ajoelhei até a altura da superfície. Por algum motivo, fiquei imaginando o que os peixes iriam pensar. Então a fiz rolar… com toda a delicadeza, fiz Diana rolar para dentro d'água e pressionei a cabeça dela na borda do lago, para que o cascalho entrasse na ferida.

"E ali me despedi. Despedir-se é… bem. De volta ao meu quarto, inspecionei o tapete, intacto, antes de novamente descer de fininho, dessa vez para minha biblioteca, onde joguei o terno e a toalha no fogo e coloquei o cubo fatal em cima do meu mata-borrão. Ele teve uma participação importante naquela noite; sua ausência talvez fosse notada.

"Sentei-me à minha escrivaninha e fiquei esperando… Fiquei esperando até depois de o sol nascer. Esperei até escutar um grito."

O nascer do sol desse dia, para além dos morros, coloriu a água de um azul grosseiro, as pedras sob nossos pés de branco e vermelho-ferrugem. Do outro lado do labirinto, lágrimas molham o rosto da minha irmã; perto dela, os olhos de Timbo cintilam.

Os meus estão arregalados e secos de espanto.

– Quando vocês me viram de novo, entrando feito um louco no lago, transtornado… aquilo foi dor de verdade. Como quando se assiste com incredulidade à marca da própria mão se desenhar na pele de um filho. Diana não tinha feito mal a ninguém. Diana não estava no lugar errado, na hora errada. Ela só estava do lado errado do instinto humano de proteger nossas crias a qualquer custo.

O fim errado. Meu olhar percorre a costa até bem longe, onde a luz do sol estremece acima dos morros.

– Na noite seguinte, fiquei sabendo pela minha filha que a mãe dela… a sua mãe também, como Madeleine agora sabe… tinha morrido de modo bem parecido: um golpe na cabeça, um túmulo de água. Por total acidente, eu havia cometido um crime copiado.

Maddy abaixa a cabeça, aos soluços.

– Então coloquei o colar na mão dela... esse colar errante, que passou de Cole para Hope, depois para Madeleine, depois para Simone, depois para Diana, depois para mim e voltou para Madeleine... e fiz um pedido: enterre seus mortos, falei. – Ele aquiesce devagar. – E segui meu próprio conselho. Sentei diante da minha máquina de escrever e confessei, confessei ter tirado a vida da minha esposa e da minha cria. Podem escolher a esposa. Eu tirei a vida de Diana, com certeza, mas a de Hope também ao não ficar ao lado dela. O destino dela é culpa minha. E a cria de quem tirei a vida é Madeleine, que abriu mão da própria vida para cuidar de mim... embora todo mundo que lesse aquela carta fosse pensar que eu estava me referindo a você.

Ele se vira para mim.

– *Inclusive* você, pelo visto. Você foi embora da minha casa antes de eu poder tirar a sua vida. Fico muito satisfeito que tenha sido assim. E foi por isso que me entreguei, nesse papel que você esculpiu de novo com as suas mãos. Eu queria assumir o fardo de Madeleine. Queria proteger a sua identidade. Não queria ninguém procurando por você se não quisesse ser encontrada, e não tinha dito absolutamente nada a Madeleine. Então matei você expressamente. E *essa*, Srta. Hunter, é a sua solução.

A borboleta crepita na palma das minhas mãos. Uma ave grita em algum lugar por perto.

– Eu trouxe minha outra cria aqui para me despedir. – Ele pigarreia. – A cena ficou mais atravancada do que eu imaginava.

Do outro lado do labirinto, Madeleine seca os olhos com o punho fechado e passa a manga por baixo do nariz. Então, com uma careta para nosso pai, ela pergunta:

– Por que trouxe uma arma?

Ele se vira para ela e responde:

– Para poder dispar-la.

98.

Viro para Timbo, vejo os dedos dele se dobrando.

– Disparar em quem, Sr. Trapp?

– Contra quem. – O paletó dele se abre com o vento, alarmado, e largas riscas de suor mancham sua camisa branca. – Veja de que nos serviu nosso gênero predileto, Srta. Hunter! Veja de que nos serviram pistas úteis e finais bem amarrados!

Eu *sabia* que tinha sido ele, eu *sabia*... mas não há nenhum triunfo nisso nem qualquer satisfação sombria; apenas tristeza, profunda e escura. A mulher mais linda que eu já vi na vida.

O vento agora está ficando mais forte, e o mar subindo junto com ele. O labirinto começa a rodopiar. Quando uma onda colide com o penhasco, ele adentra o segundo anel, como se para manter o equilíbrio.

Diz alto para mim:

– Quisera eu dizer que todas as tuas vexações foram apenas testes que fiz do teu amor, e tu estranhamente suportaste a provação. Quisera eu...

– Nas suas palavras! – Meus cabelos grudam nas lágrimas. – Nas *suas* palavras!

Um sorriso muito tênue.

– Ah, Srta. Hunter. Ah, Nicole. Você foi mais forte do que eu.

Meus olhos estão inundados. A forma branca dele treme e se dissolve.

– Você se tornou quem sempre foi.

Abraço meu próprio corpo, aos prantos.

Quando pisco os olhos, ele entra em foco outra vez, com o Webley balançando na mão. Olho na direção da minha irmã, do policial.

– Nós odiamos aqueles que ferimos, cria minha – diz Sebastian Trapp para mim. – Ferimos aqueles que odiamos e os odiamos ainda mais. É um ralo no qual nos afogamos. Ele nos sorve. Aprendi isso tarde demais.

Ele fala com Maddy por cima do ombro, a voz bem alta.

– Mantenha a calma, querida – diz, contra o vento.

Timbo franze o cenho.

– Sr. Trapp.

– Chega de assombro, Madeleine. Diga ao seu pobre coração que nenhum mal foi feito.

Com um movimento fluido, Timbo dá um passo à frente, se abaixa, e a Beretta agora está na mão esquerda dele.

– Sr. Trapp, espero não estar escutando despedidas emocionadas.

Meu pai se volta para mim.

– Você é uma excelente detetive, Nicole – diz ele, com algo que soa parecido com orgulho, a arma para lá e para cá na mão.

Sinto calor e muito frio ao mesmo tempo.

– Sou?

– Seus métodos são pouco ortodoxos. Ilegais, até. Mas, sim.

– *Sr. Trapp.*

O labirinto agora está girando mais depressa, com o vento e a luz chispando pelas trilhas.

– Você perguntou se eu conseguia mesmo me lembrar de um selo específico tantos e tantos anos mais tarde.

– Você tinha passado um dia feliz com seu filho – respondo.

– Sr. Trapp, eu vou contar até cinco.

– Tempo mais do que suficiente. Sim, foi mesmo um dia feliz... tão feliz, na verdade, que comprei dois rolos de vice-reis.

– Um – avisa Timbo.

– Pai. – Madeleine dá um passo à frente.

– O meu está na caixinha de metal na minha escrivaninha, na última gaveta de baixo à esquerda.

– Dois, senhor.

– Não usei um selo sequer. Nenhuma borboleta voou.

– Pai – repete Madeleine.

A luz nas pedras corre entre nós como se fosse mercúrio.

Ele sorri.

– Passei vinte anos olhando para elas. E, ah...

– Três. – Timbo tem o maxilar contraído.

– Por favor – digo. – Pai.

Estendo a mão para ele.

– Se você algum dia escrever seu próprio romance...

– *Papai* – implora Madeleine, pisando com um dos pés na espiral.

– Quatro!

Mas meu pai olha só para mim, sorri só para mim.

– Pelo amor de Deus, não deixe a história se prolongar além da conta.

Ele entra no centro do labirinto e leva a arma à própria testa.

E quando o tiro fende o ar, a borboleta escapa da minha mão com um tremor das asas afiadas e sai voando por cima das ondas, migrando para o oeste em direção ao mar aberto, sua primeira e derradeira viagem.

99.

DESDE O INSTANTE EM QUE O INVESTIGADOR Timbo Martinez mergulhou na mata para tentar encontrar um sinal de celular, Maddy e eu não trocamos uma só palavra... nem quando ele voltou para o penhasco, nem depois que tornou a sair em busca de reforços e de um legista, nem quando chegou conduzindo a polícia de São Francisco até a saliência da rocha.

Os braços estavam bem abertos, as pernas finas também; o cobertor que Timbo havia estendido por cima dele cobria apenas o tronco e a cabeça. Meu pai e sua mortalha, cada qual com um único ferimento a bala.

Em determinado momento, eu me virei para o outro lado, na direção da praia, onde ele e eu tínhamos passeado num dia que parecia ter sido anos atrás. Purpurina na areia úmida.

Que segredos você poderia estar escondendo, minha jovem?

Então Timbo nos conduziu pela Trilha Costeira, por dentro de túneis de eucaliptos e pinheiros. Inspirei o cheiro de hortelã e de terra, ouvi o mar rosnando, invisível, senti o vento ressecar minhas bochechas. E, congelado nas minhas entranhas, senti o horror de que tinha me enganado... de que *nós* tínhamos nos enganado, juntos.

Quase 5 metros na minha frente, Madeleine caminhava devagar, arrastando os pés, o capuz pendurado nas costas, os cabelos transbordando de dentro do tecido. Quando ela fez a última curva e sumiu de vista, eu pensei, com uma súbita empolgação, se iria virar ali também e constatar que minha irmã tinha desaparecido, fugido deste lugar e quem sabe deste mundo.

Mas, não: ela está esperando no mirante, sentada no único banco.

Timbo vai trotando na frente e sobe saltitando a escada de terra batida até o estacionamento. Fico observando Maddy; para além da cabeça baixa dela e dos ombros caídos, está a vista que nosso pai compartilhou comigo, aquele instante em câmera lenta: mar, nuvens, morros, tudo selvagem e desafiador, brilhante de um jeito sobrenatural.

Então Timbo volta, fechando os olhos por causa do sol.

– Tem meia dúzia de carros de civis lá em cima, nenhum parado a menos de 20 metros do meu. – Ele rola uma garrafa d'água pela própria nuca. – Como se soubessem que eu sou da polícia.

Ele estende a garrafa para mim, então protege os olhos com a mão e faz uma careta para Madeleine. Coloca uma garrafa ao lado dela.

Uma inspiração profunda, e ele recomeça a subida do morro. Vou me sentar ao lado de Maddy e inclino a cabeça em direção ao céu azul. Acho que testemunhei a alma dele subindo para lá.

– É esperar demais você ter um cigarro? – A voz dela está rouca, o rosto exposto à luz.

– Um pouco demais – respondo.

Ela abre a garrafa d'água, toma uma golada. Limpa a boca e se vira para mim. Os olhos estão vermelhos.

– Você algum dia pensou em me contar?

Não.

– Pensei.

– Porque eu gostaria de ter sabido.

– Eu também gostaria que você tivesse sabido – digo, e, para minha surpresa, é verdade.

Ela funga, uma fungada tão profunda que uma tosse explode na garganta dela.

– Pensei que você tivesse ficado em casa durante esses anos todos por estar abalada demais com o desaparecimento da mamãe.

– Eu estava mesmo.

– Mas não foi por isso.

Ela estuda o mar. O sol na água se quebra feito vidro diante dos meus olhos, e por um instante vejo Maddy puxar uma cordinha no gargalo de uma garrafa de cerveja, erguendo as velas do minúsculo barco lá dentro. *Este é o* SS Cole, anuncia ela. Eu tenho 7 anos, e ela é a minha heroína.

– Parecia justo – diz ela. – *Foi* justo. Ela não pôde viver a vida dela. Eu não deveria viver a minha. Deveria me dedicar ao papai… eu o havia privado. Eu deveria…

Ela oferece o rosto ao céu, com os olhos fechados; os cabelos começam a rodopiar em volta da cabeça dela como um halo ingovernável.

– Eu amava ela! – grita Madeleine, exaltada. – Aquela mulher *magní…* aquela *força da natureza*, a nossa mãe. Eu *amava* ela. Aquela mulher *teimosa*, incrível… *linda…* aquela mulher… Não consigo acreditar que sou feita dela. – Ela se abraça. – Nós duas somos.

Eu também me abraço e fico olhando as ondas.

Madeleine então abre os olhos, pisca e olha para cima do grosseiro lance de degraus onde Timbo, no topo, está falando sem parar com uma mulher cujos cabelos curtos brilham com um tom de rosa que cintila sob o sol.

Como se tivéssemos batido no ombro dela, B. B. Springer repara em nós duas e ergue a mão. Então une os dedos e levanta o polegar.

– Isso aqui não é *Top Gun*, sua filha da mãe piegas – diz Maddy. Outra tossida. – Eles estão sendo decentes de não me prender ainda.

– Foi um acidente.

– Não ter dado parte não foi – Ela soa segura de si de um jeito pesaroso; Madeleine pesquisou o assunto. – Ter me livrado do... do... – continua – com certeza não foi. – Ela me encara com um olhar intenso. – Eu teria entendido, sabe? Algumas pessoas não, talvez, mas eu teria ficado feliz por você. *Estou* feliz por você, Nicky.

Sinto a garganta apertada.

– Desculpa ter te enganado.

– Não precisa se *desculpar*. – Ela sorri; que sorriso mais perfeito ela tem. – Todo mundo *mente*. Você teve os seus motivos. Então a gente nunca mais precisa falar nesse assunto.

– Eu te manipulei.

– Cacete, manipulou mesmo. Mas teve os seus motivos.

Ela esfrega os olhos, e eu esfrego os meus. *Deixa eu segurar sua mão*, torço. Mas, em vez disso, ela suspira.

– Foi a irmã quem matou. Aposto que por essa você não esperava.

– Não.

– Fico feliz por você ter podido passar algum tempo com ele. E ele com você.

Ficamos sentadas em silêncio. Encaro o mar.

– Eu deveria ter sabido – diz ela em voz baixa.

Então sinto um toque na minha orelha. Prendo a respiração. Fecho os olhos.

Muito de leve, a ponta dos dedos dela acompanha a linha do osso até meu queixo. Roça meu nariz, a concavidade das bochechas; alisa minhas sobrancelhas, uma de cada vez. E então observo os olhos de Maddy, brilhantes e francos.

– Você é linda – diz ela.

Eu não respondo. Não consigo.

Nós nos viramos ao mesmo tempo e vemos B. B. e Timbo descendo a escada sem esforço.

De repente, como se tivesse sido chamado, o vento ruge com tanta força que as palavras se espalham quando Magdala as pronuncia, a boca bem perto da minha orelha, a palma da mão quente quando a pressiona na minha.

– Sempre foi – sussurra ela.

100.

A PORTA SE ABRE COM UM ARQUEJO RÁPIDO, como se eu tivesse pegado a casa desprevenida.

Fico parada no hall de entrada frio e cinza do primeiro lar que conheci na vida.

Depois de algum tempo, olho para a sala dos quebra-cabeças. Todos aqueles desafios vividos em parte, aquele canário desconfiado olhando para o gato. E, pintada na parede, rindo como as prostitutas raramente deviam rir no leste de Londres 150 anos atrás: a minha irmã.

Mas isso não é um livro histórico; é um mistério.

Eu me viro e encaro a porta.

Não examinei o cômodo direito depois que ela me acenou para entrar algumas manhãs atrás, enquanto a imprensa estava se dispersando em frente à casa. Agora presto atenção: edições de bolso esfarrapadas abarrotando as estantes, lombadas todas marcadas; um abajur de lava quebrado; uma coleção de troféus esportivos. Uma gárgula agachada no pé de uma cama desfeita.

Watson lambe os beiços e inclina a cabeça para perguntar quando Maddy vai voltar.

Eu lhe dou um apertão e a largo no tapete.

Cômodo por cômodo, no mais completo silêncio, percorremos o térreo da casa. Então subimos a escada.

Lá no alto, encaro os olhos deles, um a um, da esquerda para a direita. Minha irmã, embrulhada para presente em seu vestido branco sem mangas. Meu pai, com uma das sobrancelhas erguida em espanto. Minha mãe, com aquele sorriso que desafiava a morte, largo como o horizonte, e no colo dela eu, vestida de menino. Com uma borboleta branca na mão.

Espio dentro de quartos de hóspedes cheios de estátuas e planetários, espadas de esgrima e animais mortos-vivos.

No andar de cima, passo em frente à porta de Diana, dou uma olhada rápida no quarto do meu pai. Imagino o lugar onde ela deve ter caído.

No andar de baixo, entro na biblioteca pisando leve, como se fosse uma intrusa. Passo pelas janelas iluminadas pelo sol na direção da escrivaninha dele, na direção da lareira fria mais atrás. As estantes nas paredes de um lado e de outro se curvam para a frente, nem tanto para se livrar de seus moradores, apenas o bastante para me observar, curiosas e rangentes. Elas resmungam e murmuram, o som de páginas se virando.

A cachorra sumiu.

O pequeno facho de luz de um farol ilumina meu olho. O cubo de vidro está em cima do mata-borrão, do jeito que ele falou. Sinto o peso dele na mão, pressiono o polegar num dos cantos. Talvez ele tenha absorvido meu sangue de modo invisível. Talvez o vidro tenha memória. Por que não? Todas as outras coisas têm.

Atrás da escrivaninha, uma chave preta se projeta para fora de um mostrador na parede. Eu a giro. Na lareira, chamas se erguem e se esticam depois da noite de folga.

Eu me sento na cadeira dele. As borboletas dormem debaixo da Remington. Se ele datilografando não as incomodou, eu com certeza não vou também.

Abro a última gaveta de baixo à esquerda. Ergo a tampa da caixa de metal que ela contém. O conjunto de vice-reis está enrolado bem apertado e brilhante.

Levo a mão ao bolso e puxo a corrente lá de dentro. Está mais fria do que quando Madeleine pronunciou aquelas últimas palavras, quando ela a pressionou na minha mão.

Eu a aproximo das chamas. Os elos de prata pegam fogo, e a gravação no disco cintila, nítida e legível:

CHERCHEZ LA FEMME

Eu procurei a mulher, de fato.

A textura do metal na minha nuca é macia. *Perdeu-se na confusão*, dissemos à polícia. *Caiu no mar e se afogou.*

Escondo o disco sob a gola da roupa. Então fecho os olhos.

Obs.: Uma parte do meu legado ainda está inacabada.
Você vai encontrar as pistas em cima desta carta.

É fácil, agora que estou sentada onde ele se sentava ao inventar enigmas para os leitores. As pistas em cima da carta são... eram... as primeiras palavras que ele escreveu nela. Em cima de todas as outras.

E eu me lembro delas, mais ou menos:

```
Este não vai ser um longo adeus. Estou na minha bi-
blioteca, tarde da noite... já passa tanto das doze que
estamos quase em treze.
```

Simples. Está no meu sangue.

Vou até a estante mais próxima. Se existe algum sistema de classificação ali, ele morreu junto com meu pai: perco duas horas arrastando a escada pelo trilho, tocando lombadas e inspecionando capas até enfim encontrar, a 3 metros do chão, com a sobrecapa lascada, mas a encadernação em bom estado: Raymond Chandler, *O longo adeus*.

Folheio o livro até o Capítulo 13, examino a última página do Capítulo 12, onde a última linha foi circulada em tinta vermelha.

Não existe armadilha tão mortal quanto aquela que se arma para si.

Empurro os livros para o lado, estico a mão para dentro da escuridão atrás deles.

O manuscrito está embrulhado para presente com uma fita (como mais poderia estar?). Digo um breve adeus para Chandler e desço a escada. Volto à escrivaninha. Solto a fita com um puxão.

```
Para Cole.
```

Viro a página.

```
Aqui está uma história só para você.
```

O título está impresso na página seguinte:

```
A QUEDA DO BEBÊ
um mistério de Simon St. John
por Sebastian Trapp
```

E por fim:

Cara Srta. Hunter,

Cuidado ao descer dessa escada.

Pois bem: minha experiência me ensinou que todo mundo quer a verdade até encontrá-la. Esperar e torcer pode ser preferível.

Na carta que deixei debaixo da sua porta, assumo a responsabilidade pela morte ou desaparecimento de Cole Trapp, a depender de como se decida interpretar o fato. Isso deixa a Cole, caso esteja vivo, a alternativa de permanecer sem ser importunado onde quer que esteja, seja numa floresta tropical do Peru, numa gôndola em Veneza ou numa biblioteca em São Francisco. Quem pode saber?

Neste que é meu último livro, embrulhei tudo para presente. Simon volta, claro, junto ao investigador Trott; ao encantador Sr. Myers; a Watson, aquele cachorro notavelmente pouco inteligente; a toda variedade de criminosos, aristocratas, envenenadores e videntes... além de Jack, que por muito tempo tanta gente tentou desmascarar.

É à senhorita que revelo enfim esse segredo, e é para a senhorita que produzi aquilo que considero estar entre as melhores aventuras de Simon St. John que já escrevi. Talvez seja até a melhor. E por isso preciso lhe agradecer.

Fico feliz por ter tido a oportunidade de conhecê-la, mesmo que apenas por pouco tempo.

Este romance é seu, e seu para fazer com ele o que quiser. Pode guardá-lo. Pode compartilhá-lo com o mundo. Pode queimá-lo... estou certo de que teria seus motivos.

Por favor, seja gentil com Madeleine.

Ele pensou que fosse se safar, de um jeito que os culpados dos livros dele nunca se safaram. Pensou que fosse poder proteger Madeleine, me manter segura e sem desconfiar de nada, arrastar consigo nossos segredos até depois do *Fim*.

E noite após noite, eu o escutei escrever uma história só para mim.

Olho para o cubo de vidro do outro lado da escrivaninha, com minúsculas labaredas em suas profundezas, a gravação iluminada. *Nós odiamos aquele que ferimos.*

Ah, ele me feriu, *sim*. E imagino que isso seja o pedido de desculpas dele. Eu poderia guardar. Eu poderia queimar.

Dobro as páginas, faço-as correr com o polegar. Palavras passam voando em formação. `St. John. Sobrinha secreta. Adaga. Jack. Ponte de Blackfriars. Sr. Myers. Um beijo repentino.`

Giro a cadeira de frente para a lareira.

Eu poderia queimar.

Eu poderia guardar.

Olho para o livro. Olho para as chamas.

Ergo a página. Começo a ler.

`ponto final`

NOTA DO AUTOR

Paul Kantner, filho de São Francisco, certa vez descreveu sua cidade como "127 quilômetros quadrados cercados de realidade", medida ajustada muito de leve no primeiro capítulo deste romance. Dentro desse espírito, ambientei *Ponto final* numa São Francisco suspensa da realidade: determinadas ruas se cruzam em ângulos estranhos, a névoa é bombeada para o palco sempre que necessário, e três dias de chuva já são demais para um mês de junho normal na região da baía.

O labirinto escondido em Lands End foi criado em 2004, quase três décadas depois de Sebastian pedir Hope em casamento no centro dele. Ao longo dos dezessete anos seguintes, vândalos o destruíram repetidas vezes e seus cuidadores repetidas vezes o reconstruíram, até infelizmente o labirinto desaparecer de vez em 2021.

Outros detalhes, como os horários do nascer do sol no verão, as trilhas emaranhadas acima do mar em Lands End e assim por diante, foram, até onde sei, relatados com fidelidade.

Em outras palavras, esta é uma história cercada pela realidade, embora a realidade às vezes mantenha distância. Quaisquer erros, acidentais ou não, são só meus.

AGRADECIMENTOS

Jennifer Brehl, Liate Stehlik, Jennifer Hart, Kelly Rudolph e todos da Morrow. Julia Wisdom, Kate Elton, Liz Dawson, Kin Young e todos da Harper.

Sindhu Vegesena, Rosie Pierce e Flo Sanderson.

Meus colegas editores na Austrália, no Canadá, na Índia, na Irlanda, na Nova Zelândia e na África do Sul.

Muita gratidão a meus editores, agentes e tradutores internacionais. (Sei que este romance não se presta com facilidade à tradução!) Obrigado pelo privilégio de ver meu livro no seu idioma, e obrigado também a Jake Smith-Bosanquet.

*

R.D.F.; meus colegas de ano no New College, ontem e hoje (Weston X!); meus professores na faculdade e meus empregadores que, ao longo dos anos, me incentivaram e me aconselharam; John Kelly, David Bradshaw, Christopher Butler, Craig Raine; muitas pessoas do mercado editorial: autores, editores, agentes, livreiros e outros; meus amigos, minha família e meu cachorro. Eu não poderia pedir nada melhor.

*

Ao contrário de Sebastian Trapp, meu pai dedicou ao filho um amor incondicional durante toda a minha vida, antes, durante e depois de eu sair do armário. Obrigado por tornar as coisas tão mais fáceis para mim.

Te amo, pai.

CITAÇÕES

Poucos autores citam tanto quanto os autores de ficção de mistério. Entre os que figuram em *Ponto final* estão Raymond Chandler, G. K. Chesterton, Agatha Christie, Edmund Crispin, Arthur Conan Doyle, Alexandre Dumas e Dorothy L. Sayer. A maioria está creditada no próprio texto, mas, como um punhado de citações está sem a fonte, reproduzo-as aqui no seu formato original.

Capítulo 8
"'Discrição é meu nome do meio', disse Fen com grande condescendência."
"Pode ser. Mas bem poucas pessoas usam o nome do meio."
– Edmund Crispin, *Cuidado com os trens* (1953)

Capítulos 10 e 78
"'Conversas são sempre um perigo para quem tem algo a esconder', disse Miss Marple."
– Agatha Christie, *Mistério no Caribe* (1964)

Capítulo 22
"Uma mulher que não mente é uma mulher sem imaginação e sem empatia."
– Agatha Christie, *Morte na Mesopotâmia* (1935)

Capítulo 54
"Uma coisa curiosa, os cômodos. Dizem muito sobre quem mora neles."
– Agatha Christie, *A casa torta* (1949)

Capítulo 60
"Deve-se misturar um Manhattan no ritmo do foxtrote, um Bronx no ritmo do *two-step*, e um martíni sempre no ritmo da valsa."
– Frances Goodrich e Albert Hackett, *A ceia dos acusados* (roteiro baseado no romance de Dashiell Hammett, ambos de 1934)

Capítulo 76

"'Isso fere o meu orgulho, Watson', disse ele por fim. 'Um sentimento mesquinho, sem dúvida, mas isso fere o meu orgulho.'"

– Arthur Conan Doyle, *As cinco sementes de laranja* (1891)

Capítulo 80

"'Mas a esta altura você já deve saber, meu caro', disse o major num tom
choroso. 'Estamos praticamente no final do livro.'"

– Edmund Crispin, *Vislumbres da lua* (1977)

LETRAS DE MÚSICA

Desejo também dar o crédito aos compositores e intérpretes das canções mencionadas ao longo do livro. Seu trabalho temperou e melhorou a história.

"Disco 2000" (Candida Doyle / Jarvis Branson Cocker / Mark Andrew Webber / Nick Banks / Russell Senior / Stephen Patrick Mackey) © BMG Rights Management, Kobalt Music Publishing Ltd., Universal Music Publishing Group.

"Girls & Boys" (Damon Albarn / David Alexander De Horne Rowntree / Graham Leslie Coxon / Steven Alexander James) © BMG Rights Management, Sony/ATV Music Publishing LLC, Warner Chappell Music, Inc.

"Hungry Like the Wolf" (John Taylor / Simon Le Bon / Nick Rhodes / Andy Taylor / Roger Taylor) © Gloucester Place Music Ltd.

"One Fine Day" (Carole King / Gerry Goffin) © Screen Gems-EMI Music Inc., Shapiro Bernstein & Co Inc.

"Tubthumping" (Alice Nutter / Allan Whalley / Darren Hamer / Duncan Bruce / Judith Abbott / Louise Watts / Nigel Hunter / Paul Greco) © Sony/ATV Music Publishing LLC.

"Walk Like A Man" (Robert Crewe / Robert Gaudio) © Kobalt Music Publishing Ltd.

"You've Lost That Lovin' Feelin'" (Barry Mann / Cynthia Weil / Philip Spector) © Abkco Music Inc., Sony/ATV Music Publishing LLC.

CONHEÇA OUTRO LIVRO DO AUTOR

A mulher na janela

Anna Fox mora sozinha na bela casa que um dia abrigou sua família feliz. Separada do marido e da filha e sofrendo de uma fobia que a mantém reclusa, ela passa os dias bebendo (muito) vinho, assistindo a filmes antigos, conversando com estranhos na internet e... espionando os vizinhos.

Quando os Russells – pai, mãe e o filho adolescente – se mudam para a casa do outro lado do parque, Anna fica obcecada por aquela família perfeita. Certa noite, ela vê na casa deles algo que a deixa aterrorizada e faz seu mundo – e seus segredos chocantes – começar a ruir.

Mas aquilo aconteceu mesmo? O que é realidade? Existe realmente alguém em perigo? E quem está no controle?

Neste thriller diabolicamente viciante, ninguém – e nada – é o que parece.

A mulher na janela é um suspense psicológico engenhoso e comovente que remete ao melhor de Hitchcock.

Para saber mais sobre os títulos e autores da Editora Arqueiro,
visite o nosso site e siga as nossas redes sociais.
Além de informações sobre os próximos lançamentos,
você terá acesso a conteúdos exclusivos
e poderá participar de promoções e sorteios.

editoraarqueiro.com.br